Jorun Thørring

Schattenhände

Kriminalroman

Aus dem Norwegischen von
Sigrid Engeler

Deutscher Taschenbuch Verlag

FSC
Mix
Produktgruppe aus vorbildlich
bewirtschafteten Wäldern und
anderen kontrollierten Herkünften

Zert.-Nr. GFA-COC-1278
www.fsc.org

Deutsche Erstausgabe
Februar 2008
Deutscher Taschenbuch Verlag GmbH & Co. KG,
München
www.dtv.de

Titel der norwegischen Originalausgabe: ›Skyggemannen‹

Umschlagkonzept: Balk & Brumshagen
Umschlaggestaltung: Stephanie Weischer
unter Verwendung eines Fotos von
gettyimages/Fergus O'Brien
Satz: Fotosatz Reinhard Amann, Aichstetten
Gesetzt aus der Sabon
Druck und Bindung: Ebner & Spiegel, Ulm
Gedruckt auf säurefreiem, chlorfrei gebleichtem Papier
Printed in Germany · ISBN 978-3-423-24640-8

Prolog

Es war halb zwei, als das Telefon klingelte. Er ließ es klingeln, dann warf er sein Handy achtlos in den Kleiderhaufen auf dem Boden. Er schwang die Beine aus dem Bett und stieg in seine Joggingschuhe. Eine Weile saß er so auf der Bettkante. Dann fischte er die Unterhose aus dem Kleiderhaufen, trocknete sich damit Achseln und Nacken ab und zog sich an. Beim Aufstehen stieß er eine halbvolle Colaflasche um. Verfolgte mit den Augen, wie sich die dunkle Flüssigkeit wie ein Schatten unters Bett ergoss. In dem engen Mansardenzimmer war es heiß und stickig, und die Kleidung klebte sofort wieder an seinem Körper. Er verließ das Zimmer.

Über dem Hinterhof hing der Mond wie eine erloschene Kugelleuchte am Himmel und zeichnete die Konturen eines engen, dunklen Durchgangs weiter vorn ab. Sekundenlang starrt er in die Dunkelheit, konnte aber kaum etwas sehen. Er holte tief Luft und tastete sich langsam vorwärts. Eine dunkle Gestalt tauchte vor ihm auf, eine schwarze Silhouette vor dem schwach erleuchteten Hintergrund.

»Warum mitten in der Nacht?« Er verfluchte sich selbst, weil er plötzlich so jämmerlich klang, aber ihn fröstelte, trotz der Hitze, die über der Stadt lag.

»Das hier konnte nicht bis morgen warten.« Die Stimme war nur ein Flüstern, direkt neben ihm und gleichzeitig ganz weit weg. Sie kroch sein Rückgrat hinunter. Schnürte ihm die Brust zusammen und machte ihm das Atmen schwer.

Etwas blitzte auf vor seinen Augen. Als ob ein Blitz den Nachthimmel zerriss.

Der Schmerz zerteilte seinen Körper, und langsam wurde es dunkel.

I

Die Straße, in der der Mord geschehen war, lag eingeklemmt zwischen den Bahngleisen auf der einen Seite und dem lärmenden Verkehr am Seineufer auf der anderen. Von der gegenüberliegenden Seite des Flusses strömten über die Bercy-Brücke und den Boulevard Vincent Auriol im rechten Winkel unablässig Autos auf sie zu. Ein Artillerieangriff aus Verkehrslärm rund um die Uhr.

Orla Os, Sonderermittlerin und Rechtsmedizinerin, hielt vor der roten Ampel an der Brücke. Die Wagenfenster hatte sie wegen des Lärms und der Abgase fest geschlossen. Eine Hitzewelle hatte den ungewöhnlich kühlen Mai abgelöst und hing wie ein schweres Joch über der Stadt, aber in ihrem nagelneuen Peugeot war es kühl und angenehm. »Rue Edmond Flamand.« Sie deutete nach rechts: »Wir biegen hier ab.«

Polizeiinspektor Hervé Marchal sah aus dem Seitenfenster. Auf einem großen Wahlplakat ragte Jacques Chirac vor ihnen auf, Seite an Seite mit Le Pen. »Verdammt, da hängen sie alle beide, wohlgenährt und proppenvoll mit ihren schönen Versprechungen. Während ein Normalbürger wie ich zu einer Leiche in einem heruntergekommenen Mietshaus unterwegs ist. *La France en grand*«, las er halblaut und wandte Orla sein bärtiges Gesicht zu. »Erklär mir doch mal, warum die Schlagzeilen bei mir genauso viel Optimismus auslösen, wie die Hitze da draußen Weihnachtsstimmung verbreitet?«

Es wurde Grün, und sie bogen in die Rue Edmond Flamand ein. »Du bist einfach gerade gar nicht mehr du selbst, Hervé. Es ist Samstag, du hast zehn Tage ohne Unterbrechung geschuftet, du hast dir keine Zeit fürs Mittagessen abknapsen können, und draußen sind es fünfunddreißig Grad im Schatten. Wem sonst als Chirac willst du das anlasten, dem du doch nie im Leben deine Stimme geben würdest.«

In der Rue Edmond Flamand bot sich ihnen auf der einen Seite ein trostloses Bild verwahrloster Häuserfassaden, auf der anderen erhob sich die Spiegelfassade von France Télécom wie ein futuristisches Monster. »Vier Etagen mit Mansardenzimmern«, sagte Orla, als sie sich an neugierigen Zuschauern und Polizeiabsperrungen vorbeimanövriert und vor einem älteren Gebäude geparkt hatten. »Die Fenster sehen aus, als würden sie jeden Moment rausfallen. Die Rahmen sind verrottet.«

Marchal nickte. Er wartete an der Hoftür, während sie den Koffer mit der Ausrüstung aus dem Kofferraum zog. Die Tür kreischte, als er sie aufschob.

»Unverschlossen?«

Er nickte wieder. »Die lässt sich gar nicht abschließen.«

Uringestank schlug ihnen aus der Toreinfahrt entgegen.

»Ist das alles vergammelt«, murmelte Orla.

Sie überquerten einen kleinen gepflasterten Innenhof. Der Haupteingang lag geradeaus, und links führte ein schmaler Durchgang zur Hintertreppe. Um die Hintertreppe herum war alles abgesperrt. Sie traten in den Durchgang und blieben stehen.

Der schmale Gang war von hohen Mauern begrenzt und endete an der Hintertreppe. An einer Wand gärten vier Mülltonnen in der Hitze. Dazwischen saß der Tote, nur mit einem ärmellosen Unterhemd bekleidet.

Einer der Beamten am Tatort, ein kleiner, sehniger Mann in den Sechzigern, kam auf Orla zu. »Führen Sie heute die Untersuchung am Tatort durch?«

Sie nickte. Das Gefühl, gewogen und vermessen zu werden, traf sie für den Bruchteil einer Sekunde wie ein lästiges kleines Insekt. Sie schüttelte es ab.

»Sie können gerne anfangen«, sagte er. »Da, wo er sitzt, haben wir unsere Untersuchungen abgeschlossen.«

Sie blieb ein Stück vor der Absperrung stehen und betrachtete den Toten. Er lehnte wie eine Stoffpuppe an der weißen Wand, die Beine gespreizt auf dem grauen Zementboden, die Arme hingen schlaff zur Seite, der Kopf war vornübergekippt. Orla zog Plastiküberzüge über ihre Schuhe und stieg über die Absperrung. Sie balancierte zwischen den Blutlachen und fand eine Stelle, wo sie stehen und ihre Tasche abstellen konnte. Orla zog Handschuhe an und holte das Diktiergerät hervor. »Diktat Dr. Orla Os«, begann sie. »Datum: 6. Juni ...« Sie scheuchte ärgerlich die Fliegen weg, die schon um ihren Kopf kreisten.

Marchal kam zusammen mit einem der Polizeibeamten zu ihr herüber. »Orla, darf ich vorstellen, Nicolas Roland. Er ist neu, letzten Monat aus Bordeaux gekommen. Er wird uns in diesem Fall hier unterstützen.« Marchal nickte Orla zu. »Dr. Os, Sonderermittlerin und Rechtsmedizinerin, der Mordkommission zugeordnet.«

Der Mann ist viel zu jung, dachte sie. Und so ein ungeniert neugieriger Blick. Schmale, hellblaue Augen, fast silberfarben, die nicht auswichen. Orla errötete selten, aber jetzt war es so weit. Ein Milchbart, der sie mit den Augen verschlang – das hatte ihr gerade noch gefehlt. Sie nickte kurz und konzentrierte sich wieder auf den Tatort.

»Und?« Marchal beugte sich vor.

Sie murmelte, sie habe ja gerade erst angefangen.

Marchal blinzelte zum Ausgang hinüber. »Der Blutmenge nach zu urteilen, wurde er offenbar da drüben getötet.«

»Du meinst, er wurde hierher getragen oder gezogen?«

»Zweifellos.« Er zeigte auf den Zementboden. »Da sind die Schleifspuren.«

Orla trat einen Schritt zurück. »Ich möchte ihn in einer anderen Position sehen.« Sie drehte sich zu Roland um. »Kann man ihn bewegen?« Roland nickte. Sie gab zwei Männern, die neben ihnen standen, ein Zeichen.

»Natürlich will ich wissen, wie lange er schon tot ist«, begann Marchal, während die Leiche auf eine Bahre gelegt wurde. »Aber am allerliebsten möchte ich wissen, warum, wer auch immer ihn getötet hat, sich die Mühe machte, ihn anschließend hierherzubringen? Um ihn dann wie einen Wandschmuck zwischen den Mülltonnen zu arrangieren. Verstehst du, was das soll?«

Sie schüttelte den Kopf. »Mit den Gesetzen der Logik werden wir wohl auch hier nicht weiterkommen.« Sie beugte sich über den Mann. »Es ist gut möglich, dass er nicht genau an dieser Stelle getötet wurde, aber er wurde jedenfalls binnen einer halben Stunde nach dem Mord hierhertransportiert«, sagte sie, nachdem sie ihn umgedreht und von hinten untersucht hatte.

»Also Körperkontakt mit dem Mörder?«, warf Marchal ein.

»Mal sehen.« Orla hatte einen kleinen Schnitt unter dem rechten Rippenbogen gemacht und ein Thermometer in die Leber des Mannes geschoben. Sie öffnete seine Augen. »Cornea beide Male getrübt.« Sie sprach abwechselnd in ihr Aufnahmegerät und zu den Polizisten. »Also länger als zwölf Stunden tot. Rigor mortis noch nicht maximal, aber fast bis hinunter in die Beine. Das passt allerdings nicht zu den Leichenflecken.« Sie hob vorsichtig das Hemd und zeigte auf seine Seiten. »Relativ wenige, falls er wirklich seit über zwölf Stunden tot ist.« Sie betrachtete eingehend die Haut. »Das kann natürlich durch den großen Blutverlust kommen.« Sie beugte sich tiefer hinunter. »Habt ihr irgendwelche Spuren an seinem Körper gefunden?«

Roland schüttelte den Kopf. »Nichts soweit.«

»Hier sind Druckstellen.«

»Wo?«

»Das da sind keine Leichenflecken«, sagte sie und zeigte auf die Oberarme des Mannes. »Ich glaube, diese Druckstellen stammen von Händen.« Sie schob das Hemd zur Seite und deutete auf klar abgegrenzte ovale Flecken. »Oder besser von Fingern.«

Marchal runzelte die Stirn. »Ich finde, die sehen genauso aus wie Leichenflecken.«

Sie sah hoch zu ihm. »Marchal, wonach es aussieht, ist ziemlich unerheblich, oder? Ich schlage vor, dass ihr einen Abdruck nehmt. Jetzt gleich oder in die Pathologie.«

»Okay. Machen wir.« Marchal blieb skeptisch. Fingerabdrücke auf elastischem Material wie zum Beispiel Haut erwiesen sich oft als unbeständig. Sie ließen sich nur schwer exakt reproduzieren und die Haltbarkeit war kurz. Aber der Mann war weggeschleift worden, und der Mörder hatte um seine nackten Arme gegriffen. Orla konnte sich nicht erinnern, wann sie zuletzt solche Prachtexemplare von Abdrücken gesehen hatte. Das konnten durchaus die Fingerabdrücke des Mörders sein. Marchal winkte einen der Techniker zu sich. »Hast du das Zeug für Fingerabdrücke auf der Haut dabei?«

Er zögerte. »Glaub schon. Cyanoacrylat, in dem Fall?«

»Perfekt. Wir versuchen es.«

Orla trat etwas zurück, um dem Techniker Platz zu machen. Der Fotograf ging daneben auf die Knie. Der Kollege brach die Verpackung auf, trug die Substanz auf die Druckstellen auf – in der Hoffnung, sie würde sich mit Fett und Aminosäuren von den Fingern des Mörders verbinden und Wirbel und Wellen in einem perfekten Abdruck wie eine Offenbarung sichtbar werden lassen. Orla starrte auf die Druckstellen: Drei Finger zeichneten sich klar und deutlich ab. Aber nur der mittlere zeigte den charakteristischen Fingerabdruck. Er kristallisierte vollkommen aus.

»Zwei ohne Abdruck und einer mit?«, wandte Marchal ein. »Versuch's noch mal.«

Der Techniker wiederholte die Prozedur, nachdem das erste Ergebnis fotografiert worden war. Das Resultat war das gleiche.

»Er kann diese Dinger benutzt haben.« Orla hob ihre Hände. »Latexhandschuhe. Wenn er ihn hierhergeschleppt hat, kann sich ein Fingernagel durch das Gummi gebohrt haben. Immerhin hat er uns damit *einen* hübschen Abdruck hinterlassen.« Sie drehte sich zu Marchal um. »Wollt ihr den anderen Arm jetzt gleich untersuchen, oder kann ich weitermachen?«

»Mach weiter.« Marchal ging in die Hocke und betrachtete eingehend die nackte Haut. »Wir nehmen die andere Seite, wenn er im Obduktionssaal ist. Vielleicht schaffen wir es, etwas mehr rauszuholen, wenn wir unsere Methoden noch etwas verfeinern.«

»Apropos Finger«, murmelte er. »Es sieht aus, als hätte er sich verteidigt. Schau dir mal seine Hände an, Orla.« Er beugte sich tiefer. »Sind das Schnittwunden von einem Messer?«

»Nein«, sagte sie kurz. »Du weißt, wo er gesessen hat. Es gibt zahllose Ratten hier. Sie gehen an alles. Nase, Ohren, Finger... und anderes.« Sie nickte in Richtung Unterleib des Mannes. »Anscheinend ist er im Laufe der Nacht einem ganzen Rattenheer ausgesetzt gewesen. Es handelt sich hier also nicht um irgendeine Form sexueller Misshandlung, so wie es zunächst aussehen könnte. Ich tendiere zu dieser Theorie, falls wir bei der Obduktion nicht noch etwas entdecken, was das Bild ändert«, fügte sie hinzu.

Marchal erhob sich wortlos und steckte die Hände in die Taschen.

Orla machte weiter. Sie wollte nur fertig werden und wieder losfahren. Der Gestank aus den Mülltonnen verursachte ihr Übelkeit, und ihr Kopf war bleischwer, obwohl sie sich vom Cyanoacrylat ferngehalten hatte. Sie zog das Thermometer heraus und warf schnell einen Blick darauf. »Er ist seit zirka zwölf bis vierzehn Stunden tot. Todesursache: Stichwunden und schwerer Blutverlust, soweit ich es hier beurteilen kann. Ein ordentlicher Einstich über dem rechten Schlüsselbein.« Sie legte die benutzte Ausrüstung in eine spezielle Tüte und versiegelte sie. »Wir werden die Auswirkungen des Einstichs bei der Obduktion noch genauer prüfen – auf alle Fälle hat der letztlich zum Tod geführt.«

Marchal sah sie an. »Und warum hat man ihn fast nackt hiergelassen?«

Orla wäre es lieber gewesen, er hätte nicht gefragt. Gerade in diesem Augenblick mochte sie nicht an die Körper denken, die im Laufe der Jahre auf rostfreien Stahltischen im Krankenhauskeller an ihr vorübergezogen waren. Oder an die Taten, die ihren Zustand verursacht hatten. »In meinem nächsten Leben werde ich vielleicht als Wahrsagerin praktizieren. Bis dahin muss ich mich mit den erbärmlichen Methoden begnügen, die einem Rechtsmediziner zur Verfügung stehen, und sehen, was dabei herauskommt.« Sie zuckte mit den Achseln. »Dr. Berlier wird Proben von allen Körperöffnungen nehmen, sobald er da ist. Sperma lässt sich nachweisen.« Sie erhob sich. »Es gibt alle möglichen perversen Tötungsvarianten. Aber es kann auch eine falsche Spur sein.« Sie packte den Koffer.

»Falsche Spur?«

»Dieser Mord muss nicht unbedingt sexuell motiviert sein. Wir werden sehen.« Sie wandte sich an das Ambulanzpersonal, das bereitstand. »Bringt ihn jetzt in die Pathologie und macht dort die abschließenden Untersuchungen. Und prüft mal, ob er hier gemeldet ist.«

Marchal wandte sich an Roland. »Was weiß man bislang über ihn?«

Roland schüttelte den Kopf. »So gut wie nichts. Der Concierge hat den Todesfall gemeldet. Das Einzige, was er bestätigen kann, ist, dass er hier ein Zimmer hatte.« Er zeigte zur Mansarde. »Ansonsten behauptet er, weder Namen noch Alter des Toten zu kennen.«

»Unsinn!«, protestierte Orla. »Selbstverständlich weiß ein Concierge das.«

Roland zuckte mit den Achseln. »Ziemlich heruntergekommene Örtlichkeit. Warum sollte ein Concierge seinen Job hier besonders ernst nehmen?« Er machte eine Kopfbewegung zu den überquellenden Mülltonnen. »Er hat sich nicht mal darum gekümmert, diesen Dreck rechtzeitig hinauszuschaffen, bevor die Müllabfuhr heute Morgen kam. Sonst hätten wir früher von dem Mord erfahren.«

»War es auch der Concierge, der ihn gefunden hat?«

Roland nickte. »Er fand den Mann erst gegen zwölf Uhr hier an dieser Stelle. Da kam er vorbeigetrödelt mit seinem eigenen Müll. Ich bin bisher nicht dazu gekommen, ihn richtig zu verhören.«

Marchal sah sich um. »Wir nehmen uns die Bewohner vor.« Er sah auf die Uhr. »Einige sind vielleicht zu Hause, auch wenn's mitten am Tag ist. Hast du dir eine Übersicht verschafft?«

Roland nickte und reichte ihm ein Stück Papier.

Marchal sah kurz auf die Namen und steckte das Papier in die Tasche. »Mal sehen, wie weit wir kommen. Alles, was wir an verfügbarem Personal haben, wird zunächst einmal in der Nachbarschaft herumgeschickt.« Er ging zum Haupteingang, ohne auf eine Antwort zu warten. »Orla, kommst du mit mir?« Er wandte sich an Roland, der schweigend hinter ihnen stand. »Ich übernehme das Erdgeschoss und den ersten Stock, Nicolas. Du den zweiten und dritten.« Er sah auf die Uhr. »Und dann sehen wir uns um halb sieben im ›Luxembourg‹, essen einen Happen und schauen mal, was wir bis dahin zusammenbekommen haben.«

2

Die Eingangstür war schwer und knarrte in den Angeln. Die Dunkelheit drinnen legte sich wie ein Sack um sie. Marchal fand den Lichtschalter, und eine nackte Glühbirne warf einen schwachen Lichtschein über das Erdgeschoss und den unteren Teil der Treppe. Reinigung und Instandhaltung hatte man schon seit langem aufgegeben. Die Wände waren schmuddelig beige. Die Farbe war großflächig abgeblättert, und darunter kam eine graue, unebene Fläche zum Vorschein.

»Wer hier wohnt, darf nicht allzu pingelig sein«, sagte Marchal und pulte einen Farbplacken ab.

Orla hatte sich vor eine Tür links neben der Treppe gestellt. Ihre Augen waren auf ein winziges braunes Türschild gerichtet. Die weiße Schrift war kaum noch lesbar.

»Alain Lejeune. *Concierge*, soll das wohl heißen«, sagte sie langsam. »Das muss der fleißige und gut orientierte Morgenvogel sein, der die Leiche gefunden hat.«

»Versuchen wir unser Glück«, sagte Marchal und legte den Zeigefinger auf die Klingel. Nach einigen Minuten öffnete ein misstrauisch blickender älterer Mann. Marchal zeigte seinen Ausweis.

Der Mann war ziemlich klein, mager und fast glatzköpfig, sein Gesicht von vielen Falten durchzogen. Er roch nach schalem Wein, und unter den Armen breiteten sich Schweißringe auf seinem karierten Hemd aus. »Hat man hier denn gar keine Ruhe, verdammt noch mal!« Er sah sie argwöhnisch an. »Ihr wart doch schon mal hier.« Der Mann, der Marchal kaum bis zur Schulter reichte, machte keine Anstalten, sie hereinzubitten.

Marchal wurde langsam ungeduldig. »Wir haben noch ein paar Fragen.«

Der Concierge murmelte etwas Unverständliches und ging ihnen voraus in die Wohnung. Sie kamen an der Küche vorbei. Überall standen Stapel schmutziger Tassen und Teller. Der Mann zog eine Packung Gauloises aus der Tasche und steckte sich eine an. Orla stand nahe bei ihm, und der Geruch seines ungepflegten Körpers vermischte sich mit dem Rauch. Sie sah sich um. Zwei kleine Sessel, ein schmales Sofa und ein brauner Sofatisch. Nichts, das den Raum auflockerte oder den Eindruck vermittelte, dass hier jemand lebte. Die jahrelange Schlamperei hatte sich in den Wänden festgesetzt. Die ganze Misere eines Lebens, wie für die Nachwelt konserviert, dachte Orla und stellte sich an eines der zwei Fenster. Beide waren fest verschlossen.

Marchal hatte sich auf einen Stuhl fallen lassen. Er sah sich lange um, bevor er sprach.

»Sie haben einen guten Überblick darüber, wer kommt oder geht, nehme ich an?«

»So einigermaßen.« Der Mann zuckte mit den Achseln und rauchte gleichgültig weiter. »Ich kenn ihn überhaupt nicht. Hab keine Ahnung, was sich da draußen abgespielt hat.« Er ging in die Küche und drückte die Zigarette aus. Es dauerte, bis er wieder hereinkam.

»Wie lange wohnen Sie schon hier?«

»Bald vierzig Jahre.«

»Wie lange sind Sie schon Concierge?«

»Genauso lange.«

Orla fühlte, wie der Schweiß zwischen ihren Brüsten hinunterrann. Die linke Brustwarze juckte unerträglich unter dem BH. Sie wandte sich an den Concierge. »Sind Sie Eigentümer dieser Wohnung oder Mieter?« Ihr war, als ob sich sein Gesicht verzog. Ein Anflug von Überraschung vielleicht? Es gelang ihr nicht, den Ausdruck zu deuten.

»Sie sind ... Holländerin? Stimmt's?« Er riss triumphierend die Augen auf. »Sie sprechen wirklich fließend, muss ich sagen. Geben sich ganz schön Mühe, den Akzent zu vertuschen, aber der ist da. Ich jedenfalls fall nicht drauf rein!«

»Ich bin Norwegerin, aber das tut hier nichts zur Sache«, antwortete Orla ruhig auf die Frage, die ihr in den letzten siebzehn Jahren ihres Lebens am häufigsten gestellt worden war. »Meine Frage lautete, wem Ihre Wohnung gehört.«

»Früher war da mal einer, der hieß Patin.«

»Gehört ihm das ganze Haus?«

»Weiß nicht. Fragen Sie doch die anderen, die hier wohnen, wem ihre Wohnungen gehören.«

»Wann haben Sie das Mordopfer zuletzt lebend gesehen?«

Er antwortete erst nach einigen Sekunden, als müsste er erst gründlich überlegen. »Weiß nicht genau. Vor ein paar Tagen vielleicht. Sagen wir...«

»Versuchen Sie, präzise zu sein, Lejeune«, unterbrach ihn Orla. »Wir haben keine Lust auf ein Ratespiel mit Ihnen.« Sie sah ihn scharf an. »Geben Sie einfach so genau wie möglich an, wann Sie das Mordopfer zuletzt lebend gesehen haben.«

Seine Augen verengten sich zu zwei schmalen Schlitzen. »Dann eben vor zwei Tagen.«

Orla ging zum anderen Fenster hinüber. Beide Fenster gingen auf die Straße hinaus. Die Wohnung lag im Erdgeschoss, genau neben dem Haupteingang. Von hier konnte man jeden sehen, der kam oder ging.

»Wie viele Mieter gibt's in der Mansarde?«

»Zwei Männer. Es gibt vier Zimmer da oben. Die beiden anderen stehen leer.«

»Wem gehören die Zimmer?«

Er zuckte die Achseln. »Keinem aus dem Haus hier, soweit ich weiß. Die leeren gehören dem Hauseigentümer, nehme ich an. Da hat nie jemand gewohnt, jedenfalls nicht zu meiner Zeit.«

»Wann haben Sie den anderen Mieter zuletzt gesehen?«

»Kann mich nicht erinnern. Gestern vielleicht.«

»Ich wiederhole, wann haben Sie ihn zuletzt gesehen?«, griff Marchal ein und stopfte ein riesiges Taschentuch zurück in die Hosentasche.

Der Concierge wurde langsam sauer. »Verdammt noch mal, warum löchern Sie mich! Ich hab gestern Abend schon um zehn Uhr das Licht ausgemacht. Ich hatte einiges getrunken.« Er hielt kurz inne. »Es ist sicher ein paar Tage her, seit ich ihn gesehen habe.«

Orla musterte ihn eine Weile. »Und Sie haben niemals auch nur ein Wort mit einem von beiden gesprochen?«

»Großer Gott! Die Antwort ist *nein*.«

Orla griff hinter sich nach dem Fenstergriff und machte das Fenster auf. Der Kopfschmerz hinter den Augäpfeln attackierte sie wie ein wütender Bulle. Das schwache Rauschen des Verkehrs wurde etwas stärker. Von ferne hörte man aus einem

Autoradio eine vulgäre Kakophonie von Worten, die den Chartsgewinner der Woche vorstellte, eine singende Lady ohne Singstimme. Der vermeintliche Ohrwurm war schlimmer als die Hitze. »Haben Sie in den letzten vierundzwanzig Stunden irgendetwas Ungewöhnliches bemerkt? Was auch immer, Geräusche, unbekannte Menschen?«

Langsam schlurfte er auf sie zu. Seine Hand tastete nach dem Fenstergriff, er zog das Fenster wieder zu. »Nichts. Ich geh früh zu Bett und hab einen festen Schlaf. Ich hab nichts gehört oder gesehen.« Er ging zur Tür und lehnte sich gegen den Türrahmen. Er schien sich zu langweilen. »Ich misch mich nicht in die Angelegenheiten der Mieter ein. Wer sie besucht, geht mich nichts an«, fuhr er fort. »Hier kommen und gehen die Leute. Es ist unmöglich, alle zu kontrollieren.« Er zuckte die Achseln. »Sind Sie jetzt fertig? Ich hab zu tun.«

»Sie wissen also nichts?« Orla musterte ihn. »Die ganze Stadt wimmelt von Banditen, und es interessiert Sie nicht, ob zwei davon in ein Zimmer in Ihrem Haus gezogen sind? Oder ob jemand das Anwesen gekauft hat und plant, Sie rauszuschmeißen, weil er ein Parkhaus bauen will?«

Er erwiderte ihren Blick und rollte die Zigarette zwischen den Fingern. »Sehr lustig.«

»Also keine Ahnung?«

Er nickte bedächtig. »Genau.«

Orla wandte sich an Marchal. »Ich warte im Hof.«

»Wir bekommen vom Tatort sicher einen ganz anderen Eindruck, wenn niemand da ist, glaube ich.«

»Du kriegst alle Beweisstücke auf den Tisch. Haufenweise Bilder und Videoaufnahmen«, sagte er mit einem ungeduldigen Unterton.

Sie ging nicht darauf ein. »Hier«, sagte sie und blieb am Eingang stehen. »Siehst du?« Sie machte eine Handbewegung. »Sowohl auf dem Boden als auch an der Wand.« Sie trat aus der engen Toreinfahrt und schritt in Halbkreisen den Hof ab.

»Hier auf dem Hof findet sich kein einziger Tropfen Blut, soweit ich sehen kann.« Sie richtete sich auf. »Er ist hier unten niedergestochen worden, genau vor dem Eingang zum Hinterhof.« Sie blieb stehen. »Das meiste Blut befindet sich in Bodennähe an der Wand.«

Marchal nickte nur.

»Zuerst hat der Täter ihm die Stiche in den Bauch verpasst«, sagte sie langsam. »Oberflächliche, weil sie in schneller Folge kamen, glaube ich. Das hat das Opfer dazu gebracht, sich vornüberzubeugen. Danach kam der Stich über dem Schlüsselbein. Exakt platziert.«

Marchal stand mit verschränkten Armen abwartend da. »Und welche Schlüsse gedenkst du aus alldem zu ziehen, Orla?«

»Wir können mit Sicherheit feststellen, wo er ermordet wurde. Und dass er aus irgendeinem Grund weggeschafft wurde. Aber noch deutlicher sehen wir, dass der Mörder mit einem Messer umgehen kann.« Sie sah ihn an. »Jäger, Metzger oder Militär vielleicht. Das Auffallendste ist aber, dass ich keine Schrammen oder Schnittwunden an anderen Körperpartien finden konnte. Überhaupt keinen Anhaltspunkt, ob der Arme versucht hat, die Stiche zu parieren. Und die Wunden an den Händen stammen vermutlich nicht vom Mörder. Ob er gar nicht erst versucht hat, sich zu verteidigen?«

»Vielleicht kannte das Opfer den Täter, dann kann der Angriff völlig überraschend gekommen sein«, meinte Marchal. »Oder es passierte so schnell, dass er nicht reagieren konnte.«

»Und dann muss er irgendwie zu den Abfalltonnen transportiert worden sein.« Sie schritt die Entfernung ab. »Bis hier sind es ungefähr fünfzehn Meter. Erst hier ist alles blutig.«

Sie blieb stehen. »Fußspuren. Sie verlaufen tatsächlich in beide Richtungen.«

»Ja«, sagte Marchal. »Was meinst du – kann er noch selbst hierhergewankt sein?«

»Nicht mit der Wunde, die er am Hals hatte. Der Täter muss

ihn gezogen haben.« Sie sah sich um. »Was glaubst du, welchen Weg hat der Mörder genommen?«

»Es gibt nur drei Möglichkeiten.« Beim Aufzählen deutete er in die Richtungen: »Durch die Einfahrt nach draußen, ins Haus via Haupteingang oder über die Hintertreppe.«

Die Blicke auf den Boden gerichtet, ging sie zur Treppe. »Der Mörder muss ganz schön blutbeschmiert gewesen sein«, murmelte sie. »Sieh mal hier, die Fußspuren gehen tatsächlich weiter bis zur Hintertreppe.« Sie ging ins Treppenhaus und drückte auf den Lichtschalter. »Hier enden sie.«

Marchal nickte. »Die Spuren verlaufen in beide Richtungen, aber sie enden hier draußen.«

»Die Spur des Mörders?«

Marchal zuckte ungeduldig die Achseln. »Der Tote hatte selbst reichlich Blut unter seinen Schuhen. Die standen aber neben ihm.«

»Komm doch mal. Ich muss mich da drinnen noch mal umsehen.«

Sie stiegen im Schneckentempo bis in die vierte Etage hinauf. Orla hielt den Blick auf die Treppenstufen gerichtet und untersuchte jede einzelne. »Nichts«, murmelte sie, während sie ihre Blicke über die schmuddeligen Wände und das Treppengeländer wandern ließ.

Marchal folgte ihr missvergnügt. »Barmherziger Himmel, was willst du? Etwa die Arbeit, die vier Männer gerade erledigt haben, noch einmal machen?«

Sie drehte sich um. »Wer ist oben gewesen?«

»Zuerst war Roland hier. Danach ich, während du den Toten untersucht hast. Zusammen mit dem Rest vom Stab. Seine ganze Bude haben wir auseinandergenommen und abgesperrt.« Er streckte den Rücken. »Ich will die Vernehmung im ersten Stock hinter mich bringen.«

»Und ich will sehen, wo er gewohnt hat.« Schon war sie oben. Der Korridor war schmal und eng, die Decke hier niedriger. Es gab keine Fenster, nur eine funzelige Wandlampe.

»Meine Güte, ist das hier finster.«

»Mach dir deshalb keine Sorgen.« Marchal hatte inzwischen aufgegeben. »Es gibt kaum etwas hier, das wir nicht schon inspiziert hätten.«

Gleich neben der Treppe gab es einen kleinen Ausguss mit einem Kaltwasserhahn. An der einen Wand befanden sich drei schmale Türen. Staub kitzelte sie in der Nase. »Nicht gerade das Ritz«, murmelte Orla, während sie stehen blieben und horchten. Kein Laut drang aus den Zimmern. Sie klopfte der Reihe nach kräftig an jede Tür.

»Ich kann bestätigen, dass sie leer sind. Das Mordopfer wohnte im mittleren Zimmer.«

»War das Zimmer offen, als ihr kamt?«

Er nickte. »Der Schlüssel lag oben auf dem Türrahmen.«

»Hier ist offen.« Sie öffnete eine Tür im hintersten Teil des Korridors. »Die Toilette«, sagte er nur und trat zu ihr. Die Toilette bestand aus einem engen Raum, den Boden bildete eine emaillierte Platte. Alle Seiten liefen leicht schräg nach unten zu einem Loch in der Mitte des Bodens. Die Platte war irgendwann einmal weiß gewesen.

Ein Holzgriff war am Ende einer dicken Schnur befestigt. Das kleine Dachfenster ließ wenig Licht herein, gerade so viel, wie nötig war, um zu sehen, wohin man die Füße stellen musste. Sie hielt sich die Nase zu. »Die werden glücklicherweise seltener.«

»Tja.« Marchal sah ihr über die Schulter. »Nicht in diesen Häusern.«

»Meinst du, sie funktioniert?«

»Wahrscheinlich. Hier wohnen doch Leute.«

Orla starrte fasziniert in das dunkle Loch hinunter. Bevor sie nach Paris kam, hatte sie diese Dinger noch nie gesehen. Sie konnte noch immer nicht fassen, wie so eine Vorrichtung mit einer zivilisierten Gesellschaft vereinbar sein sollte. »Das macht bestimmt einen Höllenlärm. Hör mal!« Sie griff nach der Schnur und zog.

Doch das Gurgeln und Rauschen blieb aus. Das Wasser strömte fast lautlos in den Abflussschacht und verschwand. Dann begann es langsam zu steigen. »Das Ding ist verstopft!«, rief Orla.

Das Wasser stieg einige Zentimeter über den Rand des Lochs und breitete sich zu einem kleinen Binnensee aus. Sie starrten einige Sekunden stumm darauf. Ein leichtes Kräuseln ging über das dunkelrote Wasser, bevor es unendlich langsam wieder abfloss.

»Der Mörder ist also hier hochgegangen und hat sich seines – oder des Opfers – blutigen Pullovers entledigt.« Sie stiegen langsam die Treppe hinunter, nachdem sie gesehen hatten, wie aus der Tiefe des Schachts ein schwarzer, langärmeliger Pullover herausgefischt worden war. Mehr war nicht gefunden worden. Die Größe passte einem Mann. »Frauen tragen auch Männersachen«, hatte Marchal betont. »Das allein beweist gar nichts.«

»Er muss gewusst haben, dass es sicher war, da hinaufzugehen«, meinte Orla, »und dass es diese Toilette überhaupt gibt.«

Marchal war anderer Meinung. »Warum? Mansarden haben sehr oft solche Toiletten. Und die meisten Menschen schlafen um die Zeit.«

»Außerdem wusste er vielleicht, dass DNA und anderes Material empfindliche Gebilde sind, denen ein Aufenthalt im Klo nicht gut bekommt«, stellte Orla fest. »Mit dem Pullover ging auch unsere Hoffnung auf schnelle und sichere Spuren den Abfluss hinunter.«

»Das alte Dreckloch war keine dumme Idee«, nickte Marchal.

»Und es wirft zweifellos ein merkwürdiges Licht auf den anderen Mieter. Er braucht jetzt wirklich ein hieb- und stichfestes Alibi. Falls er es war, konnte er in aller Ruhe nach oben gehen und den Pullover in die Toilette stopfen, wohl wissend, dass er niemanden treffen würde.«

Marchal nickte. »Genau.«

»Er muss die Tatwaffe mitgenommen haben.«

»Falls sie nicht noch auftaucht, wenn man den Müll durchsucht.«

Marchal sah skeptisch aus. »Genau daran glaube ich eigentlich nicht so ganz. Warum sollte er sie hier zurücklassen?«

»Er wollte den Pullover entsorgen. Warum sollte er nicht auch die Waffe loswerden wollen?«

»Wenn das so ist, finden wir sie.« Marchal nickte der kleinen Gruppe von Polizisten zu, die immer noch auf dem Hof arbeitete.

3

An der Tür im ersten Stock war kein Namensschild. Noch ehe Orla und Marchal auf die Klingel drücken konnten, wurde von innen geöffnet. Ein neugieriges Augenpaar blinzelte durch den Türspalt. Marchal hielt die Kripomarke hoch.

»Ich hab Sie schon kommen sehen«, sagte die Frau zu Marchal. »Ich hätte nie gedacht, dass Sie von der Polizei sind.« Sie entfernte die Sicherheitskette. »*Tiens, avec une petite copine ...*«, murmelte sie, während sie Orla unverhohlen musterte.

Orla biss die Zähne zusammen und ging an ihr vorbei. Was bildete die sich eigentlich ein?

Die Frau stellte sich als Alice Dupont vor. Orla schätzte sie auf sechzig bis siebzig. Sie war klein und mager, trug einen engen schwarzen Rock und eine rosa Chiffonbluse mit Rüschen am Hals und um die Handgelenke. Ihre spindeldürren, nackten Beine steckten in hochhackigen Lackschuhen. Das pechschwarze dünne Haar war zu einem Knoten mitten auf dem Kopf zusammengefasst, ihr Make-up beachtlich. Schlechtes

Licht oder schlechte Augen, dachte Orla, als sie das zugespachtelte Gesicht betrachtete.

In der Wohnung hing ein schwerer Geruch. Orla schloss die Augen und holte Luft. Wie Kohleintopf und nasse Wollfäustlinge über dem Ofen, analysierte sie. Trotzdem irgendwie ganz gemütlich.

Die Frau führte sie ins Wohnzimmer. Die Fenster waren sorgfältig geschlossen und die Gardinen zugezogen. Eine Menge Nippes war rundherum auf Tischen und Regalen verteilt. Orla klemmte ihre Tasche fest unter den Arm. Eine fette Katze sprang vom Sofa und drückte sich schmeichelnd an ihre Beine. Orla schob sie diskret von sich weg.

»Ich hätte wirklich nie gedacht, dass Sie von der Polizei sind«, wiederholte die Alte und musterte Marchal von oben bis unten. »Handwerker vielleicht«, sagte sie mit einem Blick auf sein kariertes Flanellhemd und die dunkelblauen Hosen. »Sieht mir eher nach einem aus, der mit den Händen arbeitet als mit dem Kopf. Wenn die Polizei denn überhaupt mit dem Kopf arbeitet. Das weiß man ja auch nicht. Klempner oder Tischler, ja«, fuhr sie unverdrossen fort. »Ich dachte nämlich immer, bei der Polizei wäre einigermaßen anständige Kleidung vorgeschrieben. Uniform, zum Beispiel.« Sie wandte sich an Orla. »Und Sie da, Fräulein. Sind Sie dann seine Sekretärin?« Sie lachte herzhaft über ihren eigenen Witz. In ihrem Unterkiefer fehlten zwei Zähne. Dann musterte sie Orla von Kopf bis Fuß.

»Darf ich vorstellen, Sonderermittlerin Dr. med. Os«, sagte Marchal kurz. »Sie führt zusammen mit mir die Ermittlung durch.«

Man sah der Alten förmlich an, wie es in ihrem Kopf arbeitete, dann fragte sie zuckersüß: »Kaffee? Und seien Sie doch so freundlich und setzen sich. Ich bin ja ganz zerstreut. Bedaure sehr, so unaufmerksam zu sein.« Bevor sie protestieren konnten, war sie in die Küche verschwunden.

Orla und Marchal sahen sich an. Er grinste übers ganze Gesicht und öffnete seinen obersten Hemdenknopf. »Ich glaube, du solltest dich deines neu erworbenen Ansehens bedienen und eine Vorlesung über die gesundheitsfördernde Wirkung von frischer Luft und geöffneten Fenstern halten.«

»Unsere Prüfung hat gerade erst angefangen«, murmelte Orla. Sie hörten Madame Dupont in der Küche rumoren. Sie musste vom Küchenfenster eine perfekte Aussicht auf den Hof haben. Sowohl der Haupteingang als auch der Hinterhof lagen genau gegenüber. Orla ging zum Fenster und schob die Gardine beiseite. Marchal stellte sich neben sie. Von ihrem Stuhl aus hatte Madame Dupont dieselbe Aussicht auf die Straße wie der Concierge. »Sperrsitz«, nickte er nach draußen. »Hier kommt keiner unbeobachtet vorbei.«

»Bei ihr ganz bestimmt nicht.« Orla deutete hinüber zum abgewetzten Ohrensessel am Fenster. »Der sieht ziemlich benutzt aus.«

Madame Dupont kam mit einem Kaffeetablett herein und deckte den Tisch. Die Katze sprang mit größter Selbstverständlichkeit auf den Schoß ihrer Besitzerin. Orla starrte auf das Geschirr. Die Teller waren schmierig, und die Tassen hatten auf den Innenseiten dunkle Kaffeeflecken. Madame Dupont schenkte Kaffee ein und hielt ihnen den Kuchenteller hin. *Mucor und Penicillin,* dachte Orla, als sie auf den Madeleines die grünen und grauweißen Reste eines Belags erblickte, den jemand abzukratzen versucht hatte. Sie schüttelte energisch den Kopf.

»Sie ist auf Diät«, sagte Marchal und griff nach einem Törtchen. »Und sie trinkt niemals Kaffee. Niemals«, sagte er nachdrücklich.

»*Ça alors!*« Die Frau sah Orla beleidigt an.

Orla fasste den Entschluss, mit der Tür ins Haus zu fallen. »Wir sind hier, weil heute Nacht ein Mord verübt wurde«, sagte sie. »Wir haben bis jetzt nur wenige Angaben zum Tathergang und brauchen Ihre Hilfe.«

Wieder blitzte ihr das unvollständige Gebiss der Alten

entgegen. »Gott, welch charmanter Akzent! Klar und deutlich.« Sie schob das maskenhafte Gesicht dicht an Orlas heran. Das Lächeln war verschwunden. »Warum verhören Sie mich? Werde *ich* etwa verdächtigt?« Die Augenbrauen, zwei dünne, von Hand gezogene Striche, wanderten skeptisch nach oben. »Ich habe nichts damit zu tun.« Sie verschränkte die Arme vor der Brust und blickte in eine andere Richtung. »Ich weiß nichts«, fügte sie verärgert hinzu und kniff den Mund zusammen.

»Jeder in diesem Haus wird als Zeuge vernommen«, antwortete Marchal geduldig. »Auch die Nachbarschaft. Wir hoffen, dass irgendjemand etwas gesehen hat, das uns bei den Ermittlungen weiterhilft.«

Die Frau beruhigte sich etwas. »Paris ist eine große Stadt. Es wohnen alle möglichen Menschen hier, und es geht so viel Merkwürdiges vor sich, das weiß man ja. Schreckliche Dinge passieren, natürlich. Aber das hat nichts mit mir zu tun.«

»Jetzt hören Sie doch mal zu.« Marchal hatte seinen freundlichsten Ton angeschlagen. »Dies hier ist nichts anderes als eine Zeugenbefragung. Erzählen Sie uns einfach, ob Ihnen gestern oder heute Nacht irgendetwas Besonderes aufgefallen ist. Leckeres Gebäck, übrigens.« Er legte noch ein Törtchen auf seinen Teller. Orla starrte ihn an, als verspeiste er exotische Insekten.

Alice Dupont wandte sich ihm wieder zu. »Es ist doch nicht meine Aufgabe, mich um das zu kümmern, was hier im Hause vorgeht.« Sie zupfte an ihren Chiffonrüschen. »Für so etwas wird der Concierge bezahlt. Aber so viel kann ich Ihnen sagen, er taugt nichts! Nicht einmal den Müll schafft er rechtzeitig nach draußen, und es kommt vor, dass die Post bis zum nächsten Tag bei ihm liegen bleibt.« Sie strich mit beiden Händen über die fette Katze und vermied es wieder einmal geschickt, die Frage zu beantworten.

»Sie haben also heute Nacht nichts Besonderes bemerkt?«

»Nachts *schlafe* ich, Herr Inspektor.« Sie sah ihn vielsagend an. »Auch wenn alle meinen, ältere Menschen schlafen schlecht – so alt bin ich ja auch nicht. Aber vor einiger Zeit hatte ich es an der Hüfte, Herr Polizeiinspektor. *Mon dieu*, sagte ich mir, wenn das so weitergeht! Aber dann las ich in einer Zeitschrift, dass es da einen Tee gibt, mit dem man Umschläge machen kann und ...«

»Wie lange hat denn der Concierge schon diesen Job, Madame Dupont?«, unterbrach Orla sie schroff.

»Seit Ewigkeiten«, antwortete sie, immer noch an Marchal gewandt. »Er kam vor meiner Zeit. Ich muss aber sagen, ich bin doch etwas erstaunt darüber, dass er hier weitermachen darf.« Wieder warf sie Marchal einen vielsagenden Blick zu.

»Ach ja?« Marchal hatte nicht verstanden.

Sie seufzte. »Sie müssen wissen, er hat doch schlechte Angewohnheiten, die ihn ungeeignet für die Aufgabe machen. Also meiner Meinung nach.«

»Meinen Sie, dass er zu viel trinkt?« Orla befürchtete, dass sie an diesem Nachmittag nicht mehr an Erkenntnissen mitnehmen würden als den Hang des Concierge zum Alkohol.

Die Frau richtete ihren Blick auf sie. »Ja, das will ich wohl meinen.«

Sie wandte sich wieder an Marchal. »Und er trinkt nicht nur ein oder zwei Gläser zum Essen. Nein, ständig und in großen Mengen. Und dann schläft er gerne den ganzen Vormittag.«

»Nachts auch?«, fragte Orla.

Madame Dupont starrte Orla an, als hätte die sie gerade beleidigt. »Woher soll ich das wissen? Fragen Sie ihn doch selbst.« Sie wandte sich gekränkt ab.

»Wie lange wohnen Sie schon hier?« Marchal war auf dem Boden seiner Kaffeetasse angelangt, und es hatte nicht den Anschein, als fühlte er sich wohl.

»Seit mein Mann und ich geheiratet haben. 1957, genauer gesagt. Wir haben die Wohnung im selben Jahr gekauft.« Sie seufzte tief. »Mein Mann verstarb früh. Es ist über dreißig Jahre her.« Sie griff in ihre Bluse und fischte ein zerknittertes

Taschentuch heraus. »Ein schrecklicher Verlust für mich. Keiner kann sich vorstellen ... Wir führten so eine gute Ehe.« Ihre Stimme bebte, und sie sah Marchal traurig an. »Wir waren sehr glücklich.« Sie schnäuzte sich kräftig.

Orla blickte sich diskret um. Die Wände waren mit billigen Kunstdrucken dekoriert. Es gab keine Fotos.

Alice Dupont stopfte das Taschentuch wieder zurück. Unaufgefordert fuhr sie fort: »Leider hatten wir keine Kinder. Unser einziger Sohn starb mit einem Jahr an Lungenentzündung.« Das Kinn bebte, und sie wischte sich mit dem Handrücken die Nase ab.

Marchal rutschte unruhig auf seinem Stuhl hin und her. »Tut mir aufrichtig leid«, murmelte er.

»Die Ärzte erkannten nicht ...«, begann sie erneut, als Marchal resolut seine Tasse auf dem Tisch absetzte.

»Gnädige Frau«, unterbrach er sie freundlich, »wir danken Ihnen für Ihre Unterstützung. Wir werden Sie jetzt nicht mehr belästigen.« Er beugte sich zu ihr. »Könnten Sie uns vielleicht trotzdem behilflich sein, bevor wir gehen?« Er sah sie eindringlich an.

Das unterdrückte Schluchzen hörte auf. »Selbstverständlich.« Jetzt wirkte sie plötzlich kooperativ.

»Wissen Sie etwas über den Mann, der letzte Nacht ermordet wurde? Er ist offensichtlich hier Mieter gewesen.«

Alice Duponts Gesicht verschloss sich wieder. »Ich kenne ihn nur vom Sehen, ich habe nie mit ihm gesprochen. Ich bin von Ausländern auch nicht so sonderlich begeistert.«

»Ausländer, Madame Dupont?«

Alice Dupont atmete tief durch. »Ja? Was denn?« Ihre Stimme bebte vor Empörung. »Es würde mich nicht wundern, meine ich. Die strömen doch aus allen Richtungen hierher! Schon in meiner behüteten Kindheit. Damals waren es Portugiesen und Italiener. Ich erinnere mich noch, wie es in allen Bussen nach Knoblauchwürsten und schmierigem Öl stank! Ach nein, Herr Inspektor« – die magere Hand tätschelte Marchals große Faust, als er den Mund öffnete, um zu protestieren –, »das war vor Ihrer Zeit. Und dann all die Spanier, die Francos feste Hand nicht ertrugen und über die Grenze zu uns gerannt kamen. Und jetzt diese *Horden* von Afrikanern! Die übrigens das Viertel hier vollständig besetzt haben. Nur ein paar von uns Alten sind noch hier. Und wer wird die Zeche zahlen, Herr Polizeiinspektor? Sie und ich. Während die Politiker ihnen alle Türen weit öffnen!«

»*Madame!*«

»Ja, nicht wahr! Und dem Herrn sei Dank, dass Le Pen endlich etwas Rückgrat zeigt.« Sie setzte ihre Tasse klirrend auf der Untertasse ab. »Meine Stimme wird er bei der nächsten Wahl bekommen, falls ich vorher nicht auch im Hinterhof niedergestochen werde«, sagte sie nachdrücklich. »Man kann sich ja bei Leuten aus diesen Gegenden wirklich nicht allzu sicher fühlen.«

»Sie meinen den Mann, der hier ermordet wurde?«, fragte Orla gelassen.

Alice Dupont war ganz still und sah Orla an. »Ja. Der und sein Freund. Ich gehe davon aus, dass sie Ausländer sind!« Sie wandte sich an Marchal. »Das Gerücht kursierte, dass die beiden oben in der Mansarde Studenten sind und aus dem Osten kommen, Russland oder so.« Sie schob die Katze vom Schoß und stand auf. »Und jetzt möchte ich gern meine Ruhe haben.«

»Sie wissen nicht zufällig, wer die Zimmer vermietet?«

»Darüber bin ich nicht informiert. Keiner hier aus dem Haus, soweit ich weiß. Fragen Sie doch den Concierge.«

Marchal reichte ihr die Hand. »Ich muss Sie bitten, darüber nachzudenken, ob es noch irgendetwas gibt, das Sie uns erzählen möchten, egal, wie unbedeutend es jetzt auch scheinen mag.«

Sie griff kurz nach seiner Hand. Orla war wieder Luft für sie. »Ich werde darüber nachdenken«, sagte sie, drängte sie fast zum Ausgang, dann schlug die Tür hinter ihnen zu.

Sie gingen schweigend die Treppe hinunter. Auf der Straße warf Orla einen Blick auf das Fenster in der ersten Etage. Die Gardinen waren zwar immer noch zugezogen, aber als sie sich ins Auto setzten und auf die Straße fuhren, schienen sie sich zu bewegen.

4

Orla trat hart auf die Bremse. Das Auto hielt mit einem Ruck am Ende der Rue du Sommerard. Sie stellte den Motor aus. »Was hat Alice Dupont nun eigentlich gesagt?« Sie starrte Marchal an. »Bist du in der Lage, mir eine sinnvolle Zusammenfassung zu geben?« Sie nahm ihr Notizbuch und blätterte zur letzten Seite.

Marchal schaute gedankenverloren hinüber zu dem winzigen Parc Paul Painlevé. Große Bäume beschatteten die Bänke. Scharen von Tauben veranstalteten in den Kronen ein ziemliches Spektakel. Auf der anderen Seite des Parks, am Eingang zur Sorbonne, stand eine Gruppe von Touristen, die ihre Köpfe und Kameras verblüffend synchron mit den ausladenden Armbewegungen des Stadtführers bewegten und dabei das Gebäude aus allen Richtungen verewigten. »Ich versuche auch gerade, das zu sortieren«, sagte er und zupfte an seinem Bart.

»Es ist schon sonderbar, wie wenig sowohl der Concierge als auch Alice Dupont über die Männer in der Mansarde wissen wollen«, sagte Orla. »Dauernd hören wir, dass Menschen, die im selben Haus wohnen, dasselbe Treppenhaus benutzen und dieselbe Aussicht aus den Fenstern haben, nichts gesehen oder gehört haben.« Sie starrte ihn an. »Das kann doch wohl nicht wahr sein?«

Marchal nickte. »Wieso nicht?«

Orla kaute frustriert auf ihren Nägeln herum. »Das ist eine

total andere Art zu leben und zu denken als ich es aus der Gegend kenne, in der ich aufgewachsen bin.«

»Das Großstadtphänomen?«

»Ja, genau.« Sie lachte. »In Melbu, wo ich herkomme, konntest du einen Mann nach der Schuhgröße seines Nachbarn fragen. Du bekamst immer eine Antwort.«

»Vielleicht hängt das nicht unbedingt mit der Großstadt zusammen. Und warum muss man denn unbedingt etwas vom Leben des Nachbarn wissen?«

»Das war jetzt ziemlich blöd.« Sie sah ihn vorwurfsvoll an. »Ich hoffe, du meinst es nicht so.«

Er hätte fragen können, warum, ließ es aber. Im Augenblick war ihm ihre Philosophiererei einfach zu viel. »Das Vernünftigste, was wir im Moment tun können, ist etwas essen.« Er steckte die Hände in die Taschen und zog zwei verschimmelte Madeleines heraus, die er den Tauben im Park hinwarf.

»Hervé!« Sie starrte ihn an. »Du hast ja Talent zum Taschendieb! Ich habe gar nicht gesehen, dass du sie eingesteckt hast.«

»Als Polizist sollte man so etwas beherrschen«, sagte er und stand auf. »Nun komm schon.«

Sie hatten mitten im Quartier Latin geparkt und spazierten gemächlich an der Mauer vor dem Mittelaltermuseum entlang. In der Rue des Écoles mischten sie sich unter die Fußgänger, schoben sich auf dem Gehweg an den kleinen Tischen der Restaurants vorbei, wo sich die Leute nach der Arbeit zu einem Drink oder einer Kleinigkeit zu essen drängten. Vor dem Kino ›Le Champo‹ unten an der Straße hatte sich eine Schlange gebildet.

Marchal sah Orla an. »Wann bist du zuletzt im Kino gewesen?«

Sie musste überlegen. Es war tatsächlich so lange her, dass sie sich nicht mal mehr erinnern konnte, was sie gesehen hatte. Sie kam nicht dazu, ihm zu antworten. Als sie an die Ecke zum Boulevard St. Michel kamen, blieb Marchal wie angewurzelt stehen und stierte auf eine Modeboutique für junge Leute mit mintgrüner Fassade. »*Merde! Quelle connerie!*«, fluchte er. Der Finger zitterte, mit dem er auf die grüne Fassade deutete.

Orla sah sich verstohlen um und versuchte, ihn am Arm weiterzuziehen. »Was ist denn los?«

»Aber sieh dir doch mal an, was die gemacht haben!« Er riss sich los. »Diese schöne alte Brasserie! Das ganze Café ist abgerissen! Weg!« Seine Stimme übertönte sogar den Verkehrslärm. »Durch eine von diesen Boutiquen ersetzt, wie du sie auf der ganzen Welt findest!« Wütend überquerte er die Straße. Orla musste sich beeilen, um mitzukommen. »Wie viele Hamburgerbuden und Teenagerläden lassen sich in eine einzige Stadt quetschen?« Bei der Ampel am Jardin du Luxembourg blieb er stehen und sah sie wutentbrannt an.

»Lieber Himmel, jetzt beruhige dich mal«, flüsterte sie, ein Lachen unterdrückend. »*Ich* hab kein einziges Café in dieser Stadt aufgelöst. Massenweise werden traditionelle Cafés dichtgemacht, das ist nun wirklich nicht neu. Jetzt steh doch nicht da und brüll herum, als hättest du das eben erst kapiert.« Sie sah sich um. »Hervé. Die Leute gaffen uns an, als würden wir hier gerade unseren Ehekrieg ausfechten.« Sie schüttelte lachend den Kopf. Vor Hunger und Hitze und Lachen konnte sie sich kaum noch auf den Beinen halten. »Ich hänge mich dir an den Hals und heule, wenn du dich nicht auf der Stelle zusammenreißt. Das waren mir für einen Tag schon genug Käuze, wobei du fast der Schlimmste bist.« Sie rief rasch Roland an, um ihm ein anderes Lokal vorzuschlagen.

Er verzog keine Miene. »Ich sehe gar nicht ein, das zu akzeptieren!«

Sie gab auf. »Meine Güte. Die Zeiten ändern sich überall. Nur nicht in deinem Wirrkopf.« Sie zog ihn mit sich über die Straße. »Es nützt doch nichts, sich davon frustrieren zu lassen, dass die Welt immer kleiner wird. Alle essen Hamburger.«

»Ich nicht!« Sein Gesicht war hochrot. »Ich will richtiges Essen haben!«

»Na, dann komm schon hier hinein.« Sie schob ihn vor sich her und nickte dem Kellner zu. Roland saß hinten im Restaurant und blätterte in der Speisekarte.

Er warf einen fragenden Blick auf Marchals erregtes Gesicht. Ruhig sagte er: »Die haben hier ein leckeres Kalbsfrikassee. Und die Terrine aus Tomaten und Mozzarella ist ausgezeichnet.« Dann wandte er sich an Orla, während Marchal die Speisekarte studierte. »Ich hätte nie geglaubt, dass jemand seinen Beruf als Arzt aufgibt, um zur Polizei zu gehen«, sagte er.

»Wer sagt denn, dass ich irgendetwas aufgegeben habe?« Sie empfand seinen bohrenden Blick als etwas herablassend. Und ihre Antwort fand er offensichtlich unbefriedigend. »Man ändert sich. Entscheidet sich neu. Im Lauf des Lebens passiert eben dies und das.« Sie hielt inne. Er hatte doch bereits eine Antwort bekommen. Aber sie fügte noch hinzu: »In der Rechtsmedizin hatte ich viel Kontakt zur Polizei. Und ich hatte einen Mann, der Anwalt war.« Sie zögerte. »Ein Interesse, das auch durch ihn geweckt wurde. Vielleicht auch der Wunsch, mehr mit den Lebenden als mit den Toten zu arbeiten. Ich mache die Untersuchungen der Toten am Tatort, aber ich führe nicht mehr die offiziellen Obduktionen in den vier Wänden des Krankenhauses durch.«

»Kalb ist gut«, nickte Marchal, der völlig mit der Speisekarte beschäftigt war und dessen normale Gesichtsfarbe langsam zurückkehrte.

»Für drei«, sagte Orla. »Und bitte schnell.« Sie bereute beinahe schon, nicht doch die gammeligen Kuchen gegessen zu haben. Sie wandte sich wieder an Roland. »Gibt es was Neues?«

Roland war vergeblich im zweiten und dritten Stock gewesen. Im zweiten wohnte ein junges Paar namens Blanc, die Wohnung gehörte der Großmutter der jungen Frau. Sie lebte noch, war aber schon vor einiger Zeit in ein Pflegeheim umgezogen.

»Und im dritten Stock?« Marchal hatte den Brotkorb geleert.

»Eine alleinstehende Frau Mitte vierzig. Monique Bertrand. Ursprünglich aus Martinique.« Roland lehnte sich über den Tisch und spielte mit einem leeren Aschenbecher. »Madame hat fast jedes Wochenende Besuch von ihrem Geliebten. Wenn er da ist, wird er verwöhnt wie ein Graf.« Er lächelte und entblößte dabei sehr weiße, etwas unregelmäßige Zähne. »Monique Bertrand hatte offenkundig den ganzen Vormittag am Herd gestanden. Sie war nicht gerade entzückt, dass ich es war, der klingelte. Falscher Mann. Schwierige Fragen.«

»Was für einen Eindruck machte sie auf dich?«

»Schwer zu sagen.« Er sah sie nachdenklich an. »Monique Bertrand hat nur diesen Freund als Alibi, mit dem sie nachts schläft. Aber aus welchem Grund sollte sie einen jungen Studenten ermorden?« Er strich sich über das Kinn. »Nichts. Sie macht in jeder Hinsicht einen soliden Eindruck. Fester Job. Nie irgendwie irgendwo in Schwierigkeiten gewesen, nichts, das wir registriert hätten.«

Die Teller dampften, als der Kellner sie brachte. Marchal machte ein skeptisches Gesicht und begann zu essen, während er weitersprach.

»Der Concierge und Alice Dupont, eine ältere Witwe im ersten Stock, hatten beide auch nicht viel beizusteuern.« Marchal sah Roland an. »Aber überprüf doch mal ihr Führungszeugnis. Und nimm zu diesem Patin Kontakt auf, dem das Haus ursprünglich gehörte.«

»Ich fange mit dem Fahndungsregister an. Mal sehen, ob da was dabei ist, das mit unseren Studenten in Verbindung gebracht werden könnte.« Roland legte Geld auf den Tisch. »Russen oder Osteuropäer?«

»Das hat Alice Dupont angedeutet. Woher sie das hat, weiß ich nicht.« Marchal kramte sein Portemonnaie hervor. »Aber damit haben wir noch mehr Punkte, die überprüft werden müssen. Besorg die Listen der Universitäten. Check die Asylsuchenden aus dem Osten. Flüchtlinge, umherziehende Hehler, Dealer und alle, worauf wir ein Auge haben müssen. Der zweite Student wird in dem Ganzen unser Angelpunkt. Wenn er mit uns zusammenarbeitet.«

»Bisher ist er noch nicht wieder aufgetaucht. Wir sind gerade dort gewesen.«

»Der kommt schon.« Marchal starrte vor sich hin. »Wir wissen doch gar nicht, wie lange er weg gewesen ist. Das können Tage oder Wochen gewesen sein. Nimm zu den osteuropäischen Botschaften Kontakt auf, finde raus, ob sie in der letzten Zeit von jungen Männern kontaktiert wurden.« Er überlegte. »Wann geht dieser verdammte Fußballzirkus los?« Marchal hatte zwar überhaupt kein Interesse an Sport, aber dass Frankreich die Weltmeisterschaft ausrichtete, hatte sogar er mitbekommen.

»Das Eröffnungsspiel ist am 10. Juni«, kam es begeistert von Roland. »Brasilien gegen Schottland im Stade de France.«

Marchal schüttelte resigniert den Kopf. »Also in vier Tagen. Das fehlt uns gerade noch. Achtzigtausend begeisterte Fußballfans, die nach dem Kampf aus dem Stadion strömen – und das mitten in der schlimmsten Touristensaison. Und sobald die zweite Halbzeit angepfiffen ist, ist der Teufel los.«

»Na, hier hast du schon einen Fan vor dir.« Roland hob die Hand. »Und wenn Frankreich das Finale gewinnt, werde ich weinen wie ein Kind.«

»Du wirst über ganz andere Sachen weinen. Zum Beispiel, wenn du dein Ticket verkaufen musst, weil du Dienst hast. Ich fahr morgen in aller Frühe wieder in die Rue Edmond Flamand.«

Sie zahlten und gingen. Stimmengewirr schlug ihnen entgegen. An diesem strahlenden Juniabend waren die Straßen gedrängt voll mit gut gelaunten Menschen. Orla empfand den Abend wie eine befristete Freiheit, eine Art nächtliche Amnestie von der brennenden Sonne und der Hitze am Tag. Jetzt sollte sie eigentlich arbeiten. In fünfzehn Stunden würde sie sonst nichts fertigbringen.

Sie schlenderten über die Place de la Sorbonne. Die Cafés bei den großen Springbrunnen mitten auf dem Platz waren überfüllt, und die Kellner bedienten im Laufschritt. An einer Ecke stand eine Gruppe Jugendlicher und spielte klassische Musik. Orla erkannte ›Csárdás‹ von Monte wieder und lauschte einige Minuten entzückt dem langhaarigen jungen Mann in schmutzigen Jeans, der so göttlich Violine spielte. Sie legte ihm fünf Francs in seinen Geigenkasten. »Beurteile nie einen Menschen nach seinem Äußeren, war es nicht so?«, meinte sie an Marchal gewandt, ehe sie mit den anderen weiter die Rue de la Sorbonne hinunterging. An der Ecke zum Parc Paul Painlevé blieben sie stehen.

»Soll ich jemanden mitnehmen?« Orla sah von einem zum anderen. »Ich muss noch mal kurz ins Büro und die bisherigen Ergebnisse zusammentragen. Wir fangen ja morgen schon früh an.«

Marchal schüttelte den Kopf. »Die Metro ist wieder mal das einfachste. Und sicherste.«

Roland lächelte schwach. »Ich komme auf eigene Faust nach Hause. Aber danke.«

Orla zuckte die Achseln. »Wie ihr wollt. Hole dich morgen früh im Büro ab, Hervé. Punkt sieben.«

Damit trennten sie sich. Orla setzte sich ins Auto und stellte das Radio an. *»Die Rechte ist in sich zerstritten. Präsident Chirac ist wegen des früheren Innenministers Charles Pasqua aufgebracht«, verkündete der Reporter. »Keine drei Tage, nachdem Jacques Chirac geäußert hat, dass alle illegalen Einwanderer das Land verlassen müssten, kommt Pasqua und verkündet, sie alle müssten Bleiberecht bekommen. Der Sieg der Front National und Le Pens in vier Regionen bei den Kommunalwahlen hat zweifelsohne …«* Sie stellte das Radio aus und blieb im Auto sitzen, der Motor lief im Leerlauf. Sie spielte gedankenverloren mit einer langen Locke. Sonderbare Menschen in diesem Haus. Das auffallende Desinteresse, die undurchdringliche Wand aus Schweigen, die sich sofort aufbaute, sobald man ihnen eine Frage stellte. Sie ließ die Haare los und sah im Rückspiegel ihre fragenden Augen. Natürlich war es möglich, ein Muster im Chaos auszumachen. Ihre Neugier war erwacht, diese Neugier, die sie manchmal dazu verleitete, an Türen zu lauschen oder einen Blick auf Papiere zu werfen, die nicht für sie bestimmt waren. Sie tadelte sich selbst dafür, war ihre strengste Kritikerin. Dennoch: Die Neugier hatte sie weit gebracht, im Guten wie im Schlechten. Sie ließ den Motor aufheulen. Eine Frau mit einer Kamera auf der Schulter blieb vor dem Wagen stehen und wedelte erbost mit den Armen. Orla hob lächelnd den Arm und bog in die Straße ein. Sie war viel zu sehr mit ihren eigenen Gedanken beschäftigt, um sich umzusehen. Das dichte Laub hätte ihn sowieso verborgen, als er sich langsam in einer Ecke des Parks auf eine Bank setzte und dem Auto nachsah, bis es verschwunden war.

Er hatte vorhergesehen, was passieren würde, und es war so gekommen, wie er es sich gedacht hatte. Fast. Er hatte sich Polizisten vorgestellt, die auf die Leiche starrten, und die leeren toten Augen, die zurückstarrten, stumm und dennoch sprechend.

Sie hatten den Tatort überschwemmt. Er hatte vorhergesehen, wie sie alles untersuchen und analysieren würden, während er zufrieden alles beobachtete: ihre Stimmungen, ihre Chancen oder Möglichkeiten. Er war ihnen immer einen Schritt voraus.

Aber der Zufall hatte ihm jetzt einen Streich gespielt. Er hatte *sie* nicht vorhergesehen. Nun, in seiner Branche ließ sich so etwas korrigieren. Sie würden auch ihre Leiche finden. Wieder würden Polizei und Hunde und Spurensucher gerufen. Dieses Mal würden sie keine Spuren entdecken.

5

Sie hatte gerade Öl ins Badewasser gegeben, als es klingelte. Es war halb neun. Erstaunt drückte sie auf die Sprechanlage, um diese Zeit bekam sie so gut wie nie unangemeldet Besuch. »Ja?«

»Guten Abend, Orla. Ich bin's noch mal. Störe ich?« Die Stimme ihres Schwiegervaters kam aus der Gegensprechanlage. Er sprach langsam und sehr deutlich. Sie musste an eine alte Filmsequenz mit Charles de Gaulle denken. »Meine Güte, du, Jean?« rutschte es ihr heraus. »Nein, natürlich nicht, du störst gar nicht«, log sie und zog sich mit einer Hand die Hose an. »Komm rauf.« Sie schaffte es gerade noch, die Bluse zuzuknöpfen und sich mit der Bürste durchs Haar zu fahren, ehe er in der Tür stand. Dass er vorbeikam, überraschte sie, zumal sie sich erst Stunden zuvor gesehen hatten. Nur selten tauchte er hier auf, höchstens, wenn er bei seinem Sohn gewesen war. Ihr Schwager David wohnte fünf Minuten entfernt in der Rue du Sommerard. Und da stand ihr Schwiegervater nun, in hellen Hosen, einem kurzärmeligen Hemd, und war von der Treppe nur wenig außer Atem. Jean Chenu sah bedeutend jünger aus als fünfundsechzig.

»Sag Orla guten Tag.« Er hatte den fünfzehn Jahre alten Schoßhund auf dem Arm, den Orla »Stinktier« getauft hatte. Der Hund hasste sie, und dieser Hass beruhte absolut auf Gegenseitigkeit. Tränende Augen starrten sie feindselig an, und als sie versuchte, den Schwiegervater zu begrüßen, bleckte er seine schlechten Zähne.

»Na na, Didou, das ist doch nur die Orla!«, schimpfte er mit dem Hund.

»Sollte diese kleine Ratte nicht bald mal ein bisschen Gift

bekommen?«, säuselte sie zuckersüß auf Norwegisch und gab ihm ein Luftküsschen.

»Was hast du gerade gesagt?« Der Schwiegervater sah sie fragend an.

»Ich habe nur gesagt, na, du süßer kleiner Liebling«, antwortete sie und trat zur Seite. »Willst du nicht hereinkommen?«

»Mit seiner Verdauung stimmt etwas nicht.« Er trat in den Flur und sah besorgt auf den Hund. »Schade, dass du keine Tierärztin bist.«

Orla schloss die Tür und nickte. »Du sagst es. Möchtest du etwas zu trinken?«

»Nein, danke.« Er blieb im Flur stehen. »Es ist spät. Ich wollte dich eigentlich nur noch etwas fragen.« Er lächelte gequält. »Ich kam vorhin beim Lunch nicht dazu, du warst so schnell weg.«

Orla sah zur Seite. Was sollte sie darauf antworten? Sie war beim Lunch etwas überstürzt aufgebrochen, nachdem Marchal sie wegen des Mordes im Hinterhof angerufen hatte. Sekundenlang herrschte peinliche Stille. Der Hund gähnte, er roch übel.

»Ich bin gebeten worden, am Montagnachmittag beim Bankenverein einen Vortrag zu halten. Du weißt ja, ich sitze im Vorstand.«

Sie hatte keine Ahnung. Er saß in so vielen Vorständen.

»Die Bank richtet anschließend für die wichtigsten Aktionäre eine Cocktailparty aus. Mit oder ohne Begleitung. Wir haben uns gedacht, ob du mich dieses Mal vielleicht begleiten könntest?« Er lächelte; es war ein Lächeln von dieser Sorte, das freundlich wirken sollte, das aber keinen Widerspruch zuließ.

Ein unangenehmes Gefühl regte sich in ihrem Bauch. Das war eine Art soziales Training. Einladungen, bei denen man immer vielen Unbekannten begegnete. Angefangen hatte das, nachdem sie dreißig geworden war und sich immer noch am wohlsten in ihrer eigenen Gesellschaft zu fühlen schien. »Du kannst so nicht weitermachen!«, hatte die Schwiegermutter schließlich laut verkündet. »Dich so zu isolieren, entweder in deinem Büro bei der Polizei oder in deinem Labor zwischen Formalin und toten Körpern.« Orla hatte geschwiegen. Ihr Privatleben ging andere nichts an, und sie weigerte sich, es zu diskutieren. Gerade jetzt hatte sie, wie schon unzählige Male zuvor, mehr als genug damit zu tun, ihr wenig kooperatives Gehirn nach passenden Entschuldigungen zu durchsuchen. Sie hasste große Zusammenkünfte und fühlte sich in Gruppen mit unbekannten Menschen unwohl. Von Natur aus nicht sonderlich sozial veranlagt, das war eine ganz passende Charakterisierung.

»Und Claire?«, versuchte sie, leicht panisch.

»Ach, du kennst sie doch. Sie hat keine Lust. Sie hat mich bei so vielen beruflichen Einladungen begleitet, dass sie langsam genug hat.« Er lächelte. »Der Vorschlag kommt übrigens von ihr. Sie meint, es täte dir gut, unter Menschen zu kommen.«

Sie will mich verkuppeln, das weißt du genau, dachte Orla.

»Nun, was sagst du?«, unterbrach der Schwiegervater ihre Gedanken. »Es ist wie gesagt schon am Montag.«

Der Hund fiepte ungeduldig und wollte abgesetzt werden. Orlas Schwiegervater sah sie abwartend an. Seine braunen Augen, von tiefen Falten umgeben, ruhten streng auf ihrem Gesicht. Er war Jurist und Diplomat, hatte eine glänzende Karriere hinter sich und war es nicht gewohnt, eine Absage zu bekommen.

Der Druck in ihrem Magen nahm zu. Meine goldene Chance, dachte sie verzweifelt. Wenn ich jetzt einfach sage, dass ich keine Lust habe, dass er es lassen soll, zum hundertsten Mal zu erklären, wer ich bin und warum ich ein so charmantes Französisch spreche.

Sie schluckte. »Ich habe gerade so schrecklich viel zu tun.«

»Du sagst also ab?« Sein Gesicht war ausdruckslos. »Wie oft bitte ich dich denn um etwas?«, fuhr er fort, ehe sie antworten konnte. »Kannst du mir nicht das eine Mal einen kleinen Gefallen tun?«

Damit hatte er sie schachmatt gesetzt. »Gut. Also dann. Um wie viel Uhr?« Also wieder mal der Weg des geringsten Widerstands. Sie hätte nicht geglaubt, dass sie so feige war! Aber wie sollte sie ihm erklären, dass sie nur ihre Ruhe haben wollte? Ja. Sie war einmal mit seinem Sohn verheiratet gewesen. Aber Alain war tot und aus ihrem Leben verschwunden. Damit waren Jean und Claire es ebenfalls. Der herablassende Ton und die eiskalte Schulter, die sie ihr in den zwei Jahren, die sie verheiratet gewesen war, gezeigt hatten – das ließ sich nicht einfach rückgängig machen.

»Um sechs«, sagte er. »Du kannst mich vielleicht eine halbe Stunde vorher abholen?«

Sie nickte und schloss die Tür hinter ihm. Dann ging sie ins Bad, zog sich aus und sank mit einem langen, tiefen Seufzer ins Wasser.

6

Als Orla am Sonntagmorgen im Polizeirevier ankam, blickte Roland von der gestrigen ›Le Monde‹ auf. »Unterwegs zur Pathologie?«

Sie nickte kurz und sah auf die Uhr. Gerade sieben vorbei.

»Marchal kommt sofort.« Roland deutete auf eine Kanne mit Eiswasser auf dem Tisch und vertiefte sich wieder in die Zeitungslektüre. Orla schenkte sich ein Glas ein und musterte ihn verstohlen. Bei seinem Aussehen war es ja klar, dass dieser Mann ein unerträglich selbstverliebter Frauenliebling wurde. Jeans und weißes T-Shirt verrieten einen schlanken und ungewöhnlich gut proportionierten Körper. Sie schaute demonstrativ weg. Dann schalt sie sich: Sein Aussehen konnte man doch nicht gegen ihn verwenden. Tatsächlich war er erst achtundzwanzig Jahre alt und wirkte grundsolide.

Roland hatte sich auf den Stuhl geflezt, er war vollständig in die Lektüre vertieft. Hin und wieder fuhr er sich mit der Hand durch das dichte, glatte Haar, es war gut geschnitten, sodass es etwas zerzaust wirkte, sehr jugendlich und sympathisch. Prüfend betrachtete sie sein Gesicht. Ließ langsam den Blick über seinen Körper wandern. Er trug Joggingschuhe ohne Socken. Sie sah auf. Zwei eisblaue Augen begegneten ihr über der Zeitung. Sie zuckte zusammen.

»Wo bleibt er denn?«, fragte sie, unerwartet scharf. »Glaubt er, ich hätte den ganzen Tag zu seiner Verfügung?«

Roland ließ die Zeitung sinken, aber er brauchte nicht mehr zu antworten, denn in dem Moment klopfte es kurz, und Marchal zeigte sich in der Tür, fast eine Viertelstunde zu spät. Sie stapfte mit mürrischem Gesicht an ihm vorbei nach draußen.

»*Guten Morgen!*«, verbeugte er sich hinter ihr her. Sie war schon auf dem Weg zur Treppe.

Sie waren fast am Krankenhaus angekommen, als Marchal wieder zu sprechen begann. »Wir haben kein Gegenstück zum Fingerabdruck gefunden.«

Sie nickte kurz.

»Interpol hatte auch nichts«, ergänzte er.

»Das wäre ja auch zu schön, um wahr zu sein, wenn die mal was gehabt hätten.«

»Wohl wahr.« Er sah sich um. Nach kurzer Pause fuhr er fort: »Wie erwartet war der Mörder auch nicht der Versuchung erlegen, die Handschuhe und die Waffe in den Mülltonnen zu deponieren.«

»Das war ja wohl auch kaum ein Amateur. Der Tatort machte nicht gerade den Eindruck, als sei er in Panik geflüchtet.«

Sie legten den restlichen Weg schweigend zurück. Erst als sie im Nebenzimmer zur Pathologie standen und schon die grünen Kittel und die Gummistiefel angezogen hatten, sagte Orla: »Was bei jeder Tat variiert, ist der Grad des Unerträglichen, findest du nicht auch?« Sie zog Marchal eine Plastikschürze über den Kopf und band sie auf seinem Rücken zu.

Marchal antwortete nicht. Er stand mit dem Gesicht zur Tür und schaute durch die Glasscheibe in den Obduktionssaal. Dr. Berlier wartete neben der Bank und ging seine Papiere durch. Er war dünn, fast mager, hatte silbergraues Haar, war wie immer tadellos in Anzug und Krawatte gekleidet. Sein förmlicher Umgangston erleichterte Orla die Zusammenarbeit. Er hatte es seiner früheren Mitarbeiterin nie so recht verziehen, dass sie eine glänzende Karriere aufgab, um in den Reihen der Nicht-Akademiker zu arbeiten.

Der Assistent hatte den Instrumententisch herangerollt. Die Auswahl auf dem glatten Tisch aus rostfreiem Stahl erinnerte vor allem an einen gut sortierten Eisenwarenhandel: das große Metallgewicht, das Küchenmesser, glänzende Schalen und Gläser. Die elektrische Säge kreischte durchdringend, als er sie ausprobierte, um sie dann zwischen all dem glänzenden Besteck zu platzieren.

»Es wirkte alles so arrangiert, so aufgeräumt. Was meinst du?« Orla legte die Hand auf die Türklinke und schaute in Marchals unbewegtes Gesicht. »Als wir gestern fertig waren, dachte ich: Verdammt, das hat er nicht zum ersten Mal gemacht. Der hat Erfahrung.« Sie unterbrach sich. »Manchmal fallen einem alte Fälle wieder ein. Man denkt an die Monster, die herumlaufen und eine ganze Mordserie begehen, ohne dass sie gefasst werden. Bis irgendein winziges Detail sie plötzlich verrät. Wie zum Beispiel, dass ein Handschuh ein Loch bekommt. Oder dass der Täter sich zu sicher fühlt. Irgendwie schwirrte mir im Hinterkopf die Frage herum: War das hier nur die Abrechnung zwischen eben diesen zwei Menschen? Oder steckte da noch etwas ganz anderes dahinter?«

Marchal nickte nur, langsam und mechanisch, als sie eintraten.

Untersuchungsrichter Pineau würde die Nachforschungen leiten, er saß bereits an seinem Platz. In dem langen grünen

Krankenhauskittel wirkte er schon jetzt verschwitzt. Mit gerunzelter Stirn folgte er den Vorbereitungen, drei Finger trommelten ungeduldig gegen sein Knie. Orla holte tief Luft und ging hinein. Pineau erhob sich mühsam von dem Hocker, auf den er sich geschoben hatte. »Marchal.« Er sah sie beide mürrisch an. Sie schaffte es kaum, in sein aufgedunsenes Gesicht zu sehen. »Also?« Er atmete keuchend. »Seit gerade mal einer Woche sitzt mir ein Doppelmord im Nacken, ein prominenter Industrieller und seine Geliebte. Verflucht personalaufwendig. Wir stochern immer noch im Dunkeln. Und jetzt das hier!« Seine schlechte Laune wegen der Kürzungen, wegen des Personalmangels und wegen der niedrigen Aufklärungsrate würden heute wieder mal andere ausbaden müssen. Dieses Mal war Marchal dran, dachte Orla.

»Kurz zusammengefasst«, begann Orla, die im Obduktionssaal weitaus entspannter war als Marchal, »wir wurden gestern zu einem Tatort gerufen.« In aller Ruhe zog sie die Handschuhe an und griff nach dem Skalpell. »Nackter Mann, Identität unbekannt. Abgesehen davon, dass man ihn niedergestochen hatte, war die Situation, in der er gefunden wurde, insgesamt undurchsichtig, vorsichtig ausgedrückt. Verletzungen an den Fingern, Penis nahezu amputiert ... Die Untersuchungen gestern konnten den Verdacht auf sexuelle Misshandlungen ausschließen. Wir finden nichts an ihm, außer den Wunden von Nagetieren und einem einwandfreien Fingerabdruck.«

»Identität unbekannt?« Pineau packte sie am Arm. »Was zum Teufel machen Sie damit?«

Sie starrte auf seine Hand und hatte Lust, das Skalpell gleich bei ihm anzusetzen. »Nimm die Pfote weg«, zischte sie auf Norwegisch. »Wir machen«, sagte sie ruhig, »unsere Arbeit. Alles, was wir mit den eingeschränkten Ressourcen tun können, um es mal so auszudrücken. Soweit ohne Erfolg. Aber wir haben ja auch gerade erst angefangen.«

»Ihnen werden die Ressourcen zur Verfügung stehen, die wir übrig haben.«

Orla verdrehte die Augen.

»Roland checkt alle möglichen Verbindungen. In erster Linie den Hinweis, dass der Ermordete ein osteuropäischer Student gewesen sein soll«, flocht Marchal ein.

»Ausländer!«, rief der Untersuchungsrichter. »*Merde alors*, Marchal! Schaffen Sie die Sache schnellstmöglich aus der Welt. Sie wissen, wie es derzeit steht. Wir haben mehr als genug Ärger mit Ausländern und Messerstechereien wie dieser. Haufenweise!« Der Atem kam stoßweise, pfeifend. »Grässliche Überfälle und Morde mit Messern in allen möglichen Varianten.« Er hob die dicken Hände in einer resignierten Geste. »Und was soll man mit denen machen? Die sind schneller mit dem Messer als andere mit dem Mund! Und mehr als die Hälfte von ihnen dürfte von Rechts wegen nicht mal hier sein.«

Orla sah ihn von der Seite an und wandte ihm dann den Rücken zu. Dann soll er halt vor Empörung tot umfallen, beschloss sie für sich. Sein Temperament und seine überholten Vorstellungen waren für sie immer wieder eine Prüfung. Ihm zufolge gab es zu viele Frauen bei der Polizei, zu viele weibliche Richter und zu viele Ärztinnen. Nur wenn es um Ausländer ging, machte er eine Ausnahme. Das waren insgesamt zu viele, Männer wie Frauen.

Dr. Berlier stand am Obduktionstisch bereit, ruhig und abwartend. Er mischte sich nie in derartige Diskussionen ein, machte aber unmissverständlich deutlich, wie sinnlos er sie fand. Als Fachmann bis in die Fingerspitzen betrachtete er es als seine Aufgabe, sich nur zu objektiven Funden und Beweisen zu äußern, und ihn zu Spekulationen verleiten zu wollen, war absolut aussichtslos.

Sie stellten sich zu beiden Seiten des Tischs bereit, auf dem der Ermordete lag. Orla deutete auf die Einstichwunden, gähnende kleine Spalten in der weißen Haut. »Das Blatt des Messers muss zweischneidig gewesen sein.« Sie presste vorsichtig die Schnittflächen an einer Wunde zusammen. »An den beiden Enden hier ist das gut zu sehen. Völlig identisch.«

»Ein Dolch?« Marchal redete wieder.

»Möglich.« Dr. Berlier führte das Skalpell rasch in einem Y-förmigen Schnitt von den Schultern des Mannes zu dessen Schambein. »Wir haben gestern alle Oberflächen untersucht«, murmelte er, während er den Brustkorb von dem darüberliegenden Muskelgewebe befreite. »UV-Lampen, Laser, das ganze Programm – es gibt keine Anzeichen irgendeiner anderen äußeren Verletzung. Diese hier«, er deutete auf die beiden Einstiche, »sind ebenfalls oberflächlich. Keine von beiden durchtrennt Faszie oder Bauchfell. Wir haben nur zwei bis drei Zentimeter Tiefe gemessen. Am Hals dagegen ... Nun, wir werden sehen.« Er richtete sich auf, während der Assistent die kleine Kreissäge anstellte und den Brustkorb öffnete.

Orla beugte sich wieder vor, als nach und nach die Organe freigelegt wurden. »Diese Präzision!«, rief sie. »Schräg hinter dem Schlüsselbein eingedrungen. Perfekter Winkel zur Lungenspitze.«

»Unbedingt.« Dr. Berlier nahm wieder das Skalpell und legte vorsichtig das Gewebe unter der schrägen Halsmuskulatur frei. »Doch das hier ist wichtiger. Ein präziser Schnitt direkt durch die großen Halsgefäße, die genau hier verlaufen. Beide, Arterie und Vene.« Er runzelte die Stirn. »Direkt in die Aorta.«

»Aorta?« Marchal runzelte die Stirn.

»Die Hauptschlagader.« Berlier nahm ein Lineal und richtete die Lampe aus. »Der Schnitt ist etwa fünfzehn Zentimeter tief.«

Orla nickte. »Man muss kein Hellseher sein, um zu verstehen, dass der Schnitt den gewaltigen Blutverlust verursachte, der zum Tod führte.«

Pineau seufzte. »Ich hoffe, jemand kann mir etwas über die Waffe sagen«, sagte er. »Wie groß ist dieser Dolch?«

»Schwer zu sagen. Die Wunde sagt nichts über die Größe einer Messerklinge. Haut ist elastisch und zieht sich wieder zusammen. Die Bewegung ist da eher von Bedeutung, mehrere unterschiedliche Faktoren spielen da eine Rolle. Der Mörder dreht die Waffe, wenn er sie wieder herauszieht. Es ist nicht mal sicher, dass es ein Dolch war. Alle zweischneidigen Waffen könnten es sein. Speer, Schwert, Bajonett, was weiß ich.«

Marchal schüttelte den Kopf. »Unwahrscheinlich.«

Dr. Berlier zuckte die Achseln. »Marchal, ich kann im Rahmen einer rechtsmedizinischen Untersuchung nicht solche Schlüsse ziehen. Dazu müsste die Waffe noch in der Wunde stecken. Im Grunde können wir nicht mehr sagen als das, was schon am Tatort klar war. Nämlich, dass er niedergestochen wurde. Abgesehen von vielleicht einem Detail: Dass der Mörder tödlich genau traf, als er diese Waffe benutzte, und dass er genau weiß, wie man damit umgeht.«

Dass er schon früher getötet haben muss, dachte Orla.

Sie beugte sich wieder über den Toten. »Gut. Dann wollen wir weitermachen. Ich glaube, wir haben alles berücksichtigt, was in Zusammenhang mit dem Mord gesehen werden kann. Der Rest, nehme ich an, wird bestätigen, dass der Mann gesund war.«

7

»Ich schlage das Bistro an der Ecke vor.«

Sie standen in Marchals Büro, Roland war gerade aus dem Mietshaus zurückgekommen. Alle drei verließen das Büro, Marchal ging mit langen Schritten vorweg die breite Treppe hinunter. Aus einer spektakulären gläsernen Dachkonstruktion flutete das Licht über die Treppe zwei Etagen tief bis nach unten in die altehrwürdige Vorhalle.

Draußen war die Luft stickig von Abgasen und Staub. Ein Stück weiter standen die Touristen schon in langen Schlangen vor Notre-Dame an. Sie gingen über die Brücke St. Michel. Graublau glitzernd floss die Seine unter ihnen dahin, die Stände der Bouquinisten am Fluss waren noch geschlossen. So früh waren angenehm wenig Menschen auf den Straßen, und die sonst so überfüllte Place St. André des Arts hatten sie fast für sich allein. Sie fanden ein Café im Schatten unter großen alten Ahornbäumen. Bei der riesigen Fontäne auf der Brücke St. Michel strömte Wasser aus den Mäulern der Löwen. Menschen eilten vorbei, ein wahrer Querschnitt durch die Weltbevölkerung, doch Orla war ganz in Gedanken versunken. Eine Matrone, altmodisch in Schürzenkleid und mit flachen Sandalen, zog einen knirschenden Handwagen hinter sich her. Das Geräusch holte Orla in die Wirklichkeit zurück, und ihr fiel der leere Kühlschrank zu Hause ein. Es wäre klug gewesen, am Bahnhof ein paar Sachen einzukaufen, bevor es wieder so heiß wurde. Nun musste der Einkauf auf einen anderen Tag verschoben werden.

»Kaffee?« Alle drei nickten. Der leichte Windhauch und der Schatten waren ein Segen.

Orla drehte sich zu Marchal um. »Ich rechne damit, dass du uns morgen den Mann im Nachbarzimmer bringst, damit er den Toten identifiziert.«

»Erst mal muss er wieder auftauchen«, murmelte Marchal. »Tut er das nicht, wirft das ein sehr schlechtes Bild auf ihn. Dann rutscht er unmittelbar auf den ersten Platz der Verdächtigen.« Er blinzelte zur Sonne. »Die Fußspuren sind im Übrigen klar zuzuordnen. Sie stammen von den Joggingschuhen des Toten. Als sie gefunden wurden, lagen sie neben ihm. Es sieht so aus, als sei er damit noch auf und ab gegangen, nachdem er schon niedergestochen worden war.«

»Erzähl doch nichts!«

»Eventuell ein Paar genau gleiche Schuhe, in exakt derselben Größe?«

»Nicht auszuschließen.« Sie zögerte. »Oder der Mörder hat seine eigenen Schuhe irgendwo abgestellt und die des Opfers angezogen, als er auf dem Hinterhof hin und her ging, und sie wieder ausgezogen, als er ins Haus ging, um den Pulli im Klo zu versenken. Als er den Ort verließ, zog er wieder seine eigenen Schuhe an.«

Marchal antwortete nicht sofort. »Das kann natürlich alles sein. Dann hätten wir es mit einem geplanten Mord zu tun, nicht etwa mit einer Tat im Affekt. Und mit einem echt kaltblütigen Fisch obendrein: Er organisiert die Mordwaffe. Drapiert das Opfer. Räumt hinter sich auf. Keine Spur von Panik.«

»Und trotzdem muss alles blitzschnell gegangen sein«, ergänzte Orla. »Die Obduktion hat bestätigt, dass kein Handgemenge stattgefunden hat. Der Mörder kam höchstwahrscheinlich gezielt, um den Mann zu töten. Man sollte beinahe meinen, er hat Anatomiekenntnisse, wenn ihr mich fragt.«

Sie saßen eine Weile schweigend da und tranken ihren Kaffee. »Wie kann einer seit vierzig Jahren Concierge sein, ohne auch nur das Geringste von den Mietern zu wissen?«, überlegte Marchal laut. »Und warum interessiert es niemanden, dass er sich um rein gar nichts kümmert? Er bewohnt die Concierge-Wohnung, aber das ist auch schon alles. Wahrscheinlich hoffen die Besitzer, dass diese Bruchbude eines Tages bei einem kräftigen Sturm einfach in sich zusammenstürzt.« Er schlürfte den Rest Kaffee und wischte sich den Bart mit dem Handrücken ab. »Im Übrigen habe ich sein Führungszeugnis mit der Lupe durchgesehen. Nichts. Vollständig unbeschriebenes Blatt.«

»Und, Roland?«, fragte Orla ermunternd.

Roland war nochmals dort gewesen und hatte Monique Bertrands Freund vernommen, Lucien Maury. »Der Mann meint, dass dort Prostitution betrieben wurde.«

»Prostitution?« Orla runzelte die Stirn. »Welche Anhaltspunkte hat er denn dafür?«

»Keine.« Roland tunkte sein Croissant in den Kaffee. »Er meinte, es habe so ausgesehen.«

»Willst du damit sagen, er schätzt eine Frau nach Kleidung und Aussehen ein und entscheidet dann, ob sie eine Prostituierte ist?«

»Na ja …« Roland zögerte. »Es war wohl nicht nur die Aufmachung.«

»Ist er denn direkt angesprochen worden?«

»Nein, das wohl nicht.«

»Und wie kommt er dann darauf?«

Roland fuhr sich mit der Hand durchs Haar. Die blauen Augen sahen sie über den Tisch hinweg an, er wirkte unentschieden. »Er meinte, dort reges Kommen und Gehen von Männern bemerkt zu haben.«

»Ha!« Orla lehnte sich verärgert über den Tisch. »Er wohnt ja nicht mal dort. Er ist nicht einmal direkt angesprochen worden. Er verbringt nur das Wochenende bei seiner Geliebten. Woher will ausgerechnet er denn wissen, was bei den anderen abgeht?« Sie schnaubte verärgert. »Weißt du, ich finde, das klingt wie Weibergewäsch.«

»Prüf nach, ob es Anzeigen wegen Prostitution gegeben hat.« Marchal stand auf. »Und vielleicht weiß einer bei uns von der Sitte etwas darüber, ob es mal so etwas in der Gegend gegeben hat. Wir ziehen los und sprechen noch mal mit dem Ehepaar Blanc im zweiten Stock und mit dem Studenten.«

»Monique Bertrand erwähnte übrigens, dass der Vater der jungen Madame Blanc mal gegen seine Tochter vor Gericht gegangen ist.« Roland schob sich die Sonnenbrille auf die Nase. »Er hatte sie beschuldigt, ihre Großeltern bestohlen zu haben, die bis vor kurzem in der Wohnung gelebt haben. Kranke und gebrechliche Menschen, um die sie sich ein bisschen kümmerte. Ich glaube, Monique Bertrand kann ihn nicht ausstehen. Und der Großvater der jungen Blanc scheint inzwischen gestorben zu sein.«

»Dann check doch mal den Vater.« Marchal wandte sich an Roland. »Bist du übrigens mit dem Hausbesitzer weitergekommen, diesem Patin?«

»Bisher nicht. Ich habe mit einem freundlichen, aber völlig unzugänglichen automatischen Anrufbeantworter geredet.« Er stand auf.

Marchal legte ihm freundschaftlich seine kräftige Hand auf die Schulter. »Kannst du vielleicht einen neuen Vorstoß unternehmen? Und wenn keiner abnimmt, fahr hin.« Roland nickte kurz.

Orla stand auf. »Hervé, ich fahre.«

Marchal nickte. »Gut. Gefährlich zu leben gehört zu meinem Job.«

Sie parkten auf dem leeren Innenhof. Das Haus wirkte verlassen. »Sonntägliche Stille«, sagte Marchal. Er war schon auf dem Weg zur Hintertreppe.

»Halt dich zurück!« Orla sah erschrocken zu Marchal, als der an die Wohnungstür hämmerte. »Wirf mal einen Blick auf die Uhr! Wo würdest du um diese Uhrzeit sein? Wahrscheinlich ist er zum Essen weggegangen.«

Marchal ließ die Hand sinken. »Vielleicht.« Er zögerte, ging dann aber zur Treppe. »Wir kommen später wieder. Wir nehmen uns jetzt noch mal das Paar im zweiten Stock vor.«

Orla lief hinter ihm her. »Ich warte draußen.« Er nickte und verschwand durch die Haustür.

Sie stellte sich in den Schatten. Marchal war manchmal wirklich etwas ungehobelt. Sein An-die-Tür-Hämmern würde jedem einen Schrecken einjagen. Vielleicht hatte sich der Mann nicht getraut, aufzumachen? Sie wartete ein paar Minuten. Marchal kam nicht wieder. Orla ging über den Hof und klingelte beim Concierge. Er steckte den unrasierten Kopf aus der Tür. Er sah völlig erledigt aus, und mit seinen grauen Bartstoppeln wirkte er ziemlich heruntergekommen.

»Ich hab schon mit euch beiden geredet, mit dir und mit deinem verdammten polternden Kollegen.« Er war sichtlich gereizt. »Zum Teufel, ich hab nichts mehr zu sagen!« Er spuckte die Worte förmlich aus und wollte ihr die Tür vor der Nase zuschlagen.

»Nur noch eine Kleinigkeit.« Orla stellte den Fuß in die Tür. »Ich brauche kurz Ihre Unterstützung.«

»Meine?« Das verschlossene Gesicht ließ keine Hoffnung zu, dass er der Bitte nachkommen würde.

»Ich würde gerne in die Wohnung im vierten Stock. Wissen Sie, ob da jemand ist?«

Er schüttelte den Kopf. »Hab keine Menschenseele gesehen. Bisschen komisch, oder?« Plötzlich blinzelte er ihr zu. »Nicht mal Damenbesuch.«

Sie drehte sich zur Tür um und stöhnte leise. »Können Sie mich bitte nach oben begleiten?«

Er zögerte, aber dann nickte er zum Hinterhof hin und setzte sich in Bewegung.

Niemand öffnete, als Orla klopfte.

»Hab ich doch gesagt«, knurrte der Concierge. »Die sind nie da.«

So viel weißt du also doch, dachte Orla. Sie klopfte ein zweites Mal. »Öffnen Sie bitte!«, sagte sie zur Tür hin. »Ich muss mit Ihnen reden!« Sie hatte den Eindruck, als habe sich drinnen etwas bewegt, als habe vielleicht eine Matratze geknirscht. Dann wurde es wieder ganz still. Habe ich wirklich etwas gehört?, überlegte sie unsicher. Sie versuchte es an der nächsten Tür.

»Zwecklos, dort zu klopfen.« Der Concierge betrachtete angelegentlich seine Zigarette.

»Wieso das?«

»Da hat der gewohnt. Der ermordet worden ist.« Er rauchte in aller Ruhe weiter.

Sie drehte sich zu ihm um. »Warum in aller Welt sagen Sie, Sie wüssten nichts? Ganz offensichtlich sind Sie doch bestens informiert!«

»Verdammte Weiber!«, hörte sie ihn fluchen. »Hab ich je bestritten, dass die Studenten da oben wohnen? In welchem Zimmer wer wohnt, hat mich nie einer gefragt.« Er stieg die Treppe hinunter.

»Warten Sie!«, rief Orla hinter ihm her. »Ich glaube, der ist da drinnen! Er will nur nicht aufmachen.«

Der Concierge zuckte die Achseln. Sie ging langsam hinter ihm her. Sein ganzes Wesen strahlte Widerstand und Abneigung aus. Auf dem ersten Treppenabsatz blieb sie stehen und griff nach ihrer Wasserflasche. Ihr Hals war wie ausgedörrt. Was hatte dieser Mann? Selbstverständlich wusste er mehr, als er zugab. Seine Auskünfte kamen tropfenweise, gerade so, wie es ihm passte. Sie holte tief Luft, um ihrem Frust freien Lauf zu lassen, als hinter ihr eine Tür aufgeschlossen wurde. Verblüfft drehte sie sich um.

8

Der Mann, der in der Tür erschien, war Anfang dreißig. Wegen der Hitze war er spärlich bekleidet, dünne Shorts hingen ihm lose auf den Hüften. Sein glänzender Körper war sehnig und stark, der Mann füllte die ganze Türöffnung aus. Das markante Gesicht wirkte hart. Er war blass, die Augen lagen tief unter einer breiten, gewölbten Stirn. Die Haare waren zu einem Blockhead rasiert. Das musste dieser Student sein, der da oben wohnte.

Sie rief dem Concierge etwas zu und ging rasch wieder nach oben. Versuchte zu lächeln, als sie ihren Ausweis vorzeigte. Seine kleinen Augen wurden noch schmaler. Sie sah ihn direkt an. Orla und er maßen sich einige Sekunden lang. »Ich habe nur ein paar Fragen.« Aus dem Augenwinkel sah sie den Rücken des Concierges, er saß auf der untersten Treppenstufe und rauchte.

Der Mann reagierte nicht. Er hatte kaum einmal geblinzelt, seitdem er die Tür geöffnet hatte. Die roten Flecken an ihrem Hals würden binnen kurzem das Stressniveau verraten, das sich langsam in ihr aufbaute. »Es geht um Ihren Nachbarn.«

Sie registrierte das Zucken im Arm, als sie eingelassen wurde. Die Tür schloss sich mit einem Klicken. Starker Schweißgeruch biss ihr in der Nase, als glatte feuchte Haut sie gegen die Wand presste. Es gelang ihr nicht zu reagieren, ehe er sie losgelassen hatte und einen Schritt zurückgetreten war.

»Was willst du von mir?«

Ihr Körper war wie gelähmt, und es fiel ihr schwer, die Lippen zu bewegen. Falls er sie hatte erschrecken wollen, so war ihm das gelungen. Die Angst prickelte bis in die Haarspitzen. Schnell vergegenwärtigte sie sich die schwächsten Punkte des Mannes. Hoden. Augen. Solarplexus. Dabei war ihr schon klar, dass er viel zu schnell für sie war. Was bist du für eine wahnsinnige Idiotin, fuhr es ihr durch den Kopf. Sie stand alleine mit einem fremden, halbnackten Mann in einer verlassenen Mansarde. Vielleicht mit einem Mörder. Und niemand außer dem Concierge wusste davon. »Wir stellen Nachforschungen zu dem Mord an Ihrem Nachbarn an«, sagte sie. Ihre Stimme klang erstaunlich ruhig. Sie holte tief Luft und bekam langsam wieder Kontrolle über ihre Herzschläge. »Wir brauchen Ihre Hilfe, um ihn zu identifizieren«, fuhr sie fort. Sie nahm einen Block und einen Stift. »Wir brauchen Namen, Geburtsdatum, Nationalität und Adresse.« Beim Sprechen ließ sie ihren Blick durch das Zimmer schweifen.

Es war klein, nicht größer als zwei mal drei Meter. An der einen Wand stand ein Bett und daneben ein kleiner Sekretär. In der Ecke an der anderen Wand ein hoher schmaler Kleiderschrank. Für mehr war auch kein Platz. Sie sah nichts, was eventuell ihm gehören oder dem Zimmer einen persönlichen Anstrich geben konnte. Kein Bild, kein Poster an den weißen Wänden. Mit zwei Menschen war der Raum mehr als voll. Wie eingeklemmt standen sie zwischen Bett und Wand, er nahe der Tür. Sie begriff sofort, dass er ihr den Ausweg versperrte und dass es absurd war, sich einzubilden, dieser verlotterte Concierge würde ihr irgendeinen Schutz geben. Sie ging einen Schritt auf das offene Fenster zu, das auf den Hinterhof hinausging. Man konnte die Mülltonnen unten gerade erkennen. Nachts durften sie kaum zu sehen sein.

»Mein Kollege wartet dort unten.« Sie nickte zum Hof hinunter, um zu demonstrieren, dass sie nicht allein war. »Lassen Sie uns das zu Ende bringen.«

Er verzog keine Miene, während sie sprach, sondern sah sie mit unergründlichem Blick an. Aber dann sagte er plötzlich: »Ich weiß nicht, wovon du redest.« Das kam langsam und mit unmissverständlichem Akzent.

Sie starrte ihn verblüfft an, sowohl wegen der Antwort als auch, weil er überhaupt geantwortet hatte.

»Sie wissen nichts? Ihr Kumpel hier ist seit fast zwei Tagen tot, und Sie haben noch nicht mal gemerkt, dass er weg ist?«

Er nickte.

»Ich glaube, das müssen Sie erklären.« Sie spürte, wie heiß ihr Kopf war. Noch ein Hausbewohner mehr, der von nichts eine Ahnung hatte. Sie würde wetten, dass sie es abgesprochen hatten.

Er zuckte die Achseln. »Mir hat niemand was gesagt. Ich war nicht da, als das passiert ist.«

Verdammt, da stand er und wand sich wie ein Aal aus ihren Händen.

Er machte einen winzigen Schritt. »Du bist Arzt?«

Sie nickte. »Das auch.«

»Dass er tot ist, ist mir neu«, fuhr er genauso ruhig fort. »Dass wir uns tagelang nicht sehen, ist nicht ungewöhnlich. Wir erzählen uns nicht, was wir vorhaben.«

Orla verzichtete darauf, seine nicht vorhandene Reaktion auf den Tod des Kumpels zu kommentieren.

»Ihr Name?« Sie wurde energisch.

»Nikolaj Dsubin.«

»Nationalität?«

»Ukrainer.«

»Seien Sie doch so nett und schreiben Sie Ihren Namen auf.« Sie gab ihm Kugelschreiber und Papier.

Er nahm beides zögernd und schrieb mit großen, ungelenken Buchstaben den Namen in Blockschrift.

»Was machen Sie in Paris?« Sie nahm den Block zurück mit dem Gefühl, einen Treffer gelandet zu haben.

»Studiere Kunstgeschichte.«

Sie versuchte, ihre Verblüffung zu verbergen. Hätte sie raten sollen, würde das nun wirklich ganz weit unten auf der Liste stehen. »Papiere?«

Er wand sich in einer langsamen, unwilligen Bewegung, ehe er die Hand in die Gesäßtasche seiner Shorts steckte und eine dünne Brieftasche herauszog, die er öffnete und ihr hinhielt. Sie nahm sie und studierte den Inhalt. *Carte de séjour* – vorläufige Aufenthaltsgenehmigung, und ein Studentenausweis. Sie blickte lange darauf. Das auf dem Foto war er. Die Stempel sahen echt aus. Sie gab ihm die Brieftasche zurück.

Inzwischen hatte er sich offenbar entspannt und sich entschlossen, ihr die erbetenen Auskünfte zu geben. Und Orla notierte mit zittrigen Fingern die Details, die der Mann preisgab. Er selbst war zweiunddreißig Jahre alt. Sein ermordeter Kumpel hieß Oleksandr Petrow und war fünfunddreißig Jahre alt. Beide stammten aus demselben Ort nahe Kiew und studierten Kunstgeschichte.

»Wo waren Sie in der Nacht zu gestern?« Orla blickte vom Block auf und studierte Dsubins Gesicht.

Er zuckte die Achseln. »Unterwegs.« Er zögerte. »Bei einer Frau.« Er sah sie aus schmalen Augen an, wich ihrem Blick nicht aus. »Ich hab sie zufällig in einer Bar getroffen. Keine Ahnung, wo die wohnt. Weiß nicht mal mehr, wie sie hieß. Ich hatte getrunken.«

»Und gestern?«

»Bin ich rumgelaufen.«

»Kann das jemand bestätigen?«

Er sah sie lange an. Jetzt konnte sie seine Verärgerung deutlich sehen. »Weiß ich nicht.«

»Von wem mietet ihr diese Wohnungen?«

»Darum hat sich mein Kumpel gekümmert.« Der Blick wich ihrem noch immer nicht aus.

»Sie wissen also nicht, von wem Sie das Zimmer mieten?« Während sie sprach, wollte sie sich unmerklich an ihm vorbeischleichen.

»Ich weigere mich, in dieser Form verhört zu werden.« Eine Hand fuhr zum Türrahmen und versperrte ihr den Weg. Ein Schweißtropfen lief langsam an dem Grübchen beim Pectoralismuskel hinunter und hinterließ auf der Haut einen dünnen, glänzenden Strich.

Orla steckte den Block in die Tasche und starrte auf die Tür. »Ist okay. Wir müssen das sowieso noch einmal aufnehmen, wenn Sie den Toten identifiziert haben. Die Polizei wird anwesend sein. Wir möchten, dass Sie sofort mit uns kommen. Oder sobald Inspektor Marchal mit seiner Vernehmung fertig ist.«

Der Arm sank vom Türrahmen. »Muss mich erst anziehen, ehe ich mitkomme«, murmelte er.

»Gut.« Sie warf einen diskreten Blick auf die schmutzigen Shorts. »Warten Sie hier. Wir holen Sie ab, bevor wir fahren.« Sie nickte steif zur Tür. »Machen Sie auf.«

Wortlos öffnete er die Tür. Draußen roch es nach starken Zigaretten. Sie schaute zur Treppe. Der Concierge war längst verschwunden.

9

Orla ließ sich auf den Fahrersitz fallen. Sie kickte die Sandalen beiseite und legte die Füße auf das Armaturenbrett. Sie fühlte sich abgespannt und erschöpft wie nach einer harten physischen Anstrengung und spürte, wie die Muskeln ihrer Beine immer noch zitterten. »Einmal auf den Møysalgipfel und zurück!«, murmelte sie. »Bei Regenwetter, auf rutschigen Wegen.« Sie ließ den Motor an und schaltete die Kaltluft ein. Sie sah ihn vor sich. Er hatte etwas, das beängstigend wirkte. Sie versuchte logisch zu denken. Es war nicht nur der Mann, sondern auch die Situation und die Umgebung. Immerhin war der Mann aus dem Nachbarzimmer einem Mord zum Opfer gefallen.

Aber da war noch etwas anderes. Sie setzte sich auf, öffnete die Augen wieder und sah sich in der leeren, trübseligen Straße um. Es war das Fehlen jeglicher Reaktion. Als sei sein Freund mit einer Gehirnerschütterung ins Krankenhaus gebracht worden. Nachdenklich runzelte sie die Stirn. Das waren doch alles nur nutzlose Spekulationen, genau genommen waren sie nicht viel schlauer als zuvor.

Wenig später erschien Marchal. »Er ist zu Hause«, sagte sie, als er die Tür öffnete. »Der Student. Nikolaj Dsubin.«

Marchal ließ sich auf den Beifahrersitz fallen. Er kippte die Rückenlehne weit zurück. »Willst du damit sagen, dass du wieder nach oben gegangen bist?« Sie nickte. »Hat er dir aufgemacht?« Er sah sie verblüfft an. »Aber du warst doch nicht alleine, oder?«

»Der Concierge war mitgekommen.« Sie lehnte den Kopf an die Nackenstütze und schloss wieder die Augen. »Ich hab dem Studenten gesagt, dass er den Toten identifizieren müsse, und dass du demnächst kommen und ihn holen würdest.« Immer noch sah er sie nur an.

»Ehrlich gesagt, konnte ich nicht einfach dort stehen und warten!«, rief sie, als er gerade den Mund aufmachte. »Ich hatte das Gefühl, dass er zu Hause ist, und dass du ihn mit deiner gelinde ausgedrückt abschreckenden Baritonstimme in eine Zimmerecke verjagt hattest.« Sie sah ihn herausfordernd an. Er war ganz offensichtlich verstimmt. »Im Übrigen glaube ich, dass du unterschätzt, wie viel Zutrauen eine ruhige und gelassene Frau wie ich in einem nervösen jungen Mann wecken kann.« Sie lehnte den Kopf wieder gegen die Nackenstütze. »Geh nur«, sagte sie und schloss die Augen. »Ich warte hier.«

»Verdammt fahrlässig, um es vorsichtig auszudrücken!« Er hätte sie am liebsten angebrüllt, riss sich aber zusammen. »Aber du musst ja über irgendeine wunderbare Fähigkeit verfügen, die Türen öffnet und die mir fehlt.« Er kratzte sich am Bart. »Nun, hin und wieder mag ich ja vielleicht ein bisschen … na ja, ich weiß nicht? Was meinst du?«

Diese jähe Selbsterkenntnis überrumpelte sie. »Doch, ja, wenn du das schon so sagst.«

»Ich hab noch mal mit dem jungen Paar in der zweiten Etage gesprochen, mit diesen Blancs, du weißt schon. Zwei erschrockene junge Menschen, die Angst hatten, sie sollten auf Verdacht hin geköpft werden.« Er fuhr sich mit der Hand durch das Haar. »Oder wirke ich tatsächlich so abschreckend?«

Er drehte sich zu ihr um, sein Gesicht war eingerahmt von einem dichten dunkelbraunen Bart und halblangem rotblondem Haar. Wie die Reinkarnation eines Wikingers sah er aus. Erik der Rote höchstpersönlich. Ein Mann, der außer sich gerät, weil man aus einem Pariser Café eine Modeboutique oder einen amerikanischen Hamburger-Laden gemacht hatte. So kompromisslos anders als die meisten, dass er ihr plötzlich wie eine verwandte Seele vorkam.

»Abschreckend? Nein.« Sie schloss wieder die Augen. »Das ist zu vorsichtig ausgedrückt. Aber erzähl mir jetzt den Rest.«

»Beide sind Anfang zwanzig. Er ist aus Lyon. Sie konnten zwei Zugfahrkarten vorweisen, für den ICE nach Lyon um halb neun Uhr am Freitagmorgen. Rückfahrt mit dem Zug um halb acht heute Morgen. Sie musste heute arbeiten. Verkauft Fahrkarten in der Metro. Ihre Koffer stehen noch im Flur.« Er runzelte die Stirn. »Die beiden können wir vergessen, die waren auf einem 70. Geburtstag. Jede Menge Zeugen. Müssen uns nur die Angaben bestätigen lassen.«

Sie stieg aus dem Auto. »Okay, ich geh mit nach oben, dann kann ich dir auf dem Weg dorthin erzählen, was der Student zu sagen hatte.«

Sie klopften lange, aber niemand öffnete. Orla legte die Hand gegen die stahlgraue verkratzte Türe und dachte, dass sie in Zukunft für immer diese Farbe mit etwas Eigensinnigem, Starrem verbinden würde.

»Machen Sie auf! Sonst müssen wir die Tür aufbrechen!« Marchal war kurz davor, die Geduld zu verlieren.

»Was soll das?« Orla packte seine starke Faust. »Er ist weggegangen. Der Mann hat weder Hausarrest noch Ausgehverbot.«

»Hast du etwas gesehen, als du im Auto gesessen hast?«

Sie schüttelte den Kopf. »Ich hatte in den paar Minuten, in denen ich da unten saß, die Augen geschlossen. Ich habe nichts gesehen.«

»Wann bist du hier weggegangen?«

»Vor höchstens zwanzig Minuten.«

Marchal packte die Türklinke. »Die Tür ist offen!«, rief er verblüfft und schob sie ganz auf. »Der hat die Gelegenheit genutzt, um abzuhauen.«

Sie betraten das Zimmer nur zögernd. Aber nichts wirkte auffällig. »Als ich vorhin hier war, sah es ganz genauso aus«, stellte Orla fest. »Er hat überhaupt nichts mitgenommen, soweit ich sehen kann.« Sie nickte zu einer Tasche mit Kleidungsstücken in der Ecke. »Dort stehen seine Sachen.«

Marchal ging auf die Knie und schaute unter das Bett. »Ein Haufen leerer Sprudelflaschen und jede Menge Staub.« Langsam stand er auf und wischte sich die Hände ab. »Merkwürdig, dass er nicht abgeschlossen hat.« Er griff nach der Tasche und ging nachdenklich den Inhalt durch. »Oder vielleicht nicht, wenn du bedenkst, was hier drin ist. Absolut nichts.« Er ließ die Tasche auf das Bett fallen.

»Ich werde heute Nachmittag wegen Dsubin jemanden hierherschicken.«

Sie gingen langsam die Treppe hinunter.

Marchals schwere Schritte und seine dröhnende Stimme hinterließen wie immer, wenn er verschwand, greifbare Stille. Die Tür zu Nikolaj Dsubins Nachbarzimmer öffnete sich lautlos in ihrem Rücken. Eine Gestalt glitt heraus, stellte sich oben an die Treppe und blickte dem Polizisten und der Ärztin nach, als sie sich langsam auf den Ausgang zu bewegten.

10

Als Orla am Montagmittag auf den Markt an der Place Maubert einbog, war das Chaos viel geringer, als sie befürchtet hatte. Unter den Markisenreihen der Markthändler herrschte noch Betriebsamkeit, während man sich in den Geschäften nebenan auf die Mittagspause vorbereitete. Sie fand eine Parklücke, kaum groß genug für einen Motorroller, und parkte das Auto halb auf, halb neben dem Bürgersteig.

Die Temperatur im Auto würde binnen weniger Minuten nahe dem Siedepunkt sein. Sobald man einen Fuß auf den glühenden Asphalt gesetzt hatte, galt es zielstrebig vorzugehen.

Sie stieg langsam aus und schaute sich verstohlen um, die Hose klebte am Körper, sie zupfte vorsichtig daran. Wahrscheinlich hätte sie die merkwürdigsten Dinge tun können, ohne dass jemand ein zweites Mal zu ihr hingeschaut hätte. Die Menschen eilten auf der Jagd nach kühlem Schatten zum nächsten Bistro.

Ihr Schwiegervater erwartete sie um halb sechs. Zwei elendige Stunden auf dieser Cocktailparty, danach noch zwei Stunden Arbeit.

Sie warf einen Blick auf die Uhr, in zehn Minuten würde alles für die Mittagspause schließen. Ihr Kühlschrank war die ganze letzte Woche gähnend leer gewesen. Auf der Liste ihrer Prioritäten stand Esseneinkaufen ganz unten. Sie hatte dazu weder

Zeit noch Lust, außerdem war sie eine hoffnungslose Köchin. Was auch immer sie versuchte, es wurde eine Katastrophe.

Orla stellte sich in den Schatten der Markisen und verschaffte sich einen Überblick über die Geschäfte – Metzger, Fischhändler, Käse, Bäckerei. Sie brauchte nur zu wählen. Wenn sie nur wüsste, was sie machen sollte. Inzwischen hatten sich die Schlangen aufgelöst. Die meisten hatten ihre Einkäufe schon erledigt. Sie nahm eine Tomate in die Hand und befühlte sie. Fest und von der Sonne gereift. Während sie rasch überlegte, blieb sie stehen und drückte die Tomate.

»Madame, wie wäre es, wenn Sie die Tomaten erst kaufen, ehe Sie daraus Tomatenpüree machen?« Der Markthändler riss sie aus ihren Gedanken. Sie tat, als hörte sie ihn nicht, und nahm vier weitere Tomaten, die sie ihm zusammen mit einem Geldschein reichte. Gestikulierend reichte er ihr die Tüte und das Wechselgeld. Sie beachtete ihn kaum und ging schnell in den Delikatessenladen.

»Ich brauche nur ein paar Kleinigkeiten«, versicherte sie und huschte an dem Inhaber vorbei, der gerade das Gitter vorlegen wollte.

Er stellte sich abwartend bereit, um die Bestellung von einer seiner Stammkundinnen aufzunehmen. »Wie immer...«, hörte Orla ihn seufzen.

Sie entschied sich für eine kleine Quiche zu Mittag, ein paar Scheiben Schinken für den Abend. Etwas Käse.

Während der Schinken in Scheiben geschnitten wurde, stellte sie sich ganz in Gedanken versunken vor die Käsetheke. Sie nahm den Deckel einer Camembertschachtel und drückte zerstreut auf den Käse.

»Sie mögen ihn doch gern im Kern etwas weicher, nicht wahr?« Der Verkäufer nahm ihr freundlich, aber bestimmt den Käse aus der Hand. »Ich werde Ihnen einen aussuchen. *Voilà*, der ist richtig.« Er schloss die Schachtel, ohne nachzufragen, ob sie einverstanden sei, und legte die Käseschachtel in die Einkaufstüte. »Möchten Sie noch etwas?«

»Wasser«, antwortete sie schnell. »Nur Wasser. Sechs große Flaschen.«

Die Tüte mit den Einkäufen war bleischwer. Sie schleppte sie zum Parkplatz, nahm die Quiche aus der Tüte und wuchtete stöhnend die übrigen Waren ins Auto. Sie wühlte in der Tasche nach der kleinen Wasserflasche, die eigentlich dort sein sollte. Ach so. Sie hatte sie doch gerade ausgetrunken.

Als sie die Tür zum Büro öffnete, schlug ihr die Hitze entgegen. Die Sonne knallte schon seit Stunden auf das geschlossene Fenster. Sie stellte das Radio an und packte die lauwarme Quiche aus. Der Musikkanal brachte ein Programm über Sylvie Vartans märchenhafte Karriere als Sängerin. »Gebt mir lieber die gute alte Edith«, murmelte Orla und wechselte zu den Nachrichten. »*Meinungsumfragen haben ergeben, dass nach der Rede Präsident Chiracs letzte Woche im Fernsehen 67 Prozent der Franzosen hinter dem Präsidenten stehen*«, verkündete die Stimme. »*Er überholt damit selbst den beliebten sozialistischen Staatsminister Jospin. Aber innerhalb der Rechten streitet man sich über die Einführung des Euro, und dort glaubt man auch nicht mehr, dass Chirac bei der nächsten Präsidentenwahl gegen die Sozialisten eine Chance haben wird.*« Sie legte den Kopf zurück und schloss die Augen. Würde man auf dem wackeligen alten Stuhl nicht so schlecht sitzen, wäre sie auf der Stelle eingeschlafen. Eine Fliege summte um ihren Kopf und hielt sie wach.

Als sie den Computer einschaltete, fand sie eine E-Mail von ihrem Schwager David vor. Er war Alains einziger Bruder. Jede Menge Ausrufungszeichen und Großbuchstaben unterstrichen die Mitteilung. Er beabsichtigte, sie heute Abend um neun Uhr zu einem Kammerkonzert im Grand Amphithéâtre der Sorbonne mitzunehmen. Wenn sie ablehnte, würde sie nie wieder von ihm hören. Sie lächelte. Das würde nun keinen großen Unterschied machen. Sie hatten sich im letzten Jahr nicht oft gesehen. Aber – das musste sie wohl zugeben – lag das ausschließlich an ihr. Die Arbeit verschlang einfach zu viel Zeit. Sie beschloss, das Konzertangebot des Schwagers anzunehmen. »Du brauchst eindeutig mehr Training darin, drei Dinge auf einmal zu tun«, sagte sie laut zu sich selbst.

Um halb sechs würde diese verflixte Cocktailparty beginnen. Die dauerte bis um acht. Also konnte sie ein Konzert mit David um neun Uhr noch dazwischenquetschen. Sie sah lange auf den provisorischen Terminplan, den sie auf ein Blatt Papier gekritzelt hatte. Schon um drei Uhr fand im rechtsmedizinischen Institut ein Meeting der Verwaltung statt. Sie hatte nach dem Sommer wie gewöhnlich wieder den Unterricht der Medizinstudenten in Rechtsmedizin übernommen. Das war eine der Aufgaben, die sie noch immer mit dem Institut verbanden, und sie freute sich darauf. Ihr schauderte, als sie auf die Uhr sah. Schon Viertel vor zwei. Sie öffnete schnell eine Datei und schrieb als Erstes einige Stichwörter zu den Nachforschungen auf, wie sie das fast täglich tat. Dann wechselte sie zu dem Unterrichtsprogramm für diesen Herbst, während die Fliege auf der halb gegessenen Quiche landete und endlich Ruhe gab.

Kurz nach halb sechs klingelte sie an der Wohnung der Schwiegereltern. Das Hausmädchen öffnete, und im nächsten Augenblick stand Jean Chenu in der Tür.

»Du siehst sehr gut aus«, sagte er erfreut.

Sie fühlte sich alles andere als gut aussehend. Das Meeting, an dem sie teilnehmen musste, hatte über eine Stunde länger gedauert als erwartet. Um zehn nach fünf war sie ins Büro gestürzt und hatte sich blitzschnell umgezogen, das Kleid hatte sie in der Tasche mitgebracht. Mit den Schuhen in der Hand war sie zum Auto gerannt. Dort lag noch die Tüte mit den Tomaten, dem Schinken und dem Käse. Oder was davon übrig war.

»Komm einen Augenblick herein, meine Liebe. Wir hatten Gäste zum Lunch. Irgendwelche Investoren, die an dem Wohngebäude-Komplex in Juan-Les-Pins interessiert sind. Einer von ihnen ist noch da. Er muss nämlich zum selben Termin wie wir.« Er nahm ihren Arm und führte sie ins Esszimmer. »Komm und sag guten Tag.«

Ein weiterer in der langen Reihe passender Kandidaten, dem sie vorgestellt werden sollte. Das Kleid klebte an ihrem Rücken. Unter den Armen würden bald große Schweißringe zu sehen sein. »Für dich tue ich doch alles, Schwiegervater«, sagte sie resigniert.

Er überhörte ihre Bemerkung. »Etwas ganz gewöhnliche Höflichkeit schadet nie«, sagte er spitz. Sie mochte sich seinen Ton nicht zu Herzen nehmen.

Durch die Doppeltür betraten sie das Esszimmer. Ihre Schwiegermutter stand neben einem Mann in hellem Anzug. Er schob sich gerade eine widerspenstige Haarsträhne aus der Stirn. Graue Augen sahen sie rasch, beinahe verlegen an. Wie er Alain glich! Es kam ihr vor wie ein Déjà-vu. Sie schloss die Augen. Es konnte doch nicht wahr sein, dass sie immer noch nach ihm suchte. Auf Männer reagierte, deren Aussehen oder das, was sie taten, sie an ihn erinnerten. Sie murmelte ihren Namen.

»Pascal Bernachon. Sehr erfreut.«

»Orla, unsere Schwiegertochter. Sie ist Norwegerin«, griff die Schwiegermutter ein und überspielte Orlas undeutliches Murmeln. Sie war eine elegante Erscheinung in einem auf Figur geschnittenen beigefarbenen Leinenkleid, dazu trug sie schlichten, teuren Schmuck. Sie legte eine gepflegte Hand auf Bernachons Arm. »Sie wird Jean zu diesem Treffen fahren. Sie fahren selbst, nehme ich an?«

Er hatte keinen Blick von Orla gewandt. »Ja, leider.«

Orla spürte, wie das Blut in ihren Kopf stieg. »Ich glaube, wir müssen jetzt los«, sagte sie. »Bist du so weit, Jean?«

Er hatte schon die Tür geöffnet. Orla verabschiedete sich von der Schwiegermutter und dem Mann, der ihr einen solchen innerlichen Aufruhr verursacht hatte, und beeilte sich, zum Auto zu kommen.

»Dann wollen wir uns mal ein bisschen amüsieren.« Der Schwiegervater setzte sich zurecht. »Solche Gesellschaften wirken zunächst vielleicht ermüdend. Aber man muss einfach das Beste daraus machen. Menschen treffen, wichtige Kontakte knüpfen, wie zum Beispiel zu Pascal Bernachon. Ich habe selten einen angenehmeren Menschen getroffen.« Er tätschelte ihr die Hand. »Atme mal tief durch, meine Liebe. Das musst du. Ich fürchte, es werden sonst nicht viele Frauen kommen, aber das macht wohl nichts.«

»Spielt keine Rolle«, sagte sie kurz. Das Ganze war für sie ohnehin nichts anderes als ein zwei Stunden langer Hindernislauf auf dem Weg zurück zur Arbeit, genau wie das Konzert heute Abend. Aber damit hätte sie dann erst einmal wieder Ruhe vor familiären Verpflichtungen.

»Wir müssen uns beeilen.« Ungeduldig jagte sie den Motor hoch. »Wir müssen durch den Berufsverkehr und sollten nicht unbedingt zu spät kommen.« Sie bog jäh in die Rue de Courcelles ab. Ein Lieferwagen weigerte sich, Platz zu machen, und sie blieb quer zur Fahrbahn stehen. Der Fahrer hatte ungerührt den Ellbogen auf das offene Fenster gelegt, telefonierte mit dem Handy und rauchte. Bei dem Blick, den er ihr zuwarf, fühlte sie sich wie einer der streunenden Hunde an der Seine. Sie legte sich auf die Hupe und öffnete das Fenster. »*Din bestpeis!*«, brüllte sie auf Norwegisch und gestikulierte wild mit einem Arm zum Fahrer hin.

Jean Chenu sah sie von der Seite an. »Du liebe Güte, du fährst wie ein Henker. Und ich muss sagen, es stört mich, wenn du norwegisch redest.«

»Das war nicht norwegisch.« Sie legte den Rückwärtsgang ein und fuhr wütend über den Gehweg. »Ich benutze nur manchmal gewisse nordnorwegische Ausdrücke, wenn mir die französische Sprache nicht ausreicht.«

Er schwieg eine Weile. »Deine Schwiegermutter hat nicht einmal den Führerschein. Zu ihrer Zeit war das bei Frauen nicht üblich.«

Sie biss die Zähne zusammen, damit ihr nicht noch mehr solcher regionalen Ausdrücke herausrutschten. »Tja, die Zeiten haben sich verändert, mein Lieber. Du willst doch wohl, dass ich im Leben weiterkomme, oder?«

»Nicht unbedingt auf diese Weise.« Wieder schwieg er, während sie den Wagen um den Lieferwagen herummanövrierte.

Schweigend fuhren sie zum Treffpunkt. Sie umklammerte das Lenkrad. Das war das letzte Mal. Nie mehr solche idiotischen Arrangements während ihrer Arbeitszeit.

Vor dem Eingang ließ sie ihn aussteigen. »Ich komme nach. Muss nur einen Parkplatz finden.«

11

Eine Stunde später stand sie zwischen lauter Fremden in eleganten Anzügen. Ihr Schwiegervater hatte seinen Vortrag gehalten, der Saal war voll gewesen. Nervös drehte sie ein hohes Glas mit einer perlenden alkoholfreien Flüssigkeit in ihren Händen. Sie hatte nicht viel von dem mitbekommen, was er gesagt hatte. Das Thema – Aktien, Fonds und Wertpapiere – war für ihren Geschmack ein knochentrockener Stoff, und sie hatte schnell abgeschaltet. Die übrigen Zuhörer waren da offenkundig anderer Meinung, er hatte viel Applaus bekommen. Jetzt stand er dort wie ein Olympiateilnehmer nach dem Sieg, umgeben von einem Kreis lächelnder, wohlwollender Herren.

Es war ihr unangenehm, hier zu stehen, ohne einen Menschen zu kennen. Sie kam sich vor wie ein Teil der Staffage, neben den Blumenarrangements in der Ecke. Ganz dekorativ, mehr aber auch nicht. Dann und wann nahm sie sich von den aufgespießten Oliven oder Käsestückchen, um die leere Hand zu beschäftigen. Sie lächelte und nickte und bewegte sich langsam zur Tür hin. Es musste doch irgendwo einen Platz geben, wo sie in Ruhe sitzen und warten konnte, bis das Ganze zu Ende war.

Sie trat auf den Flur und ging an einer Reihe geschlossener Türen vorbei. Am Ende des Flures fand sie, wonach sie suchte. »Beratungszimmer« stand an der Tür. Abgesehen von einem langen Tisch und einem kleinen Sofa mit zwei Sesseln in einer Ecke war der Raum leer. Sie fühlte sich wie eine Schiffbrüchige bei Land in Sicht. Hier konnte sie die letzte halbe Stunde abwarten, endlich die Schultern locker lassen und durchatmen. Sie musste nur ihrem Schwiegervater zu verstehen geben, wo sie zu finden war.

Als sie sich umdrehte, um zurückzugehen, stieß sie in der Tür mit einem Mann zusammen und erschrak. »Entschuldigung!« Sie legte die Hand auf den Mund und kam sich vor wie ein Idiot. Es war Pascal Bernachon. Sie schluckte, das Herz schlug ihr bis zum Hals.

Er nahm ihren Arm. »Mein Fehler«, murmelte er und lächelte entschuldigend. »Verdammt ungeschickt von mir.« Die Hand ließ sie los. Heiter blickende, graue Augen in einem markanten Gesicht sahen sie an. »Ich muss gestehen, dass ich sah, wie Sie sich aus dieser langweiligen Angelegenheit davonstahlen. Abgesehen vom Vortrag Ihres Schwiegervaters natürlich. Er war wie immer brillant. Aber das, was danach kommt, ist entbehrlich.« Er sah sich um. »Warum gehen wir nicht hinein und setzen uns? Statt hier zu stehen, meine ich.« Er stöhnte. »Diese Tür ist nämlich bleischwer. Das macht der Schließmechanismus mit der Feder. Selbst wenn ich jetzt den Muskelmann spiele und so tue, als hielte ich sie ganz unangestrengt mit einer Hand, verliere ich gleich mein Muskelimage, und die Tür katapultiert uns hinein.« Er zog sie nach drinnen, und sie nahmen auf dem Sofa Platz. »Gehören Sie auch zu den Aktionären der Bank?« Der Blick, mit dem er sie studierte, war unmissverständlich. Er sah sie unverhohlen interessiert an.

»Das nicht gerade«, antwortete sie kurz angebunden. Die

Wahrheit war, dass Geld ihr wie Sand zwischen den Fingern verrann, ohne dass sie sich jemals irgendwas Nennenswertes kaufte, wie sie fand. Zum Investieren blieb ihr nichts übrig. »Ich bin nur die Ersatzfrau für meine Schwiegermutter. Sie ist im letzten Moment abgesprungen, das tut sie bei Gelegenheiten wie dieser in letzter Zeit immer öfter.« Sie lachte. »Kann nicht behaupten, dass ich dafür kein Verständnis hätte.«

Ein Schatten schien über sein Gesicht zu ziehen. »Ihre Schwiegermutter. Sie sind also mit einem der Söhne verheiratet?«

Sie nickte. »Ich *war* ... Kennen Sie Claire und Jean Chenu gut?«

»Nein, nicht sehr gut, aber jeder weiß, wer Jean Chenu ist. Ich arbeite seit kurzem mit ihm zusammen, denn er ist ein bekannter Investor und arbeitet mit Immobilien. Sie sagten: Sie *waren* verheiratet?«

»Ja. Es war ein Autounfall. Ist schon ein paar Jahre her«, hörte sie sich selbst sagen und wunderte sich über sich selbst. »Alain, mein Mann, kam dabei um. Das Auto war ganz neu. Er verlor die Kontrolle über den Wagen, obwohl er nicht mal schnell fuhr.« Sie atmete durch. »Die genauen Umstände des Unfalls konnten nie richtig aufgeklärt werden.« Die Nachforschungen hatten ergeben, dass bei dem Auto unter Umständen ein technischer Fehler vorlag, aber der Wagen war Totalschaden und in einem solchen Zustand, dass man nichts mit Sicherheit sagen konnte. *Sabotage*. Niemand außer ihr hatte so denken können, aber ihr war das Wort seither nicht aus dem Sinn gegangen. Alain, fanden alle, hatte weder Klienten noch irgendwelche Fälle laufen, die eine solche Folgerung zuließen. Dass Orla an Sabotage dachte, schrieb man der Situation zu. Sie habe ihr inneres Gleichgewicht verloren. Orla aber hatte die Idee nie losgelassen.

Bernachon fragte nicht weiter. Er hatte sich vor ein großes Ölgemälde gestellt, das einen distinguierten, grauhaarigen Herrn darstellte, einen der früheren Bankdirektoren. Es fiel ihr schwer, die Augen abzuwenden. Er hatte die Anzugjacke geöffnet und die Hände in die Hosentaschen gesteckt. Die Haarsträhne über der Stirn war in der Mitte geteilt, und die Haare fielen ihm unablässig in die Augen. Er betrachtete lange das Gemälde, ehe er zurückkam und sich setzte.

»Was machen Sie?« Er zog eine Hand aus der Tasche und strich die widerspenstigen Haare aus der Stirn. Der Anzugärmel rutschte über das Handgelenk. Er trug eine ähnliche Armbanduhr wie ihr Schwiegervater. Eine Rolex in Gold. Eine Uhr, die dem halben Jahreseinkommen eines gewöhnlichen Staatsbeamten entsprach.

»Bin bei der Kriminalpolizei Sonderermittlerin für Spezialuntersuchungen. Und Rechtsmedizinerin.«

»Das klingt sehr beschäftigt.«

Sie lächelte. Offenkundig hatte er sich zu einer eher alltäglichen Unterhaltung entschlossen. »Unterschiedlich, es wechselt, mal mehr, mal weniger. Im Moment bin ich sehr beschäftigt. Aber ich muss ja auf niemanden Rücksicht nehmen. Mein Leben ist so ein bisschen vorwärts und rückwärts verlaufen.« Sie zögerte. »Und Sie?«

»Ich bin in der Weinbranche.«

»In der Weinbranche?« Sie sah ihn verblüfft an.

»Ich bin Weinproduzent. Produziere und verkaufe Rotwein«, erklärte er.

Sie nickte und zermarterte sich das Gehirn. Zum Thema Weinproduktion fiel ihr nun gar nichts ein. Damals, als sie verheiratet war, hatte sie an einem Kurs teilnehmen wollen. Aber sehr weit war sie nie gekommen. Bouquet, Appellation, Grand Cru, Lakritze, Körper – Körper? Ach verdammt, jetzt war es eh zu spät.

»Meine Familie betreibt Weinanbau im Distrikt Touraine. Rotwein.« Gewandt hielt er die Konversation in Gang. »Wir bauen in ziemlich großem Stil Wein an und exportieren relativ viel, abgesehen von dem natürlich, was wir hierzulande umsetzen.«

Sie stürzte sich darauf: »Und wie wird die Weinernte in diesem Jahr? Hatten wir genug Regen, was glauben Sie?«

Er schlug die Beine übereinander und faltete die Arme vor der Brust. Sie sah, wie er mit sich kämpfte, aber dann gab er auf und lachte laut los. »Die wird ungewöhnlich gut. Aber wir können uns gern über etwas anderes unterhalten.«

Erleichtert lächelte sie. »Ja, gern. Aber was machen Sie eigentlich in Paris, wenn Sie Weinanbau in der Touraine betreiben?«

»Ich kümmere mich um die ökonomische Seite«, erklärte er. »Arbeite mit den Kunden, erschließe neue Märkte. Mit anderen Worten, ich investiere und verwalte. Um die Trauben kümmert sich mein Vater... dass sie genug Wasser bekommen und so.« Er sah sie an und lächelte breit.

Einen Moment schwiegen beide. Verstohlen warf sie einen Blick auf ihre Uhr. Die Zeit war wie im Flug vergangen. Sie musste zurück zu ihrem Schwiegervater. Hektisch wickelte sie die Perlenkette um den Zeigefinger. Warum sollte sie ihn nicht einfach nach seiner Telefonnummer fragen? Ob sie sich nach der Arbeit einfach mal treffen könnten? Aber plötzlich fehlten ihr die einfachsten Worte. Auf keinen Fall sollte der Mann denken, dass sie bereit wäre, barfuß quer durch halb Paris zu laufen, um ihn wiederzutreffen. Womöglich war er in dritter Ehe glücklich verheiratet und hatte jede Menge Kinder.

»Und woran arbeiten Sie gerade?« Er hatte sich ihr zugewandt. Seine Augen brannten auf ihrem Gesicht.

Sie studierte ihre abgekauten Nägel. »Wir haben derzeit viel zu tun mit einem Mord im 13. Arrondissement.«

»Klingt nach Stress, wie schade.«

Sie sah ihn fragend an.

»Ich meine, ...« Nachdenklich rieb er sein Kinn, und sie meinte, ein Funkeln in seinen Augen zu sehen. »Ehe mich der Mut verlässt, bitte ich Sie jetzt einfach um Ihre Telefonnummer. Wir könnten uns vielleicht mal treffen? Wenn Sie weniger Stress haben, vielleicht?«

So hätte sie es vielleicht auch ausdrücken können, dachte sie überglücklich und beugte sich über die Tasche, damit er nicht sah, wie erfreut sie war. »Gern.« Sie zog eine Visitenkarte aus der Tasche. Er schrieb seine Telefonnummer auf einen Zettel, den er ihr reichte.

Sie stand auf. »Ich muss meinen Schwiegervater finden. Um acht Uhr wollten wir fahren. Wie ich ihn kenne, sucht er schon nach mir.« Sie strich ihr Kleid glatt. »Er ist der letzte Überlebende aus der Zeit Ludwigs des Vierzehnten. Sie wissen schon, sorgt sich um seine ausländische Schwiegertochter, die abhängig ist von seiner Fürsorge und Aufsicht.«

Er schenkte ihr ein charmantes, jungenhaftes Lächeln und sah sie mit einem nicht zu deutenden Blick unter dem widerspenstigen Pony an. »Dann ist es vielleicht nicht so geschickt, dass er uns entdeckt. Vielleicht ist es ein bisschen zu früh, ihn glauben zu lassen, dass seine Bemühungen Erfolg hatten. Oder?«

»Ja, unbedingt!«, rief sie überrumpelt.

Sie verließen den Raum, und er gab ihr die Hand. »Wir sehen uns wieder.« Als er schon verschwunden war, stand sie noch immer wie angewurzelt da und starrte ihm nach.

12

Die Musik machte etwas mit Orla. Löste ihre fest zusammengebissenen Zähne, lockerte die verspannten Nackenmuskeln. Brachte sie dazu, an nichts zu denken.

Das Konzert war ein wunderbares Erlebnis gewesen, und sie hatte sich in eine fast vergessene Zeit zurückversetzt gefühlt. Alain und sie hatten während des Studiums regelmäßig die vielen kostenlosen Kirchenkonzerte besucht. Nur sie beide allein oder zusammen mit David. Es war viel Zeit vergangen, seit sie zuletzt in einem Konzert gewesen war.

Als sie vor der Sorbonne standen, war es inzwischen halb elf geworden. David lächelte zufrieden.

»Das war sehr schön.« Er steckte die Hände tief in die Hosentaschen. »Fast wie in alten Zeiten.«

»Nur fast.« Im Dunkel der Nacht starrte sie vor sich hin.

David ging nicht darauf ein. »Wir könnten in eine Brasserie gehen«, sagte er. »Ein Glas Wein trinken. Eine Kleinigkeit essen. Ich bin irre hungrig.«

Sie sah an sich herunter. Sie hatte nach der Cocktailparty nicht die Schuhe gewechselt. Die praktischen flachen Schuhe hatte sie gegen ihre letzte Neuanschaffung ausgetauscht.

»Vielleicht ins ›Balzar‹, weil wir ja anschließend zu Fuß nach Hause gehen müssen«, sagte sie rasch. »Ich musste vorhin schnell noch die Lebensmittel nach Hause bringen und hatte keine Zeit mehr, die Schuhe zu wechseln.« Ihre Entschuldigungen sprudelten nur so, als er fassungslos auf ihre Schuhe starrte. »Ich hatte geglaubt, du würdest mich nach Hause fahren.«

»Also Orla, lieber Gott«, rief er. »Die Dinger sind ja halsbrecherisch. Da ist es ja sicherer, auf Stelzen zu gehen.«

»Aber findest du sie nicht auch klasse?« Sie liebte Schuhe und hatte davon eine Sammlung, um die selbst Imelda Marcos sie hätte beneiden können. Viele taugten wirklich nur zum Anschauen.

»Doch ...« Er zögerte. »Nicht nur die Schuhe sind klasse«, schob er dann nach. Sie starrte ihn erschrocken an, aber er fuhr fort: »Du bist ja kaum wiederzuerkennen, so sieht man dich nicht oft. Ich meine, meist trägst du doch eher sportliche Sachen.« Er sprach leise, fast unzusammenhängend. »Diese Schuhe und dieses Kleid ... du bist einfach ... *ravissante*.«

»Du tappst aber nicht in diese Falle und glaubst, die Intelligenz einer Frau ließe sich an dem messen, was sie an den Füßen trägt?« Sie reagierte heftig, vielleicht unangebracht heftig, auf die Weise, in der er sie sonderbar, fast wie in Trance anstarrte.

»Dass die sich umgekehrt proportional zur Höhe ihrer Absätze verhält?«

»Wer in aller Welt redet von Intelligenz?« Abwehrend hob er beide Hände. »Aber natürlich nicht, nein. Außerdem habe ich zu viele Varianten davon an den Beinen einer eleganten Bekannten von mir gesehen.« Er nahm ihren Arm, und sie gingen in Richtung des »Balzar«. Ihr fiel auf, dass er *Bekannte* gesagt hatte, nicht Verwandte, sie beschloss aber, dem keine Bedeutung beizumessen. »Es fasziniert mich bloß, wie manche Frauen bereit sind, so viel *Leiden* auf sich zu nehmen.« Er sprach das Wort dramatisch und mit Nachdruck aus.

»Von Leiden kann keine Rede sein.« Sie stieß ihn scherzhaft in die Seite. »Das ist *Leidenschaft*! Ich hatte das Pech, einen Blick in die Boutique zu werfen, und da standen sie. Riefen förmlich nach mir. Kosteten ein Vermögen, das stimmt. Aber ich *musste* sie einfach haben.«

Er lachte. »Ja, dann! Das erklärt doch alles.«

Sie sah ihn von der Seite an. Er schaute beim Gehen nachdenklich auf die Straße und wurde wieder wie so oft einsilbig. Früher hätte sie das frustriert oder unsicher gemacht. Jetzt kam es ihr vertraut vor. Ein bisschen kraus und schwierig, aber wohlbekannt. Sie freute sich, dass er wieder den Kontakt gesucht hatte. In den letzten Jahren hatten sie sich nur sporadisch anlässlich der berühmten samstäglichen Luncheinladungen seiner Eltern getroffen.

Plötzlich hatte sie das Bedürfnis, David mehr in ihr Leben einzuweihen. Sie wollte so gern reden, auch über Persönliches. Sie entschied sich dagegen. Er würde sich nur darüber wundern. Außerdem war sie sich gar nicht sicher, ob sie ihn noch gut genug kannte.

Sie betraten die halbleere Brasserie. Dunkle Holztäfelung, braune Lederbänke an den Spiegelwänden und die Tischdecken ebenso schneeweiß wie die langen Schürzen der Kellner. Der Oberkellner, mit der Familie Chenu persönlich bekannt, empfing sie und brachte sie zu einem Fenstertisch. Kaum hatten sie

Platz genommen, lag auch schon die Speisekarte aufgeschlagen vor ihnen. »Wir empfehlen heute *Filets de rascasse*, Monsieur Chenu«, sagte er gedämpft und legte diskret einen Finger auf die Speisekarte. »René, der Küchenchef, übertrifft sich heute selbst, der Fisch ist ganz genau so, wie Sie ihn mögen.« David nickte. Großzügig bat er den Oberkellner, einen passenden Wein auszusuchen.

»Und Madame?« Der Kellner wandte sich an Orla.

»*Mousse au chocolat*«, sagte sie. Der Oberkellner nickte und verzog keine Miene.

Orla meinte zu sehen, wie David leicht rot wurde, aber er sagte nichts. Sie saßen stumm am Tisch, während der untadelig in weißem Hemd und schwarzer Weste gekleidete Kellner ihnen den Weißwein einschenkte.

Sie wischte imaginäre Krumen von der Tischdecke und starrte mit blinden Augen auf die Straße, während sie an ihrem Weißwein nippte.

»Bist du mit deinem Job zufrieden?«, fragte er plötzlich.

Orla nickte und steckte ein Stück trockenes Brot in den Mund. »Ja, sehr.«

»Ich meine, bist du zufrieden, dass du dich für etwas anderes entschieden hast als das, was du ursprünglich vorgehabt hast?«, fuhr er fort, als hätte er ihre Antwort nicht gehört, und sah ihr dabei fest in die Augen.

Sie unterbrach ihr Kauen, überrascht, dass er ihr eine solche Frage stellte. »Du meinst, alle glaubten, ich würde zurück nach Norwegen gehen?«

»Ehrlich gesagt, ja.« Er trank einen Schluck Wein. »Dass du geblieben bist, hat uns alle erstaunt. Dass du immer noch hier bist, meine ich.« Er lächelte, und sein Gesicht, das normalerweise verschlossen war wie ein zugeklapptes Buch, wurde durch dieses breite Lächeln erhellt. Ein kurzer, intensiver Lichtstrahl. Warum lächelte er nicht öfter?, dachte sie erstaunt.

»Eigentlich hast du uns immer verblüfft«, fuhr er fort.

»Dass du zum Beispiel plötzlich mit Alain verheiratet warst, kaum dass jemand von dir gehört hatte. Dass du dein Studium so brillant absolviertest. Um anschließend so etwas ganz anderes zu machen.« Er zuckte die Achseln. »Insofern passt es gut ins Bild, dass du einfach hiergeblieben bist.«

»Wie meinst du das?« In ihr wuchs das Gefühl, dass er ihr damit etwas sagen wollte.

»Du hast hier ja niemanden, oder?«

Ihr habt mich immer loswerden wollen. Ein unangenehmer Gedanke, aber wahr. Sie hatte hier niemanden. Aber wenn sie darüber nachdachte, hatte sie zu Hause noch weniger. Keine Geschwister. Ihr Vater war vor vielen Jahren gestorben. Die Mutter lebte in einem Pflegeheim in ihrer eigenen Welt. Wo war denn eigentlich »zu Hause«? Wie lange musste man weg sein, bis alles fremd geworden war und ein Ort den Ehrennamen »zu Hause« nicht mehr verdiente?

»Ich habe doch euch«, sagte sie bemüht aufrichtig. Er sah sie nicht an. Das Schweigen war mehr als peinlich. Als hätte sie sich Freiheiten genommen, die ihr nicht zustanden, als wäre sie grundlos zu persönlich geworden.

»Und ich liebe meine Arbeit«, ergänzte sie. Versuchte mit der Begründung ein Gleichgewicht herzustellen. »Sie bedeutet mir sehr viel.«

Er sah auf. »Es wird doch nicht schwer sein, einen entsprechenden Job in Norwegen zu finden? Ich meine, wenn du nach Hause willst?«

»Wahrscheinlich nicht. Ich habe es nie versucht.«

Warum sagte er das, nach so langer Zeit? Tausend Gründe schossen ihr durch den Kopf, warum er sie lieber wieder in Norwegen sehen würde. Aber sie schienen ihr alle so absurd zu sein. Sie fiel weder ihm noch der Familie zur Last. Aber wer sagte denn, dass er sich wünschte, sie solle weg sein? War das nicht auch wieder nur ihre Überempfindlichkeit?

»Warum fragst du jetzt danach? Nach so vielen Jahren?« Sie musste ihn das einfach fragen.

Er fuhr mit dem Finger eine Falte im Tischtuch nach. »Ich sehe ein, dass das sonderbar wirkt.« Sein Blick wich ihr aus. »Wir kümmern uns ja nicht sonderlich gut um dich.« Er zögerte. »So was wie ein chronisch schlechtes Gewissen, vermute ich.«

Du musst dich doch gar nicht um mich kümmern, dachte sie und spürte, wie seine Worte sie verletzten. Doch nicht jetzt, nach so langer Zeit. »Ich komme bestens zurecht«, sagte sie leichthin. »Denk nicht mehr dran.«

Der Kellner kam als rettender Engel mit dem Essen, und David war eine Weile beschäftigt, aß mit Leidenschaft Fischfilet, Kartoffeln, Zwiebeln und rote Paprika in einer Tomatensoße. Orla beobachtete ihn verstohlen. Der Mann war elegant und strahlte eine Art Unnahbarkeit aus, die ihn sicher für viele attraktiv machte. In den Spiegeln an der Wand hinter ihm erkannte sie ihre beiden Gestalten, er über die Mahlzeit gebeugt, sie mit einer Hand unter dem Kinn, mit der anderen ein Glas drehend. Ein Paar, das nicht länger miteinander redet.

»Und du?«

Er sah sie fragend an, fast als hätte er vergessen, dass sie ihm gegenübersaß.

Sie nippte am Wein und versuchte zu lächeln. »Eine Gemeinsamkeit haben wir immerhin, unser Interesse für Kleidung.« Sie deutete vielsagend auf seine elegante Anzugjacke.

Er lächelte. »Von mir gibt's im Grunde nicht viel zu erzählen. Jedenfalls nichts, was dich interessieren würde. Ich lebe still und zurückgezogen und mache im Grunde nur das, wozu ich Lust habe.«

Das hörte sich in ihren Ohren an wie das letzte Stadium vor dem Schlaraffenland. Sie dachte an seinen enorm ehrgeizigen und vorwärtsstürmenden Bruder.

Er sah sie lange an, und sie überlegte leicht beunruhigt, ob ihr Gesicht ihre Gedanken verriete. Denn plötzlich sagte er: »Du denkst doch, ich sei ein feiger kleiner Mann, dem nichts gelingt, oder? Dass ich resigniert und eine Nische gefunden habe, in der ich sitzen und mich darüber ärgern kann, dass nichts so geworden ist, wie ich einmal gehofft hatte. Oder wie gewisse andere gehofft hatten.« Seine Stimme hatte etwas Herausforderndes, und er zog missbilligend die Mundwinkel ein bisschen herunter. »Du kennst mich kaum, weißt du das? Du sahst nur Alain, auch wenn wir zu dritt waren.« Er lachte leise. »Frauen sahen immer nur ihn. Bestimmt war er etwas Besonderes.« Orla schloss bei seinen Worten die Augen, aber er sprach einfach weiter. »Ich habe gemacht, was ich selbst wollte, und mich nie in irgendeine Richtung schieben lassen.« Er lehnte sich über den Tisch und senkte die Stimme. »Mutter hat ganz recht. Ich habe überhaupt keinen Ehrgeiz. Richtiger wäre aber wohl zu sagen, ich habe keinen Ehrgeiz, wie sie es sich vorstellt. Ich habe alles, was ich mir wünsche, auch wenn alle anderen offenbar vom Gegenteil überzeugt sind.«

Orla nickte langsam. Sie hatte nie etwas anderes geglaubt, merkte sie. Warum machte er bloß einen solchen Aufstand, um das zu betonen?

Die Stille zwischen ihnen war drückend. Sie rührte mit dem Löffel in der *Mousse au Chocolat*, aß aber kaum davon. Dann schlug er vor, auszutrinken, ehe man sie vor die Tür setzte.

Lächelnd nahm sie den letzten Schluck. Legte ihre Hand auf seine und drückte sie leicht. Als sie aufstanden und gingen, fühlte sie sich gleichzeitig leer und erleichtert.

Langsam schlenderten sie in Richtung seiner Wohnung in der Rue du Sommerard, ganz in der Nähe. »Am besten stütze ich dich, damit du dir nichts brichst«, murmelte er und legte ihr den Arm um die Schulter.

»Du übertreibst.« Sie widerstand der Versuchung, sich zu entziehen, und ging mit steifen Schritten und kerzengeradem Rücken neben ihm. In der zweiten Etage war in einem der Fenster noch Licht. Nathalie, die mit David die Wohnung teilte, war noch wach. »Du brauchst mich nicht zu begleiten«, sagte sie schnell. »In fünf Minuten bin ich zu Hause.«

Er runzelte die Stirn und schaute auf ihre Schuhe. »Mit dem heutigen Fortbewegungsmittel sicher nicht.« Sein Arm blieb um ihre Schultern liegen. »Soll ich dich nicht doch lieber begleiten? Es ist spät.«

Sie empfand seine Nähe plötzlich als erstickend intim. Sie hatte nun so lange allein gelebt, dass sie sich nicht einmal in der Nähe ihres eigenen Schwagers natürlich bewegen konnte.

»Ich bin im Nu zu Hause.« Sie zog sich zurück und spürte, wie seine Hand sofort ihre Schulter fester packte, um sie dann jäh loszulassen.

»Und jetzt habe ich doch nicht mit dir über das geredet, weshalb ich mich eigentlich mit dir hatte treffen wollen«, sagte er mit einem Mal.

Bei seinen Worten zog sie sich noch einen Schritt weiter zurück. »Was meinst du damit?«

»Lass uns in meine Praxis gehen, Orla. Es dauert zwei Minuten.« Ohne ihre Antwort abzuwarten, schloss er auf. Zögernd folgte sie ihm in seine Praxis im Erdgeschoss. Während er das Licht einschaltete und die Jacke ablegte, blieb sie gleich hinter der Tür stehen.

»Worum geht es denn, David?«, fragte sie unruhig.

Er ließ sich auf einen Stuhl fallen und deutete mit einer ausladenden Geste auf den Patientenstuhl. »Das Testament«, sagte er übergangslos. »Ich finde, du hast ein Recht, es zu erfahren.« Er sah aus dem Fenster. »Vater wurde gerade fünfundsechzig und hat Zusätze einfügen lassen. *Präzisierungen.*« Er schob mit der einen Hand einen Stoß Papiere zur Seite und beugte sich über den Tisch. »Du bist vierunddreißig, Orla. Alain hatte keine Zeit, ein Testament aufzusetzen.« Er starrte ihr ins Gesicht. »Wenn du wieder heiratest, verlierst du deine Hälfte vom Erbe meiner Eltern. Ich weiß nicht, wie genau er das hinbekommen hat, weil ich die Details nicht gesehen habe. Aber er ist Anwalt und arbeitet jetzt nur noch auf dem Finanzsektor.

Wenn jemand in der Lage ist, Vorschriften und Regeln zu verdrehen oder Geld wie Tau in der Sonne verschwinden zu lassen, dann mein Vater.«

Orla starrte ihn an. Sag nichts, sagte sie zu sich. Steh einfach auf und geh. Aber stattdessen sagte sie mit merkwürdig trockener Stimme: »Ich müsste also als alte Jungfer leben, um meine Rechte zu sichern?«

David nickte langsam, immer noch zum Fenster hin. »Richtig.« Dann wendete er sich ihr zu. »Eine Alternative gibt es natürlich.« Er lachte kurz auf, unfroh. »Du könntest mich heiraten.«

Orla erhob sich, ihre Beine wurden ganz weich. »Ich kann kaum glauben, David, dass wir hier dieses Gespräch führen. Aber jedenfalls danke. Und zu deiner Orientierung: Ich habe keine Pläne in diese Richtung. Gute Nacht und grüß Nathalie.« Die Tür knallte hinter ihr zu, als sie ging.

An der Place Maubert floss der Verkehr auf dem Boulevard St. Germain ruhig und gleichmäßig. Abgesehen von zwei Obdachlosen auf einer Bank beim Springbrunnen war kein Mensch zu sehen. Die Gitter vor dem Käseladen, der Bäckerei und dem Delikatessengeschäft waren heruntergelassen, und die leeren Stände des Obstmarkts an der Ecke waren mit grünen Planen abgedeckt.

Die Rue de Bièvre lag zur Linken. Sie war eine der zahllosen Nebenstraßen hinunter zur Seine. Orla war von ihr so angetan gewesen, weil sie so besonders pittoresk war. Durch und durch pariserisch. Eine Straße, die an eine Kleinstadt erinnerte. Jetzt aber hatte die Nacht die Straße auf unbegreifliche Weise in einen dunklen, Furcht einflößenden Korridor verwandelt.

Ihre Stilettos klapperten auf dem Asphalt. Ein unüberhörbarer Hinweis auf eine ungeschützte Frau bei einer Nachtwanderung, dachte sie und spürte Angst in sich aufsteigen. Kurz erwog sie, die idiotischen Schuhe schnell auszuziehen. Aber ein strammes Riemchen über dem Spann hielt sie fest, und stehen bleiben wollte sie jetzt erst recht nicht.

Die Knöchel schmerzten schon, als sie den winzigen Park erreichte, in den sie sich manchmal setzte und las. Eine kleine Oase, die sich mit einem Mal in ein gähnend schwarzes Loch verwandelt hatte. Ein Windhauch blies ihr in den Nacken, wie eine leichte Berührung, die ihr Gänsehaut verursachte.

Kurz darauf hörte sie es. Eine rasche Bewegung hinter ihr. Schritte, fast flüsternd, wie ein leichtes Wischen über den Asphalt. Sie erhöhte das Tempo. Ihr Herz galoppierte wie ein Rennpferd, das außer Kontrolle geraten ist. Sie atmete flach, keuchend, die Kehle war ihr wie zugeschnürt. Hals und Mund waren trocken, brannten. Sie versuchte zu rennen. Knickte um und spürte kaum den brennenden Schmerz im Knöchel. Das Riemchen löste sich, und sie verlor den Schuh.

Der Griff um Schulter und Hals fühlte sich an wie eine eiserne Klaue. Das Adrenalin explodierte in ihrem Körper, und sie riss sich mit Riesenkräften los. Stolperte wie von Sinnen ein paar Schritte vorwärts. Augenblicklich war er wieder da. Sie versuchte zu kratzen und zu beißen, hieb mit aller Kraft auf ihn ein. Sie schlug mit dem Rücken auf den Asphalt, und über ihr erhob sich der Sternenhimmel. Er fiel fast über sie.

Blitzschnell zog sie das rechte Knie an. Sie trat ihm mit dem noch vorhandenen Stiletto mit aller Kraft in den Unterleib.

Und traf. Er gab einen langgezogenen, stöhnenden Kehllaut von sich und sank langsam in die Knie.

In derselben Sekunde war sie wieder auf den Füßen.

Der Summton, als sich die Tür öffnete, war schöner als irgendeine Musik, die sie an diesem Abend gehört hatte. Keuchend schlüpfte sie ins Haus und warf sich von innen gegen die Tür. Er war wieder hochgekommen und nur noch einen halben Meter hinter ihr. Ehe die Tür zwischen ihnen zuschlug, registrierte sie schaudernd, dass er Handschuhe trug und sich einen Nylonstrumpf über den Kopf gezogen hatte.

Lange lag sie mit weit aufgerissenen Augen im Bett. Jeden Muskel angespannt, lauschend. Der Puls hämmerte bis in die Fingerspitzen. Sie atmete tief, und als jäh ein heftiger Schmerz durch ihre Brust jagte, jammerte sie laut. Das war die ultimative Einsamkeit: allein und verletzt nach einem Überfall dort zu liegen, ohne dass auch nur eine Menschenseele davon wusste.

Gewöhnlich fürchtete sie sich nicht im Dunkeln, aber jetzt zitterte sie vor Angst. Die Furcht schien sich bis in die Wände und das Dach fortzupflanzen. Sie bedrängte sie mit erstickendem Druck von allen Seiten. Das Schlafzimmer war überhitzt, sie hatte die Fenster geschlossen. Als könnte jemand über die Vorsprünge und Regenrinnen bis hier oben klettern, dachte sie ironisch. Nach einer Stunde im Bett versuchte sie, wieder auf die Beine zu kommen. Sie war immer der Überzeugung gewesen, dass sich Angst und Unvernunft nur auf eine Weise bekämpfen ließen: durch Konfrontation. Sie zog die Gardinen beiseite und stieß beide Fenster weit auf. Als die Nachtluft in das Zimmer strömte, zitterte sie leicht. Die Fenster auf der anderen Straßenseite waren alle dunkel, hinter den meisten waren Gardinen zugezogen oder die Fensterläden geschlossen.

Sie lehnte sich vorsichtig aus dem Fenster, hielt sich mit beiden Händen am Fensterrahmen fest, als könnte eine übermächtige Zentrifugalkraft sie auf den Asphalt zwingen. In der Ferne hörte sie das Rauschen des Verkehrs. Die Straße war leer. Sie hielt Ausschau nach dem Schuh, sagte sie zu sich. Aber sie hielt Ausschau nach ihm. Natürlich war niemand da.

»Komm nur heraus, du Mistkerl«, sagte sie halblaut. »Hier siehst du mich. Ich hab vor dir keine Angst. Und wer wird es jetzt, nachdem ich es nicht geworden bin?«

Sie schwieg. Reden half. Sogar so sehr, dass sie überlegte, das Fenster offen zu lassen.

Aber dann griff sie energisch nach den Fensterhaken und zog das Fenster zu.

Er sah, dass Orla Os das Licht ausgeschaltet hatte. Sie hatte heute Abend die Fenster geschlossen. In seiner Leiste brannte es wie Feuer, aber zu sehen, dass sie Angst hatte, linderte den Schmerz. Er hatte einsehen müssen, dass sie ihm entkommen war. Sie war ein raffiniertes kleines Geschöpf. Ihr musste man auf andere Weise beikommen als den meisten.

Heranzoomen. Hinter den Gardinen bewegte sich etwas. Sie machte das Licht nicht an, aber er sah, dass sie die Vorhänge aufzog und das Fenster öffnete. Beide Fenster. Dann lehnte sie sich vor, und ihre Lippen bewegten sich. Sie redete. Aber worüber? Dass sie Angst hatte? Es enttäuschte ihn, dass sie die Fenster öffnete, dass sie den Kopf herausstreckte und die Haken löste, als sei nichts geschehen.

Sie forderte ihn heraus. Glaubte sie denn, sie sei dort drinnen sicher?

13

Orla kam mühsam hoch, um David die Tür zu öffnen. Sie hatte sich am Morgen endlich dazu durchgerungen, ihn anzurufen. Er war schon unterwegs gewesen, um eine der häufigen Nierenkoliken seines Vaters zu behandeln. Der Schreck und die Sorge, die er sich um sie machte, standen ihm ins Gesicht geschrieben. Hinter ihm tauchte das Gesicht seiner Mutter auf, blass und zugeknöpft. Geistesgegenwärtig hatte sich David zuerst an sie gewandt: »Setz dich, Mutter. Und kein Wort, ehe ich sie untersucht habe.« Claire Chenu respektierte die kleinen Rituale der ärztlichen Untersuchung und nahm Platz.

»Du brauchst nur herauszufinden, ob ich einen Herzinfarkt habe oder eine punktierte Lunge. Wenn alles in Ordnung ist, stehe ich auf. Gehe ins Bad und anschließend zur Arbeit.« Als Orla sich umdrehte, stöhnte sie auf. Der Hinterkopf war empfindlich, dort prangte eine ordentliche Beule. Sie konnte sich nicht erinnern, dass sie mit dem Kopf aufgeschlagen war.

Er untersuchte sie gründlich. Schließlich packte er in aller Ruhe seine Sachen zusammen. »Das wirst du überleben. Du hast weder einen Herzinfarkt gehabt noch ist die Lunge punktiert. Auch als Pathologin wirst du das so weit verstehen. Eine angeschlagene Schulter, ein verstauchter Knöchel, und wahrscheinlich ist eine Rippe angeknackst.«

Erschöpft lehnte sie sich in die Kissen. Alles schmerzte. Am meisten aber das Selbstwertgefühl. Wie konnte sie sich nur so idiotisch verhalten! Wie konnte sie nur mitten in der Nacht allein durch die Stadt laufen! Noch dazu mit kurzem Rock und Stilettos. Sie hätte es besser wissen müssen.

Ihre Schwiegermutter hatte schweigend der Untersuchung der Patientin zugesehen. Sie hatte ihren Mantel nicht abgelegt, sondern elegant, zugeknöpft dort gesessen, wie anlässlich einer Wohnungsbesichtigung, die sie sich überhaupt nicht für sich vorstellen konnte. Orla konnte an einer Hand abzählen, wie oft Claire bei ihr gewesen war. Sie hatte die Wohnung gegen den ausdrücklichen Rat ihrer Schwiegermutter gekauft. Für Claire Chenu war die Rue de Bièvre noch immer ein Armeleute- und Arbeiterbezirk. Dass es inzwischen mondän war und obendrein sehr teuer, hier zu wohnen, half in ihren Augen auch nicht.

»Das kam nicht wirklich unerwartet. Ich hatte schon fast damit gerechnet.« Sie seufzte. »Warum musstest du auch in einen solchen Slum ziehen?«, fuhr sie fort und stand auf.

»Also wirklich!« Orla versuchte sachlich zu protestieren. »Dass hier ein Slum war, liegt mehrere Generationen zurück. Wenn überhaupt.«

»Ganz und gar nicht«, entgegnete Madame Chenu gekränkt. »*So* alt bin ich noch nicht.« Sie stand auf und stellte sich ans Fenster.

Orlas Kopf pochte. »Das ganze Viertel ist erst kürzlich saniert worden. Tipptopp instandgesetzt«, sagte sie müde, ihr fiel nichts Besseres ein. »Und sogar Präsident Mitterand hatte hier eine Wohnung.«

»Mitterand!« Es gelang Madame Chenu nicht, ihre Missbilligung zu verbergen. »Er war *Sozialist*!« Wieder drehte sie sich demonstrativ zum Fenster. Sozialismus war für sie so etwas wie ein lästiger chronischer Zustand, etwa wie eine Zahnfleischentzündung. »Seit de Gaulle hatten wir keinen angemessenen Präsidenten mehr«, sagte sie in Richtung Fenster. »Die neuen sind doch vor allem damit beschäftigt, sich selbst mit Denkmälern zu verewigen.« Indigniert machte sie eine Pause. »Was haben sie nicht in ihren jeweiligen Amtsperioden mit der Stadt angestellt! Hast du diesen Vandalismus gesehen, der sich *Centre Pompidou* nennt? Oder *La Défense*?« Aufgebracht wandte sie sich nun doch direkt an Orla. »Geht es darum, in derselben Straße wie *die* zu wohnen? Dass die an einem solchen Ort Gefallen finden würden, war ja klar. Denen fehlt einfach jeder Sinn für Werte.«

Orla verschränkte die Arme. »Ist Paris ein Museum?«

»Du weißt doch gar nicht, wovon du redest«, unterbrach Madame Chenu sie scharf. »Du verstehst nichts von unserer Kulturgeschichte. Du bist nicht alt genug, und außerdem bist du ja keine Französin.«

Bereit zur Verteidigung, setzte Orla sich mit einem Ruck auf – angeknackste Rippe und Kopfweh hin oder her. Sie wollte gerade den Mund aufmachen, da klingelte es an der Tür.

Madame Chenu schaute erst auf die Uhr und dann zu Orla, ehe sie hinausging, um zu öffnen. Einen Augenblick später stand sie mit hochgezogenen Augenbrauen in der Tür.

»Orla, hast du einen Handwerker bestellt?« Sie sprach leise. »Da ist ein ... *Herr*, der nach dir fragt.«

»Lass ihn herein«, murmelte Orla resigniert. Die Bezeichnung »Herr« war wohl auf Marchal gemünzt. »Er ist ein Kollege von der Polizei.«

Ehe Madame Chenu noch antworten konnte, war Marchal

an ihr vorbei ins Zimmer getreten. Orla machte einen linkischen Versuch, die beiden vorzustellen. Madame Chenu nickte eiskalt, als wäre er der Hauptgrund für die ganze Situation. Marchal gab ihr kurz die Hand.

»Du musst selbstverständlich Anzeige erstatten«, sagte er zu Orla. »Hast du eine Personenbeschreibung?«

Sie schüttelte den Kopf. »Nein, nicht wirklich. Er warf sich von hinten auf mich. War schwarz gekleidet. Sicherheitshalber hatte er einen Nylonstrumpf über den Kopf gezogen.« Sie schauderte.

»Versuch's«, forderte Marchal sie auf.

Orla setzte sich auf und zog den Morgenmantel über. »Okay. Er war zirka ein Meter achtzig groß. Schlank.« Sie zögerte. »Ich weiß nicht. Alles ging so schnell, es war unmöglich, im Dunkeln mehr Details zu erkennen. Ich habe ihn erst bemerkt, als ich zwanzig Meter von der Haustür hier entfernt war. Er bewegte sich wie eine Katze. Lautlos. Schnell und geschmeidig. Danach erinnere ich mich an wenig. Ich bekam Panik.« Zitternd holte sie Luft. »Ich schätze mal, er stand in dem kleinen Park nebenan. Ich kann mich nicht erinnern, auf dem Weg an jemandem vorbeigekommen zu sein.«

»Vielleicht ein Mann, der sich zufällig im Park aufhielt, als du vorbeigegangen bist«, schlug David vor.

Marchal zog an seinem Bart. »Ein kleiner Park in einer einsamen Straße, kurz vor Mitternacht? Die Chancen, dass eine Dame um die Zeit da allein vorbeigeht, gehen gegen Null.«

»Vielleicht war das nicht geplant«, schlug David vor. »Eine spontane Eingebung, als er dich sah?« Er machte nicht den Eindruck, als glaubte er selbst an seinen Vorschlag.

Orla schüttelte energisch den Kopf. »Ach was. Welcher Mann hat denn bei diesen Temperaturen zufällig Nylonstrumpf und Handschuhe dabei?« Sie zögerte. »Aber ich gehe davon aus, dass ich ein zufälliges Opfer war«, fuhr sie fort. Sie stand mühsam auf und humpelte zum Fenster. »Wahrscheinlich habe ich das Schicksal herausgefordert. Frau in Abendkleidung allein beim Nachtspaziergang. Ein Jäger in der Nähe. Die gibt es überall. Das Klappern der hohen Absätze hätte Männer von weither anlocken können.«

Marchal hatte stirnrunzelnd zugehört. Die Hände tief in den Taschen vergraben, biss er sich auf die Lippe. Orla kannte ihn so gut, dass sie auf seinem Gesicht Skepsis und Zweifel ablas.

»Tja, vielleicht. Vorläufig haben wir wohl keine bessere Theorie.« Er hielt kurz inne. »Aber wir dürfen einfach nicht außer Acht lassen, dass du durch deine Verbindung zur Kriminalpolizei doch nicht ganz wie andere Frauen bist.«

Das war Madame Chenus Stichwort. Sie hatte stocksteif danebengestanden und Marchal angestarrt wie eine Raupe in der Salatschüssel.

»Die Polizei, ja genau«, rief sie. »Ich habe es ihr tausendmal gesagt, dass sie sich mit dieser Arbeit überhaupt nicht befassen dürfte. *Total unpassend* für eine Frau. Ungehobelte Kerle und Verbrecher, egal auf welcher Seite!«

»Claire«, fiel ihr Orla müde ins Wort. »Kaffee wäre jetzt genau richtig. Könntest du? David ...?« Sie starrte ihren Schwager flehentlich an. Der stand völlig gedankenverloren daneben, wie immer, wenn die Frauen in der Familie sich stritten.

Dann riss er sich zusammen und sammelte seine Sachen ein. »Nein, Orla, ich finde, du solltest keinen Kaffee trinken. Der hält dich nur wach. Versuch lieber noch ein bisschen zu schlafen. Du kannst deinem Kollegen die Auskünfte geben, die er braucht, danach musst du ruhen. Ich habe dir schmerzstillende Tabletten hingelegt. Komm jetzt, Mutter.« Er nahm resolut ihren Arm und geleitete sie mit einer Entschlossenheit zur Tür, die ihm niemand zugetraut hätte.

Madame Chenu ließ sich erstaunlich leicht hinausdirigieren. Sie gab ihrer Schwiegertochter auf jede Wange einen Kuss, nickte Marchal gnädig zu und rauschte an der Seite ihres Sohnes davon.

Marchal stand am Fenster und sah ihnen nach, als sie das Haus verlassen hatten. Er murmelte etwas und drehte sich dann zu Orla um. »Hast du schon ein Frühstück bekommen? Oder nur diese schwer verdauliche Berufsberatung?«

Sie schüttelte den Kopf, sie fühlte sich wie ausgehöhlt. Marchal war schon auf dem Weg in ihre kleine Küche. Sie hörte von dort die Schranktüren eine nach der anderen klappen. Sie setzte sich ruhig auf einen Stuhl und wartete auf das, was jetzt kommen musste. Binnen kurzem hörte sie, wie er laut etwas rief und die Kühlschranktür zuknallte. Kurz darauf stand er vor ihr, kopfschüttelnd.

»Kannst du mir verraten, wovon du eigentlich lebst?« Seine Nasenflügel vibrierten. »Ich habe fünf flüssige Tomaten gefunden und etwas in Papier, das vermutlich als Schinken und Käse verkauft wurde, sich aber in einem Zustand der Auflösung befindet.« Er starrte sie ungläubig an.

Sie lächelte besänftigend. »Was mein ist, ist auch dein.«

Er stöhnte resigniert. »Kaffee habe ich auch keinen gefunden.«

»Es gibt auch keinen Kaffee. Dafür aber eine ausgezeichnete elektrische Kaffeemühle.«

»Okay, okay. In zwanzig Minuten bin ich wieder da.« Er steckte den Kopf noch einmal zur Tür herein. »Sag nur gleich, ob ich auch Plastiktassen kaufen soll. Ich will nicht zurückkommen, um erst dann herauszufinden, dass es nichts gibt, woraus man Kaffee trinken kann.«

Sie wedelte ihn mit einer Handbewegung hinaus. »Alles da. Vergiss nur nicht die Kaffeefilter. Und Milch und Zucker.« Die Tür fiel hinter ihm ins Schloss. Sie blieb auf dem harten Stuhl sitzen und blickte an ihren Beinen herunter. David hatte um den rechten Knöchel einen Stützverband angelegt. Zum Glück fühlte sie sich schon viel besser. Am Ellbogen prangte ein großes Pflaster: eine Hautabschürfung, die David gesäubert und abgedeckt hatte. Sie starrte vor sich hin. Eine sonderbare Gefühlsmischung erfüllte sie. In erster Linie ungläubiges Staunen:

Sie, die es gewohnt war, allein im Gebirge zu wandern, nachts einsame Straßen entlangzulaufen, irgendwo an einem Stückchen Strand zu liegen, ohne eine Menschenseele weit und breit, ausgerechnet sie war mitten in der Stadt überfallen worden, noch dazu vor ihrer eigenen Haustür! Sie stand auf. Es war weit von Vesterålen nach Paris. Man ist gezwungen, die Spielregeln zu lernen. Sie schüttelte den Kopf. Komisch, dass sie nach so vielen Jahren immer noch so dämliche Sachen machte. Hohe Absätze, kurzer Rock, ganz allein, und das mitten in der Nacht. Langsam ging sie ins Bad und drehte den Wasserhahn auf. Es war so dumm, dass es fast schon peinlich war.

Orla war geduscht und angezogen, als Marchal zurückkam. Er trug eine volle Einkaufstüte in der Hand, und unter dem Arm klemmte ein Baguette. Er stellte alles auf den Esstisch.

»Sieh dir das gut an. Das ist die Minimalausstattung einer Küche!« Nacheinander holte er die Einkäufe aus der Tüte. »Kaffee. Dieses Mal Bohnen, damit du deine sagenhafte Kaffeemühle testen kannst. Butter. Marmelade. Ich esse am liebsten Aprikosenmarmelade, und da nun ausgerechnet ich das Glück hatte, für dich einkaufen zu dürfen, habe ich Aprikosenmarmelade gekauft. Kaffeefilter. Zucker. Milch.« Er nahm den Kaffee und die Milch und verschwand in die Küche. Sie hörte das Surren der Kaffeemühle, und wenig später saßen sie am Tisch, und jeder hatte einen Café au Lait vor sich.

»Fühlst du dich besser?«

Sie nickte. »Ja. Ich hab zwei von den Tabletten genommen, die David dagelassen hat. Die Schmerzen sind fast weg.«

Marchal betrachtete sie skeptisch. »Streng genommen müsstest du heute zu Hause bleiben!«

»Warum sollte ich?« Bestürzt starrte sie ihn an. »Selbstverständlich will ich beim Verhör des Studenten dabei sein. Ich bin wirklich gespannt, was er zu sagen hat.« Wenn sie an diesem Morgen eine Stunde allein bleiben sollte, müsste man sie anketten.

Sie musste ungewöhnlich lange auf seine Antwort warten. Er rührte den Kaffee um, erst dann fragte er: »Gibt es irgendetwas ... Ungeklärtes ... auf privater Ebene? Ich meine, gibt es einen Grund, warum es jemand auf dich abgesehen haben könnte?«

»Offene Rechnungen? Mir mir?« Sie musste fast lachen. »Wenn du mal drüber nachdenkst: Ist dir je eine Frau begegnet, die ein langweiligeres und anonymeres Leben führt als ich?«

Er zuckte die Achseln. »Du wirst mal eine Menge Geld erben, das macht dich schon ein bisschen besonders.« Er wand sich, offenkundig gefiel ihm gar nicht, ein Thema zu berühren, über das sie nie sprachen. »Ich frage ja nur, ob es irgendwelchen Konfliktstoff gibt, von dem ich nichts weiß?«

Sie dachte für den Bruchteil einer Sekunde darüber nach. Nein, es stand nicht zur Debatte, Marchal in die Details einzuweihen. Irgendwie empfand sie doch so etwas wie Loyalität gegenüber Alain und seiner Familie. Energisch schüttelte sie den Kopf. »Ganz bestimmt nicht. Außerdem wird über Geld in der Familie auch nie geredet. Jedenfalls nicht, wenn ich dabei bin.« So war es ja bis zum gestrigen Abend in Davids Praxis tatsächlich auch gewesen.

»Komisch«, murmelte Marchal.

»Das kannst du wohl sagen!« Sie knallte die leere Kaffeetasse auf den Tisch. »Es ist schlicht und einfach so, dass alles durch zwei geteilt werden soll. Die eine Hälfte hätte Alain sowieso bekommen. Jetzt werde ich das stattdessen sein.«

Marchal hatte sich zurückgelehnt. Er starrte in die Kaffeetasse, die er selbstvergessen vor sich auf dem Tisch drehte. »Ich habe ein paar kleinere Recherchen angestellt«, sagte er langsam. »Bitte entschuldige.«

Verständnislos sah sie ihn an. »Hervé, wovon redest du?«

»Ich hatte keine Ahnung, wie groß das Vermögen deines Schwiegervaters ist.«

»Und was bitte schön hat das mit dieser Geschichte zu tun?« Sie konnte selbst ihren bissigen Ton hören.

»Vermutlich nichts. Und nun komm mal wieder runter, ja. Ich will doch nur alle Aspekte in Betracht ziehen.«

»Ja, ja.« Sie massierte ihre Schläfen. »Ich weiß selbst nicht, um wie viel es dabei geht. Aber bestimmt ist er steinreich. Und was soll das bedeuten?«

»Dein Mann muss auf dem Heiratsmarkt eine begehrte Beute gewesen sein.«

»Das war er wohl.« Sie faltete die Hände und sah ihn direkt an. »Später dachte ich manchmal, dass er sich vielleicht unter anderem deshalb für *mich* interessierte.« Sie lächelte schwach. »Ich hatte keinen Schimmer. Niemand konnte mich beschuldigen, ihn wegen seines Geldes genommen zu haben.«

»Glaubst du, dass alle das so sahen?«

»Wenn du mit ›alle‹ die Familie meinst, und zwar diejenigen, die ihm am nächsten standen, so kann ich dir das nicht beantworten.« Ihre Augen wanderten unruhig durch das Zimmer. Diese Frage wollte sie nicht beantworten. Das war zu persönlich und zu schwierig. Diese eiskalte Höflichkeit in der Familie. Die Körpersprache und die Mimik, beides Ausdruck gut kontrollierter Aggressivität. »Als wir heirateten, war das für seine Familie eine Katastrophe. Warum, begriff ich erst später. Er hätte wirklich etwas ganz anderes als mich bekommen können. In diesem Land gibt es ja noch reichlich Adel. Meine Schwiegermutter ist die Tochter eines Grafen Soundso.« Sie lachte unfroh. »Ein Mädchen aus einem Fischernest kurz vorm Nordpol, das war nun wirklich das Allerletzte. Die sind nicht mal sicher, ob das Rad schon bis in unsere Gegend gekommen ist.« Sie holte tief Luft. »Aber da du nun mal fragst, kann ich es wohl zugeben. Niemand hat je akzeptiert, dass wir geheiratet haben. Aber sie haben gelernt, damit zu leben«, fuhr sie fort. »Diejenigen, die berechtigt sind, in der Angelegenheit eine Meinung zu haben, glauben, dass ich mir einen unverdient großen Teil eines enormen Vermögens unter den Nagel gerissen habe. Dass unserer schnellen und heimlichen Heirat meinerseits ein zynisches und berechnendes Motiv zugrunde lag. Nämlich Geld.«

Nachdenklich fragte er: »Wie gut kennst du David?«

»Wie gut ich ihn kenne?« Sie sah ihn überrascht an. »Das ist ja eine komische Frage.« Mit der Bemerkung wollte sie Zeit gewinnen. Nachdenken. Die Worte genau wählen, damit David nicht unverschuldet hier hineingezogen wurde. Sie kannte ihn nicht sonderlich gut. Das hatte er selbst gesagt. Im Grunde stand nur Nathalie ihm nahe. So war es gewesen, solange sie ihn kannte. Eine ungesunde Symbiose, hatte sie oft gedacht. Eine geschlossene Gemeinschaft. Andere schienen für die beiden überflüssig zu sein, abgesehen von Alain. Der hatte sie ausgelacht. David! Der Sonderling. Kümmere dich nicht um ihn. Er ist einfach so. Sie hatten nicht mehr darüber gesprochen. Sie hatte aufgehört, sich Gedanken zu machen, ob er sie eigentlich mochte.

Orla lehnte sich über den Tisch. »Meine Schwiegereltern sind beide ausgesprochen fit. David macht sich nichts aus Geld, das hättest du schon gemerkt, wenn du ihn kennen würdest.« Jedenfalls hatte er das immer gesagt. Marchals grüblerischer Blick und die unangenehme Frage verunsicherten sie. Sie zögerte. »Es ist mehr als genug für beide. Da gibt es wirklich keinen Konfliktstoff.« Sie stand auf. »Und jetzt gehen wir!«

Er sah immer noch genauso skeptisch aus. »Bist du sicher, dass du nicht heute doch zu Hause bleiben solltest?«

Sie hatte die Tür zum Treppenhaus aufgeschlossen. »Kommst du?«

Es hatte keinen Sinn, weiter zu diskutieren. Er trank den letzten Tropfen Kaffee aus und verließ mit ihr die Wohnung.

Unten auf der Straße blieben sie stehen. »Ich habe hier heute früh alles untersucht. Natürlich ist keine Spur von ihm zu finden. Dein zweiter Schuh ist übrigens auch verschollen.«

»Ich hab ihm wohl kaum mehr als ein bisschen die Haut aufgeritzt. Handschuhe und Strumpf …« Gedankenverloren fuhr sie fort: »Wenn ich darüber nachdenke, wundert es mich, dass er nicht früher zugeschlagen hat.«

»Früher? Wie meinst du das?«

»Ich glaube, er muss mich gesehen haben, als ich am Park vorbeiging. Bei den Schuhen, die ich anhatte, hätte er mich längst dort einholen können. Stattdessen hat er gewartet, bis ich fast an der Tür war, ehe er zuschlug.«

»Und was folgerst du daraus?«

»Ich weiß es nicht. Aber einen Moment lang dachte ich, ob er vielleicht die Absicht hatte, mich zu überfallen, um sich anschließend mit mir gewaltsam Eintritt in die Wohnung zu verschaffen.« Sie sah ihn zweifelnd an. »Mir ist klar, wie unwahrscheinlich das klingt. Oder vielleicht auch nicht, wenn es um Vergewaltigung ginge.« Sie unterbrach sich. »Und genau das wirkt so unvorstellbar. Dann hätte er ja von vornherein wissen müssen, dass das Ehepaar aus der anderen Wohnung verreist ist und dass niemand etwas gesehen oder gehört hätte, sobald wir erst mal im Haus waren.« Sie schüttelte den Kopf. »Ach, das sind doch alles reine Spekulationen. Lass uns lieber zu etwas Konkretem kommen. Der Student wartet.«

Marchal klopfte ihr auf die Schulter. »Ich hoffe, du bist so robust, wie es den Anschein hat.«

Sie zuckte die Achseln und setzte sich ins Auto. »Das war ein einmaliges Vorkommnis. Ein Zufall. Bestimmt hat er schon andere Jagdgründe gefunden.« Mit leerem Blick stierte sie in den sie umgebenden Verkehr. Ein einmaliges Vorkommnis, sagte sie zu sich. Purer Zufall.

14

Der Formalingeruch war heute morgen ausgesprochen penetrant und verursachte Orla Übelkeit. Die Stahltische glänzten ordentlich aufgeräumt und gereinigt. Über ihren Köpfen surrte schwach ein Ventilator, und wenige Minuten, nachdem sich die Schwingtür hinter ihnen geschlossen hatte, war der warme

Schweiß schon kalt und klamm geworden. Petrows Leichnam auf der schmalen Bahre war von einem grünen Tuch bedeckt. Nur die Zehen schauten heraus. Orla heftete ihren Blick auf den weiß gefliesten Fußboden. Weiß und Stahl. Stahl und noch mal Stahl. Die Designer der allerneuesten Badezimmer- und Kücheneinrichtungen waren kaum je in einem solchen Raum gewesen. Ihr kam es vor, als seien diese Räume sich zum Verwechseln ähnlich.

Es war halb zwölf. Dsubin war nicht aufgetaucht. Sie hatten vor einer Stunde ein Auto geschickt, das ihn abholen sollte, aber er war nicht zu Hause gewesen. Marchal ging ungeduldig auf und ab, schaute immer wieder zur Uhr. »Und was jetzt?« Er ließ sich schwer auf einen Hocker fallen.

Orla lehnte sich an den Tisch, verschränkte die Arme und presste sie fest an den Körper. Dr. Berlier stand neben ihr. Niemand sagte ein Wort. Sie war zum Umfallen müde. Aber sie hatte nicht vor, den restlichen Tag die Decke ihrer Wohnung zu studieren. Arbeiten war das Einzige, das half. Sie holte sich einen grünen Kittel und zog ihn über. Trotz der anhaltenden Hitze draußen war es hier kühl, und ihr war zum ersten Mal seit langem kalt. »Er kommt nicht. Lasst uns anfangen.«

Dr. Berlier zog das Tuch von der Leiche. »Folgendes wird zusammenfassend festgestellt: Das Opfer ist männlich, ein Meter achtzig groß und achtundsiebzig Kilo schwer. Laut Zeugenaussage handelt es sich bei dem Toten um Oleksandr Petrow aus der Ukraine. Seine Identität hat nicht durch Papiere bestätigt werden können. Als Todesursache wurden Stichverletzungen, verursacht durch einen spitzen, zweischneidigen Gegenstand, festgestellt.« Er referierte schnell und effektiv die Untersuchungen, die in der Zwischenzeit vorgenommen worden waren. Es waren in erster Linie Routineuntersuchungen, die nichts Neues ergeben hatten. Er zog das Tuch wieder über den Leichnam. »Ansonsten ist der Mann vollkommen gesund gewesen.«

Marchal trat näher. »Und der Zeitpunkt?« Die Hände auf

dem Rücken verschränkt, beugte er sich vor und betrachtete den Toten eingehend.

»Es bleibt bei dem, was ich am Fundort der Leiche geschätzt habe«, sagte Orla. »Als er am 6. Juni um fünfzehn Uhr hierher kam, war er seit maximal vierzehn Stunden tot. Er starb zwischen ein und drei Uhr in der Nacht zuvor.« Sie holte Luft. »Es gibt keinerlei Anzeichen für einen Kampf vor dem Mord. Keine Nadeleinstiche oder andere Anzeichen von Medikamentenmissbrauch. Röntgenbilder normal. Der Abschlussbericht geht raus, sobald die Ergebnisse der restlichen Analysen vorliegen. Aber es würde mich wundern, wenn sich daraus neue Erkenntnisse ergäben.« Zum Zeichen, dass sie nichts weiter dazu zu sagen hatte, klappte sie die Mappe zu. »Sie können mit dem Bericht im Laufe des Tages rechnen.« Sie spulte den Text herunter, um so schnell wie möglich fertig zu sein, ehe das Zähneklappern nicht mehr zu unterdrücken war. Sie fühlte sich, als hätte sie Fieber, und ihr Magen schien hartnäckig zu versuchen, das ganze ihm mühsam zugeführte Essen wieder nach oben zu schicken. Sie machte auf dem Absatz kehrt und zog dabei den grünen Kittel aus. Die Schwingtüre klappte hinter ihr zu.

Als sie das Gebäude verließen, lehnte Roland an einem Hydranten und wartete. »Na?«

Orla schüttelte den Kopf und betrat das Café hinter ihm. »Ich brauche dringend etwas zu trinken.« Sie bestellten und setzten sich in das leere Lokal.

»Uns bleibt wohl nichts anderes übrig, als wieder dorthin zu fahren?« Ihr Magen hatte sich beruhigt.

Marchal nickte. »Gestern Abend wurde eine Fahndungsmeldung herausgegeben. Ohne Resultat. Dsubin ist bis jetzt noch nicht wieder aufgekreuzt.« Nachdenklich zupfte er an seinem Bart. »Sein Zimmer muss haarklein untersucht werden. Irgendetwas wird er dort zurückgelassen haben.«

»Sollte man meinen.« Roland griff nach dem Glas. »Jedenfalls, wenn er Hals über Kopf abgehauen ist.«

»Wie siehst du denn aus?« Orla nahm seine Hände und betrachtete sie prüfend. Handflächen und Unterarme waren aufgeschürft.

Er lächelte verlegen und zog die Hände zurück. »Gestern Abend auf dem Heimweg kam so ein Idiot aus einer Nebenstraße geschossen und mir direkt vor die Nase. Ich hatte ein ziemliches Tempo drauf, aber es hätte schlimmer kommen können.« Er zuckte die Achseln und schob sich die Haare aus der Stirn.

Orla schaute ihn erschrocken an. »Warst du sehr schnell?«

Er nickte. »Nein. Aber es ging ein bisschen bergab.«

»Mit dem Fahrrad?«

Er schüttelte den Kopf. »Rollerblades.«

Marchal schnaubte entrüstet. »Warum musst du wie ein kleiner Junge mit diesen Dingern herumrasen und noch dazu bei dieser Hitze? Statt Auto zu fahren oder öffentliche Verkehrsmittel zu benutzen wie wir?«

Roland lächelte. »Gutes Training. Und ich bewege mich gern.«

Orla staunte. »Willst du damit sagen, dass du jeden Tag mit Rollerblades zur Arbeit fährst?«

»Hin und zurück. Wenn es gut läuft, eine Stunde.«

»Rollerblades bei dem Verkehr! Du hättest umkommen können!« Sie sah ihn besorgt an.

»*Er* könnte umkommen?«, rief Marchal, immer noch aufgebracht. »Für uns andere sind diese Leute lebensgefährlich! Früher war man im Straßenverkehr sicher, Hauptsache, man passte auf sich auf. Jetzt kommen diese Typen wie Projektile angerast, auf der Straße oder auf dem Bürgersteig!« Er fixierte Roland. »Und wer soll deine Arbeit erledigen, wenn du krankgeschrieben bist?«

»Ich weiß es zu schätzen, dass du dir Sorgen um mich machst.« Roland lächelte breit. »Aber sei ganz beruhigt. Ich fahre seit zehn Jahren jeden Tag.« Er nahm dem Kellner das Glas ab. »Ich komme aus einer kleinen Stadt im Westen, weißt du. Auf den Straßen dort war nur wenig Verkehr. Ich habe die Kunst also schon gelernt und beherrscht, ehe ich in die große, gefährliche Stadt kam.« Die ernsten Gesichter vor ihm schienen ihn zu erheitern. »Ich benutze an sich die Schutzausrüstung. Gestern war es nur so verdammt heiß, dass ich sie weggelassen hatte.« Er hob die verletzten Handflächen in die Höhe. »Ich verspreche, das wird sich nicht wiederholen.«

Sie tranken schweigend. »Jetzt fahren wir.« Orla leerte ihr Glas mit einem großen, ungeduldigen Schluck. »Habt ihr eigentlich bei der gestrigen Runde noch etwas herausgefunden?«

»Das junge Paar deutete ebenfalls etwas von Prostitution im Haus an«, erwiderte Marchal nachdenklich. »Aber nur sehr vage. Genaueres wussten sie auch nicht.«

»Monique Bertrand meinte, die Prostituierten seien erst unmittelbar, bevor die Studenten kamen, ausgezogen«, nickte Roland.

»So etwas kann natürlich eine Ursache für Konflikte sein«, sagte Orla interessiert. »Wussten die mehr?«

»Nichts«, sagte Roland. »Weder, von wem sie die Wohnungen gemietet haben, noch von möglichen Hintermännern.«

»Zuhälter, heißt das«, präzisierte Orla. »Benutz ruhig das richtige Wort.«

»Keiner kannte diese Mädchen«, fuhr Roland unverdrossen fort. »Es wird so dargestellt, als habe auch mit denen niemand je ein Wort gewechselt. Unglaublich, was?« Er zögerte. »Abgesehen von unserer Freundin in der ersten Etage. Der Mann hatte sie einmal beobachtet, wie sie mit einigen von ihnen redete. Sie wird sie beschimpft haben, vermutet er.«

»Das glaube ich sofort.« Orla überlegte. »Die Einzige, die uns genau davon nichts gesagt hat, ist Alice Dupont persönlich. Man sollte meinen, sie sei über diese Art von Betriebsamkeit so empört gewesen, dass sie damit nicht hinterm Berg gehalten hätte.« Sie sah Marchal an. »Oder was glaubst du? Sie war doch sonst so redselig.«

»Vielleicht fand sie das nicht relevant«, schlug Marchal vor.

»Außerdem ist das sicher nichts, worüber ältere Damen gern reden. Man wünscht sich vielleicht etwas andere Typen in seiner nächsten Nachbarschaft als ausgerechnet Prostituierte.«

»Der Concierge hat auch nichts davon gesagt«, ergänzte Orla. »Aber freiwillig hat der bisher ohnehin noch keine einzige Auskunft gegeben. Man muss ihm wirklich alles aus der Nase ziehen. Der weiß es natürlich.« Sie sah auf die Uhr. »Wir wissen inzwischen, dass Alice Dupont, Monique Bertrand und das Ehepaar Blanc in der zweiten Etage Eigentümer ihrer Wohnungen sind. Oder richtiger, Yvette Blancs Großmutter ist es. Was ist mit diesem Patin, von dem der Concierge sprach?«

»Das hab ich gecheckt«, sagte Roland. »Patin gehörte ursprünglich das ganze Gebäude, jetzt gehört ihm aber nur noch die Wohnung des Concierges. Inzwischen hat es sich ergeben, dass der Mann tot ist.«

»Wie bitte?«

»Das ist auch kein Wunder. Der Mann wäre inzwischen weit über hundert. Aber seine Frau lebt noch. Sie muss um die neunzig sein.«

»Aha.« Marchal trommelte ungeduldig auf die Tischplatte. »Und was hast du daraus gemacht?«

»Ich habe heute früh angerufen. Die Haushälterin antwortete im militärischen Tonfall, sie spricht mit ausländischem Akzent. Ich wurde sehr barsch zurückgewiesen. Ich möge zu den Anwälten von Madame Kontakt aufnehmen, wenn es um den Hauskauf ginge.«

»Konntest du nicht mit Madame Patin persönlich sprechen?«

Er lächelte. »Doch, natürlich. Als die Haushaltshilfe mich so hat abblitzen lassen, musste ich ihnen schließlich einen Besuch abstatten.«

»Und?«

»Eine liebenswürdige alte Dame, die leider von dem Hausbesitz ihres Mannes wenig Ahnung hat. Und noch viel weniger weiß sie, wer dort wohnt. Sie sei viel zu alt, um sich mit so etwas zu befassen, behauptete sie. Allerdings hätte sie nicht weniger als zwei Rechtsanwälte, die könnten mir alle gewünschten Auskünfte jederzeit geben. Ich sollte einfach von ihr grüßen.«

»Hatte er denn noch weitere Mietshäuser?«

»Ja. Aber das muß ich noch genauer recherchieren. Das Büro ist heute geschlossen.«

»Ja, check das.« Marchal legte Geld auf den Tisch und stand auf. »Gab es Anzeigen wegen dieser vermeintlichen Prostitutionsgeschichte dort?«

»Keine.«

Marchal kaute auf seinem Bart herum. »Na gut. Orla und ich fahren jetzt noch mal direkt zu Dsubin und sehen nach, ob er aufgekreuzt ist, und wenn ja, was er zu sagen hat.«

Marchal saß am Steuer, und er fuhr ausnahmsweise schweigend. Er war mehr als genug beschäftigt mit dem Wechsel von seinem eigenen fünfundzwanzig Jahre alten 2CV zu Orlas funkelnagelneuem Renault. »Weiß ja nicht, ob ich das Ding wirklich gut finde«, murmelte er, während Orla es tunlichst vermied, seinen Fahrstil zu kommentieren. Sie lehnte sich zurück und schloss die Augen. Es beunruhigte sie, dass Dsubin nicht aufgekreuzt war. Wie konnte er jetzt noch verhindern, zum Hauptverdächtigen zu werden, wenn er einfach abhaute? Jeder, der halbwegs bei Verstand war, würde sich taktisch klüger verhalten, seufzte sie. In der Mordnacht selbst und den ganzen nächsten Tag aus der Wohnung verschwunden sein, sich nicht abmelden, von nichts eine Ahnung haben. Bestenfalls war das ein Zeichen von Furcht oder eben mangelndes Beurteilungsvermögen. Aber warum kam er vierundzwanzig Stunden nach dem Mord zurück, um dann erneut zu verschwinden? Hatte er gewusst, dass sein Kumpel umgebracht werden würde? Hatte er etwas gesehen? War er erschreckt worden? Und warum warnte er in dem Fall nicht die Polizei? Oder zumindest den Concierge?

Orla sah Dsubins glatt rasierten Kopf vor sich und sein verschlossenes, unbewegtes Gesicht. Er machte nicht den Eindruck, sich leicht erschrecken oder nervös machen zu lassen. Und wenn er nur bluffte? Sie versuchte sich an den Wortlaut ihrer Unterhaltung zu erinnern. Er hatte gleichgültig gewirkt. Fast desinteressiert. Orla setzte sich auf dem Beifahrersitz zurecht und betrachtete im Vorbeifahren aufmerksam die Haltestelle Austerlitz. Ein Güterzug rollte langsam ein. Der Zug kam mit kreischenden Bremsen zum Stehen. Sie glaubte Dsubin nicht, der Mann war weder desinteressiert noch gleichgültig. Durch sein momentanes Verhalten wirkte es so, als müsste er in der einen oder anderen Form beteiligt gewesen sein.

Wenn sie sich einem Mordfall gegenübergestellt sah, war sie jedes Mal erstaunt. Während sie zählte und maß, Winkel, Abstand und Kraft berechnete, gingen ihr immer die Fragen nach dem Hintergrund und dem Motiv durch den Kopf. Was brachte einen Mann oder eine Frau zu ihrer Tat? Konnte das hier eine Frau getan haben? Im Affekt konnten Frauen zu wilden Tieren werden und enorme Kräfte entwickeln, aber trotzdem. Ein wacher, gesunder und physisch starker Mann wie Petrow sollte in der Lage gewesen sein, sich zu verteidigen. Der Mörder musste ein Mann sein. Oder vielleicht waren es mehrere? Mann und Frau. Sie seufzte und schloss wieder die Augen. Dsubin könnte so viele wichtige Details ergänzen, wenn er nur kooperieren würde.

Sie öffnete die Augen, als Marchal bei Rot anhielt. »Der größte Vorteil der WM«, sagte er und nickte zur Reklametafel an der Straße. Chiracs und Le Pens lächelnde Gesichter waren hinter riesigen Reklametafeln für die WM verschwunden. »Die WM mitten dazwischen. Fast schon symbolisch, was?«

Sie parkten vorm Haus und gingen direkt in den Hinterhof. Die meisten Fenster standen offen. »Schon Mittagszeit«, sagte Marchal mürrisch, als sie an der ersten Etage vorbeikamen.

Orlas Knöchel war inzwischen ganz schön geschwollen. Sie

drehte sich ärgerlich zu ihm um. »Meine Güte! Denkst du eigentlich auch mal an etwas anderes als ans Essen? Was mich angeht, ich habe in dieser verflixten Hitze nur Durst. Das Einzige, was ich jetzt essen würde, wären ein paar Schmerztabletten!«

Marchal verdrehte die Augen. »*Excusez-moi, Madame!* Ich vergaß ganz, dass du heute das Monopol auf Schmerz und Leid hast.«

Sie atmeten tief durch, als sie endlich oben angekommen waren. Das Zimmer war noch immer leer und unberührt. Es sah nicht so aus, als sei jemand da gewesen. Marchal stellte sich mitten in den Raum. »Ein Bett, ein kleiner Sekretär, ein Stuhl und eine Sporttasche«, rief er. »Dreckige Socken und T-Shirts.« Er zog eine der quietschenden Türen des Kleiderschranks auf. »Es war ein heißer Sommer«, seufzte er. »Nichts als leere Flaschen.«

Orla hatte den Sekretär geöffnet. »Hier sind seine Studienunterlagen.« Der Ton war so giftig, dass Marchal sich umdrehte. Sie schob einen Stoß Pornohefte wieder auf die Ablage. »Fünf Exemplare. Keine Notizen.«

Marchal setzte sich auf die Treppe. »Ansonsten nichts als Dreck und tote Insekten.«

Orla sank auf den Stuhl. »Etwas anderes hattest du doch wohl auch nicht erwartet? Wenn er abhaut, nimmt er selbstverständlich Geld und Papiere mit.«

Marchal kniff die Augen zusammen. »Nach ihm wird gefahndet, aber niemand hat ihn gesehen.«

»Der versteckt sich, klar. So lange wie möglich.« Orla holte die Wasserflasche aus ihrer Tasche. »Aber was für ein Netzwerk hat so ein Mensch? Im Grunde würde es mich erstaunen, wenn er sich besonders lange verstecken könnte. Und wo? Er ist ja neu hier, noch nicht mal ein Jahr.« Sie schluckte das lauwarme Wasser. »Es gibt nicht so viele Orte, an denen nicht früher oder später die Polizei erscheint.«

Marchal starrte vor sich hin. Dann drehte er sich um und

schaute hinter sich. »*Nom d'un chien!*«, rief er dann und sah zu ihr. Seine Nasenflügel bebten. Orla sah ihn verständnislos an.

»So auf die Schnelle fällt mir nur ein Ort ein, den wir nicht sofort durchsuchen würden. Weil wir es nämlich gerade getan hatten und weil ich höchstpersönlich mit einem eigenen Schlüssel abgeschlossen habe.« Er stand schwerfällig auf. »Wir müssen ins Nachbarzimmer.«

15

Sie schoben langsam die Tür auf. Die Sonne stand direkt auf dem geschlossenen Fenster. Sie traf auf die weißen Wände, an denen sich das Blut wie chaotisches Graffito abzeichnete, eine Schreckensgeschichte, geschrieben in glänzendem Schwarz, mit Nuancen von Blau, fast Grün. Im Sonnenlicht tanzten die Staubkörner und legten sich auf Berge alten Staubs, den schon lange niemand weggefegt hatte. Eine sonderbare Stille erfüllte das Zimmer. Und ein eigentümlicher, widerlicher Geruch.

Sie blieben in der Tür stehen und nahmen den reglosen Körper in Augenschein. Dsubin lag auf dem Rücken im Bett, das Gesicht war ihnen zugewandt, Augen und Mund halb geöffnet. Der linke Arm hing auf den Fußboden, der rechte lag auf der Brust. Er trug T-Shirt und Shorts, die bläulich marmorierte Haut sowie die Blutansammlungen an den Druckflächen zeugten davon, dass der Mord nicht erst kürzlich geschehen war.

Schweigend betrachteten sie den Raum. Orla fischte die Kamera aus der Tasche und machte Fotos. Marchal kniete sich vor das Bett und schaute darunter. »Nichts.« Mühsam kam er wieder hoch. »Die Techniker müssen her, ehe wir einen Fuß hier reinsetzen.«

»Schau mal rechts am Hals, oberhalb des Schlüsselbeins.« Orla fotografierte, während sie redete. Eine große Wunde öffnete sich dort. Sie ließ den Fotoapparat sinken. »Aus der Verteilung der Blutpfütze zu schließen, scheint er tatsächlich im Bett ermordet worden zu sein. Liegend oder sitzend.«

Marchal nickte. »Das könnte bedeuten, dass ihn der Mörder umgeworfen hat, nachdem die Tür geöffnet wurde. Aber bisher wissen wir ja nicht, wer zuerst hereingekommen ist«, präzisierte er. »Vielleicht kamen sie zusammen.«

»Falls der Mörder ein Bekannter war, mag Dsubin völlig entspannt und unvorbereitet gewesen sein. Vielleicht hat er sich aufs Bett geworfen, während sie sich unterhielten.« In Gedanken versunken nahm sie ihr langes Haar und befestigte es mit einer großen Spange oben auf dem Kopf. »Aber warum gingen sie dann hierher und nicht in Dsubins Zimmer? Wurde er hierhergelockt?« Kleine Schweißperlen glänzten auf ihrer Nasenwurzel. »In dem Fall war der Mord geplant.«

»Wie lange ist er schon tot, was glaubst du?«

»Ich war gestern gegen ein Uhr hier. Das ist vierundzwanzig Stunden her. Da lebte er noch. Mehr kann ich nicht sagen, ehe er nicht untersucht worden ist.« Sie steckte die Kamera in die Tasche. »Der Mann wirkte zugleich scheu und skeptisch. Der hat auf keinen Fall irgendwem die Tür aufgemacht. Jedenfalls brauchte er lange, bis er sich mir zu erkennen gab.« Sie deutete auf den Türrahmen und das Schloss. »Total unbeschädigt.« Sie sah Marchal an. »Wie ist er hereingekommen?«

»Ich glaube, der Mörder hat aufgeschlossen, nicht Dsubin. Die Polizei hatte hier sorgfältig alles abgeschlossen, und Dsubin wird wohl kaum den Schlüssel gehabt haben. Wenn er unbedingt gewollt hätte, wäre es ihm sicher gelungen. Aber warum sollte er? Ich glaube inzwischen, dass sich Dsubin und der Mörder kannten. Die sind zusammen hier ins Zimmer gegangen. Dsubin wird völlig ahnungslos mitgekommen sein.«

»Ein Zimmer, das die Polizei gerade durchsucht und anschließend verschlossen hatte.«

»Das war sein Schachzug«, murmelte Marchal. »Der Mörder hat das Schloss mit einem Dietrich geöffnet oder vielleicht hatte er sogar selbst einen Schlüssel, ist mit Dsubin hineingegangen, hat ihn getötet und anschließend wieder fein säuberlich hinter sich abgeschlossen. Wohl wissend, dass wir hier vermutlich nicht als Erstes suchen würden.«

»Kann jemand den Mörder gesehen haben?« Nach kurzem Nachdenken fuhr sie fort: »*Ich* zum Beispiel könnte den Betreffenden gesehen haben. Der weiß offenbar wirklich, wie man es anstellt.« Sie überlegte. Außer dem Concierge war niemand in der Nähe gewesen. »Ich geh nach unten«, sagte sie kurz. »Ich hole den Koffer mit der Ausrüstung. In der Zwischenzeit kannst du den anderen Bescheid geben.«

Als sie anderthalb Stunden später nach unten kamen, reagierte beim Concierge niemand. Marchal schob Orla zur Seite, nahm Anlauf und trat mit aller Wucht gegen die Tür. Sie sprang auf. »Hab ich's mir doch gedacht«, murmelte Marchal. »Nicht mal den Riegel vorgelegt.«

Sie durchschritten schnell die kleine Wohnung. Im Wohnzimmer fanden sie ihn schließlich. Auf dem Tischchen standen leere Weinflaschen und ein Glas, außerdem lagen dort trockenes Brot und eine halbe Salami. Orla zuckte zusammen, als sie ihn zwischen Sofa und Tisch auf dem Fußboden liegen sah. Nur mit der langen Hose bekleidet, lag er regungslos auf der Seite.

»Hoffentlich nur voll«, sagte sie und legte zwei Finger an seine Halsschlagader. Er schlief.

Marchal rüttelte ihn unbarmherzig wach. Der Concierge grunzte und schlug mit einer Hand nach ihm. Dann drehte er sich auf die andere Seite und schlief weiter.

»Stockbesoffen.« Marchal richtete sich auf. »Wir gehen. Den jetzt aufzuwecken ist zwecklos. Der schläft noch mindestens zwölf Stunden.«

Orla ließ sich auf einen Stuhl fallen und betrachtete eingehend die leblose Gestalt. »Wir können doch nicht einfach gehen? Man kann sich wirklich zu Tode saufen.«

»Der nicht. Der ist im Training.« Marchal ging zur Tür. »Ich bitte einen der Polizisten, in den nächsten Stunden hin und wieder nach ihm zu sehen. Die Tür ist offen.«

Draußen blieben sie stehen. »Wir sind gestern um dieselbe Zeit hier gewesen. Vor genau einem Tag.«

Marchals Stirn zeigte eine tiefe Falte. Er nickte Roland zu, der mit einem halben Sandwich zu ihm kam.

»Gestern um dieselbe Zeit. Mit anderen Worten, mitten am helllichten Tag.«

Sie sahen sich an. Marchals Kiefer mahlten heftig.

»Ich weiß, was du denkst«, sagte Orla bloß.

Marchal schluckte schwer und wischte sich den Mund ab. »Wir sind gestern drei Mal bei ihm oben gewesen. Erst du und ich. Danach du allein.«

»Ich bin fünf Minuten, nachdem wir zusammen nach unten gekommen waren, wieder hochgegangen. Da hat er mir aufgemacht.«

Marchal nickte. »Als ich von dem jungen Paar zurückkam, meintest du, du hättest etwa zwanzig Minuten im Auto gesessen.«

»Höchstens zwanzig Minuten. Das bedeutet, er *kann* in diesen zwanzig Minuten, in denen ich im Auto gesessen habe, ermordet worden sein.« Sie holte tief Luft. »Wie gut das alles berechnet zu sein scheint! Findest du das nicht auch echt ungemütlich?«

Marchal nickte nur.

»Dass der Mörder einfach Glück hatte, kann man wahrscheinlich wirklich ausschließen. Dass er zufällig genau in den wenigen Minuten gekommen ist, als wir draußen waren.« Sie griff nach seinem Arm. »Wenn Dsubin zu dem angenommenen Zeitpunkt ermordet worden ist, gibt es im Grunde nur zwei Möglichkeiten. Er war da, als wir kamen, und konnte so in aller Ruhe verfolgen, was wir gesagt und getan haben. Oder er ist uns gefolgt.«

Wieder nickte Marchal. »Ja«, sagte er. »Ich stimme dir voll und ganz zu.«

Roland hatte still danebengestanden und ihnen zugehört. »Hattest du das Gefühl, als folgte dir jemand?«, fragte er Orla schließlich.

Sie schüttelte den Kopf. »Eigentlich nicht. Natürlich gab es mir eine gewisse Sicherheit, dass mich der Concierge begleitete.« Sie verzog ironisch den Mund. »Eine trügerische, die dazu führte, dass ich nicht aufmerksam genug war.« Sie verschwieg ihm, dass sie die meiste Zeit damit beschäftigt gewesen war, sich über den Concierge zu ärgern.

»Ich bin einmal durchs ganze Haus gegangen. Nur Alice Dupont ist zu Hause.«

»Wir reden mit ihr.« Marchal drehte sich zu Orla um. »Besorg dir was zu essen. Du hast es am nötigsten. Wenn ich mich nicht sehr täusche, bekommen wir aus Alice Dupont nicht mehr heraus, als auf der Rückseite einer Briefmarke Platz hat, und das können wir dir mit der Hauspost zuschicken.«

Sie blieb im Auto sitzen, nahm unschlüssig das Handy. Schließlich wählte sie die Nummer. Orla merkte, dass sie mit einem Mal Schwierigkeiten hatte, die Atmung zu kontrollieren. Ich werde mich gleich anhören wie ein Hundertmeterläufer hinterm Ziel, dachte sie ärgerlich. Er antwortete sofort.

»Ich habe nur gerade an Sie gedacht.« Sie verdrehte die Augen. Wie konnte sie nur so etwas Banales von sich geben! »Wo sind Sie?«

»In Paris«, antwortete er lakonisch. »Und Sie?«

»Na«, für den Bruchteil einer Sekunde zögerte sie. »Also gut, ich war in der Rue Edmond Flamand und bin gerade vor dem Lunch mit der Arbeit fertig geworden. Ganz konkret«, sie nahm innerlich Anlauf, »sitze ich vor einer Ampel und warte darauf, ob es rot, gelb oder grün wird. Das entscheiden Sie.«

»Wie?« Er schien sich zu amüsieren. »Spielen wir jetzt das Rate-woran-ich-gerade-denke-Spiel?«

Sie kaute heftig auf dem Daumennagel herum. Nicht mehr lange, und er würde bluten. »Haben Sie Zeit? Können wir uns treffen? Jetzt zum Lunch zum Beispiel?« Nun war es raus.

Schweigen auf der anderen Seite. Dann sagte er: »Ich hatte nicht damit gerechnet, dass Sie fragen.«

Sie schloss die Augen und war heilfroh, dass er ihr idiotisches Lächeln nicht sehen konnte. »In zwanzig Minuten an der Haltestelle Austerlitz?«

Sie hörte, wie er zögerte. »Und wenn ich Sie dort abhole, und dann essen wir bei mir?«

»Kochen Sie?« Das war ja fast zu schön, um wahr zu sein.

»Wenn ich darf, schon. Aber um die Mittagszeit kommt jeden Tag eine ältere Frau hierher zum Kochen. Und zwar gut. Und sie beißt nicht.«

Eine halbe Stunde später parkten sie vor dem Eingang in der Rue Servandoni. Orla merkte, wie erleichtert sie war, als sie den Aufzug im Haus entdeckte. Noch mehr Treppenstufen, und der Knöchel würde heute Abend wie ein frühes Stadium der Elefantitis aussehen.

An der Wohnungstür blieb er stehen. Sein Blick wanderte zu ihren Füßen. »Warum humpeln Sie?«

Ihr wurde heiß. »Ich hinke nur ein bisschen. Gab gestern so eine unangenehme Situation.«

Abwartend stand er vor ihr. Die Augen schmaler als sonst, das Gesicht blasser als sonst, so kam es ihr vor. »Ich bin mitten in der Nacht draußen herumspaziert. Der Zeitpunkt und meine Kleidung müssen bei irgendeinem Mann zu einem Missverständnis geführt haben.« Sie lachte gequält.

Er stand regungslos vor ihr. »Wie meinen Sie das?« Seine Gesichtszüge wirkten besorgt.

»Es ist nichts passiert.« Sie nahm seinen Arm. »Nichts weiter, als dass ich mir den Knöchel verstaucht habe, als ich weggelaufen bin«, korrigierte sie sich. »Tut heute ein bisschen weh. Mehr gibt es dazu wirklich nicht zu sagen. Lassen Sie uns reingehen.«

Jetzt wirkte er entspannter. »Ich hatte schon befürchtet, Sie seien im Zusammenhang mit irgendwelchen Ermittlungen überfallen worden.« Plötzlich packte er ihre Schultern. »Zum Teufel, Sie sollten sich wirklich eine andere Arbeit suchen! Sie könnten mit Ihrer Ausbildung auch etwas ganz Anderes machen!«

Die Heftigkeit seines Ausbruchs überraschte sie. »Nein, es war kein Zwischenfall bei der Arbeit«, sagte sie. »Ich war mit David im Konzert. Meinem Schwager. Wir haben anschließend noch ein Glas Wein getrunken.« Sie schwieg und blieb reglos stehen. Er hielt immer noch ihre Schulter, und die Berührung jagte ihr einen Schauer über den Rücken. Es dauert nicht mehr lange, und ich werde mir einbilden, er macht sich Sorgen um mich, dachte sie müde.

Da ließ er sie los und öffnete die Wohnungstür. »Erstes Gebot in einer Großstadt, Orla Os, man muss die Regeln lernen. Wenn du mitten in der Nacht allein zu Fuß unterwegs bist, bedeutet das: Ärger.«

»Danke für den Tipp, Herr Lehrer«, entgegnete sie, als sei sie gekränkt. »Ich wohne hier seit siebzehn Jahren!« Sie ging an ihm vorbei.

Die Wohnung war nicht groß, aber sie hatte kaum je etwas Vergleichbares gesehen. Sie war sparsam, aber ungeheuer exklusiv möbliert. Eine geschmackvolle Mischung aus Antiquitäten und einigen wenigen Designerstücken nahm ihr fast den Atem. Fernseher, Musikanlage sowie einige Stühle von Le Corbusier waren neu. Sonst nichts als Antiquitäten. Ein prächtiges Esszimmer in Chippendale. Zwei wertvolle Silberleuchter auf dem Esstisch. Im Flur eine sorgfältig gearbeitete kleine Nussbaumkommode, 18. Jahrhundert, schätzte sie. »Ich liebe Antiquitäten«, sagte sie voller Ehrfurcht. »Aber ich besitze kein einziges Stück. Diese hier sind unglaublich.«

Erfreut lächelte er. »Sie dürfen nicht glauben, dass ich meine

Freizeit in Auktionshäusern zubringe. Diese Stücke habe ich mir aus dem wahrhaft geräumigen Gutshaus meiner Eltern in der Touraine mitgebracht. 1835 erbaut.« Er sah sich stolz um. »Da stehen viele solcher Schätze und verstauben einfach. Im Grunde schade, dass sie niemand außer uns genießen kann.« Er fuhr vorsichtig mit der Hand über die Kommode. »Meine liebe Mutter hat ein viel zu weiches Herz. Schon als ich fünf war und Bonbons wollte, hieß es immer sofort, aber ja, mein Lieber, natürlich, nimm nur.«

»Ach, so ist das also«, zog sie ihn auf. »Ein verwöhnter junger Mann, der gewohnt ist zu bekommen, was er will.«

»Vielleicht.« Er lächelte. »Abgesehen davon verdient man in der Privatwirtschaft vielleicht doch mehr als ein Arzt im öffentlichen Dienst«, sagte er, fast entschuldigend. »Wissen Sie, ich habe vor einigen Jahren ein Unternehmen in der IT-Branche aufgebaut. Das lief bestens, am Ende ging ich damit an die Börse. Es lässt sich nicht leugnen, dass der Verdienst fast schon unanständig war, als ich es verkaufte. Das behaupten jedenfalls einige.«

Es war offensichtlich, dass er wirtschaftlichen Erfolg gehabt hatte. Und dass seine Familie den womöglich seit Generationen hatte. Daran hatte sie überhaupt noch nicht gedacht, seit sie ihn kennengelernt hatte. Aber jetzt hatte sie von diesem Thema genug.

Ihre Gedanken wurden unterbrochen, als er ihr ein Glas hinhielt. »Eigentlich müsste der noch stehen und ein bisschen atmen.« Er schnupperte am Korken. »Aber ich wusste ja nicht, dass Sie kommen würden.« Er hielt die Flasche hoch.

»Von Ihrem Weingut?«

Er nickte stolz. »Einer der besten Weine der Region. Unser ganzer Stolz natürlich. Davon gibt es nicht viele. Der wird langsam groß auf dem Weltmarkt.« Er wurde eifrig. »Die Cabernet-Franc-Traube ist in diesem Wein die dominierende Rebsorte. Sie braucht zum Reifen nämlich nicht ganz so viel Wärme wie viele andere Sorten.« Er gestikulierte eifrig mit dem freien Arm. »Dieser lässt sich ganz genauso lange lagern wie die besten Bordeaux-Weine. Ist das nicht unglaublich?« Mit jungenhaftem Eifer sah er sie an.

Orla nickte. Sie starrte lange in ihr Glas, das Thema hatte sie nie interessiert. Sie wusste von Wein in etwa so viel wie von Aktien. Und die Trauben, aus denen der Wein gekeltert war, fand sie ungefähr so spannend wie die Rebstöcke, an denen sie hingen. Sie schnupperte am Wein und dachte, nie würde sie ein so ketzerisches Bekenntnis einem Mann gegenüber ablegen können, der ein so leidenschaftliches Verhältnis zu Trauben hatte. Es würde für ihn enttäuschend genug sein, wenn sie ihm gleich erzählte, dass sie während der Arbeitszeit oder wenn sie Auto fuhr, niemals Wein trank.

Er sah sie nachdenklich an. »Sie sind plötzlich so schweigsam. Zehn Centimes für Ihre Gedanken.«

Sie kicherte etwas albern. Die Köchin rettete sie. Die Tür zum Esszimmer wurde geöffnet, und der Duft von Schalotten und Thymian stieg ihr in die Nase. »Ich glaube, das Essen ist so weit«, sagte sie.

16

Nun kommt das dicke Ende ... dachte Orla resigniert, als sie die Tür zu ihrem Büro aufschloss. Zwei Stunden hatten sie beim Lunch gesessen. Sie hatte, ohne mit der Wimper zu zucken, ignoriert, dass gerade ihr Arbeitspensum dieses Tages den Bach hinunterging. Im Büro fühlte sie sich eingesperrt und machte das Fenster weit auf. Unten auf der Straße demonstrierte eine Gruppe Jugendlicher gegen den Neo-Faschismus. Sie riefen rhythmisch Parolen, einer von ihnen stand mit einem Megafon auf der Ladefläche eines Lastwagens. Ein Stück weiter die Straße hinunter standen drei dunkelblaue Polizeiwagen.

Man konnte sein eigenes Wort nicht verstehen. Aber das durfte sie jetzt wirklich nicht kümmern. Sie war mit der ganzen Büroarbeit schrecklich im Rückstand.

»Das hast du dir selbst zuzuschreiben«, rief sie verärgert, als sie direkt auf den wartenden Stoß Papiere zuging und sich dabei mangelnder Arbeitsdisziplin und Ausschweifungen zu jeder passenden und unpassenden Gelegenheit bezichtigte.

»Liebe Orla, mit wem redest du so laut?« Amélie, die Sekretärin, erschien verblüfft in der Tür.

Orla, die unter dem Tisch nach den Sandalen angelte, stieß sich den Kopf an der Tischkante an und fluchte. »Mit dem Hausgott«, antwortete sie ärgerlich. »Bitte um Gnade.«

»Das sind nur diese Unterlagen, die so eilig sind.« Amélie war nervös. »Wenn du sie gleich unterschreiben könntest, meine ich.«

Dsubins Untersuchung hatte den unmittelbaren Eindruck bestätigt. Abgesehen von den widerlichen Wunden durch die Nagetiere, wie sie Petrows Körper aufgewiesen hatte, war das, was man bei Dsubin vorgefunden hatte, fast eine Kopie des ersten Mordes. Orla reichte ihr die Mappe. »Hier, das muss dann so schnell wie möglich verschickt werden.«

Amélie verschwand mit besorgter Miene.

Orla nahm sich wieder die Papiere vor und kaute auf dem Bleistift. Die Gedanken drehten sich im Kreis, es war ihr unmöglich, sich zu konzentrieren. Plötzlich hatten sie zwei Morde. Der wichtigste Zeuge der Polizei, und gleichzeitig einer der Hauptverdächtigen, war ermordet worden. Die Chancen für eine rasche Aufklärung waren damit gegen Null geschrumpft. Die Fotos, die sie von Dsubin gemacht hatte, lagen auf ihrem Computer bereit. Der Mörder hatte sich seines gefährlichsten Zeugen entledigt, dachte sie, während sie die Fotos vom Tatort studierte. Das war eine ebenso einleuchtende wie banale Feststellung, die sie einer Lösung um keinen Deut näherbrachte.

Jemand hatte von einer möglichen Abrechnung im Drogenmilieu gesprochen. Der Gedanke war verlockend. Arme junge Männer, die das schnelle Geld verdienen wollen. Aber irgendwie war das zu einfach. Außerdem fehlten für das schnelle Geld alle äußerlichen Attribute. Sie wohnten ärmlich. Sie fand, die zwei wirkten, als seien sie genau das, was sie zu sein behaupteten: bitterarme Studenten. Unzufrieden runzelte sie die Stirn. Irgendetwas sagte ihr, dass es etwas geben müsse, das nicht so offen zutage lag. Da war irgendetwas mit dem Vorgefundenen. Wie die Morde ausgeführt worden waren. Die Aggressivität. Da musste noch mehr dahinterstecken. Ordnung und Aggressivität, dachte sie. Zwei Begriffe, die irgendwie nicht zusammenpassten. Doch sie erzählten viel vom Mörder. Er plante, was er tat. Er war ordentlich und vorausschauend. Und etwas trieb ihn. Mehrere Male. Zweimal mindestens, zwei Morde, von denen sie wussten. Theoretisch könnten es auch mehr sein.

Resigniert öffnete sie den Ordner. Die Ergebnisse der Analysen. Unendliche Zahlenkolonnen, die bearbeitet und gedeutet werden wollten. Zahlen, die wie ein grauer Fluss an ihren Augen vorbeiströmten. Sie stützte den Kopf in die Hände und krallte ihre Finger fest ins Haar. »Weggeräumt«, sagte sie laut und schob den Papierstoß heftig in eine Ecke des Schreibtischs. »Er hat alles weggeräumt, was in der Wohnung gewesen sein könnte, Papiere, Briefe, Handys.«

Sie versuchte sich wieder zu sammeln, war aber viel zu ruhelos, um sich auf die Zahlen zu konzentrieren. Resigniert nahm sie ihre Tasche und verließ ihr Büro. Höchste Zeit für eine kleine Gegenmaßnahme.

Gerichtspsychiater Julien Arnal lehnte an der Fensterbank und schaute aus dem offenen Bürofenster in die Rue Sufflot, als Orla anklopfte. Er war mit seinem Blick den Gruppen von Studenten gefolgt, die eine nach der anderen durch die Haupttür die juristische Fakultät in der Nähe des Panthéon betraten. Arnal hatte die Hände tief in den Taschen der hellen Hose vergraben und die Ärmel seines hellblauen Hemdes bis über die Ellenbogen hochgekrempelt. »Und wem oder was verdanke ich diesen unerwarteten Besuch?« Er setzte sich an den Schreibtisch und deutete auf einen Stuhl. Die Bewegungen waren genauso ruhig und langsam, wie er redete. Seit sie das Zimmer betreten hatte, hatte er den Blick nicht von ihr gewandt. »Probleme, Orla?«

Sie blieb mitten im Zimmer stehen. Beim Geruch des Leders der Stühle und der staubigen alten Bücher hatte sie jedes Mal denselben Flashback. Krise. Depression. Und Erleichterung. »Die Sekretärin sagte, jemand habe abgesagt. Da hab ich die Chance ergriffen.«

Er betrachtete sie nachdenklich. Die grauen Strähnen in den dunklen Haaren hatten dieselbe Farbe wie seine Augen. »Ich weiß, dass jemand abgesagt hat. Aber es ist schon sehr lange her, seit Sie das Bedürfnis hatten, so kurzfristig zu kommen.«

Orla nahm auf dem Stuhl ihm gegenüber Platz, sie schüttelte den Kopf. »Nein. Nicht so etwas. Es geht nicht um mich.« Sie lächelte müde und begegnete seinem Blick. »Ganz bestimmt. Mir geht es gut. Ich komme gut mit unseren Konsultationen alle vier Monate zurecht.«

Julien Arnal war ein anerkannter Psychiater. Sie hatte bei ihm studiert. Seine Vorlesungen waren brillant gewesen, aber seine Menschlichkeit hatte sie ebenso angezogen. Als vor acht Jahren ihre Welt zusammenbrach, hatte sich in ihrem benommenen Kopf nach und nach seine Gestalt herauskristallisiert. Wie in tausend Stücke zerbrochen war sie zu ihm gekommen, und er hatte ihr geholfen, die Stücke aufzusammeln und wieder zusammenzusetzen.

Jetzt stützte er die Ellbogen auf den Tisch und legte das Kinn in die Hände. »Dann bin ich aber gespannt, worum es geht.«

Orla lehnte den Kopf gegen den bequemen Stuhlrücken und schloss die Augen. »Wir untersuchen zwei Mordfälle«, sagte sie ohne Umschweife. »Ich weiß, dass dies überhaupt nichts mit unseren üblichen Gesprächen zu tun hat. Aber Sie kennen sich mit solchen Dingen aus, und ich muss dringend das Chaos hier drinnen mal von außen betrachten.« Dabei deutete sie auf ihre Stirn. »Wegen der Art und Weise, in der diese Morde ausgeführt wurden, glaube ich, dass es derselbe Mann gewesen sein kann. Oder dieselbe Frau.«

Er stützte noch immer das Kinn in die Hände und schwieg.

»Aber ich habe dafür keine handfesten Beweise«, fuhr Orla fort. »Er hinterlässt absolut keine Spuren, und wir haben noch keinen Hinweis auf ein Motiv.«

»Also unter Umständen ein Serienmörder?«

Sie zuckte die Achseln. »Ja, vielleicht.«

Nachdenklich runzelte er die Stirn. »Orla, selbstverständlich hinterlassen Mörder Spuren. Absolut alles, was wir tun, sagt etwas über uns aus.«

»Unser Mörder nicht.«

»Die Ermordeten sind Männer?«

»Ja«, nickte sie. »Junge Männer, ukrainische Studenten höchstwahrscheinlich. Ich dachte, ich könnte das mit Ihnen einfach mal durchsprechen, auf einer übergeordneten Ebene.«

Er nickte. »Fahren Sie fort.«

»Ich habe in beiden Fällen die Untersuchungen am Tatort durchgeführt. Aggressivität und Gewalttätigkeit – das sind die Begriffe, die sich mir dort sofort aufdrängten. Beide Männer sind auf dieselbe Weise niedergestochen worden. Wir konnten absolut nichts finden, was darauf hindeutet, dass sie sich verteidigten, und das erstaunt mich. Sie versuchten es nicht einmal. Oder sie kamen nicht dazu.« Sie atmete durch. »Nichts deutet auf ein Handgemenge hin. Der Täter tritt nicht in die Blutlachen, er benutzt selbstverständlich Handschuhe, und er hinterlässt den Ort des Geschehens so aufgeräumt wie das Labor, in dem ich arbeite.« Sie beschrieb ihm die Tatorte, an denen die Morde geschehen waren, und berichtete von den Schuhen des Mordopfers, die sich der Täter ausgeliehen hatte. »Man bekommt das Gefühl, als spiele er Blindekuh. Als sei er immer in unserer Nähe und verfolge alle unsere Bewegungen, aber wir können ihn nicht sehen.« Sie nahm einen Stoß Fotos aus ihrer Tasche, legte eines nach dem anderen vor ihm aus und referierte dabei die Details der Nachforschungen.

»Ich bin natürlich noch nicht sehr vertraut mit dem Fall«, sagte Dr. Arnal, nachdem er die Bilder eine Weile eingehend betrachtet hatte. Nachdenklich sah er Orla an. »Trotzdem genügt mir das, was Sie erzählt haben, um Vermutungen zu dem Täter anzustellen. Zuerst fällt doch auf, dass er ein ausgesprochen gut organisierter Mensch ist, einer, der weiß, was er tut. Nichts in dem, was Sie beschreiben, deutet darauf hin, dass er in irgendeiner Weise verwirrt war oder aus einem Impuls heraus gehandelt hat. Die Morde wirken durchdacht und genau geplant.« Er nahm ein paar der Bilder und studierte sie. Stirnrunzelnd fuhr er fort: »Sie wirken in gewisser Hinsicht wie inszeniert. Der Mann, zwischen Mülltonnen sitzend.« Er schwieg und studierte erneut das Foto. »Fast schon symbolisch. Wie eine Strafe oder eine Rache.« Er schob die Fotos zusammen und legte sie auf den Stoß zu den anderen. »Bisher war er cleverer als Sie und Ihre Kollegen. Einiges deutet darauf hin, dass er überdurchschnittlich intelligent ist. Man könnte vermuten, dass er sich in der Gegend gut auskennt, weil er sich so problemlos dort bewegt. Vielleicht wohnt er in der Nachbarschaft. Jedenfalls hat er sich gut mit allem bekannt gemacht, ehe die Morde geschahen. Mörder und Opfer kannten sich offenbar oder sind sich früher schon einmal begegnet.«

Er stand auf, holte einen Tetrapack mit Saft und zwei Pappbecher. »Durchaus möglich, dass er mit Ihnen Blindekuh spielt und dass es ihm große Befriedigung verschafft, zu verfolgen, was Sie unternehmen. Kräfte zu messen. Für ihn kann das Teil des Spiels sein. Das Gefühl von Macht.« Er hielt inne. »Ich vermute, Sie haben alle Videoaufnahmen durchgesehen?«

Orla nickte. »Selbstverständlich. Nichts Auffallendes.«

»Es ist allerdings nicht gesagt, dass er mit der Polizei Schritt hält, nur weil er so clever ist. In vielen der Fälle, mit denen ich beschäftigt war, erwies sich der Mörder geradezu als ein Polizeigroupie. Hatte Polizeifunk abgehört, war Zuschauer bei allem, was vor sich ging.« Er stellte den Karton ab. »Sogar möglich, dass er früher selbst bei der Polizei gewesen ist oder dass er versucht hat, bei der Polizei Karriere zu machen. Vielleicht hielt man ihn für nicht geeignet, es gab Delikte, was auch immer. Das haben wir alles schon gehabt. Manche haben als Freiwillige bei der Feuerwehr gearbeitet oder bei den Sanitätern der Ambulanzfahrzeuge.« In einer resignierten Geste drehte er die Handflächen nach oben. »Sie wissen ja selbst, wie viele Möglichkeiten es gibt, alles über Arbeit und Denkweise der Polizei zu erfahren. Das Wichtigste scheint also seine Entschlossenheit zu sein, abgesehen von seinen gut geplanten Taten und der eiskalten Haltung. Er hat sich weder davon abschrecken lassen, dass die Polizei gleich um die nächste Ecke war oder dass rings um ihn in allen Zimmern Menschen leben.«

Orla nahm den Becher, den er ihr reichte. »Warum sagen Sie ›er‹? Könnte es nicht auch eine Frau gewesen sein?«

»Selbstverständlich!« Er lächelte entschuldigend. »Aber das würde mich wundern.« Er zuckte die Achseln. »Sie führen die Ermittlungen durch. Ich überlege nur.« Wiederum stand er langsam auf, ging zum Fenster. »Hätte es in der Hitze des Gefechts dann nicht doch noch andere Verletzungen gegeben? Und hätte es einer Frau gelingen können, zwei Männer auf dieselbe akkurate Weise umzubringen, wenn man den physischen Unterschied in Betracht zieht?«

»Ich sehe das Problem.« Orla biss nachdenklich auf den Fingernägeln herum. »Aber die Möglichkeit sollte man trotzdem nicht gleich ausschließen.«

»Es gibt weibliche Serienmörder. Aber statistisch ist das eine Minorität, und ganz besonders, wenn es um Tötungen durch Messerstiche geht.«

»Ich pfeif auf die Statistik«, rutschte es Orla heraus, »aber wäre es theoretisch denkbar?«

»Klar. Aber ich glaube, um einen gesunden jungen Mann umzubringen, müsste die Situation ein nicht unbedeutendes Überraschungsmoment beinhalten. Es müsste ihn buchstäblich im Bett erwischen.«

»Genau das passierte bei Opfer Nummer zwei. Also gibt es die Möglichkeit.«

»Soweit schon.«

»Wird er wieder zuschlagen?«

»Wer soll das beantworten?« Dr. Arnal ließ sich langsam hinter dem Schreibtisch nieder. Er fixierte Orla. »Eines dürfen Sie nicht außer Acht lassen. Da es ein und derselbe Mörder ist, verringert sich seine Hemmschwelle, erneut zu morden, ständig.«

Beide schwiegen. Orla hatte die Sandalen ausgezogen und saß nun mit hochgezogenen Beinen auf dem Sessel.

»Und was denken Sie?«, fragte sie schließlich.

Er zögerte lange. Studierte den Pappbecher, seine Hände, und schließlich ruhten seine Augen auf ihrem Gesicht. Sie verspürte ein Kribbeln in der Brust, eine innere Unruhe, und erst ganz zum Schluss fiel ihr ein, dass sie ihm vielleicht vom Überfall auf ihre Person erzählen müsste. Aber das war eine andere Geschichte, und er erwartete jeden Moment den nächsten Patienten.

Schließlich sagte er: »Unter Vorbehalt. Ich glaube, Sie suchen einen weißen Mann, Alter zwischen fünfundzwanzig und fünfundvierzig Jahren. Er lebt ein Doppelleben, hat einen Job und vielleicht sogar auch Familie.«

»Und warum weiß?« Sie war perplex.

»Wieder die Statistik, Orla«, lächelte er und zerdrückte den Pappbecher zu einem kleinen Ball. »Ich neige zu der Theorie, dass er in der einen oder anderen Hinsicht ein Einzelgänger ist. Er lebt vielleicht allein oder mit seinen Eltern zusammen, vielleicht mit der Mutter, oder mit einer Lebensgefährtin. Nach meiner Erfahrung ist er wahrscheinlich ein Soziopath, will sagen, äußerlich funktioniert er wunderbar, niemand weiß etwas

Böses über ihn zu sagen. Aber einer mit einem Innenleben wie eine tickende Bombe.« Er zielte mit dem Becher nach dem Papierkorb. »Er ist gefährlich.«

Es wurde still. Vom Fenster her war das Summen einer Fliege zu hören, und im Raum nebenan öffnete die Sekretärin dem nächsten Patienten, der gerade geklingelt hatte.

»Ich glaube, da ist jemand, der wartet«, sagte Orla. »Ich will Sie nicht länger aufhalten.«

Sie standen auf. »Passen Sie auf sich auf.« Er gab ihr die Hand und hielt sie etwas länger fest als sonst. »Unser regulärer Termin steht«, sagte er langsam. »Aber rufen Sie jederzeit an, wenn Sie etwas brauchen.«

17

Zurück in ihrem Büro setzte sich Orla wieder an den Schreibtisch. Zerstreut blätterte sie in den Papieren. Die Unterredung mit Arnal hatte ihr geholfen, ihre Gedanken ein bisschen zu ordnen. Aber einfacher war es für sie keinesfalls geworden. Das Gespräch hatte in ihr eine zunehmende Unruhe ausgelöst. Das Profil passte auf einen Großteil der Männer, mit denen sie Tag für Tag zu tun hatte. Dr. Arnal müsste mit ihnen sehr viel enger zusammenarbeiten, um die Aussagen zum Profil weiter einschränken zu können. Aber dazu würde es kaum kommen, und sie beschloss, Marchal nichts von dem Gespräch zu sagen. Noch nicht. Er glaubte nur an seine handfesten Funde und Beweise. Eine interne Gruppe der Polizei hatte jüngst darüber diskutiert, ob die Arbeit psychologischer Profiler bei Kriminalfällen als integrierter Teil der Nachforschung anerkannt werden sollte. Die Diskussion war so hitzig geführt worden, als diskutierte man religiöse Fragen. Niemand hatte zugeben wollen, zu den frisch Bekehrten zu gehören, und

Marchal schon gleich gar nicht. Das Ganze wurde dann erst mal auf Eis gelegt.

Außerdem wusste niemand, dass sie regelmäßig zu Dr. Arnal ging. Die Konsultationen waren ihr Ruhepunkt, sie gaben ihr eine Atempause. Sie waren ihr persönlicher Freiraum. Sie musste sich dort keine Gedanken um das Mitleid der anderen machen. Die Krise war lange überstanden, und es ging ihr gut. Aber sie brauchte diesen Freiraum. Einen Ort, an dem sie bildlich gesprochen die Tür weit öffnen und völlig durchlüften konnte.

Sie fischte das Notizbuch aus der Tasche. Rieb mit dem Daumen das abgenutzte Leder. Es war so eine Art rechte Hand geworden. Alle Verpflichtungen, alles, was sie tun musste, alle Einkäufe, Ausgaben, Gedanken, Pläne, alles war bei dem jeweiligen Tag hingekritzelt. Sie notierte sich rasch den Plan für den nächsten Tag, dann steckte sie es wieder in die Tasche.

Sie schaltete den Computer ein und ging ins Internet. *Weinproduktion. Touraine. Bernachon.* Die Homepage baute sich sofort auf. Ein fantastischer Ort im Loiretal. Das Gut lag wunderschön. Ein Bild aus dem Keller, in dem die Fässer aufbewahrt wurden, zeigte Bernachon senior von weitem. Ein Mann mit vollem, graumeliertem Haar, der direkt in die Kamera sah. Die Geschichte berichtete von dem Haus, das 1835 erbaut worden war. Aber die Wurzeln der Familie reichten weit zurück. Die Leitung des Gutes teilten sich Vater und Sohn. Dann erschienen viele Zahlen und Statistiken, die sie übersprang. Sie hatte gesehen, was sie wollte. Unbehagen machte sich in ihr breit. Was um Himmels willen sollte man dort in der Provinz, wenn man sich nicht ganz und gar für die Produktion von Wein interessierte? Sie schaltete den Computer ab. Genau über dieses Problem musste sie sich derzeit gar keine Gedanken machen.

Sie wollte, bevor sie ging, bei Marchal vorbeischauen. Auch wenn es spät war, würde er wohl noch in seinem Büro sitzen. Er hatte alle Hände voll mit den zwei Morden zu tun. Dazu dieser hypernervöse Untersuchungsrichter Pineau. Den interessierte natürlich nur, wie er nach außen darstellen sollte, warum die Polizei mit dem Mord an einem bedeutenden Industriellen in der Gegend nicht weiterkam. Für ihn hatte das absolute Priorität. Er hatte dem Staatsanwalt mehrmals in der Woche Rede und Antwort zu stehen. Orla schob den Gedanken an Pineau beiseite. Jetzt hatte sie andere und angenehmere Sachen auf dem Programm.

Marchal saß über die Papierstöße gebeugt in seinem Zimmer, als sie bei ihm eintrat. Sein Büro im zweiten Stock hatte eine Dachschräge mit Fenster. Plötzlich kam es ihr vor, als sei der ganze Raum geschrumpft, er schien sich über Marchals Rücken zusammenzufalten.

»Ich gehe für heute Abend.« Sie blieb an der Tür stehen.

»Da bist du nicht die Einzige.« Er massierte die Nasenwurzel mit den Fingerspitzen.

»Dr. Berlier und ich haben bei Dsubins Untersuchung nichts Neues gefunden. Bislang nicht.« Sie sah ihn an. Er schien etwas sagen zu wollen. »Gibt's noch etwas, bevor ich nach Hause fahre?«

»Wenn du Zeit hast.«

Gleich neben der Tür setzte sie sich auf die Stuhlkante. Bleiben wollte sie nun wirklich nicht.

»Ich habe gerade mit den Anwälten dieser älteren Witwe gesprochen, Madame Patin.«

»Ja. Und?« Sie sah verstohlen auf die Uhr. Er schien schrecklich viel Zeit zu haben.

»Ich finde ja, dass erstaunlich große Zweifel darüber herrschen, wem die alte Bude denn nun gehört. Sogar bei denen, die dort ein Leben lang gewohnt haben.« Er fuhr sich mit der Hand durch die Haare. »Findest du nicht auch?« Ohne ihre Antwort abzuwarten, fuhr er fort: »Ich denke dabei besonders an die Zimmer, in denen die Studenten gewohnt haben.« Er hielt ihr die Thermoskanne hin, aber sie schüttelte den Kopf. »Das Ganze gehörte seinerzeit ein und demselben Mann.

Clément Patin.« In seiner umständlichen Art berichtete er alles über den Hausbesitzer. Ihm hatten eine Reihe größerer Mietshäuser in Paris gehört, darunter auch solche in den allerbesten Stadtvierteln. In dem betreffenden Haus, in dem die Morde geschehen waren, hatte er nach und nach alle Wohnungen verkauft, aber aus irgendeinem Grund hatte er die Wohnung des Concierge behalten. Der Mann war vor mehr als dreißig Jahren verstorben, jetzt war es die beinahe neuzigjährige Witwe, Alexandra Patin, der die Wohnung gehörte. Das Paar hatte keine Kinder.

»Sie lebt in einer Wohnung in der Rue de Duras im 8. Arrondissement. In der Nähe des Parc Monceau, und es ist nur ein kurzer Spaziergang zum Étoile. So gut müsste es einem gehen, findest du nicht?«

Orla sagte nichts. Er fuhr fort und erzählte, die Witwe sei geistig sehr rege, sie ließe die Anwälte ihr Kapital verwalten. Marchal hatte mit einem von ihnen geredet, und der hatte ihm erzählt, sie wolle nichts von alldem hören, nicht, solange sie lebe. Alles solle so bleiben, wie ihr Mann es hinterlassen habe. »Hast du schon mal von so einer Loyalität gehört?«

Orla antwortete immer noch nicht.

»Sie sei total desinteressiert an den Mietumsätzen, an Geld überhaupt.« Er reckte sich und gähnte. »Lebt offenbar ein bescheidenes Leben. Wie so viele von uns. Nur dass wir es aus anderen Gründen tun.«

Orla stand schnell auf, sie wollte gehen. Er hob die Hand. »Setz dich. Ich habe da noch was.« Er hatte offenbar seine redselige Viertelstunde.

»Etwas Wichtiges?« Sie blieb stehen.

»Ich glaube schon.« Er sah sie verblüfft an. »Was ist mit dir? Brennt es in deiner Wohnung?«

»Spuck's schon aus, Hervé! Ich habe es tatsächlich etwas eilig.« Nie und nimmer würde sie ihm erzählen, was sie vorhatte.

»Nun, Madame hatte doch zu Roland gesagt, dass die Anwälte sich um ihre Angelegenheiten kümmern und wir uns mit allen Fragen an diese wenden sollten. Sie könnten uns weiterhelfen.« Er knallte seine großen Hände vor sich auf den Tisch und lehnte sich triumphierend vor: »Und sie konnten! Nach tiefem Abtauchen in irgendwelche verstaubten Archive zauberten sie einen alten Kaufvertrag hervor. Dort stand, dass Alice Dupont ihre Wohnung 1957 von Patin gekauft hat, genau wie sie es gesagt hatte. Aber sie hat ganz vergessen, uns zu sagen, dass sie drei Jahre später zusätzlich die beiden Mansardenzimmer gekauft hat. Und seither gehören sie ihr, verdammt noch mal!« Er lehnte sich zurück.

Orla starrte ihn ungläubig an. »Nicht nur, dass sie Informationen zurückhält«, rief sie aufgebracht. »Obendrein lügt sie uns an. Uns gegenüber hieß es, sie habe keine Ahnung, von wem die beiden Studenten die Zimmer gemietet hätten.«

»Es könnte ja einfach so sein, dass sie in dem Irrtum lebt, je weniger sie sagt, umso weniger wird sie in die Geschichte hineingezogen.«

»Sie muss doch Schlüssel zu den Räumen haben. Und damit auch Zugang zu ihnen.« Ihre Blicke trafen sich. »An den Innenseiten der Türen waren doch keine Riegel, oder?«

Er schüttelte den Kopf. »Nichts.«

»Trotzdem wirkt es unwahrscheinlich, dass eine kleine, siebzig Jahre alte Frau zwei kräftige junge Männer umgebracht haben soll. Nie im Leben!« Plötzlich zögerte sie. »Oder wer weiß? Dieses durchtriebene Persönchen ist gut zu Fuß, und stark ist sie anscheinend auch. Nach allem, was wir von ihr wissen, ist die zu allem Möglichen in der Lage!«

»Vielleicht.« Marchal wirkte nicht sehr überzeugt. »Das werden wir herausfinden müssen.«

»Hast du noch etwas über den Concierge erfahren?«

»Nichts. Die Anwälte haben nie mit ihm geredet. Sie glauben auch nicht, dass Madame Patin ihn kennt.«

Orla öffnete die Tür. »Könnte das ein Grund sein, noch mal mit ihr zu reden?«

»Das müssen wir wohl. Der guten Ordnung halber.« Marchal schien zu zweifeln. »Der Anwalt, der sie seit dreißig Jahren kennt, meinte, sie verließe kaum je die Wohnung. Nur täglich zur Messe. Tief religiös, die Dame. Roland hatte sie nicht viel erzählen können.«

Sie zögerte. »Wenn ich das richtig verstehe, hat es zum Mord an Dsubin auch von eurer Seite sonst kaum neue Erkenntnisse gegeben?«

Müde massierte sich Marchal den Nacken. »Gar nichts Neues. Roland und ich sind bei dem Paar in der zweiten Etage gewesen und bei Madame in der dritten. Die haben wasserdichte Alibis.« Er leerte einen halbvollen Kaffeebecher in einem Zug. »Unsere ältere Freundin war zu Hause, behauptet aber wie gewöhnlich, sie habe nichts gesehen.« Er lächelte müde. »Diese Frau! Mit der zu arbeiten ist eine echte Herausforderung. Übrigens hat sie angefangen, einen Beschwerdebrief aufzusetzen, der demnächst an höchster Stelle eingereicht werden wird. Die Polizei schikaniere und verfolge sie.«

»Jemine! Noch was?« Beim Gedanken an Pascal Bernachon, der auf sie wartete, spürte sie schon das Kribbeln im Bauch.

»Na ja, Pineau wird morgen den Staatsanwalt treffen, und er will vorher kurz gebrieft werden. Er will, dass du auch kommst. Zusammen mit Dr. Berlier.«

»Er hat die Berichte doch schriftlich. Viel mehr zu sagen habe ich nicht.«

»Er will mündlich über den Stand der Dinge informiert werden.«

Innerlich stöhnte sie. »Na gut.«

»Wie geht es dem Knöchel? Ich kann dich gern nach Hause fahren.«

Sie schüttelte lächelnd den Kopf. »Danke, nein. Ich fahre selbst. Dem Knöchel geht es ziemlich gut.« Sie kam sich idiotisch vor, dass sie ihm nicht erzählte, wohin sie wollte. Du versuchst vor deinem Kollegen zu verheimlichen, dass du einem Mann begegnet bist, gestand sie sich verblüfft ein. Du willst Pascal eine Weile für dich allein haben und führst dich auf, als betriebest du irgendwelche zwielichtigen Geschäfte. Warum das so war, konnte sie sich selbst nicht erklären. Und sie registrierte erstaunt, dass sie Marchal belog – oder ihm zumindest nur die halbe Wahrheit erzählte.

Im Flur stieß sie mit Roland zusammen. Er balancierte einen Becher Kaffee und ein belegtes Brot. »Ja, du liebe Güte, wohin denn so eilig?«, rief er und wischte sich mit einer Papierserviette Kaffee vom Handrücken. »Ist was passiert?«

»Entschuldige«, sagte sie. Sie war ganz außer Atem. »Es ist nichts weiter passiert, als dass ich mir den Abend freigenommen habe.«

»Ach so. Das kommt auch hier manchmal vor.« Er betrachtete sie forschend. »Es will dich aber doch wohl niemand daran hindern?«

Sie musste lächeln. Roland hatte so etwas Gutmütiges. Sie fühlte sich wohl in seiner Nähe. »So wie es aussieht, willst du hierbleiben?« Sie deutete auf den Kaffee und das Brot.

Er nickte. »Ich habe den Nachmittag an der Uni zugebracht, versucht, jemanden zu finden, der zu den Männern Kontakt gehabt haben könnte.« Er schüttelte den Kopf. »Das, was dabei herausgekommen ist, damit muss ich dich nicht heute Abend aufhalten. Ehe ich gehe, sehe ich alles noch mal durch, dann bekommst du morgen die Ergebnisse.« Er seufzte und trank einen Schluck Kaffee. »Ich habe mir abgewöhnt, Überstunden aufzuschreiben. Das bringt nur Ärger. Und jedenfalls kein Geld.«

Sie nickte, wusste nicht recht, was sie sagen sollte. »Bleib nicht zu lange«, sagte sie nur. »Sieh zu, dass du auch ein bisschen schläfst.«

Sie hatten verabredet, sich am Eingang des Cluny-Museums zu treffen. Von dort war es nur ein Katzensprung zum Kino »Le Champo«, an dem Marchal und sie vor einigen Tagen vorbeigegangen waren. Damals war ihr aufgefallen, dass gerade eine Woody-Allen-Retrospektive lief. Beim Lunch hatte Pascal erzählt, wie sehr er die Woody-Allen-Filme mochte, und sie hatte ihn kurz entschlossen, ehe sie der Mut verließ, für denselben Abend eingeladen.

Er war schon da. Die Scheiben des dunkelgrünen Jaguar waren heruntergelassen, und sie sah seinen Arm, der im Fenster lag.

»Hallo!« Sie beugte sich zu ihm. »In einer halben Stunde beginnt der Film. Wir müssen ein bisschen Tempo machen, wenn wir uns die dunkelste Ecke in der hintersten Reihe sichern wollen.«

Er richtete sich auf und stieg aus. »Es tut mir leid«, sagte er und massierte sich verlegen den Nacken. »Ich war in der letzten Zeit nicht ganz ...«

»Was ist denn los?« Ihr war plötzlich kalt bis auf die Knochen.

»Ich meine nur, dass ich in meinem Eifer eine Verabredung getroffen habe, ohne erst zu checken, ob ich auch Zeit habe.« Mit einer Hand umfasste er ihren Nacken und löste die Haarspange, die ihre Haare zusammenhielt. »So, ja.« Er vergrub beide Hände in ihren Haaren und zog sie an sich. »Ich muss ein Meeting vorbereiten, das morgen ganz früh beginnt und den ganzen Tag dauern wird«, murmelte er in ihren Nacken, »und ich bin ein riesengroßer Idiot, und wenn Sie sauer auf mich sind, hab ich das auch verdient.« Er nahm ihr Gesicht zwischen seine Hände. »Aber bitte nicht länger als bis morgen, denn das halte ich nicht aus. Und außerdem möchte ich, dass wir dieses idiotische ›Sie‹ aufgeben!«

Er weiß genau, welche Klaviatur er spielen muss, dachte sie ironisch und unterdrückte ein Seufzen. Jetzt war die bittere Enttäuschung reichlich versüßt, und sie war mürbe wie ein gut abgehangenes Filet. »Ist schon okay… oder… nein, das ist es natürlich nicht«, sagte sie und fühlte sich ein bisschen wie die alte Puppe, die noch in ihrem Zimmer in Melbu saß und die nickte, wenn man ihr auf den Bauch drückte. »Das ist total blöd, und klar bin ich ziemlich sauer. Aber bis morgen ist es wohl vorbei.«

Er gab ihr die Haarspange zurück und setzte sich ins Auto. »Noch einmal, es tut mir sehr leid.« Mit diesem Blick hätte er das Eis in der Arktis schmelzen können. »Ich werde dafür sorgen, in Zukunft wieder einen besseren Überblick über meine Termine zu haben, ganz bestimmt!« Damit lenkte er den Wagen mit den dunkel getönten Scheiben aus der Parklücke und verschwand.

18

Am Mittwochmorgen fuhr Orla in die Rue Edmond Flamand. Sie parkte an der Ecke vor einem baufälligen zweistöckigen Haus, an dem der Zahn der Zeit mächtig genagt hatte. Die Wände unterscheiden sich farblich kaum mehr vom staubigen Asphalt. Das Café unten im Haus hatte für immer geschlossen. Fenster und Türen waren mit Sperrholzplatten vernagelt. Die Fensterhöhlen im Mietshaus daneben starrten sie ebenso leer an wie Petrows Augen, als sie zum ersten Mal in dieser Gegend war. Um diese Tageszeit war bis auf die Bauarbeiter keine Menschenseele auf der Straße unterwegs. Männer verluden laut rufend den Inhalt der großen grünen Mülltonnen in Lastwagencontainern, und sie wurden nur von der Metro übertönt, die am Ende der Straße auf hohen Gerüsten vorbeiraste. Auch wenn es erst Viertel vor sieben war, hatte der Tag doch schon begonnen. Irgendwie war die Luft wie elektrisiert. Orla musste kurz überlegen, ehe es ihr einfiel.

Heute war der 10. Juni, der erste Tag der Fußballweltmeisterschaft.

Die Tür wurde fast sofort geöffnet. Orla war klar, dass sie aus dem Ohrensessel am Fenster beobachtet worden war. Alice Dupont trug eine Art rosa Kimono über dem knöchellangen Nachthemd. So früh am Tag hatte es noch nicht für Make-up und ihren knallroten Lippenstift gereicht. Ihr Gesicht wirkte jetzt auffallend blass. Es schien, als seien Mund und Augen unter dem rabenschwarzen Haar hinter einer faltigen weißen Maske verschwunden.

»Haben Sie mich nicht schon genug belästigt?«, fragte sie mürrisch.

»Bedaure die frühe Stunde«, sagte Orla kurz. »Kann ich kurz mit Ihnen sprechen?«

»Muss das wirklich sein?« Sie drehte sich widerwillig um. »Sie stellen ja doch nur wieder dieselben idiotischen Fragen, auf die ich schon unzählige Male geantwortet habe. Das wird langsam lästig.«

»Vielen Dank.« Orla schob sich an ihr vorbei. Im Wohnzimmer sprang die Katze vom Sofa, kam auf sie zu und strich ihr schmeichelnd um die Beine.

»Er merkt, dass Sie ihn nicht mögen.« Alice Dupont hatte die Arme verschränkt und sah sie herausfordernd an.

Orla reagierte nicht und kam gleich zur Sache. »Heute hatte ich Ihnen eigentlich eine ganz neue Frage stellen wollen.«

Ein Hauch von Neugier blitzte in den kleinen Augen auf.

»Warum haben Sie uns nicht gesagt, dass die Zimmer, in denen die Studenten wohnten, Ihnen gehören?«

Die Reaktion der älteren Frau war schwer zu deuten. Orla war sich nicht sicher, ob es überhaupt eine Reaktion gegeben hatte. Sie konnte sich nicht vorstellen, dass dieses bleiche Gesicht jemals errötet war. Alice Dupont antwortete nicht, sondern starrte Orla an, als habe die eine derart persönliche Frage gestellt, dass sie darauf beim besten Willen keine Antwort erwarten konnte.

Orla fuhr fort, ohne den Blick abzuwenden: »Da Sie die Eigentümerin sind, ist es doch nur selbstverständlich, anzunehmen, dass Sie die Zimmer auch vermietet haben. So haben Sie die Namen und die Nationalität der Mieter erfahren, und Sie haben die Miete bekommen. Vielleicht hatte niemand so viel Kontakt mit den beiden wie Sie, Madame Dupont.«

Plötzlich war Leben in das leichenblasse Gesicht gekommen. Es wirkte wie Schadenfreude. »Ach so. Deshalb beehren Sie mich zu dieser nachtschlafenen Zeit mit Ihrem Besuch. Sie haben eine lebhafte Fantasie und nutzen offenbar Ihre Zeit gut. Nur schade, dass Ihre Folgerungen total absurd sind.« Sie hob den Kater auf und strich ihm zärtlich über den Rücken. »Komm Puss Puss, kein Grund, sich für die so anzustrengen. Sie ist nicht so clever, wie du glaubst.«

Orla stand auf. »Sie können gern später darauf eingehen, Madame Dupont«, sagte sie knapp. »Polizeiinspektor Marchal wird ohne Zweifel bald mit Ihnen sprechen wollen.«

Alice Dupont ließ die Katze los und verschränkte wieder die Arme. »Ich meine, was ich sage«, erwiderte sie herablassend. »Es wäre töricht, Ihre Zeit auf mich zu verschwenden.« Sie blickte Orla unverwandt an. »Ich weiß nichts. Nicht mir gehören die Zimmer.«

»Den Beweis, dass die Zimmer an Sie verkauft wurden, haben wir schriftlich. Sie sind als Eigentümerin eingetragen.«

Alice Dupont schien völlig unbeeindruckt. »Ich *war* einmal die Eigentümerin. Aber das ist lange her. Das geht doch wohl auch aus dem hervor, was Sie beim Herumschnüffeln herausgefunden haben. Das ist sogar schon *sehr* lange her.«

Orla war sich ihrer Sache nicht sicher genug und fühlte sich plötzlich auf schwankendem Grund. Alice Dupont wirkte so sicher, so unerschütterlich. Log sie dermaßen überzeugend? »Warum ist dann der neue Eigentümer nicht eingetragen?«

Alice Dupont betrachtete sie, als wäre sie ein kleines Kind, das die unbegreiflich große Welt verstehen will. »Also ganz grundsätzlich, meine Liebe! Nicht alles wird öffentlich registriert. Schon gar nicht der Besitzerwechsel solch unbedeutender kleiner Kammern.«

»Und Sie hatten keinen Bedarf, diese Zimmer selbst zu vermieten?«

Sie schüttelte den Kopf. »Mein Mann und ich kamen gut zurecht, besonders da wir keine Kinder bekamen.«

»Wann haben Sie geheiratet, Madame Dupont, und wen?«

Zum ersten Mal sah die Frau aus, als wäre sie überrumpelt. Aber sie fing sich schnell. »Was hat das mit den Nachforschungen zu tun?«, fragte sie eiskalt zurück.

»Ich weiß es noch nicht. Antworten Sie doch einfach so exakt wie möglich. Das sollte doch leicht sein.«

»1957. Arnaud Dupont.«

»In Paris?«

»Ja, in Paris.« Die Stimme wurde schrill.

»Noch mal zurück zu den verkauften Zimmern. War es damals nicht ungewöhnlich, dass sich eine Frau selbst um diese Dinge kümmerte? Ich meine, wenn Sie doch einen Ehemann hatten.«

»Schon möglich.« Die Stimme zitterte vor unterdrückter Wut. »Aber bei uns war das so. Mein Mann war für alles Ökonomische gänzlich unbegabt.«

Orla nickte. »Und wer wurde der neue Besitzer? Selbstverständlich ganz inoffiziell«, ergänzte sie schnell.

Alice Dupont starrte vor sich hin, als dächte sie gründlich nach. »Das weiß ich wirklich nicht mehr. Es ist immerhin dreißig oder vierzig Jahre her.« Sie betrachtete Orla vielsagend. »Länger, als Sie auf der Welt sind, wage ich zu behaupten.«

»Es fällt mir schwer, Ihnen zu glauben.« Orla rang um Fassung. »Mir kommt es ausgesprochen merkwürdig vor, dass Sie sich nicht daran erinnern, wann Sie verkauft haben und an wen.«

Alice Dupont zuckte die Achseln. »Ich hatte nur eine kleine Anzeige in der Zeitung. Ich glaube, es war im ›Figaro‹, aber ich kann mich irren. ›Zwei Dienstmädchenzimmer zu verkaufen, Mansarde. Kurzfristig. Barzahlung.‹ Ich bekam viele Anfragen. Ich verkaufte an den Ersten, der mir geben konnte, was ich dafür haben wollte.«

»Erinnern Sie sich denn an das Jahr?« Mit Schrecken dachte Orla an Jahrgänge alter Zeitungen, die durchgesehen werden mussten, um die Angaben zu überprüfen. Wenn wenigstens der Name der Zeitung sicher wäre.

»Ach wissen Sie, ich werde langsam alt. Etwa 1960, vielleicht.« Sie machte eine Pause, als würde sie gründlich nachdenken. »Ich erinnere mich nicht mehr an alles so genau.«

Orla hatte das Gefühl, als erinnerte sich Alice Dupont haargenau an alles, woran sie sich erinnern wollte. »Sie wollen damit sagen, der Betreffende gab Ihnen das Geld für die Zimmer, ohne dafür einen Kaufvertrag zu bekommen? Dass der Betreffende zwei Zimmer kaufte, ohne eine schriftliche Bestätigung, dass er nun der Eigentümer war?« Orla starrte sie skeptisch an. »Ich glaube Ihnen nicht, Madame Dupont.«

Mit einem Mal wirkte Alice Dupont müde. »Selbstverständlich bekam er von mir eine schriftliche Bestätigung. Maschinengeschrieben, mit der Höhe der Summe, dem Datum und meiner Unterschrift. Aber kein offizielles Dokument.«

»Haben Sie davon eine Durchschrift?«

Verächtlich schüttelte sie den Kopf. »Nicht mehr. Das ist ein Menschenalter her, seit die Zimmer verkauft wurden.« Sie zog den Morgenrock enger um sich und ging zum Ohrensessel. »Ich finde, jetzt haben Sie mich wirklich lange genug gequält«, seufzte sie. »Begreifen Sie das nicht? Ich weiß von all diesen Sachen nichts mehr. Verstehen Sie nicht, dass die Zimmer seither ein Dutzend Mal weiterverkauft sein können?«

Orla betrachtete den Hinterkopf der starrsinnigen und unwilligen alten Frau. Es war zwecklos, sie weiter unter Druck zu setzen. Die ließ sich auch nicht unter Druck setzen, nicht einen Fingerbreit mehr, als sie selbst es zuließ. Alice Duponts letzte

Bemerkung hing in der Luft. Natürlich war es umsonst. Jedes Mal. Sie konnte genauso gut alles auf eine Karte setzen. »Noch ein Letztes, Madame, ehe ich gehe. Es gibt Behauptungen, hier im Haus seien Prostituierte tätig gewesen.« Alice Dupont rührte sich nicht. »Uns wurde berichtet, dass Mädchen, meistens zwei, in den Zimmern logierten, von denen wir reden. Es wurde uns ebenfalls berichtet, Sie seien die Einzige unter den Hausbewohnern gewesen, die man im Gespräch mit ihnen beobachtet hat. Stimmt das?«

Alice Dupont packte mit beiden Händen die Armlehne und drehte in einer langsamen, steifen Bewegung den ganzen Oberkörper zu Orla herum. Alle Farbe war aus dem ohnehin schon bleichen Gesicht gewichen. Orla wusste nicht, ob vor Wut oder wegen des Lichts, das vom Fenster auf sie fiel. »Was wollen Sie damit sagen?« Die Stimme kam abgehackt und langsam. »Einen derartigen Unsinn habe ich mein Lebtag noch nicht gehört!« Ihr Blick hing an Orla. »Wer hat Ihnen denn diese Geschichte serviert? Derjenige lügt! Ich kannte sie nicht. Und auf keinen Fall habe ich gewusst, womit sie sich beschäftigten. Das hätte mich wohl auch kaum interessiert.« Sie wandte sich langsam ab. Orla hörte sie tief und bebend Luft holen. »Ich werde Ihnen mal sagen, was das größte Problem ist bei Frauen wie Ihnen. Sie lassen sich von Gefühlen und Empfindungen steuern, und Sie hören auf Gerüchte und Lügen von allem möglichen jämmerlichen Volk. Männer halten sich an Tatsachen und denken logisch.« Sie lehnte den Kopf gegen die Sessellehne. »Ich bin wenig beeindruckt von Ihnen. Sie sollten sich eine andere Arbeit suchen.« Der Kater sprang auf ihren Schoß und rollte sich zusammen.

Orla war kurz davor, ihr zu sagen, sie könne sie mal, und zwar kreuzweise. Entweder war sie unglaublich dumm oder noch hartgesottener als jeder dahergelaufene Kleinkriminelle. Von Taktik hielt Alice Dupont jedenfalls nichts, als sie sich wie ein Bulldozer durchs Verhör schob. »Denken Sie noch einmal darüber nach, Madame Dupont.« Es war, als redete sie mit dem Sesselrücken. »Setzen Sie sich mit uns in Verbindung, wenn Ihnen dazu noch etwas einfällt.«

Aber der Sesselrücken blieb stumm, und sogar der Kater hatte die Augen geschlossen.

Orla nahm ihre Tasche und verließ ohne ein weiteres Wort die Wohnung. Wieder hatte sie das Gefühl, als sei sie im Kreis zum Ausgangspunkt zurückgegangen.

Sie blieb nachdenklich im Auto sitzen. Alice Dupont war eine merkwürdige Frau. Zweifellos eine durchtriebene Lügnerin. Man konnte ihr beim besten Willen nicht glauben – auch wenn sie alle Fragen ohne zu zögern beantwortete. Orla erinnerte sich an das erste Gespräch, das sie mit ihr geführt hatten. So etwas wie Gefühle hatte sie nur gezeigt, als sie von ihrem Mann sprach und von dem Kind, das sie verloren hatte. Falls diese Geschichte überhaupt stimmte. Selbst das konnte ausgedacht sein, etwas, das sie erfunden hatte, um sich interessant zu machen. Oder um sie in die Irre zu führen. Zweifellos hatte Alice Dupont die Zimmer von Clément Patin gekauft. Ob sie ihr noch gehörten oder ob sie weiterverkauft worden waren, würde man vielleicht nicht herausfinden können. Die Geschichte vom Kaufvertrag auf einem losen Blatt Papier klang merkwürdig. Andererseits war das durchaus möglich, dachte Orla und musterte die schmutzige Hauswand. Irgendwer würde nun wohl den undankbaren Job übernehmen müssen und mindestens einen Jahrgang Wohnungsanzeigen im ›Figaro‹ durchsehen, vielleicht auch noch ein paar andere Zeitungen. Orla startete den Motor und schaute auf die Uhr. Viertel nach sieben.

19

Als Orla ins Büro kam, betrachtete sie sich selbst im Spiegel. Ihre Haut war grau. »Spieglein, Spieglein an der Wand«, murmelte sie und nahm den bitteren Ausdruck in ihren Augen wahr. Sie fühlte sich so abgekämpft und elend, wie sie aussah. »Enttäuschungen zehren am Nachtschlaf«, konstatierte sie und zog eine Grimasse. Sie war zumindest verwirrt. Er warb doch massiv um sie, oder nicht? Und dann machte er mit einer albernen Entschuldigung einen Rückzieher. Vielleicht war er einfach ein notorischer Filou? Einer von der Sorte, die vor allem die Jagd faszinierte, weniger die Beute. Gerade jetzt war dieser Gedanke aber zu viel für sie. Und außerdem, zu was für einer liebeskranken Tagträumerin hatte sie sich denn plötzlich entwickelt? Sie schob alle Spekulationen beiseite und nahm sich das Telefonbuch vor. Beim Nachdenken war ihr in der vergangenen Nacht ein Einfall gekommen. Eine Bekannte von Alain und David damals an der Universität hatte Russisch studiert. Soweit sie sich erinnerte, hatte sie sich mehrfach für längere Zeit im Osten aufgehalten.

Sie war Orla ganz besonders sympathisch gewesen, aber nun wollte ihr der Name nicht einfallen. Sie erinnerte sich nur an ihr Aussehen. Sie war dünn und hochgewachsen gewesen, eine Frau ohne Kinn. Orla schüttelte beschämt den Kopf. Das gehörte zu den Paradoxien des Lebens, dass man sich ausgerechnet so etwas bei einem sympathischen Menschen merkte.

Sie legte das Telefonbuch beiseite und rief David an. Um diese Tageszeit stand er sicher unter der Dusche. Es war Nathalie, die schlaftrunken und widerwillig ihren Freund unter der Dusche hervorzerren musste.

»David, bitte entschuldige den Zeitpunkt, aber wie hieß diese

Freundin von euch, die damals Russisch studierte? Diese lange, dünne?«

Am anderen Ende der Leitung wurde es still. »Rufst du wirklich in aller Herrgottsfrühe an, um mich nach ihrem Namen zu fragen?«, rief er verärgert. »Ich bin tropfnass und habe noch Shampoo in den Haaren. Nur Todesfälle und andere Katastrophen rechtfertigen Anrufe um diese Tageszeit. Was für eine schreckliche Nachricht musst du ihr denn überbringen?«

»Ich will nur mit ihr reden«, antwortete sie ungeduldig.

»Martine Chauvin. Sie arbeitet am Jussieu. Schau im Telefonbuch nach!« Damit hatte er den Hörer schon aufgeknallt.

Orla scherte sich nicht um Davids Benehmen. Jussieu, eine Universität in der Nähe des Botanischen Gartens, war noch geschlossen. Im Telefonbuch fand sie eine Privatnummer. Martine Chauvin gehörte eindeutig eher zu den Frühaufstehern als David und Nathalie.

»Orla! Sicher erinnere ich mich an dich!« Sie klang heiter und gut gelaunt. »Himmel, ich kann mich nicht erinnern, dass du so gut Französisch sprichst.«

»Es ist fast zehn Jahre her, seit wir uns zuletzt getroffen haben.« Orla malte Schnörkel auf den Notizblock.

Am anderen Ende war es still geworden. »Ist es schon *so* lange her? Aber du bist immer noch hier?«

Immer dieselbe Frage. »Ja, ja, ich bin hier. Ich bin irgendwie einfach hängengeblieben. Arbeite inzwischen als Sonderermittlerin bei der Mordkommision.«

»Nein, ist nicht wahr!« Wieder wurde es still. »Warst du nicht Rechtsmedizinerin?«

Die Fragen, die man ihr stellte, hatten eine Tendenz, sich zu wiederholen. Zum Aufklären war sie im Moment zu müde. »Hör mal«, sagte sie deshalb schnell, »könnten wir mal zusammen essen gehen? Es gibt da etwas, worüber ich gern mit dir sprechen würde.«

Martine schien hocherfreut. Sie verabredeten sich für den nächsten Tag.

Kurz darauf klopfte es an der Tür, und Roland kam herein. »Am Empfang sagten sie, du seiest schon da?«

Sie nickte und schaute den gut gelaunten Mann neidisch an. Der hatte gerade sein Energiedepot aufgefüllt. Eine ganze Stunde auf Rollerblades! Unfassbar. »Ja, bin ich, wie du siehst.«

»Marchal ist in der Kantine und holt sich Kaffee.« Er blieb an der Tür stehen und sah sie an, während sie mit zusammengepressten Lippen Papiere zu zierlichen Stapeln ordnete und die Stifte schnurgerade danebenschob.

»Du darfst dich gern setzen, während du auf ihn wartest. Falls du nicht lieber Armkreisen machen willst.«

Roland verzog keine Miene. »Ich glaube, ich hole uns auch Kaffee.« Und schon war er weg, noch ehe sie erklären konnte, dass ihre kratzbürstige Reaktion von ihrer Müdigkeit herrührte. Kurz darauf standen Kaffee und ein Rosinenbrötchen vor ihr auf dem Tisch. Sie sah ihn dankbar an, aber er schien ganz vertieft in seine Papiere zu sein.

»Wir bekommen im Laufe des Tages Dsubins Obduktionsbericht?«, fragte Marchal schon beim Hereinkommen.

Sie nickte. »Bei der Obduktion hat sich nichts Neues mehr ergeben, das weißt du ja. Er wurde genauso umgebracht wie sein Kumpel. Wieder die Halsschlagader rechts, enorme Präzision. Dieses Mal keine Abdrücke. Aber das ist höchstwahrscheinlich unser Mann.«

Marchal blätterte. »Die technischen Analysen des Raums werden reichlich mühsam. Der reinste Schweinestall. Seit das Haus vor hundert Jahren erbaut wurde, hat dort keiner mehr saubergemacht. Da gibt es genug Fasern, Fingerabdrücke, Staub und Dreck, um unsere ganze Mannschaft bis zur Pensionierung zu beschäftigen.«

Orla nippte gierig am heißen Kaffee und spürte, wie der Druck im Kopf nachließ. »Türschloss und -rahmen unbeschädigt.« Sie sah ihn fragend an. »Kann der Mörder einfach hineinspaziert sein?«

Marchal zuckte die Achseln. »Man könnte fast den Eindruck haben.«

»Er kann den Mörder gekannt und gutgläubig geöffnet haben. Oder der Mörder kann ihn überrascht haben, als er auf- oder zuschloss.« Nachdenklich kaute sie auf den Nägeln. »Eine letzte Möglichkeit wäre, dass der Mörder selbst die Schlüssel hatte.« Sie stand auf und öffnete das Fenster. »Hat man bei einem der beiden Studenten Ausweise oder Studienunterlagen gefunden?«

Roland schüttelte den Kopf. »Nichts«, sagte er kurz. »Weder Briefe noch Notizbücher. Auch keinen Pass oder Ausweis.« Er zuckte die Achseln. »Da gibt es keine Ritze, die nicht genau untersucht worden ist.«

»Also hat denen vielleicht nicht mehr gehört als eine Tasche mit Klamotten. Und alles, was sie hätte identifizieren können, ist weg.«

Marchal nickte. »Falls das stimmen sollte, muss man in der Geschichte schon sehr weit zurückgehen, um auf ein ähnlich spartanisches Studentendasein zu stoßen«, bemerkte er trocken.

»Dass die beiden Studenten waren, wage ich mal zu bezweifeln«, wand Orla ein. »Aber irgendwas haben sie getrieben, klar. Haben wir Arbeits- und Aufenthaltsgenehmigung gecheckt?«

Marchal nickte bestätigend. »Sie hatten eine Aufenthaltsgenehmigung als Studenten. Als sie die beantragten, gaben sie als Bankverbindung CCF an. Sie haben nie versucht, eine Arbeitserlaubnis zu bekommen.«

»Was sie selbstverständlich nicht daran hindern musste, irgendetwas Einträgliches zu betreiben.« Das kam wieder von Orla.

»Sie müssen ja irgendwelche Einkünfte gehabt haben. Denn wir haben in einem Seitenfach einer der Taschen etwas Interessantes gefunden«, erklärte Roland. »Den Passagierabschnitt eines Flugtickets Paris–Kiew, Hin- und Rückflug.«

Marchal nickte. »Air France bis Moskau, Aeroflot von dort nach Kiew zwei Tage später. Beide reisten gleichzeitig. Die Reise ist auf ihre Namen registriert, das Abreisedatum vor genau einem Monat, alles in allem zehn Tage Aufenthalt.«

»Interessant daran ist erst mal nicht, dass Studenten dann und wann nach Hause fliegen«, fuhr Roland fort. »Auffällig ist, dass sie den vollen Preis bezahlt haben. Weder Studentenrabatt noch irgendwelche Billigflüge. Und alles bar bezahlt.«

Orla stieß einen Pfiff aus. »Das passt wirklich nicht so ganz zu ihren sonstigen Verhältnissen. Es sei denn, sie hätten einen reichen Onkel gehabt. Habt ihr noch was gefunden?«

»Bisher nicht. Wir haben, was an Hinweisen hereingekommen ist, systematisiert, aber bisher hat uns das auch nicht weitergebracht.«

Sie saßen einen Augenblick schweigend zusammen. Die Sonne knallte schon auf die Fensterscheiben, und Orla spürte wieder ihre Müdigkeit. »Ich hole uns noch einen Kaffee«, sagte sie und verließ schnell den Raum, ehe ein anderer anbot, das für sie zu erledigen. Zwei Stunden Nachtschlaf reichten eben nicht. Obendrein ein neuer heißer Tag. Sie gähnte laut. Roland und Marchal hatten die Zeit gut genutzt. Sie wünschte, sie könnte dasselbe sagen.

Sie kam mit einer ganzen Kanne Kaffee zurück. Roland ergriff das Wort. »Ich bin gestern in der Universität gewesen. Verwaltung und Studenten, alle haben sie bereitwillig und so gut sie konnten die Fragen beantwortet. Nur hatten sie nichts zu erzählen, das war das Problem. Vom Aussehen her erinnert sich keiner an die zwei. Aber laut Register waren sie regulär immatrikuliert. Papiere aus Kiew. Knapp ein Jahr haben sie Kunstgeschichte studiert. Viele glauben, sie hätten *vielleicht* jemand gesehen, auf den die Beschreibung passt. Bisher hat keiner der Hinweise, die wir geprüft haben, irgendwas ergeben.«

Orla wurde hellhörig. »Sie sind mit ihrer Heimatanschrift registriert, oder?«

»Klar. Das haben wir auch überprüft. Mit der dortigen Polizei zu kommunizieren war übrigens gar nicht so einfach, aber wir erfuhren immerhin, dass ihr Führungszeugnis okay war.« Neugierig sah er sie an. »Interessiert dich ihre Adresse?«

Sie nickte. »Ich hätte sie gern so schnell wie möglich.«

Roland gähnte laut und lange. Orla fiel der gestrige Tag ein und wie Roland abends Kaffee und belegte Brote in sein Büro brachte, weil er noch lange arbeiten wollte.

»Hast du heute Nacht überhaupt Schlaf bekommen?«, fragte sie plötzlich.

Er sah sie erstaunt an. »Ja, ja, ein bisschen schon. Bis zwei Uhr habe ich mit dem Sortieren und Durchsehen zugebracht. Es ist spät geworden.«

Plötzlich fiel Orla auf, dass alle beide, Marchal und Roland, müde aussahen. Mit leicht schlechtem Gewissen dachte sie, wie reizbar und viel zu beschäftigt mit ihrem selbstverschuldeten Schlafmangel sie gewesen war. »Ich habe übrigens heute früh Alice Dupont einen Besuch abgestattet.«

Marchal hob die Augenbrauen.

»Ich fand, es müsse eine einfache Antwort darauf geben, warum sie uns nicht längst erzählt hat, dass die beiden Mansardenzimmer, in denen die Männer wohnten, ihr gehören.« Orla verzog das Gesicht. »Aber ich hatte ja ganz vergessen, dass Madame zu der eher bösartigen Sorte gehört, sodass ich mit meinem armen Kopf immer wieder gegen die Betonmauer anrannte. Ich glaube so gut wie nichts von dem, was sie sagt. Aber sie behauptet, dass sie die Damen, die früheren Mieterinnen, nicht gekannt hat. Womit die sich ihr Geld verdient, davon weiß sie auch nichts. Außerdem verneint sie nachdrücklich, je mit denen ein Wort gewechselt zu haben.«

Marchal knallte die flache Hand auf den Tisch. »Selbstverständlich ist sie gleichzeitig Eigentümerin und Vermieterin! Die weiß doch alles, was rings um sie herum vorgeht.« Er stand auf. »Ich bringe sie hierher. Es wird Zeit, dass sie mit diesen Spielchen aufhört.«

Orla schob ihre Papiere zusammen. »Das wird kein Vergnügen, Hervé. Willst du eine medizinisch-psychologische Einschätzung des Falles Alice Dupont? Mit Zwang ist bei der nichts zu holen. Es gibt Untersuchungen zu diesem Typus: Nicht mal Folter würde sie dazu gebracht haben, mehr zu sagen, als sie will«, seufzte sie und ließ Handy und Wasserflasche in die Tasche fallen. »Im Übrigen kannst du gern mal checken, ob es stimmt, dass sie 1957 einen Glückspilz namens Arnaud Dupont geheiratet hat.« Das Telefon unterbrach sie. »Für dich«, sagte sie und reichte Marchal den Hörer.

Schweigend hörte er einige Sekunden zu. »Wir kommen«, sagte er nur. Er erhob sich. »Die Kollegen vom 13. Arrondissement haben eine Beschwerde wegen eines Renault Laguna hereinbekommen, über den keiner etwas weiß. Er ist in einer Straße geparkt, etwas weiter im Zentrum des Viertels als dort, wo die Morde begangen wurden. Ein Geschäftsinhaber hat sich beschwert, weil der Wagen schon so lange dort steht und den Blick auf sein Schaufenster versperrt. Man hat das Kennzeichen überprüft.« Der müde Zug war aus Marchals Gesicht verschwunden. »Das Auto ist auf eine Person namens Petrow angemeldet. Sie schleppen es gerade ab.«

20

Das Auto hatte man in einer der Polizeiwerkstätten auf eine Rampe gefahren. Es war dunkelblau und ziemlich neu. Die Polizeitechniker waren mit der Spurensicherung beschäftigt.

»Drei Jahre alt. Sieht aus, als wäre es ganz in Ordnung«, sagte einer der Techniker und nickte ihnen zu. »Aber innen der reinste Schweinestall.« Er rümpfte die Nase. »Keine Ahnung, ob wir vor Ende des Tages bis zum Fußboden vorgedrungen sind«, sagte er und warf leere Styroporbecher, Strohhalme und Papiertüten in große Plastiktüten, die dann versiegelt wurden.

»Eine bestimmte Hamburgerkette hätte den Kerlen längst eine Belohnung zahlen müssen«, murmelte Marchal, als der Fußboden des Autos allmählich zum Vorschein kam. Er umrundete mehrmals den Wagen, während die Techniker Staub saugten und Fingerabdrücke nahmen, und suchte nach möglichen Blutspuren. Eine Weile schaute er einem der Männer über die Schulter, der langsam das Handschuhfach und die Ablage unter dem Armaturenbrett leerte. »Quittungen ... was ist das, halt mal hoch, kann ich mal sehen? Ein Fährfahrschein?« Er blinzelte, während der Techniker mit der Pinzette den Inhalt vorholte.

»Meinen Sie nicht, wir sollten hier erst mal unseren Job zu Ende bringen und die Sachen dann wie üblich zu euch rüberschicken?«, sagte einer von ihnen, der deutlich verärgert war, nachdem Marchal ihm lange genug bei der Arbeit zugesehen hatte. Aus dem Handschuhfach kam ein großer gelber Straßenatlas von Europa zum Vorschein.

»Halt doch mal den Stift hoch.« Roland kniff die Augen zusammen und betrachtete aufmerksam den weißen Kugelschreiber, der von der Ablage genommen wurde. »BRAMED«, las er laut vor.

»BRAMED, die Arzneimittelfirma?« Orla trat näher.

»Ja, französischer Pharmahersteller«, erklärte Roland. »Ich hab das sofort erkannt. Die stellen Augentropfen her, die ich hin und wieder benutze. Ich bin gegen Tierhaare allergisch«, ergänzte er. »Besonders Katzenhaare.«

Orla musste unwillkürlich lächeln. »Ich auch.« Dann runzelte sie die Stirn. »Aber was macht der Stift hier? Das sind typische Reklamegeschenke dieser Firma. Die bekommt nicht jeder, sondern nur Kooperationspartner. Vor allem Arztpraxen, Ärzte und Krankenhäuser.«

»Checkt die Firma«, sagte Marchal. »Und, Roland, kümmere dich um den Straßenatlas, wenn der Kollege so weit ist. Sieh zu, ob du irgendwelche Markierungen findest oder besondere Hinweise auf Orte, an denen sie gewesen sind.« Er nahm einen Zettel, den ihm ein Polizist brachte. »Das Auto ist bei einem Händler in Ivry-Sur-Seine gekauft worden«, sagte er.

Orla warf einen Blick auf den Zettel. »Ich kann dort und bei der CCF vorbeischauen.« Sie stopfte das Papier in die Tasche. »Ich kenne einen der Bankchefs«, ergänzte sie. »Der Autohändler muss doch ein Verzeichnis der Verkäufe führen. Und wenn wir Glück haben, hat er ein gutes Gedächtnis für Gesichter und andere brauchbare Details.«

Marchal nickte. »Wir müssen hier nicht länger rumstehen und warten. Sie haben das Auto anscheinend hauptsächlich zum Transport benutzt. Und falls sie was geschmuggelt haben, können es keine großen Mengen gewesen sein. Der Hund hat nicht reagiert.« Er nickte in Richtung eines Labradors, der etwas entfernt ruhig zu Füßen eines Polizisten saß. »Ich muss wohl meine verdammte Pflicht tun und noch mal zu diesem Mietshaus fahren und meinen Freund, den Concierge, fragen, warum wir von dem Auto nichts erfahren haben.«

Orla nickte. Sie überlegte. »Heute ist Mittwoch. Wir werden noch den restlichen Tag brauchen und morgen ebenfalls, um alles zu checken, was im Zusammenhang mit diesem Auto auftaucht. Wahrscheinlich auch noch den Samstag. Also, Roland, warum nicht das Angenehme mit dem Nützlichen verbinden?«

Roland kniff die Augen zusammen, er wirkte irgendwie perplex. »Wie meinst du das?«

Sie lächelte breit. »Ich finde, du solltest uns Samstag um sechs Uhr, zum Essen einladen. Zum Dank bringen wir irgendwas mit, nur von Hamburgern würde ich abraten.« Sie drehte sich um und ging.

Roland sah ihr nach, und sein Blick verriet, dass er ihr nicht mal im Traum irgendetwas würde abschlagen können.

21

Mit dem aufgeschlagenen Straßenatlas auf dem Beifahrersitz bog Orla bei dem Gebrauchtwagenhändler in Ivry-Sur-Seine ein. Die Vororte gehörten eindeutig nicht zu den Gegenden, in denen sie sich auskannte.

Autos in allen Farben standen in Reih und Glied hinter dem hohen Maschendrahtzaun, der das Gelände umgab. Orla steckte die Karte in die Tasche, und während sie einen Schluck Wasser trank, sah sie sich um. Das Haus war ein schlichter Bau, nur ein Stockwerk. *Ihr Autospezialist GmbH-Inhaber Thierry Martin* stand auf einem Schild über dem Eingang. Drinnen konnte sie in einer Ecke hinter einem Schreibtisch einen Mann erkennen. Als sie die Tür öffnete, schlug ihr Plastikgeruch entgegen, die Sonne hatte den Kunstlederbezug des Kundensofas am Fenster erhitzt.

Der Mann nickte kurz, als sie eintrat. Außer ihm war niemand da. Orla schätzte ihn auf Anfang sechzig. Die wenigen übrig gebliebenen Haare waren von den Ohren aus sorgfältig über den kahlen Schädel gelegt. Das kurzärmelige Hemd offenbarte in absurdem Kontrast zu dem blanken Schädel zwei ungewöhnlich stark behaarte Unterarme.

Orla betrachtete den Autohändler in aller Ruhe. Auf seiner Nasenspitze saß eine Brille. Aus zusammengekniffenen Augen studierte er sie über den Brillenrand hinweg. Sie stellte sich kurz vor und sagte ihm, worum es ging. Er deutete wortlos auf den Stuhl mit schwarzem Kunstledersitz auf der anderen Seite des Tisches. Der Bezug fühlte sich warm an und klamm.

»Und Sie glauben, *ich* könnte Ihnen helfen?« Er sah sie skeptisch an.

Sie nickte. »Ich hoffe es.«

Er ließ die Brille auf die Brust fallen, wo sie wie ein Schmuckstück am Ende einer goldfarbenen Kette baumelte. »Ich verkaufe Autos, nicht mehr und nicht weniger. Ich betreibe keine Nachforschungen. Von meinen Kunden weiß ich nur, ob sie das Auto, das sie haben wollen, auch bezahlen können. Wie sie das Geld verdient haben, weiß ich nicht, und ich frage auch nicht.«

Er hatte sich in seinem bequemen Bürostuhl zurückgelehnt. Das war ein modernes Modell, gut gepolstert und mit hoher Rückenlehne. Orla dachte kurz an ihren eigenen, den sie täglich ihrem Steißbein antun musste. »Sie haben doch sicher Unterlagen darüber, an wen Sie verkaufen? Kaufverträge zum Beispiel?«

Er nickte.

»Mir geht es um einen Renault Laguna. Jahrgang 95. Dunkelblau.«

»Wann soll ich den denn verkauft haben?« Er lümmelte immer noch breitbeinig in dem Stuhl.

»Herbst 1997.«

Ungeduldig rutschte er vor. »Und an wen wurde er verkauft?«

Orla ließ ihren Blick über die Schränke hinter seinem Kopf wandern. »Angemeldet ist er auf einen Mann namens Petrow. Sie haben vielleicht einen Computer?« Sie warf einen Blick in den Raum, sah aber keinen.

Er spitzte den Mund. »Ich hab keinen PC. Alles wird auf einer normalen Schreibmaschine getippt. Oder von Hand geschrieben.« Er richtete sich auf. »Vor mehr als dreißig Jahren habe ich in dieser Branche angefangen. Mich mit dem neumodischen Computerkram zu befassen, dafür hatte ich nie die Zeit. Außerdem ist das für mich überflüssig. Ich hab hier ein ausgezeichnetes System, funktioniert wunderbar.« Sein rechter Arm beschrieb eine weit ausholende Geste in Richtung der Ablagenschränke an der Wand.

Orla sah ihn eindringlich an. »Es waren Ausländer, vielleicht hilft das Ihrer Erinnerung auf die Sprünge? Osteuropäer, Anfang dreißig.«

Nachdenklich faltete er die Hände und betrachtete sie eine Zeitlang. »Möglich«, sagte er dann langsam. »Doch. Ich erinnere mich tatsächlich, dass ich vor einiger Zeit einen Renault an einen Ausländer verkauft habe. Damals dachte ich, er sei Russe oder so etwas Ähnliches.« Er sah Orla an. »Können Sie die Männer beschreiben?«

»Nur den einen.« Sie beschrieb Dsubin.

Er strich langsam über sein Haar. Schließlich sagte er: »Ich glaube, ich erinnere mich. Nicht, weil es Ausländer waren, das sind viele meiner Kunden.« Er legte die Hände auf den Tisch und trommelte leicht mit den Fingerspitzen auf die Tischplatte, während er nachdachte.

»Das Besondere bei den beiden war, dass sie die ganze Summe in bar bezahlen wollten.«

»Wie viel war es denn?«

»Ich muss nachsehen.« Er setzte die Brille auf und ging zur Ablage. »Petrow, sagten Sie?« Er blätterte rasch einen Ordner durch. »Da!« Triumphierend zog er die Papiere heraus. »Genauso gut wie ein Computer, oder? Versagt nie!« Er setzte sich und überflog rasch die Seite. »2. August 1997. 110 000 Francs. Bar. Übrigens ein Schnäppchen. Er hatte erst 30 000 Kilometer drauf. Nun gut, mit einigen Schönheitsfehlern. Der Vorbesitzer hatte mal Pech gehabt, und das war nicht ausgebessert. Auf der einen Seite war der Lack recht verschrammt. Beulen in der rechten Tür und am hinteren Kotflügel. Der Zustand ansonsten tipptopp. Ja, also, Barverkauf.« Er deutete ganz unten auf das Blatt Papier, das er Orla reichte. »Da ist die Unterschrift.«

Orla nahm den Bogen. Petrow hatte mit ungelenker und deutlicher Schrift unterschrieben. Die Adresse stimmte. »Warum wollten die so einen großen Betrag in bar bezahlen?«

Er zuckte die Achseln. »Keine Ahnung. Ich frage so wenig wie möglich, besonders, wenn die Kunden nicht sonderlich gesprächig sind. Und der da war das eindeutig nicht.«

»Fanden Sie das nicht merkwürdig?«

»Natürlich fand ich das. Aber was soll's.« Er starrte Orla resigniert an. »Solange die Scheine echt sind, dürfen sie die von mir aus auch gern aus einem Koffer bringen.« Mehrmals klopfte er mit den Fingerknöcheln auf den Tisch. »Ich muss allerdings zugeben, dass ich nicht sonderlich begeistert bin, hier so viel Bargeld aufzubewahren. Sobald ich mich von der Echtheit überzeugt hatte und alle drei verschwunden waren, schloss ich den Laden ab und fuhr zur Bank.« Er lehnte sich zurück und wischte sich mit einem großen zerknitterten Taschentuch die Stirn ab. »Es passieren heute so viele komische Sachen, und ich sitze hier allein.«

Orla sah ihn lange an. »Alle drei?«

Er nickte und schob die Brille von der Nase. Die eine Hälfte der Goldkette versank in einem Wald von Brusthaar. »Sie waren zu dritt, ja.« Er sah sie fragend an. »Warum?«

Orla spürte ein Zittern am Rücken. »Waren alle drei Ausländer?«

Der Mann rieb sich nachdenklich das Kinn. »Das kann ich nicht sagen. Ich habe nicht gefragt.«

»Haben Sie mit allen dreien gesprochen?« Orla saß höchst angespannt vorn auf der Stuhlkante.

Er überlegte kurz. »Nein.« Dann legte er eine Hand auf den Tisch und trommelte mit den Fingern auf die Platte. »Lassen Sie mich überlegen. Wie war das noch. Der das Auto kaufte, dieser Petrow, der besorgte das Reden. Sein Kumpel stand nur daneben und hörte zu. Sah im Übrigen zum Fürchten aus, der andere. Sie unterhielten sich erst, als ich die Geldscheine zählte. Da merkte ich, dass beide Ausländer waren. Klang in meinen Ohren russisch oder irgendwie osteuropäisch. Fast nur Konsonanten, wissen Sie.«

»Und der Dritte?«

»Tja, der saß da.« Martin deutete auf die Couch gegenüber. »Sagte kein Wort. Wartete, bis sie fertig waren. Dann gingen sie.«

»Können Sie ihn beschreiben?«

Martin warf ihr einen resignierten Blick zu. »Wie soll ich einen Mann beschreiben, der vor einer Ewigkeit nur zwanzig Minuten hier drinnen war und mit dem ich kein Wort gewechselt habe? Und den ich kaum angesehen habe?« Er wippte mit dem Stuhl vor und zurück. »Ich würde Ihnen gern helfen, Madame. Aber jetzt erwarten Sie wirklich Wunder von mir.«

»Versuchen Sie's.«

Er schüttelte den Kopf. »Ich kann mich nicht erinnern, wie er ausgesehen hat.« Er wandte sich zum Fenster und blinzelte in das scharfe Licht. »Hätte er wenigstens einen Hut getragen oder irgendwelche Gebrechen gehabt oder wäre er irgendwie auffällig gewesen. Aber nichts von alledem. Vollkommen normal, soweit ich mich erinnere.«

»Glauben Sie, dass er Student war, wie die beiden anderen?«

Martin schnipste mit den Fingern und wandte ihr sein glänzendes Gesicht zu. Die Luft im Raum schien zu vibrieren. »Das kann ich mit Sicherheit sagen: nein, das war kein Student. Auf keinen Fall.« Er wurde plötzlich ganz lebhaft. »Ich weiß noch, dass ich registrierte, wie viel besser gekleidet er war als die beiden anderen. Ich kaufe meine Garderobe ja nicht gerade in Nobel-Geschäften, aber ich glaube, was der trug, das waren gute Sachen.« Er lehnte sich vertraulich über den Tisch. »Um die Wahrheit zu sagen, ich konnte mir gar nicht vorstellen, wie der hierhergekommen war. Mit *denen*, meine ich. Aber damit hatte es sich dann auch. Er saß nur dort und wartete wie eine altmodische Anstandsdame, und als sie fertig waren, verließ er mit ihnen das Geschäft.«

»Versuchen Sie doch wenigstens, sein Äußeres noch etwas näher zu beschreiben.«

»Mais mon dieu, madame!« Er hob die Arme in einer pathetischen Geste. »Okay. Er war weiß. Haare normal lang. Farbe braun, glaube ich. Normale Größe. Gewöhnlicher Körperbau, schlank.« Resigniert machte er eine Pause. »So ein Mann, von dem meine Frau vielleicht sagen würde, der ist wahnsinnig at-

traktiv. Ich kann so was nicht beurteilen. Weiß nicht mal, ob ich ihn wiedererkennen würde, wenn er jetzt zur Tür hereinkäme.«

»Alter?«

»Also ehrlich! Irgendwas zwischen dreißig und fünfundfünfzig. Ich kann mich einfach nicht erinnern. Verstehen Sie nicht, ich musste 110000 Francs in Scheinen durchsehen!«

»Hatten die ihr Auto draußen geparkt?«

Er nickte. »Sie kamen mit einem Auto. Marke und Farbe weiß ich nicht. Sie parkten hinter dem Lattenzaun dort hinten.«

Orla steckte ihr Notizbuch in die Tasche. »Haben Sie seither einen von denen gesehen?«

»Nein.« Er holte tief Luft. »Das kann ich Ihnen versichern.« Neugierig sah er sie an. »Das sind wohl Verbrecher, wie?«

Orla stand auf. »Das wissen wir noch nicht.«

»Wollen Sie, dass ich mich mit Ihnen in Verbindung setze, falls sie aufkreuzen?« Er erhob sich und hielt ihr die Tür auf.

»Das ist wenig wahrscheinlich. Zwei von ihnen sind tot. Aber rufen Sie mich sofort an, falls Ihnen noch etwas Wichtiges einfällt. Besonders, was den Mann angeht, der sie begleitete.« Sie gab ihm ihre Karte, verabschiedete sich und ging.

22

Orla schob sich mit dem mittäglichen Verkehr im Schneckentempo bis ins Zentrum von Paris. Am Odéon quetschte sie ihr Auto in der winzigen Rue Dupuytren auf den Bürgersteig und konnte gerade noch den Chef der CCF-Bank, Monsieur Coryn, vor der Mittagspause erwischen. Er war die Liebenswürdigkeit in Person und geleitete sie gleich in sein Büro – einzig und allein, weil sie Jean Chenus Schwiegertochter war und er sie zusammen mit ihren Schwiegereltern bei irgendeiner Benefiz-

Veranstaltung gesehen hatte. Er konnte auf der Stelle nachweisen, dass die beiden Studenten im August letzten Jahres jeder ein Konto bei der Bank mit 30000 Francs eingerichtet hatten und dass seither auf dem Konto absolut keine Bewegung stattgefunden hatte, keine Entnahme und keine Einzahlung. Zehn Minuten später geleitete er sie genauso liebenswürdig wieder aus der Bank hinaus.

Draußen donnerte der Verkehr über den Boulevard St. Germain, die Menschen hasteten in alle Richtungen an ihr vorbei. So schnell sie konnte, ging sie auf das Odéon zu. Massen junger Pariser und Touristen bevölkerten die Cafés und den Eingang der Metrostation. Orla hatte keinen Sinn für den vermeintlichen Charme dieses schmutzigen Orts. Durch die ganzen Fußballfans war das Zentrum von Paris ein einziges Chaos. Sie klemmte die Tasche unter den Arm und sah sich um. Das Odéon war ein Konglomerat aus kleinen Straßen, und man musste höllisch aufpassen, um nicht umgerannt zu werden. Sie ging hinüber zur medizinischen Fakultät. Aus allen Cafés und Lokalen am Odéon drang der Duft nach *Croque Monsieur* und anderen Variationen von geschmolzenem Gruyère und Emmentaler. Ihr Magen knurrte, und sie fühlte sich erschöpft. Vor der Fachbuchhandlung nahe der Fakultät blieb sie stehen und warf die halbvolle Flasche mit lauwarmem Wasser in einen Abfallkorb. Sie sah kurz ins Schaufenster, überlegte und ging dann zu dem kleinen Wiener Café am Ende der Rue de l'École de Médecine. Nachdem sie die Straße überquert hatte, blieb sie stehen und drehte sich um. Vielleicht war es ja nur Einbildung. Erst beim Überqueren der Straße war es ihr bewusst geworden. Ein Mann mit Hut und Sonnenbrille. Jedes Mal, wenn sie sich umgedreht hatte, war sein Abstand zu ihr derselbe gewesen. Weit genug weg, sodass sie ihn nicht deutlich erkennen konnte. Sie versuchte das unangenehme Gefühl abzuschütteln. Bei den vielen Menschen am Odéon wäre es ein Wunder, wenn nicht einer denselben Weg hätte wie sie. Und trotzdem. Er musste immer stehen geblieben sein, wenn sie stehen geblieben war. Und weitergegangen sein, wenn sie weitergegangen war. Denn der Abstand war und blieb derselbe. Sie drehte sich noch einmal um, aber da war er verschwunden. Das große Zittern, dachte sie und seufzte. Zu viel Verkehr, zu viele Menschen, dazu die Hitze und ihr niedriger Blutzuckerspiegel. Sie stieg die Treppe hinauf und betrat die enge alte Konditorei. Sie war fast leer, und Orla ließ sich ganz hinten im Lokal auf einen Stuhl fallen. Mit der Serviette trocknete sie sich die Stirn und lehnte den Kopf gegen die Wand. Sie versuchte sich auf das zu konzentrieren, was sie von Thierry Martin erfahren hatten.

Zwischen den beiden Männern und dem Unbekannten bestand zweifellos eine Verbindung. Der Betreffende war dabei gewesen, als sie ein Auto kauften. Der Autohändler hatte angedeutet, dass der Mann wohlhabend gewirkt habe. Wahrscheinlich hatte er ihnen geholfen, den Kauf zu finanzieren. Aber welches Interesse hatte er daran? Ihr fielen die Augen zu. Der Concierge hatte gesagt, sie hätten nie Post bekommen. Wie konnte das sein? Fragen über Fragen. Sie zuckte zusammen, als die Bedienung einen Teller mit Saucisson und Cornichons vor sie stellte. Sie aß langsam, legte wie zu Hause in Norwegen Wurst und Gurken oben auf das Brot. Der gut angezogene Mann musste kein Franzose sein. Dem Autohändler zufolge hatte er kein Wort gesagt. Auf dem Tisch vor ihr stand warm und dampfend schon eine *Tarte Tatin*, und mechanisch schob sie sich warme karamellisierte Apfelstückchen mit Sahne in den Mund. Keiner der Bewohner des Mietshauses hatte die Studenten zusammen mit anderen gesehen. Es könnte ein Landsmann auf Besuch gewesen sein.

Sie schob den Teller mit dem halb aufgegessenen Kuchen weg und trank den Kaffee aus. Wenn der Betreffende eine Rolle spielte, würde er schon wieder auftauchen.

Mühsam kam sie wieder auf die Beine. Der Schlafmangel und die Hitze ließen den Gedanken an das Büro wenig verlockend erscheinen. Sie legte das Geld auf die Rechnung und ging zur Polizei. Pineau wartete.

23

Das Besprechungszimmer dampfte wie eine Sauna. Die lauten Stimmen der Männer und der wenigen Frauen erfüllten den Raum. Zwar waren alle Fenster weit geöffnet, das erhöhte aber lediglich das Lärmniveau. Orla setzte sich auf einen Stuhl an der Wand und sah sich rasch um. Roland saß ganz vorn. Die Tür ging auf. Marchal und Pineau traten zusammen ein. Pineau warf die Unterlagen auf den Tisch und ließ sich auf den Stuhl fallen. Dabei stöhnte er kurz auf.

»Lassen Sie uns das rasch hinter uns bringen!«, knurrte er und schlug an ein Glas mit Eistee. Das hellblaue Oberhemd klebte ihm am Körper. Sein hochrotes Gesicht wirkte barsch. »Was haben Sie, Marchal? Zwei Morde mit einem Tag Zwischenraum im selben Mietshaus? Und nicht einen Schritt weiter als nach der Ermordung des ersten Mannes?« Er griff nach dem Glas, als packe er einen unartigen Jungen im Nacken. »Ich schufte immer noch in der Sache mit dem ermordeten Industriellen und seiner Geliebten. Verdammt personalaufwendig!« Er leerte das Glas in einem langen Zug. »Wir können uns keinen weiteren Doppelmord leisten, mit dem wir nicht weiterkommen. *Mir* wird die Presse das Fell über die Ohren ziehen.« Wieder stöhnte er in der Hitze. »Nun?« Er schenkte sich Tee nach. Marchal referierte kurz die Details.

Pineau lehnte sich zurück. »Also beide Ausländer. Was meinen Sie, geht es dabei um organisierte Kriminalität? Drogen?«

»Wir haben nur wenig konkrete Anhaltspunkte«, räumte Marchal unwillig ein. »Bisher wissen wir nicht einmal mit Sicherheit, ob die beiden Morde miteinander zu tun haben.« Er wand sich. »Es gibt keine Zeugen. Die Mordwaffe wurde nicht gefunden. Zwar gab es an der ersten Leiche einen Fingerabdruck, aber der passt zu nichts, was wir sonst haben. Und wir sehen bislang kein eindeutiges Motiv.«

»Das alles weiß ich schon«, seufzte Pineau. »Sie haben deprimierend wenig Neues vorzuweisen.« Die am nächsten Sitzenden konnten etwas von Lahmarschigkeit und Unfähigkeit in den eigenen Reihen hören.

»Wir haben noch einmal die gesamte Nachbarschaft befragt«, erklärte einer, der nahe dem Fenster saß. »Keine Menschenseele konnte uns irgendetwas erzählen. Ungünstiger Zeitpunkt«, ergänzte er erklärend. »Mitten in der Nacht.«

»Auch das ist bekannt«, unterbrach ihn Pineau. »Hat sonst jemand etwas?« Stille.

»Falls Sie etwas aus rechtsmedizinischer Sicht hören möchten …?«

»Doktor Os?« Er drehte sich zu ihr um. Jemand hustete. Oder war das ein ersticktes Lachen? Er nannte sie immer *Doktor* Os, wie um klarzustellen, wo sie seiner Meinung nach hingehörte. Dass »os« im Französischen »Knochen« bedeutet, war für viele ihrer Kollegen Anlass zu chronischer Belustigung. »Ist Dr. Berlier nicht da?«

»Dr. Berlier ist für den Rest der Woche auf einem Kongress in den USA.«

»Ach so.« Er trommelte mit den Fingern auf dem Papierstapel vor sich. In einer Ecke hustete jemand. Orla legte sich eine Hand auf den Hals. Spürte, dass sich schon wieder diese verflixten Flecken ausbreiteten.

Pineau schaute niemanden direkt an. »Sie haben noch etwas, Doktor Os? Ich dachte: Tod durch Messerstich bei beiden, war es nicht so?«

»Jedenfalls mit einem spitzen Gegenstand.«

Er wandte sich ihr zu. »Und?«

»Die direkte Todesursache war bei beiden Opfern ein relativ tiefer Schnitt durch die Halsarterie rechts, direkt über dem Schlüsselbein.« Sie hielt inne. Bewegte sich auf dem Stuhl hin und her. Er hatte ihr kleines Zögern beobachtet.

»Nun?«

»Beide Schnitte sind an der rechten Halsseite.« Endlich sah sie ihn an. »Aber die Männer sind ganz sicher von vorn ermordet worden. Die Richtung und der Winkel des Einstichs erhöhen die Wahrscheinlichkeit, dass der Täter Linkshänder sein könnte. Die Art, wie die Schnitte ausgeführt wurden, ist in beiden Fällen nahezu identisch.«

»Mit anderen Worten, beide sind auf dieselbe Weise ermordet worden?«

Sie nickte.

»Dieselbe Waffe?«

»Das ist noch unklar. Ich sage, dass die Ausführung der Schnitte identisch ist. Dass beide Morde in derselben Weise ausgeübt worden sind. Und auch an derselben Körperstelle des Opfers.«

Er beugte sich vor. »Sagen Sie nicht im Grunde, dass beide Morde von ein und derselben Person ausgeführt wurden?«

»Das ist wahrscheinlich, ja. Aber ich kann es selbstverständlich nicht belegen, Herr Untersuchungsrichter.« Sie sah ihm direkt in die Augen. Diese Aussage würde er Dr. Berlier nie durchgehen lassen. Aber sie hatte die Freiheit, ihm so zu antworten.

Er kniff die Augen zusammen und fixierte sie. »Sie sprechen ein verflixt verständliches Französisch, Doktor Os«, sagte er langsam.

»Wir warten noch immer auf die Ergebnisse einiger Analysen«, fuhr sie fort, verärgert, weil sich eine leise Anerkennung seinerseits in ihr wie eine Erleichterung breitmachte. »Alle inneren Organe sind gesund. Keine Nadeleinstiche oder andere Anzeichen für Drogenabhängigkeit. Nasenscheidewand normal. Analysen zum Nachweis von Medikamenten oder Drogen sind bislang negativ.« Ganz automatisch zählte sie alle Untersuchungen auf, deren Ergebnisse sie keinen Schritt weitergebracht hatten. »Wir haben auch über STIC geprüft, um herauszufinden, ob vergleichbare Fälle mit dieser Tötungsmethode belegt sind, finden aber nichts, das unserer exakt entspricht. Natürlich gibt es viel zu viele Fälle, die unseren ähneln.« STIC, das *Système de Traitement de l'Information Criminelle*, war die Datenzentrale, in der die Kriminalpolizei Informationen zu früheren Fällen gesammelt und geordnet hatte. Schließlich holte sie tief Luft. »Uns fehlt auch jede Erklärung für die Tatsache, dass das erste Opfer fast nackt aufgefunden wurde. Wie sich zeigte, stammten die Wunden an den Geschlechtsorganen von Ratten und nicht von Messern.«

»Das alles ist gut und schön, Doktor Os.« Pineau hatte seinen Tee ausgetrunken. »Aber Sie sagen doch letztlich auch nichts anderes, als dass wir kein Stück weitergekommen sind.« Er wandte sich Marchal zu, der düster vor sich auf den Tisch starrte.

»Am Opfer Nummer eins liegt uns, wie gesagt, ein Fingerabdruck vor«, sagte er. »Aber dafür haben wir bislang keine Entsprechung. Keine Funde von biologischem Material vom Mörder am und im Umfeld des Opfers Nummer zwei. Das ist alles.«

»Marchal, Ihnen stehen alle Ressourcen zur Verfügung, die wir erübrigen können.« Der Untersuchungsrichter schob energisch den Stuhl vom Tisch zurück. »Nicht nur ich erwarte schnellstmögliche Fortschritte.« Er wandte sich mürrisch den Polizeibeamten zu: »Gehen Sie los und tun Sie etwas!« Es klang wie ein Missionierungsauftrag. Er unterstrich seine Worte gestenreich. »Stellen Sie den Tatort erneut auf den Kopf, lassen sie Ihrer Phantasie freien Lauf, Herrgott nochmal!« Mühsam erhob er sich von dem allzu engen Stuhl und griff nach seinen Papieren.

Darauf verließ er mit der Miene eines Märtyrers den Raum, um sich der Meute der Presseleute zuzuwenden. Diese Berufsgruppe und den Kontakt zu ihnen fürchtete er noch mehr als weibliche Ärzte.

24

Martine saß in einer stillen Ecke im »Chez Maître Paul« und wartete auf Orla.

»Zehn Jahre!« Sie drückte lange ihre Hand. »Ist das möglich?« Sie setzten sich. »Das muss gewesen sein, ehe du und Alain uns alle mit eurer Heirat überraschten.« Sie unterbrach sich. »Ich hoffe, es geht dir gut?« Sie wurde ernst und sah Orla prüfend an.

Das ist keine Höflichkeit, dachte Orla verwundert. Das ist aufrichtiges Interesse. »Ja«, sagte sie ganz aufrichtig. »Ich kann nicht klagen.« Sie sah das zertrümmerte Auto vor sich, als es abgeschleppt wurde. Zwei Jahre Ehe waren jäh und brutal zu Ende gewesen. »Ich habe viel zu tun. Aber es macht mir Spaß«, sagte sie und lächelte.

Martine betrachtete sie einige Sekunden schweigend. Dann plötzlich gestikulierte sie aufgeregt mit beiden Händen und rief: »Ach ja! Das hätte ich beinahe vergessen!« Sie legte ein flaches Päckchen in goldfarbenem Papier auf den Tisch. »Nur eine Kleinigkeit.« Sie schob es zu Orla hinüber. »Ich habe mich so gefreut, dass du mich nach so langer Zeit wieder angerufen hast.«

»Aber meine Liebe!« Orla nahm überrumpelt das Päckchen entgegen.

»Pack es aus! Ich hoffe, es gefällt dir.« Martine schaute sie gespannt an. »Ich erinnerte mich an den aparten roten Schimmer deiner Haare. Und stellte mir vor, dass die Farbe perfekt passen müsste.«

Es war ein langer, schmaler goldgelber Seidenschal. In eine Ecke war in einem dunkleren Goldton mit zierlichen kleinen Buchstaben O.O. gestickt. Am anderen Ende war ein Schildchen mit dem Namen des Modehauses befestigt. Der Schal musste ein kleines Vermögen gekostet haben.

»Wahnsinnig schick. Vielen, vielen Dank, Martine. Ich weiß wirklich nicht, was ich sagen soll!« Vorsichtig fuhr sie mit dem Finger über die weiche Seide. Legte den Schal langsam wieder zusammen und zurück in das Papier. Sie würde schon eine Gelegenheit finden, ihn zu tragen.

»Ich freue mich, dass er dir gefällt.« Martine lachte. »Übrigens musst du nicht viel mehr als das sagen, worüber du mit mir reden wolltest.« Sie musterte Orla neugierig. »Ich bin wirklich fast aus allen Wolken gefallen, als du *mich* anriefst«, gestand sie. »Ich habe dich als die begabte Freundin Alains in Erinnerung. Er hat so oft von dir gesprochen.« Sie blinzelte ihr zu. »Jetzt im Nachhinein kann ich ja zugeben, dass ich überzeugt war, du würdest nach Hause fahren und eines Tages Norwegens erster weiblicher Präsident werden.«

»Noch haben wir einen König«, lächelte Orla.

»Ja, natürlich. Das habe ich ganz vergessen. Oder Professorin für Atomphysik oder irgendsoetwas, von dem ich nie etwas begriffen habe. Du bist also hiergeblieben?« Sie sah Orla fragend an. Als hätte sie etwas ganz Außerordentliches getan, am anderen Ende der Welt ehrenamtlich humanitäre Arbeit geleistet, oder als wäre sie einem Nonnenorden beigetreten.

»Ich glaube nicht, dass mein altes Vaterland einen großen Verlust erlitten hat, weil ich nicht zurückgekehrt bin. Ich bin nicht gerade der Paul Bocuse der Medizin«, erklärte sie trocken.

»Das muss für deine Schwiegereltern ein furchtbarer Verlust gewesen sein. Mit Alain. Ich erinnere mich daran, dass sie große Erwartungen in ihn setzten«, sagte Martine vorsichtig.

»Das kannst du wohl sagen.« Orla schwieg. Hier saß sie und redete mit einem fast vollkommen fremden Menschen über so private Dinge. Aber Martine hatte etwas, das es ihr leicht machte, über Vertrauliches zu sprechen. »Alain war ihr Ein und Alles«, fuhr sie fort. »Er hatte einen brillanten Kopf und war in allem, was er anfing, immer der Beste. Dabei gleichzeitig so entspannt und unaufgeregt. Nicht so aufgeblasen wie viele der Oberklassenjungens hierzulande. Er machte nie viel Wesens von sich.« Sie sah an Martine vorbei und heftete den Blick auf den Fensterrahmen. »Aber am Schlimmsten war der Verlust wohl für mich. Er hatte so viele positive und amüsante Seiten. Sodass ich nie fand, ich bräuchte andere Menschen als ihn. Und da wir nur zwei Jahre zusammen hatten, war ich nie an den Punkt gekommen, von ihm genug zu haben. Oder seine weniger angenehmen Seiten kennenzulernen, die er doch bestimmt auch hatte.« Sie schluckte. »David hingegen, der hat die elterlichen Erwartungen nie erfüllt, wenn ich das so sagen darf. Verrückt, oder? Aber David und den Eltern geht es gut.« Sie lächelte leicht. »Nur leider bleiben die Enkel aus, das ist wohl schlimm. Aber was kann man erwarten, wenn sich die Söhne solche Frauen aussuchen? Die eine Schwiegertochter ist Ausländerin und hat einen im Grunde unaussprechlichen Job. Der andere Sohn lebt einfach nur mit einer Frau zusammen und hat das nach fünfzehn Jahren immer noch nicht legitimiert – eine Frau, die Messingschmuck und Räucherstäbchen in einem winzigen Laden im 6. Arrondissement verkauft. Sieht aus, als sei sie gerade vom Woodstockfestival nach Hause gekommen mit ihren langen Locken und den flatternden Samtgewändern. Nicht gerade *haute noblesse*, weder sie noch ich.«

Martine lachte herzlich. »Herrlich! David war nicht leicht zu zähmen. Er ist immer seine eigenen Wege gegangen. Entschied sich für anderes als das, was man vielleicht erwartet hatte.« Sie neigte den Kopf zur Seite und sah Orla an. »Er hat wohl recht bequem in Alains Schatten gelebt, möchte ich meinen?«

Orla zuckte die Achseln. »Das hat er wohl. David und Nathalie haben immer gemacht, was sie wollten. Sie brannten Räucherstäbchen ab und rochen nach ätherischen Ölen, sodass es einem in ihrer Nähe schwindlig wurde. Das tun sie übrigens immer noch«, lachte sie. »Ich glaube, seine Eltern werden eines Tages noch dankbar sein, dass er von nichts anderem abhängig war als von seinem eigenen Freiheitsgefühl.«

Martine kicherte. »Ja, ich treffe David und Nathalie ja immer noch. Aber du, wie steht es mir dir?« Sie wurde ernst. »Wie gefällt dir dein Job?« Sie sah sie an. »Ich muss ehrlich zugeben, dass ich geglaubt hatte, du würdest nach Alains Tod deine Stelle als Rechtsmedizinerin aufgeben.«

Orla spielte mit der weißen gestärkten Serviette. »Ich habe als Ärztin aufgehört und stattdessen bei der Polizei angefangen.« Sie lächelte gequält. »Du kannst dir nicht vorstellen, was für einen Aufstand das gab! Die meisten betrachteten meine Entscheidung als Ergebnis mentaler Verwirrung. In gewisser Weise war es das auch. Aber es war eine bewusste Entscheidung. Damals war ich völlig am Ende.« Sie legte die Serviette auf den Schoß und nahm das Hauptgericht in Augenschein, *Sole à la Meunière* – in Butter gebratene Seezunge mit Zitrone und Petersilie. »Ich begreife nicht, warum das so unerhört sein soll. Die Leute machen doch andauernd Umschulungen. Aber ich habe meinen rechtsmedizinischen Hintergrund und bin jetzt dem Mordkommissariat der Polizei als Sonderermittlerin zugeordnet.« Sie lächelte, als sie Martines erstaunten Blick sah. »Wie steht es übrigens mit deinen Russischkenntnissen?«

»Brauchbar, wenn ich das so unbescheiden sagen darf. Ich habe immerhin vier Jahre in dem Land zugebracht. Klar, dass ich Russisch gelernt habe. Fast kein Mensch sprach dort Englisch oder Französisch. Im letzten Sommer bin ich noch einmal hingefahren. Da waren fast neun Jahre vergangen, seit ich zuletzt dort gewesen bin. Alles hatte sich sehr verändert.« Orla bekam einen längeren Bericht über die sozialen und politischen Veränderungen in den letzten zehn Jahren.

Am Ende entschloss Orla sich, Martine zu fragen. Sie musste auf ihre Fragen Antworten bekommen. Es gab keinerlei Anhaltspunkte, dass die Männer kriminell waren. Sicher war lediglich, dass sie selbst kriminellem Tun ausgesetzt gewesen waren. Sie richtete sich auf.

»Ich möchte dich in einem Fall um Hilfe bitten«, sagte sie langsam.

25

Drei Stunden später verließen die beiden Frauen das Restaurant und schlenderten die Rue Monsieur le Prince hinauf. Eng zusammengedrückt lagen kleine Geschäfte und Restaurants an einer der ältesten Straßen der Stadt. Die Touristen und Fußballfans hatten in größeren und kleineren Gruppen die Stadt eingenommen. Sie saßen dicht gedrängt in den neuen Sushi-Restaurants, die wie Pilze aus dem Erdboden geschossen waren. »Touristen und Studenten«, sagte Martine und packte Orlas Arm. »Sitzen wie Sardinen in der Büchse und essen rohen Fisch.« Vor einem Fenster blieben sie stehen und betrachteten die Tabletts mit den fertigen Fischröllchen. »Lieber Gott, was wäre ich nervös wegen der Hygiene!«, rief Martine. »Vermutlich würde ich mir zuerst die Fingernägel des Kochs ansehen!« Sie kicherte.

Orla knuffte sie in die Seite. »Jetzt bist du aber voreingenommen! Vielleicht sollten wir es irgendwann auch mal probieren?«

Energisch schüttelte Martine den Kopf. »Ich nehme für mich das Privileg in Anspruch, für gewisse Dinge schon zu alt zu sein. Roher Fisch gehört eindeutig dazu. Den verträgt meine Verdauung nicht!«

Orla lachte. »Aber Innereien und rohes Pferdefleisch sind okay?«

Martine sah sie begeistert an. »Du sprichst von Delikatessen!« Sie spazierten in aller Ruhe weiter. Die Luft war erfüllt von Essensgerüchen.

Martine blieb stehen. »Weißt du was? Von August an fahre ich jedes Wochenende hinaus aufs Land. Ich habe dort ein herrliches Wochenendhaus.« Sie gingen wieder weiter. »Ich wünschte, du könntest mich dort mal besuchen. Es würde dir gefallen. Es gibt nichts, das besser Stress abbaut, als auf dem Land zu sein und in einem Garten zu wühlen. Ich habe dort Obstbäume, Beerenbüsche, Kräuter und ein bisschen Gemüse. Natürlich nur Sachen, um die man sich nicht viel kümmern muss. Ich würde uns was zu essen machen – aber gekocht oder gebraten, das verspreche ich!«

Orla lächelte. »Das klingt vielversprechend. Warum nicht?« Sie wurde ernst. »Wenn wir diesen Fall hier zu Ende gebracht haben. Vorher werde ich wohl kaum ein ganzes Wochenende frei haben.«

»Ich werde tun, was ich kann, um zu helfen«, sagte Martine. »Vermutlich ist es nicht viel, was ich beitragen kann, aber ich kann es versuchen. Es muss jedenfalls möglich sein herauszufinden, ob offiziell etwas gegen die beiden vorliegt, und auch, ob die Personalien stimmen.«

Orla fand, das klang ermutigend. »Wie willst du vorgehen?«

»Ich kenne viele Menschen in Kiew. Journalisten, Hochschullehrer. Irgendwer wird in der Lage sein, mir zu helfen.« Sie gestikulierte eifrig. »Zuerst werde ich zu einem Journalistenfreund Kontakt aufnehmen. Wir haben eine Weile für dieselbe Zeitung gearbeitet. Ein energischer Mann. Wenn er eine Spur hat, recherchiert er und ist nicht aufzuhalten. Er war glühender Antikommunist und gehört wohl heute zu den tief Desillusionierten. Die Götter wissen, wie es ihm heute gehen mag.« Unschlüssig sah sie Orla an. »Ich weiß nicht mal, ob er noch dort ist. Er sprach eine Art Französisch, da er jahrelang französische Sprache und Geschichte studiert hatte. Als ich dorthin kam, neu war und nichts und niemanden kannte, hat er sich sehr um mich gekümmert. Ich glaube, er fand es amüsant, endlich Französisch sprechen zu können. Andere Gründe gab es selbstverständlich nicht«, ergänzte sie selbstironisch. Martine blieb stehen und überlegte. »Ich hatte außerdem eine gute Freundin, die Medizin studierte. Sie ist heute Ärztin, aber der

Beruf hat dort wenig Prestige und ist obendrein schlecht bezahlt. Sie fungiert wohl mehr als eine Art Sozialarbeiterin, fürchte ich. Wir haben uns immer wieder geschrieben.«

»Du glaubst, sie kann uns weiterhelfen?« Orla merkte, dass ihr Zweifel an ihrem Vorhaben kamen.

Martine zuckte die Achseln. »Wir müssen's einfach probieren. Du hattest doch Kontakt zur Polizei dort. Ergebnislos, oder?«

Orla nickte. »Natürlich. Aufgrund von bürokratischen Hemmnissen und Sprachschwierigkeiten war die Kommunikation von vornherein hoffnungslos. Sie haben sich dort nicht gerade die Beine ausgerissen. Wir haben mehrmals versucht, Kontakt aufzunehmen. Interpol hat zu den beiden übrigens auch nichts.«

Martine schüttelte den Kopf. »Was hattest du erwartet? In den richtigen Milieus findest du immer jemanden, der für Geld mordet. Die Polizei kann wenig ausrichten, es gibt überall zu wenig Polizisten und zu viel Korruption und Gleichgültigkeit.« Sie unterbrach sich. »Ich habe eine lange Liste alter Freunde, das sind alles potenzielle Helfer. Wenn es über die beiden Studenten überhaupt etwas zu wissen gibt.« Sie drehte sich zu Orla um. »Im Herbst werde ich für einen viermonatigen Studienaufenthalt dorthin fahren. Sogar bezahlt! Halleluja!« Sie lachte. »Irgendwelche Vorteile sollte doch so ein armer Hochschullektor haben!« Dann wurde sie aber gleich wieder ernst. »Ich liebe das Land. Mir tut das Herz weh, wenn ich sehe, in welchem Zustand es sich befindet.«

Orla konnte jetzt keine Beschreibung des Elends ertragen. »Mein Auto steht gleich dort unten«, sagte sie schnell. »Beim ›Hotel Trianon‹.«

Martine blieb stehen und fasste sie am Arm. »Sag mal, kannst du nicht einfach am Samstag mitfahren, zu mir raus aufs Land?« Sie hielt Orlas Arm fest und sah sie begeistert an. »Nur eine Stunde Fahrt. Es würde dir bestimmt guttun!«

Orla stutzte. Daran hatte sie noch gar nicht gedacht, schon

lange nicht mehr. Dass ihr etwas guttun könnte. »Ja«, antwortete sie, obwohl sie wusste, dass sie es sich im Job nicht leisten konnte. »Sehr gerne. Aber um fünf muss ich zurück sein.«

»Wunderbar!« Martine strahlte. »Ich hole dich kurz vor neun ab. Du kannst den Vier-Uhr-Zug zurück nehmen. Ich bringe dich zum Bahnhof.«

Sie waren beim Hotel angekommen. Martine blieb vor dem kleinen Eingang stehen. »Hast du ›En cas de malheur‹ mit Brigitte Bardot und Jean Gabin gesehen? Gedreht Ende der Fünfziger.« Träumerisch schaute sie an der bescheidenen Hotelfassade nach oben. »Einige Szenen wurden hier gedreht. Ich glaube, ich habe alle ihre Filme zweimal gesehen. Sie entspricht nicht ganz dem modernen Frauenideal, aber ich fand sie fantastisch. Besonders als ich sehr jung war.«

Orla schüttelte den Kopf. »Bei uns war sie nie so groß wie bei euch. Und es war etwas vor meiner Zeit.« Sie holte die Autoschlüssel aus der Tasche. »Große Begeisterung habe ich seither nicht aufbringen können, weder für ihre schauspielerische Leistung noch für ihre Erscheinung.«

Martine lachte. »Sei vorsichtig! Du sprichst von einem der Nationalheiligtümer! Der Dame ist es damals wirklich gelungen, dass sich Tausende von uns minderwertig vorkamen.«

Orla lachte. »Soll ich dich nach Hause fahren?«

Martine schüttelte den Kopf. »Nein, danke. Ich gehe ins Hotel und bitte sie, mir ein Taxi zu bestellen. Dann kann ich gleich noch mal die Atmosphäre schnuppern. Vermutlich ist jetzt alles enttäuschend modern. Nicht mal die Andeutung der Bardot-Aura wird da drinnen übrig sein.«

»Sag mal: soll ich am Samstag was mitbringen?«

»Nichts! Ich habe eh immer viel zu viel dabei.« Martine küsste Orla auf beide Wangen. »Ich freue mich wirklich. Und nicht zuletzt über den Auftrag, den du mir gegeben hast. Das gibt mir einen Vorwand, alte Freunde wieder mal anzurufen. Auf deine Rechnung!« Sie winkte und verschwand im Hotel.

Orla startete den Motor und sah ihr nach. Als Martine außer Sicht war, fühlte sie eine nagende Unruhe, die sie sich nicht erklären konnte.

Als sie sich der Wohnung näherte, klingelte ihr Handy.

»Wo bist du?«

Ihr Herz schlug einen Purzelbaum und pochte bis zum Hals. »Im Auto. Fast zu Hause.«

Einen Moment war es still. »Ich muss dir etwas gestehen«, sagte Pascal Bernachon, ehe ihr etwas Gescheites einfiel. »Ich stehe schon davor. Eine Stunde lang habe ich vorbeigehende Touristen studieren, ihre Nationalität, ihr Geschlecht und ihr Alter erraten können, ich kenne die architektonischen Details der Dachkonstruktionen und der Gesimse ringsum, und ich weiß alles über Flora und Fauna des Parks neben deinem Haus.« Sie öffnete den Mund, aber er kam ihr wieder zuvor. »Denn«, sagte er, »ich wollte nicht erst anrufen und womöglich abgewiesen werden. Nach der letzten Dummheit habe ich damit gerechnet, in die äußerste Dunkelheit verstoßen zu werden.«

Was ist nur los mit mir, dachte Orla. Sie war doch wirklich nicht ganz bei Trost. Da fuhr sie mit pochendem Herzen die Straße entlang und war einfach glücklich.

»Ich hatte gehofft, wenn ich hier stehen und einfach warten würde«, fuhr er fort, »wäre das Buße genug, um für eine Weile mit hinein in die Wärme genommen zu werden.«

Sie fuhr langsam die Straße hinunter und sah ihn, wie er am Zaun des Parks lehnte. »Du hast Ideen«, sagte sie, als sie den Türcode eingab. »Hier hättest du noch lange stehen können.«

»Darauf war ich vorbereitet«, sagte er munter. »Mein Schlafsack liegt versteckt unter einem der Büsche im Park.«

Sie sah ihn belustigt an. »Vergiss ihn nicht, wenn du wieder gehst.«

Die Tür zur Wohnung im Erdgeschoss ging auf, und die

Nachbarin kam mit der Mülltüte in der Hand heraus. »Oh! Liebe Güte, ist da jemand?«

Orla nickte und grüßte. »Ich bin's nur.« Pascal hatte sich schon auf die Treppe verdrückt. Die Frau sah mit zusammengekniffenen Augen in seine Richtung. Er nickte kurz und ging langsam weiter treppauf. Orla lief hinter ihm die Treppe hinauf. »Magst du keine alten Damen?«, kicherte sie und nahm seinen Arm.

»Bist du verrückt, die sind wunderbar!«, flüsterte er und drückte ihren Arm. »Aber weißt du denn nicht, dass alte Damen es nicht mögen, wenn junge Frauen abends Herrenbesuch mit nach Hause bringen?« Er grinste. »Ich denke doch an deinen guten Ruf.«

»Ich weiß nicht genau, was alte Damen mögen oder nicht«, sagte sie trocken und schloss auf. »Jedenfalls wohne ich hier und mache, was ich will.«

Er blieb abrupt stehen. »Was für eine tolle Wohnung!«

Orla verschwand in der Küche. »Was möchtest du?« Aus dem Augenwinkel sah sie ihn vor einem Foto von sich mit Alain stehen, aufgenommen auf dem Rasen vor dem Haus, in dem ihre Schwiegermutter aufgewachsen war, einem Château in der Normandie, mit parkartiger Anlage und angrenzenden großen Wäldern, wo man sich zur Jagd versammelte. Eines der wenigen Fotos, die sie herumliegen hatte. Und mit dem sie sich alternativ unterhielt, wenn sie genug davon hatte, mit ihrem Spiegelbild zu reden. »Mein Mann«, sagte sie nur. »Vor dem Haus, in dem meine Schwiegermutter aufgewachsen ist.«

»Der Mann, der alles hatte«, hörte sie ihn sagen. »Sogar dich.«

Er war in die Küche gekommen. Sie öffnete den Kühlschrank. »Du hast die Wahl zwischen Wasser und ... Wasser.«

»Hm«, sagte er. »Da muss ich kurz überlegen.« Er hatte sich dicht neben sie gestellt. Sie drehte sich um und öffnete den Schrank über der Spüle. »Oder Kaffee.«

Sie drehte sich zu ihm um, und er zog sie an sich. Ihr schoss durch den Kopf, dass sie ihn gar nicht kannte und dass es zu früh war und dass sie sich gerade selbst aus einem Morast gezogen hatte, der sie langsam zu verschlingen drohte. Und während die Vernunft sie bat, sich auf sicheren Grund zu schleppen, solange es noch möglich war, spürte sie gleichzeitig, wie wunderbar es war, auf diese Weise zu versinken. Nichts wollte sie lieber. Ihr Körper fühlte sich gleichzeitig schwer und schwerelos an.

»Darauf habe ich weit mehr als eine Stunde gewartet«, murmelte er und küsste ihren Hals. »Könnte ich jetzt bitte die restliche Wohnung zu sehen bekommen?«

26

Das Telefon riss Orla aus einem tiefen, ersehnten Schlaf.

»Bist du wach?« Sie erkannte Pascals Stimme sofort. »Was hältst du von einem schnellen Frühstück, ehe ich nach Tours fahre? Ich habe dort einen Termin mit einer Maklerfirma.«

Schlaftrunken schaute Orla auf den Wecker. Halb sieben. »Frühstück? Ich frühstücke nie, und jetzt soll ich ausgerechnet an einem Samstag zum Frühstück lossausen? An meinem freien Tag?«

Er lachte und klang unbegreiflich ausgeruht und gut gelaunt. »Ich hatte nicht unbedingt damit gerechnet, dass du vor Freude über meinen Vorschlag an die Decke springen würdest. Es war auch mehr ein Vorwand, um deine Stimme zu hören, ehe ich losfahre.« Es wurde still. »Überhaupt, danke noch mal«, sagte er leise.

Orla war kurz davor, das Frühstücksangebot doch anzunehmen, aus der Tür zu stürzen und sich ins Auto zu werfen. »Wann fährst du?«

»Mehr oder weniger sofort. Ich bin heute Abend zurück.«

»Warum um alles in der Welt fährst du nach Tours? In Paris gibt es doch sicher mehr als genug Makler?«

»Das ist aber in der Region, in der unser Unternehmen angesiedelt ist«, sagte er geduldig. »Außerdem entscheiden wir uns immer gezielt für bestimmte Personen und Firmen. Ich lege Wert auf ihr Renommee. Und wo die meiner Meinung nach besten arbeiten, entscheide ja nicht *ich*.« Er lachte. »Wir arbeiten auch mit einer Maklerfirma in Paris zusammen, wenn dich das interessiert.«

»Hör mal, Pascal, wie wäre es, wenn wir uns heute Abend treffen, wenn du zurück bist?« Sie sollte sich mehr zurückhalten! Aber nun war es zu spät. Zum Teufel mit den ganzen Verabredungen und dem Job und allem, was plötzlich zwischen ihnen stand.

Er zögerte einen Moment. Sofort interpretierte sie das als Zögern und spürte, wie ihr Herz wegrutschte.

»Mehr als gern«, sagte er schließlich. »Bist du um neun Uhr fertig?«

»Sicher.« Sie würde dafür sorgen, dass sie bis dahin fertig war.

»Wo treffen wir uns denn?«

»Ich bin im 14. Arrondissement, Passage Montbrun. Weißt du, wo das ist?«

»Ich glaube schon.« Er schien zu überlegen. »In der Nähe der Kirche St. Pierre de Montrouge, an der Metrostation Alésia, oder irre ich mich?«

»Donnerwetter!« Sie war beeindruckt. »Hoffentlich hast du recht. Ich kenne die Gegend überhaupt nicht.«

Sie hörte ihn am anderen Ende fast lächeln. »Aber ich. Verlass dich mal auf einen Mann, wenigstens dieses eine Mal. Um neun Uhr vor dem Kirchenportal.«

»Ich bin da.« Sie legte auf und war froh, dass niemand das törichte Grinsen sehen konnte, als sie wieder unter die Decke kroch.

Eine Stunde später stand sie auf. Sie legte sich in die Badewanne und blieb so lange darin liegen, bis das Wasser kalt war. Der Kaffee, den Marchal gekauft hatte, wirkte Wunder. Sie öffnete die Fenster und drehte die Musikanlage voll auf. Bekleidet mit einem riesigen Bademantel tanzte sie in einem herrlichen Duett mit Georges Brassens herum. *»Tout le restant m'indiffè-è-re, j'ai rendez-vous avec vou-u-us«*, grölte sie und registrierte verwundert ihre gute Laune. War es nur das Telefonat mit diesem Mann, weshalb sie so abhob?

Sie setzte sich an den Schreibtisch und hörte auf die Geräusche, die von der Straße zu ihr heraufdrangen. Ließ sich Zeit, um ihr Notizbuch nachzutragen. David hatte irgendwann einmal hineingeschaut und kopfschüttelnd behauptet, es dokumentiere ein neurotisches Seelenleben. Er konnte sie mal gerne haben. Ein bisschen strukturiert zu sein, schadete wirklich nichts.

Um halb neun verließ sie die Wohnung. Im Treppenhaus begegnete sie dem älteren Ehepaar aus der ersten Etage. Sie schleppten schwere Taschen und Einkaufstüten. Das Auto war schon für ihren Wochenendbesuch auf dem Lande voll beladen. Orla bot an, der Frau eine Tasche zu tragen.

»Meine Liebe, Sie dürfen auf keinen Fall schwer tragen.« Sie trat einen Schritt zurück und schüttelte energisch den Kopf. »Wir haben ja gehört, was Ihnen Schreckliches passiert ist!« Sie sah Orla voll Mitgefühl an. »Ich habe es von Ihrem Bruder gehört, als er hier war«, ergänzte sie erklärend. »Wie gut, dass Sie eine Familie haben, die zur Stelle ist, wenn so etwas passiert.«

Orla nickte und überlegte, ob das sarkastisch gemeint war. Sie meint vermutlich meinen Schwager, dachte sie. War David in der letzten Zeit hier gewesen? Oder hatte die Frau ihn am Tag nach dem Überfall getroffen? Sie mochte nicht fragen. Das Paar kannte weder David noch sonst jemanden aus der Familie.

»Mir geht es gut.« Sie lächelte. »Ich kann gerne eine Tasche nehmen.«

Der Mann hob abwehrend eine Hand. »Nein, das kommt gar nicht in Frage. Das schaffen wir gut allein. Aber vielen Dank.«

Die Frau klopfte ihr freundlich auf den Arm. »Sie sollten uns in Fontainebleau besuchen kommen. Sie wissen ja gar nicht, wie schön es dort ist.«

Orla bedankte sich und sagte, sie würde gern einmal kommen, wenn sie Zeit hätte. Sie erzählte ihnen nicht, wie viel Zeit sie dort zugebracht hatte, im Sommerhaus ihrer Schwiegereltern.

Als sie auf der Straße stand, seufzte sie erleichtert auf. Martine musste jeden Moment kommen, und sie beschloss, bis zu dem kleinen Park zu schlendern und dort zu warten. Die Hauswände auf beiden Seiten waren mit Efeu bewachsen. Es gab dort üppige Büsche, die Bäume spendeten angenehmen Schatten. Ein Paar saß eng umschlungen auf einer Bank. Auf einer anderen Bank lag ein Jugendlicher und schlief, den Rucksack hatte er sich unter den Kopf geschoben. Kaum zu glauben, dass eine solche Idylle im Dunkeln so furchteinflößend werden konnte.

Sie schüttelte die unangenehme Erinnerung ab und zog einen Stadtplan von Paris aus der Tasche. Roland wohnte im 14. Arrondissement, in der Passage Montbrun. Die Gegend war ihr völlig unbekannt. Der Karte zufolge war es am einfachsten, die Metro zu nehmen. Vom Bahnhof aus musste sie nicht mal umsteigen, die Linie fuhr direkt zur Metrostation Alésia an der Avenue du Général Leclerc. Von der zweigte die Rue Bezout ab, und dann ging man direkt auf die Straße zu. Sie schaute noch einmal genauer hin, ehe sie den Stadtplan schloss. Pascal hatte recht. Die Kirche lag gleich dort und eignete sich ausgezeichnet als Treffpunkt.

Verwundert fiel ihr auf, dass ein Mann aus einem anderen Landesteil die Stadt besser kannte als sie. Vielleicht wohnte ja eine ehemalige Freundin von ihm in der Gegend? Mit einem Stich von Eifersucht und auch ein bisschen ängstlich wurde ihr bewusst, dass sie von seinen früheren Frauengeschichten nichts wusste. Sie steckte den Straßenatlas in die Tasche. Solche Spekulationen waren die reine Zeitverschwendung. Außerdem war das Vergangenheit. Sie hatte ja ebenfalls eine Vergangenheit. Er hatte sie nicht mit Fragen danach bedrängt. Und sie beschloss, die Vergangenheit ruhen zu lassen. Jetzt und zukünftig, darauf kam es an.

Martine hupte fröhlich, als sie am Bürgersteig anhielt.

27

Nach einer Stunde Fahrt über Land tauchte Martines Häuschen auf: ein niedriges weißes Haus, fünf Kilometer vom nächsten Dorf entfernt, das ganz für sich am Rande eines Kornfeldes lag. Dahinter stand eine Gruppe alter Eichen. Herrliche Blumen rahmten die weißen Wände ein.

»Was für eine Idylle!«, rief Orla überwältigt. »Hast du ein Glück!«

»Ja, nicht wahr.« Martine war in ihrem Element. »Komm, ich zeig dir alles.«

Das Haus war sehr einfach und sparsamst möbliert. Küche, Wohnzimmer, zwei kleine Schlafzimmer, alle mit Steinfußboden. Die eine Ecke des Wohnzimmers nahm ein großer offener Kamin ein. Martine hatte sich als Luxus nur ein kleines Bad mit Dusche gegönnt.

»Das ist jetzt das Schönste hier«, sagte Martine stolz. Sie waren in den Garten gegangen. Er war umgeben von einer anderthalb Meter hohen Mauer, vollständig überwuchert von Geißblatt, Clematis und Kletterrosen. Genau wie die Vorderseite des Hauses und die beiden Seitenwände. Was für ein Anblick! In einer Ecke des Gartens lag ein kleiner Geräteschuppen.

»Hier kann ich meine kreativen Seiten entfalten«, lachte Martine und zog Orla mit sich zum anderen Ende des Gartens, wo verschiedene Sorten Gemüse wuchsen, außerdem in großen Töpfen Kräuter und Lavendel. In der Ecke gegenüber standen ein kleiner Pflaumenbaum, ein Kirschbaum und Himbeerbüsche.

»Machst du Wein?« Die Weinranken an der Südwand bogen sich.

Martine schüttelte den Kopf. »Mein Vater hat bisher jedes Jahr viel Mühe und Leidenschaft darauf verwandt, einige Flaschen Weißwein zu produzieren, aber er ist furchtbar. Ich mag ihn nicht mal probieren.«

Sie gingen zum Ende der Mauer. Durch eine hölzerne Pforte gelangte man in den Garten auf der Vorderseite des Hauses. Auf beiden Seiten der Pforte ragte majestätisch eine hohe Blauzypresse auf. Martine drehte sich zu Orla um. »Jedes Mal, wenn ich hierherkomme, denke ich, dass sie inzwischen viel zu groß geworden sind und zu sehr dominieren. Aber ich schaffe es einfach nicht, etwas dagegen zu unternehmen. Irgendwie gehören sie genauso hierher wie ich.« Sie seufzte. »So ist das mit dem Eigentum.«

Sie gingen ins Haus und öffneten die Fensterläden. Die warme Luft strömte in die kühlen Räume. Martine hatte aus dem Garten ein paar Rosen mitgebracht. Sie schnupperte ein paarmal an den gefüllten Blüten in kräftigem Rosa und hielt sie Orla hin. »Viel näher kann man perfekter Schönheit doch gar nicht kommen, findest du nicht auch?« Sie stellte den Zweig in eine kleine Vase, dann ging sie hinaus, um das randvolle Auto auszuladen. »Das meiste gönne ich mir hier«, erklärte sie Orla, die mit großen Augen den gefüllten Kofferraum betrachtete. »Unter der Woche lebe ich ausgesprochen einfach. In der Cafeteria der Universität esse ich eine Kleinigkeit, das ist alles.«

»Und was machst du so, wenn du hier draußen bist?«

»Lesen. Im Garten buddeln. Stundenlang kochen.« Sie

reichte Orla zwei der überquellenden Einkaufstüten. »Oft kommen Freunde um die Mittagszeit vorbei. Habe ich im Restaurant erwähnt, dass David dann und wann herkommt? Er und Nathalie.« Martine richtete sich auf. »Die meisten wissen, dass ich immer hier bin, wenn ich frei habe. Hin und wieder überlege ich, ob sie eher wegen einer guten Mahlzeit herkommen oder um mich zu treffen.« Sie reichte Orla noch zwei Tüten. »Gar nicht schön, so über gute Freunde zu reden«, schimpfte sie mit sich selbst.

Während Martine plauderte, schaute Orla sich um. Ein idyllisches Häuschen, sehr einsam gelegen. Zwei Kilometer zum nächsten Nachbarn. So weit das Auge reichte, gab es außerhalb des Gartens nur bestellte Felder und ein paar Baumgruppen. »Wie ist es so, hier draußen ganz allein zu sein? Ich denke an die Abende und Nächte«, fragte sie vorsichtig. »Man muss wohl nicht sonderlich ängstlich sein, um sich an einem solchen Ort im Dunkeln leicht ein bisschen zu fürchten?«

Martine schob eine Haarsträhne aus der Stirn. »Früher habe ich darüber nie nachgedacht«, sagte sie langsam. »Jetzt lese ich Meldungen von Gewalttaten und Überfällen mit anderen Augen, und manchmal denke ich, die Dunkelheit wirkt anders auf mich als früher«, räumte sie ein. »Vielleicht, weil ich älter geworden bin. Oder weil die Welt tatsächlich gefährlicher geworden ist?« Jetzt wirkte sie fast bedrückt. »Ich hoffe sehr, es ist nur das Alter…« Sie klappte den Kofferraumdeckel zu. »Lass uns nicht daran denken. Die Sonne scheint!«

»Ich habe viel an die Geschichte gedacht, von der du mir im Restaurant erzählt hast«, sagte Martine, als sie später mit einem Glas Orangensaft auf der Terrasse saßen. »Gleich nachdem wir darüber geredet hatten, rief ich meine Freunde an.« Orla betrachtete schweigend Martines zufriedene Miene, während sie von den Gesprächen mit ihren russischen Bekannten erzählte. Und wenn nichts weiter dabei herauskam, war es auf jeden Fall eine schöne Einleitung geworden zu Martines Besuch dort im kommenden Herbst, dachte sie und spürte wieder das nagende Gefühl, ein unsicheres Projekt angestoßen zu haben.

»Sie haben sich den Auftrag notiert«, sagte Martine und spazierte in die Küche. »Das Reden besorgte wie üblich ich«, lachte sie. »Genau wie jetzt auch.« Martine erzählte, dass sie die Freunde nur gerade so weit in den Fall eingeweiht hatte, dass sie wussten, worum es sich handelte. Zunächst einmal wollten sie die Familien der ermordeten Männer aufsuchen.

Orla saß stumm auf einem Küchenstuhl und hörte zu, aber nur mit halbem Ohr. Ihre Gedanken schweiften ab, sie war so überrumpelt von dem, was Martine von David gesagt hatte. Sie hatte nicht gewusst, dass die zwei seit dem Studium noch so viel Kontakt hatten. Aber was wusste sie schon von Davids Privatleben? Und warum hatte er ihr nicht Martines Adresse gegeben, als sie ihn angerufen hatte?

»Sie rufen im Lauf der nächsten Tage an.« Martines Stimme holte sie aus ihren Gedanken. »Ich habe ihnen auch deine Telefonnummer gegeben.« Martine schaute auf die Uhr. »Komm. Wir machen uns eine Kleinigkeit zu essen«, sagte sie und zündete das Gas an. »Kannst mir ein bisschen helfen. In Bezug auf Kochkunst hast du ja ein wenig Nachholbedarf.«

Orla lachte. »So kann man es natürlich auch ausdrücken! Korrekter wäre: In der Küche bin ich eine Katastrophe. Mir misslingt selbst das Toastbrot.«

»Andouillette. Mm!«, kündigte Martine an und warf sie in die Pfanne. »Wir bereiten diese Innereienwurst *à la lyonnaise* zu, mit Schalotten, Petersilie und etwas Essig. Ich finde, die mageren und etwas trockenen Rouen-Würste in Schweinedarm sind die besten.« Orla war einen Schritt zurückgetreten. Martine schien es nicht zu merken. Sie briet mit den Würsten kleine Schalotten, und als sie gar waren, goss sie etwas Essig darüber. Auf der Platte gab sie die Soße aus der Pfanne über die Würste und bestreute sie reichlich mit Petersilie. »Mir läuft das Wasser im Munde zusammen«, rief sie.

Sie nahmen Brot, Würste und Wein mit nach draußen und

setzten sich an den kleinen schmiedeeisernen Tisch auf der Terrasse. Martine aß mit gutem Appetit. Orla nahm nur etwas Brot.

»Möchtest du nicht doch ein bisschen Wurst, Orla?«

Orla schüttelte energisch den Kopf. »Innereien kann ich nicht essen. Nie im Leben«, sagte sie und knabberte an der knusprigen Kruste des frischen Landbrots. »Außerdem bin ich später noch zum Essen eingeladen. Mach dir also keine Gedanken.«

Martine schnaubte. »Wie – du kannst keine Innereien essen! Ist das nun so ein Unterschied, ob ich Keule esse oder irgendetwas im Naturdarm?«

»Ja, Martine. Ja ja ja. Und lass uns das nicht weiter diskutieren. Das ist schwieriger als die Frage, ob Gott existiert.«

»Aber ein kleines Glas Wein?« Sie hielt Orla die Weinflasche hin und zeigte auf das Etikett. »Dazu sagst du aber nicht nein.«

Orla ahnte, dass es sich um etwas Gutes handeln musste. »Danke, gerne. Aber ich sage dir gleich, das ist Perlen vor die Säue, denn ich habe keine Ahnung von Wein.« Sie nahm das Glas, das Martine ihr reichte. »Interessierst du dich für Wein?«

»Und wie. Ich bin im Vorstand einer Organisation, die daran arbeitet, die Kenntnisse über französischen Wein im Ausland zu verbessern«, sagte sie mit unverhohlenem Stolz. »Wir haben gute Verbindungen zu den meisten großen Weinproduzenten. Wir vermitteln ihnen die Kontakte und helfen ihnen dabei, Besuche von Touristen zu arrangieren. Führungen und solche Sachen.«

»Die meisten großen Weinproduzenten?« Orla spürte, dass sie errötete.

»Ja, die meisten.« Martine nahm das letzte Stück Wurst.

Orlas Herz klopfte schneller. »Kennst du die Produktion der Familie Bernachon im Touraine-Distrikt?«

»Ja, natürlich.« Martine wischte sich mit einer Papierserviette den Mund ab. »Die sind im Loiretal führend. Von dort sind in den letzten Jahren ein paar unglaublich gute Weine gekommen.« Sie legte die Hand mit der Serviette auf den Schoß und sah Orla prüfend an. »Wie geht das zusammen, dass du dich nach einem bestimmten Produzenten erkundigst, wo du selbst kaum Wein trinkst?«, fragte sie neugierig.

»Ich bin neulich bei einer Veranstaltung der Bank Bernachon junior begegnet.« Sie bemühte sich um einen leichten Ton, aber Martines Augen ruhten auf ihrem Gesicht, und sie spürte, wie ihre Gesichtsfarbe noch eine Nuance intensiver wurde.

»Du willst doch nicht etwa sagen, dass ...«

»Er hat sich meiner erbarmt, als ich auf meinen Schwiegervater wartete«, sagte sie schnell. »Sehr netter Mensch. Unkompliziert und unprätentiös.«

Martine drehte ihr Glas und lächelte verschmitzt. »Ihm bin ich auch schon begegnet.«

»Ach? Wann denn?« Der Eifer verriet sie.

»Sogar zweimal. Es ist jetzt zwei Jahre her, aber ich erinnere mich gut an ihn. Wir waren mit einer Gruppe Amerikaner dort zu einer Führung.« Sie lächelte breit und sah geradezu entzückt aus. »Doch, ganz meine Meinung, flotter Typ. Auch nett, fast ein bisschen bescheiden, oder?« Sie stellte die Teller zusammen. »Ich werde nicht nach Einzelheiten fragen.«

»Es gibt keine Einzelheiten, nach denen du fragen könntest«, unterbrach Orla sie heftig und klapperte mit dem Besteck.

»Nein, nein, ich merke das schon.« Martine war aufgestanden und klopfte ihr auf die Schulter. »Bestimmt hast du auch kein Interesse, ein paar ungemein schicke Videoaufzeichnungen zu sehen, die ich zu Hause habe. Du weißt schon, die wir für die Werbung brauchen, mit Interviews von diesem Mann, vom Gut und seinem Ursprung?«, fragte sie auf dem Weg in die Küche wie nebenbei.

Orla ging langsam hinter ihr her. Sie stellte sich neben Martine, wandte ihr aber den Rücken zu. »Weißt du, Martine, doch, ich glaube, das habe ich doch. Aber frag mich nicht, warum oder was mit mir los ist. Das will ich nämlich gerade selbst herausfinden.«

Martine goss kochendes Wasser über den frisch gemahlenen Kaffee. »Ich sollte dich und Bernachon eines Tages mal zum Essen einladen«, sagte sie kurz. »Ich rufe ihn am Wochenende an.« Sie reichte Orla die Kaffeetassen. »Jetzt setzen wir uns in den Garten. In einer halben Stunde musst du zum Bahnhof.«

Martine hatte aufgeräumt und abgewaschen, nachdem Orla gefahren war. Alles stand an seinem Platz, sie hatte geduscht und die Abendnachrichten im Fernsehen gesehen. Inzwischen war es halb acht. Der Gipfel des Luxus würde sein, sich mit einem Buch und einem Glas Champagner in den Garten zu setzen. Sie reckte sich zufrieden. Was mehr konnte man sich wünschen? Ihr fiel nichts ein.

Aber zuerst musste sie gießen. Die Erde war knochentrocken. Sie nahm den Gartenschlauch und ging systematisch durch den ganzen Garten. »Morgen gibt es mehr«, sagte sie, während sie den Schlauch aufwickelte. Pflanzen waren lebendige Wesen, die es mochten, wenn man mit ihnen sprach, hatte sie gelesen. Sie redete immer laut mit ihnen, während sie sie begoss, und sie fand, das half gegen das leise Nagen, das Orlas präzises Nachfragen verursacht hatte.

Martine öffnete eine Flasche Champagner und schenkte sich in ein hohes Glas ein. Dann nahm sie sich ein Buch und trug beides in den Garten. Die Blüten des Geißblatts dufteten intensiv, die altmodische Kletterrose ebenfalls. Ihr war beinahe schwindlig, mehr noch von den Düften als vom Champagner. Der Liegestuhl, den sie vor drei Jahren gekauft hatte, lehnte an der Hauswand. Er hatte etwas von einer Chaiselongue und war so teuer gewesen, dass Martine dem Ladenbesitzer fast böse war. Natürlich hatte sie ihn schließlich doch gekauft, und die Investition hatte sich gelohnt. Ordentlicher Bambus, wunderbare daunengefüllte Kissen und eine verstellbare Rückenlehne. Sie zog den Stuhl auf die Platten, warf die Kissen darauf und sank mit einem Aufseufzen auf das Wunder.

Sie versuchte ein paar Seiten zu lesen, aber es gelang ihr nicht, sich zu konzentrieren.

Das war die schönste Zeit des Tages, abgesehen vielleicht von den frühen Morgenstunden. Die Düfte waren intensiver, die Temperatur angenehm kühl, das Licht klar. Die niedrig stehende Sonne tauchte die Umgebung in ein warmes, terrakottafarbenes Licht, das wie eine weiche Decke über der Landschaft lag.

Sie hatte es sich zwischen den weichen Kissen gemütlich gemacht und konzentrierte sich nun wieder auf das Buch. Nach einer halben Seite merkte sie, es war sinnlos. Die angenehme Schwere nach gutem Essen und Wein siegte. Sie legte den Kopf aufs Kissen, und die Augen fielen ihr zu. Bald würden die Terrasse und der Liegestuhl im Schatten liegen. Ein Windhauch ging durch das Laub, und im nächsten Augenblick war sie eingeschlafen.

28

Um halb sechs stieg Orla an der Haltestelle Alésia aus der Metro.

An der Place Victor Basch, einem hektischen und lauten Verkehrsknotenpunkt, von dem aus Avenuen und Boulevards sternförmig in alle Richtungen gingen, wurde sie jäh aus der ländlichen Idylle geholt, in der sie sich seit dem Vormittag befunden hatte. Sie riss sich zusammen, sah sich um und orientierte sich auf der Karte. Pascal hatte recht, dachte sie. Die Kirche St. Pierre de Montrouge thronte majestätisch gegenüber. Sie bildete einen Punkt, auf dem das Auge ruhen konnte, wo sich nicht alles in schwindelerregendem Tempo bewegte. Orla ging die Avenue du Général Leclerc hinunter und gelangte nach wenigen Minuten zur Rue Bezout. Die Sträßchen neben der Avenue zu betreten, war wie eine Tür hinter sich zu schließen zu einem abgeschirmten Raum, dachte Orla und ließ entspannt die Schultern fallen. Jedenfalls in den weniger bekannten Stadtteilen. Enge Straßen, schmale Bürgersteige und deutlich weniger Verkehr. Ein kleiner Obst- und Gemüsemarkt hatte noch geöffnet. Sie spazierte zwischen den Ständen herum und entschied sich für ein Kilo Herzkirschen. In einer Konditorei kaufte sie drei Erdbeertörtchen. Als sie bezahlt hatte, fiel ihr Marchals Vorliebe ein, und sie kaufte noch zwei weitere.

Kaum fünfzig Meter weiter lag die Passage Montbrun. Roland hatte ihnen das Haus beschrieben, in dem er wohnte, es sei neuer als die übrigen. Zwischen die anderen Häuser der Straße hatte man zwei moderne Wohnblocks mit Mietwohnungen gesetzt. Mit dem Flachdach und den Balkonen, die sich über die gesamte Hausbreite vor jedem der drei, vier Stockwerke hinzogen, ähnelten sie weißen Bauklötzchen. Die Gebäude brachen auffällig mit der Architektur der Gegend im traditionellen Pariser Stil. Marchal würde wieder mal begeistert sein.

Als sie klingelte, öffnete Roland sofort. Legte eine Hand auf die Hüfte, die andere auf den Türrahmen. Der eisblaue Blick blockierte den Eingang weit mehr als sein Körper. Jemand müsste ihm mal von dieser Marotte erzählen, dachte sie. Er starrte sie an.

»Ein ganz neues Erlebnis, einer Kollegin in dieser Weise zu begegnen.« Er verzog das Gesicht zu einem schiefen Lächeln und nahm das Obst und das Gebäck, das sie ihm reichte. »Komm und leiste mir in der Küche Gesellschaft. Marchal ist noch nicht da.«

Sie blieb im Flur stehen und sah sich diskret um. Es war eine Dreizimmerwohnung. Eine Wand des Flurs war mit Fotografien bedeckt. Auf einer stand er auf Skiern, nur mit Shorts und Sonnenbrille bekleidet, braungebrannt und lächelnd vor dem weißen Schnee. Sie schaute weg. Im Grunde komisch, dass er nie für irgendein Modehaus auf dem Catwalk gegangen war und stattdessen in den Gassen von Paris Verbrechern nachjagte. Dieses Aussehen war eindeutig ungesund und würde ihn eines Tages korrumpieren.

Das Wohnzimmer war hell und gemütlich. Ein Sofa mit vielen großen Kissen beherrschte den Raum. Ringsherum lagen Bücher und Zeitschriften. Sport. Computer und Natur. Zwei dicke Kochbücher. Auf einem kleinen Tisch neben dem Sofa stand eine große blaue Keramikschale mit Obst. Das Blau war dasselbe wie in den beiden großen abstrakten Ölgemälden über dem Sofa. Sie trat näher und schaute sie sich genau an. Die Farben waren mit großzügigen Strichen aufgetragen. Sie strahlten förmlich. Sie wurde beim Betrachten richtig heiter. Die Bilder waren signiert, aber die Schrift ließ sich unmöglich deuten.

»Die sind wirklich toll«, rief sie. »Wer ist der Künstler?«

»Ein Bekannter«, sagte er, ohne sich umzudrehen. »Du kennst ihn nicht, er ist nicht berühmt.«

Sie warf einen Blick auf ein riesiges Bett im Schlafzimmer. Am Fußende stand ein Computer auf einem Tisch. Auf einem Stuhl daneben lagen Kleidungsstücke. Hier musste eine Frau wohnen, überlegte sie. Aber sie konnte sich nicht überwinden, ihn zu fragen.

Roland stand in der kleinen Küchenzeile und rührte in einer flachen Pfanne. Er sah zu ihr. »Entschuldige die Unordnung.«

Sie schüttelte den Kopf. »Ich find's gemütlich.«

»Gestern reichte die Zeit nicht mehr zum Aufräumen. Ich war mit dem Essenkochen erst heute Nacht um zwei Uhr fertig. Wenn man erst einkaufen, kochen und dann anschließend noch Landkarten studieren soll.« Humorvoll funkelten seine schmalen Augen. »Ich fürchte mich ein bisschen vor Frauen, weißt du, deshalb habe ich mich nicht getraut, nein zu sagen.«

Lächelnd stellte sie sich neben ihn. Im Topf lag farcierter Tintenfisch und köchelte vor sich hin. Auf dem Tisch stand ein fertiger gepresster *Jambon persillé,* bereit, aufgeschnitten zu werden. Beim Anblick der gekochten Schinkenstücke mit der frischen Petersilie, zusammengehalten von einem Gelee, dem keine Gelatine zugesetzt war, sondern Weißwein, Schalotten und Knoblauch, lief ihr das Wasser im Munde zusammen. Sie starrte darauf, als handele es sich um den Tatort eines gerade entdeckten Mordes. »Chef Roland«, rief sie. »Das ist echt profimäßig!«

»Letztendlich ist die Grundlage einfach, nämlich ein gutes totes Schwein«, erklärte er und betrachtete sie von der Seite.

»Willst du damit sagen, dass du diesen Schinken gemacht hast?«, fragte sie ungläubig.

»Von Anfang an«, lächelte er. »Das ist nicht so schwierig. Du darfst nur bei den Zutaten keine Kompromisse eingehen.« Er richtete die Scheiben auf einer Platte an. »Magst du vielleicht das Brot schneiden?« Er gab ihr das Messer. »Dann machst du dich auch ein bisschen nützlich.«

Es klingelte. Marchal trat kurz darauf ein und stellte sich mit missvergnügtem Blick an die Balkontür. Roland kam ihm zuvor.

»Such uns einen Aperitif aus, Hervé. In dem Schränkchen dort an der Wand stehen ein paar Flaschen. Nimmst du nicht am liebsten Sherry?«

Marchal nickte mürrisch. Roland trocknete das Messer ab und holte ihnen drei kleine Gläser. »Und da du spekulierst, wer der Bauherr dieser architektonischen Perle ist, kann ich dir sagen, ich bin es nicht. Ich bin nur ein überarbeiteter, unterbezahlter Angestellter im öffentlichen Dienst, der hier zufällig wohnt.« Er schenkte ein und hob das Glas. »Herzlich willkommen.«

29

»Orlas Idee war gut. Das Angenehme mit dem Nützlichen zu verbinden – so nutzt man am besten die Zeit«, sagte Marchal. Nach der Vorspeise wirkte er deutlich heiterer.

Roland begann die Schüsseln abzuräumen und kam mit einem Notizblock zurück. »Ich habe gestern Abend Karten studiert, bis mir die Augen tränten«, sagte er. »Eigentlich war es nicht besonders schwer, herauszufinden, welche Karte sie am häufigsten benutzten, da sie offensichtlich meistens im Auto gegessen haben. Es hat den Anschein, als wären sie von Paris aus durch Polen in die Ukraine gefahren. Wenn man nach Kiew will, ist das so auch am einfachsten.«

»Aber was sollten diese vielen Reisen?« Marchal sah fragend von einem zum anderen. »Sie sind so viel hin und her gereist, mit dem Auto und dem Flugzeug. Normale Studenten haben für so was doch echt kein Geld.«

Roland schüttelte den Kopf. »Vorläufig haben wir auch noch keine brauchbare Theorie. Das Auto wurde gestern auseinandergenommen.«

»Größere Mengen Alkohol, Zigaretten oder sonst was in so einem Auto zu schmuggeln, ist doch sinnlos«, unterbrach ihn Marchal und wischte seinen Teller mit einem Stückchen Brot ab. »Viel zu wenig Platz. Wir sahen ja außerdem, dass der Hund nicht reagierte.« Er unterbrach sein Kauen. »Was ist mit dem Autohändler? Bist du gestern bei ihm gewesen?«

Orla erzählte von ihrem gestrigen Besuch beim Autohändler.

»Eine dritte Person? Wer könnte das denn gewesen sein?« Marchal schob den Teller zurück. »Der ist auf jeden Fall wichtig für uns, selbst wenn er unschuldig ist wie ein kleines Kind.«

»Es war nicht möglich, von dem Händler eine ordentliche Beschreibung zu bekommen. Nur dass er gut angezogen war.« Sie spielte nachdenklich mit der Serviette. »Könnte es trotzdem sinnvoll sein, ein Bild von ihm anfertigen zu lassen? Es jedenfalls zu versuchen?«

Marchal nickte. »Keine schlechte Idee.«

»Und mit welcher Begründung sollen wir nach ihm fahnden, wenn wir mit dem Bild losziehen?«, fragte Roland. »Ich würde vorschlagen, damit zu warten.«

Orla schüttelte den Kopf. »Vielleicht taucht er in den Archiven auf. Das Problem ist lediglich, dass der Autohändler nicht den Eindruck macht, als erinnere er sich an das Aussehen des Mannes. Aber ich finde, einen Versuch ist es wert.«

Orla dachte an Martine. »Ich habe eine Alternative gesucht, um uns Informationen zu beschaffen.« Sie zögerte. »Ob es etwas bringt, weiß ich nicht. Vielleicht bekommen wir schnell ein Ergebnis, es kann aber auch völlig umsonst gewesen sein.«

Der Kontakt, den sie zu Martine aufgenommen hatte, erregte keine allzu große Begeisterung. »Es wird wohl nicht mehr als die Telefonrechnungen kosten«, sagte Marchal schließlich.

»Wurden im Auto irgendwelche Papiere gefunden?«

»Nichts. Vermutlich hatten sie alle Papiere bei sich.«

Roland stand auf und ging in die Küche. »Wir haben allen möglichen Müll gefunden, aber auch einige Fährfahrkarten, die zeigen, welche Routen sie genommen haben.« Er setzte sich wieder an den Tisch und schenkte den gekühlten Weißwein in die Gläser. »Helsinki–Travemünde, Turku–Stockholm und Umeå–Vasa.«

»In dieser Richtung?«, wollte Marchal wissen.

Roland nickte.

»Weißt du auch, wann sie gefahren sind?«

Wieder nickte Roland. »Die erste Reise war letztes Jahr im Dezember. Abgesehen natürlich von ihrer Ankunft in Frankreich, nämlich im August.«

»Also innerhalb der letzten zehn Monate«, fasste Orla zusammen. »Den Behörden zufolge haben sie seit August letzten Jahres eine gültige Aufenthaltsgenehmigung als Studenten.«

»Und was ist mit BRAMED?«, fragte Marchal. »Hast du dazu was herausgefunden?«

»BRAMED hat in vielen Ländern Niederlassungen, auch eine in Kiew«, berichtete Roland. »Die wurde 1990 eröffnet. Der Chef ist Belgier. Er sagt, die meisten Angestellten seien Ukrainer. Aber es gibt eine ganze Reihe von Nationalitäten in der Firma, einschließlich Franzosen. Er hat mir heute früh eine Übersicht gefaxt. Er konnte übrigens auch bestätigen, dass die beiden Studenten, wenn wir sie so nennen wollen, früher für die Firma gearbeitet haben. Es handelt sich um einen eher kurzen Zeitraum von ungefähr zwei Jahren. Beiden wurde gekündigt.«

»Gekündigt?«

Er nickte. »Sie waren in der Serviceeinheit angestellt, wie er es nennt: Putzen, Kantine, Abwasch und so etwas. Wie sich zeigte, hatten sie Einiges aus der gut ausgestatteten Personalkantine gestohlen. Kaffee, Tee, Zucker und solche Sachen. Die ganze Zeit verschwanden geringe Mengen. Bei einer Leibesvisitation der gesamten Belegschaft wurden sie eines Tages nach der Arbeit überführt.«

Roland stand auf und holte das Essen aus dem Backofen. »Aber zurück zu dem, worauf ich anfangs hinauswollte«, sagte er, legte jedem einen kleinen farcierten Tintenfisch auf den Teller und goss Soße darüber. »Als der Rücksitz herausgenommen wurde, fand man etwas, das daruntergeschoben war. Ohne dass es jetzt allerdings der ganz große Wurf wäre.« Er setzte sich. »Acht Stangen Zigaretten und eine Plastiktüte mit einem Bild.«

Sie sahen ihn verblüfft an. »Ein Bild?«

»Eine Ikone. Eine rechteckige Holztafel, mit Rissen und Craquelées. Ein Bildnis der Jungfrau Maria mit dem Jesuskind.« Er zuckte die Achseln und griff nach dem Besteck. »Dass sie sich die Mühe gemacht hatten, es zu verstecken, spricht natürlich für sich. Aber die Zigarettenstangen können kaum mehr als für den Eigenbedarf gewesen sein.«

»Eine Ikone«, rief Orla verblüfft. »Vielleicht waren die Studenten fromm.«

Marchal sah beide skeptisch an. »Wäre das Auto voller Bilder gewesen, könnte man ja Schmuggel vermuten. Aber die ganze Reise für ein Bild?« Er zuckte die Achseln. »Wäre es die Mona Lisa! Aber so? Na gut, überprüft werden muss es trotzdem.« Nachdenklich leckte er seine Finger ab. »Es könnten ja mehr Bilder im Auto gewesen sein, ehe wir den Wagen fanden.«

Orla runzelte die Stirn. »Über Ikonen weiß ich absolut nichts. Nur dass sie in der russisch-orthodoxen Kirche üblich sind.«

»Ikone bedeutet lediglich Bild. Oder Abbild, Ähnlichkeit«, sagte Roland. »Und Vorläufer findet man, soweit ich weiß, schon bei Wandmalereien. Zum Beispiel denen von Pompeji, in den römischen Katakomben oder den Pyramiden der Pharaonen.« Er aß in aller Ruhe weiter. »Das Malen selbst galt als heiliges Tun, und die Motive sind immer religiös. Die Künstler waren die Mönche in den Klöstern. Der Maler selbst blieb anonym, er war unwichtig.«

Orla legte Messer und Gabel auf den Teller. »Hey, du bist echt gut, Roland. Woher weißt du das?«

Er nickte zu dem Bücherstapel auf dem Fußboden, wo Orla unter anderem Themen wie Sport und Computer aufgefallen waren. »Ich hab ein Faible für Kunst«, sagte er einfach. »Das ist Kunst.« Er stützte das Kinn auf die Hand und starrte mit seinen auffallend eisblauen Augen vor sich hin. Dann sah er sie direkt an. »Im 13. Jahrhundert kamen die besten Ikonen aus Konstantinopel. Sie verbreiteten sich nach Nordwesten und wurden in Osteuropa sehr beliebt.« Er lächelte sie an. »Das ist eine lange und faszinierende Geschichte. Einige Ikonen sind ungeheuer kostbar. Andere sind kaum fünf Centimes wert. Aber sie sind schön.«

Orla lächelte zurück. »Du steckst voller Überraschungen, Roland. Von Rollesblades zu Ikonen. Was für ein Typ bist du eigentlich?«

»Sag's mir.«

»Ich könnte das Bild mitnehmen und bei dem einen oder anderen Spezialisten nachfragen. Zum Beispiel einem Kunsthistoriker oder einem Theologen«, schlug Orla vor.

»Tu das.« Marchal nickte. »Einfach einen neuen Hinweis bekommen. Und worauf es hindeuten kann – ob es Plunder aus Massenproduktion ist oder wertvoll, in erster Linie aber, ob es echt ist. In dem Fall müsste sich wohl ein anderes Dezernat der Sache annehmen.«

Roland holte den Straßenatlas von Paris. »Hier drin waren jede Menge Anmerkungen. In der Hauptsache bestanden sie aus Kreisen und Kreuzen. Allesamt einleuchtend. Universität, Studentenwerk, Sozialamt, Botschaft und Fremdenpolizei, um nur einige zu nennen.«

Orla sah ihn enttäuscht an. »Also keine privaten Namen oder Anschriften?«

Er schüttelte den Kopf. »Der Stadtplan ist haarklein untersucht. Auch die Vororte. Nichts.« Er legte eine kleine Pause ein. »Auffällig ist nur im 6. Arrondissement ein Längsstrich, der durch die Rue de Tournon über die Rue Visconti zur Rue Jacob geht und in der Rue des Saints-Pères endet.«

»Nichts weiter als ein Längsstrich?«

Er nickte. »Der Weg ist nicht lang. Du kannst das markierte Stück innerhalb von zehn Minuten abschreiten.«

Orla nahm sich den Atlas. »Das könnte der Weg zur Lieblingsbar sein oder zur Freundin. Wonach sollen wir dort schauen?«

»Vielleicht hat das nichts mit dem hier zu tun«, meinte Marchal und kratzte den letzten Rest Soße von der Platte. »Roland, lass uns doch auf deinem phänomenalen Balkon ein bisschen frische Luft schnappen. Das klärt die Gedanken.«

Sie stellten sich auf Rolands kleinem Balkon in den Schatten. Die Luft war angenehm, auch wenn es immer noch warm war. »Was haben wir denn eigentlich?«, fragte Orla. »Haben wir überhaupt irgendetwas?«

»Viel bestimmt nicht«, meinte Roland.

»Eine Ikone, ein Stück Straße im 6. Arrondissement, eine gewisse Reiseaktivität nach Osten.« Orla nahm den Kaffee, den Roland ihr reichte. Es war acht Uhr geworden. »Außerdem einen nicht identifizierten Mann, der die Studenten begleitete, als sie ein Auto kauften.«

»Es wäre doch sonderbar, wenn sie sich hier in der Stadt aufgehalten hätten, ohne sich mit irgendwem zusammen zu zeigen.« Roland schüttelte den Kopf. »Sollen wir denn alle, mit denen sie Kontakt hatten, als mögliche Mörder betrachten?«

»Vorläufig sieht es nicht so aus, als wäre das ein großes Problem.« Orla hatte nicht sarkastisch sein wollen. »Ich finde, Alice Dupont und der Concierge sind recht suspekt, auch wenn sie behaupten, nichts mit den Männern zu tun gehabt zu haben. Selbstverständlich weiß Madame, wem sie einmal die Zimmer verkauft hat.«

»Null Treffer übrigens im ›Figaro‹ des angeblichen Jahres«, sagte Roland. »Ich glaube nicht, dass es Sinn hat, der Spur noch weiter zu folgen, vage wie sie ist. Unendliche Mengen von Zeitungen und Jahrgängen, unter denen wir wählen können. Die spielt doch Blindekuh mit uns.«

Orla drehte sich zu Marchal um, der verstummt war. »Kann ich die Ikone in den nächsten Tagen mal mitnehmen?« Marchal nickte. »Wenn es geht, würde ich auch gern den Straßenatlas ausleihen. Ich möchte gern reinschauen.«

Marchal sah sie lange an, dann nickte er wieder. »Natürlich«, sagte er bloß. »Wenn du glaubst, das bringt was.« Er wirkte, als habe ihn plötzlich die Schwermut überfallen. »Ich werde morgen früh schon wieder Pineau treffen. Er sitzt mir dermaßen im Nacken. Insofern ist es ganz besonders unerfreulich, dass wir in diesem Fall keine echten Fortschritte vorweisen können.«

30

Kurz vor neun verließen Orla und Marchal gemeinsam Rolands Wohnung. Orla hatte vergeblich Marchal zu überreden versucht, noch eine Weile bei Roland zu bleiben. Aber er hatte sich nicht beirren lassen. »Der arme Mann wird den restlichen Abend brauchen, um hinter uns aufzuräumen. Er hat nicht mal einen Geschirrspüler! Wenn ich länger bleibe, riskiere ich, mithelfen zu müssen«, sagte er herzlos. Sie nahmen den Aufzug, und im Nu standen sie unten auf der Straße. »Wir müssen doch sowieso zur selben Metrostation«, sagte er stur.

Orla hatte gehofft, ihn abhängen zu können. »Ich bin an der Kirche mit einem Freund verabredet«, sagte sie und fühlte sich ertappt wie ein Teenager bei seiner ersten Liebesgeschichte. »Das ist noch ganz neu«, ergänzte sie ungeschickt. »Ich fand nicht, dass man darüber reden müsse.« Im Stillen bat sie Pascal Bernachon um Verzeihung, dass sie bei der erstbesten Gelegenheit die ganze Geschichte verleumdete.

»Na prima«, sagte Marchal gänzlich unberührt. »Im Privatleben oder genauer, was davon übrig sein mag, tust du natürlich, was du willst. Es ist beruhigend zu wissen, dass du nicht immer allein herumspazierst. Besonders im Hinblick auf die Episode neulich.«

»Wir sehen uns nicht sehr oft«, sagte sie und konnte nicht begreifen, warum sie das sagte. »Ach, da ist er ja schon.« Sie deutete auf die andere Straßenseite, wo Pascal an der Ecke der Kirche St. Pierre de Montrouge wartete. Sie winkte. Er überquerte die Straße und kam langsam auf sie zu. Orla stellte die Männer vor, beide grüßten nur kurz. Sie musterten sich gegenseitig.

»Ich sehe zu, dass ich die nächste Metro bekomme.« Marchal sah über ihre Köpfe hin zur Uhr der Metrostation.

»Ich nehme Sie gern im Auto mit, wenn Sie den gleichen Weg haben«, sagte Bernachon.

Marchal schüttelte den Kopf. »Danke, aber mit der Metro geht es am schnellsten. Die Station ist direkt vor meiner Haustür.« Er nickte ihnen kurz zu und verschwand.

Pascal Bernachon legte Orla einen Arm um die Schulter und gab ihr einen schnellen Kuss. »Wir müssen über die Straße. Ich habe hinter der Kirche geparkt.«

Orla hatte ungewöhnlich weiche Knie. Sie schob es auf Rolands Weißwein. »Wie war das Meeting in Tours?«

»Gut.« Er lächelte sie an. »Verstehst du was von Aktien?«

Sie schüttelte energisch den Kopf. »Ich habe keine Ahnung.«

Er lachte. »Genau. Ich nämlich auch nicht. Na ja, ich kenne mich schon aus, aber nicht gut genug. Jedenfalls nicht so gut, dass ich auf die Idee käme, mein Geld selbst zu investieren. Das überlasse ich Fachleuten. Aber ich bemühe mich, dranzubleiben, und ich glaube, manchmal habe ich einen guten Riecher.« Sie waren beim Auto angekommen, er schloss auf. »Der Riecher reicht aber nicht. Man braucht Profis, die sich auskennen. Deshalb habe ich mich für ein paar Makler entschieden, die das Geld für mich verwalten. Wenn es nötig ist, treffen wir uns, oft kurzfristig. Besonders, wenn es um die Transaktion großer Summen geht.«

Orla nickte und stieg ein. »Du hast heute also große Summen bewegt?«

»Das kann man so sagen.« Er lächelte. »Ich kann hören, wie du vor lauter Begeisterung und Interesse ganz aus dem Häuschen bist! Jedenfalls ist Tours eine schöne Stadt. Lass uns in der Nähe deiner Wohnung einen Kaffee trinken, dann begleite ich dich anschließend nach Hause.«

Orla ärgerte sich inzwischen über diese andauernde Fürsorge. »Ich habe gelernt«, sagte sie hitzig, »ich gerate nicht immer in solche Situationen.«

Er lächelte schwach. »Nicht, wenn ich es verhindern kann. Nun sei doch nicht so gereizt. Hattest du einen angenehmen Tag?«

Sie lehnte den Kopf zurück und schloss die Augen. »Sehr. Ein langer, gemütlicher Tag. Einige Stunden auf dem Lande. Danach ein recht gutes Essen. Das Angenehme mit dem Nützlichen verbunden.«

»Und? Kommt dabei etwas heraus? Wenn man das Angenehme mit dem Nützlichen kombiniert?«

»Unbedingt. Wir sind definitiv weitergekommen. Morgen wird viel zu tun sein.«

Er nickte zerstreut und konzentrierte sich auf den Verkehr. Sie verzichtete auf einen Kommentar. Sie hatte keine Lust, ihm zu sagen, er sei bei dem, was sie tue, auch nicht gerade vor Interesse aus dem Häuschen. Sie fuhren eine Weile schweigend durch die Stadt. Orla sagte nichts von Martine. Sie wollte nicht, dass er glaubte, sie spreche mit anderen über ihn. Er parkte in der Rue des Bernardins, und sie schlenderten die wenigen Meter bis zum nächsten Café.

»Wann darf ich dich wiedersehen?« Ruhig rührte er seinen Kaffee um. »Seit dem letzten Mal scheint eine Ewigkeit vergangen zu sein.«

Sie wand sich. Morgen stand so viel an, was erledigt werden musste. Sie musste heute einfach früher schlafen.

Er zuckte die Achseln. »Vielleicht morgen? Wir könnten bei mir essen. Ich weiß doch, dass du glücklich bist, wenn du nicht übers Essen nachdenken musst.«

»Ich weiß nicht.« Sie seufzte. »Im Moment ist viel zu tun. Ich bin mit allem so entsetzlich im Verzug. Können wir nicht morgen etwas ausmachen, wenn ich mehr Übersicht habe? Und einige Prioritäten festgelegt habe?«

Er strich sich die Haare mit einer ungeduldigen Bewegung aus der Stirn. »Da bin ich aber neugierig, ob ich auch auf der Prioritätenliste stehe.« Er sah ihr in die Augen. »Sag mal, wie viel bedeutet dir dieser Job eigentlich?«, fragte er langsam.

»Ist es so, dass alles andere prinzipiell an zweiter Stelle kommt? Oder täusche ich mich?« Er schob die Kaffeetasse zurück und fuhr fort, ohne ihre Antwort abzuwarten: »Ich will nicht in dein Leben einbrechen. Wirklich nicht. Aber man bekommt doch das Gefühl, dass man Glück hat, wenn du morgens um sieben ein bisschen Zeit opfern kannst oder abends um elf.« Er beugte sich vor und nahm ihren Arm. »Ich will auch mal ganz spontan einen ganzen Abend mit dir zusammen haben oder ein Wochenende. Ich will, dass nicht erst eine vorbereitende Runde vorgeschaltet wird und man sich abstimmen muss, als ginge es um eine verdammte Präsidentschaftswahl.« Er holte tief Luft. »Entschuldige«, murmelte er. »Wollte mich nicht so aufregen. Ich frage bloß.«

So sah also ihre Welt von der anderen Seite aus, dachte Orla mutlos. Es war hoffnungslos, Gefühle zu erklären, wenn er sie nicht selbst spürte. Seit sie ihm begegnet war, fühlte sie sich wie ein Raumschiff, das auf seiner Bahn kreiste. Um ihn herum und nur um ihn, ohne imstande zu sein, wieder auf die Erde zu gelangen und zu normalen Aktivitäten zu kommen. Und dann redete er von Prioritätenlisten!

»Ich glaube, ich will die Frage überschlafen«, sagte sie tonlos und stand auf. Sie verließen das Café, er begleitete sie nach Hause. Schweigend gingen sie nebeneinander her. Er hatte die Hände tief in den Taschen vergraben. Sie musste fast laufen, um Schritt zu halten. Die zwei Minuten bis zu ihrer Haustür wirkten auf einmal wie eine erdrückende Ewigkeit.

Er küsste sie auf die Stirn, als sie die Tür geöffnet hatte. »Ich rufe an.« Dann war er weg.

Orla blieb im Hausflur stehen und starrte vor sich hin. Langsam stieg sie die Stufen hinauf und wurde fast von David über den Haufen gerannt, der die Treppe heruntergerast kam.

»Bist du das?« Er lehnte sich ans Treppengeländer, atemlos und mit rotem Kopf.

»Was ist denn los?« Sie starrte ihn an. Solche Besuche hatten selten etwas Gutes zu bedeuten.

»Was los ist?« Er sah sie verständnislos an. »Das kannst du dir doch wohl denken, würde ich meinen! Bin ich nicht noch dein Schwager? Ich habe seit einer Ewigkeit auf dich gewartet.« Er ging die letzten Stufen zu ihr hinunter und legte ihr die Hände auf die Schultern. »Muss ein Ansuchen um eine Audienz schriftlich und in doppelter Ausfertigung eine Woche, ehe man kommen will, eingereicht werden?« Er beugte den Kopf zu ihr hinunter, sodass sich ihre Köpfe beinahe berührten. »Hör zu, Orla. *Eiskönigin* ... Musst du denn immer so verdammt kühl und formell sein?«

Orla starrte ihn erstaunt an. Was war denn los mit ihm? Nahm er etwas? »David!«, unterbrach sie ihn. »Das ist das späteste Pubertätsdebüt, dessen Zeuge ich geworden bin.« Sie trat einen Schritt zurück. »Was willst du eigentlich?«

Er runzelte die Stirn. »Nachsehen, ob du noch am Leben bist.« Seine Hände glitten von ihren Schultern. »Wenn man dich anruft, hört man, das Handy sei abgeschaltet. Oder erreicht den automatischen Anrufbeantworter. Deshalb habe ich mir erlaubt, mit dem Ersatzschlüssel herzukommen und auf dich zu warten. Ich nahm an, du würdest bald aufkreuzen.« Er ließ den Schlüssel, den er von ihr bekommen hatte, vorm Gesicht baumeln. »Wenn du dich erinnerst, haben wir alle einen gewaltigen Schrecken bekommen, als du überfallen wurdest.«

Orla suchte in der Tasche nach ihrem Handy. »Ich hatte es den ganzen Tag nicht eingeschaltet. Stimmt, das war idiotisch. Ich war heute zum Lunch eingeladen«, erklärte sie.

Er sah sie lange an. »Du solltest vielleicht doch mal daran denken, dich ab und zu bei deinen Schwiegereltern zu melden. Unabhängig davon, was du im Hinblick auf diese Verpflichtung fühlst.«

Sie schluckte. »Weißt du, ich habe die Nase so voll, die ganze Zeit etwas zu *müssen*. Ich habe ein schlechtes Gewissen wegen all der Dinge, die ich nicht tue, und obendrein auch für Etliches, was ich tue. Ich entschuldige mich weder dafür, keine

Zeit zu haben, um Menschen zu treffen, noch dafür, mir für Menschen Zeit genommen zu haben.«

Er klopfte ihr auf die Schulter. »Das sollte nur eine kleine Erinnerung sein. Mehr nicht.« Er stieg weiter die Treppe hinunter. »Ich soll Nathalie abholen und muss jetzt los. Kauf dir doch bitte ›Pariscope‹ und sieh nach, ob in der kommenden Woche was Interessantes los ist. Gern ein Klavierkonzert. Schau doch zum Beispiel beim Salle Pleyel nach. Am liebsten Chopin!«

Er war an der Haustür angekommen, und sein Rufen hallte nach oben. Als die Tür hinter ihm ins Schloss fiel, wäre sie beinahe in hysterisches Gelächter ausgebrochen. Klavierkonzert in der nächsten Woche! Der Sprung, sich einmal alle zwei Jahre zu treffen, zu einem Mal alle zwei Wochen, war heftig. Hätte er in seiner Praxis die Verantwortung für genauso viele tote Patienten wie sie, wäre ihm vermutlich nicht danach, die Tür abzuschließen, um zu einem Klavierkonzert zu gehen, wenn ihn die Lust dazu überfiel.

Sie schloss die Wohnungstür auf. Drinnen stellte sie sich vor den Spiegel im Flur und studierte ihre eigene dunkle Gestalt. Sie hatte alles viel zu viele Jahre einfach schleifen lassen. War auf denselben wohlbekannten Pfaden getrottet. Hatte einen tiefen Widerstand gegen jede Veränderung aufgebaut.

»Du musst zusehen, mal wieder in Gang zu kommen«, sagte sie laut zu der Gestalt im Spiegel. »Und neue und andere Denkbahnen einschlagen. Kreativer sein. Und weniger konform.«

Die Frau im Spiegel starrte feindselig zurück. »Und was soll das bringen? Änderung der Persönlichkeit? Wieder eine Umschulung?« Orla schwieg, die Frau im Spiegel ebenfalls. Sie starrten sich eine Weile an. Orla wandte sich ab. Sie musste aufhören, mit ihrem Spiegelbild zu sprechen. Aufhören, mit der Zahnbürste zu reden oder dem Brotmesser oder was sich gerade anbot, wenn sie ihre gesprächigen fünf Minuten hatte. Sie drehte eine Runde durch die ausgesprochen aufgeräumte Wohnung, ehe sie Jacke und Schuhe auszog. Auf der Hut zu sein war ihr in der letzten Zeit zu einer Gewohnheit geworden.

Das Haus war wie ein Fort. Um ohne Schlüssel in die Wohnung hineinzukommen, musste man eine Art umgekehrter Houdini sein. Die Räume gähnten sie an wie kleine Demonstrationseinheiten auf einer Möbelmesse. Alles war makellos. Und trotzdem fehlte das Wichtigste, fand sie. Die Seele des Hauses. Als wäre sie im Grunde noch gar nicht eingezogen, auch wenn sich in dieser Wohnung alles befand, was sie besaß. Sie blieb stehen und betrachtete das Wohnzimmer. Was macht eine Wohnung zu einem Zuhause?, fragte sie sich. Wie definierte man den Wohlfühlfaktor? War es nicht das kleine bisschen an Persönlichem, das nichts mit dem Preis oder dem Design der Möbel zu tun hatte?

Orla zog die Schuhe aus und spazierte ruhelos durch die Wohnung. Rückte hier eine Vase zurecht. Fuhr mit dem Finger über ein Regal. Nahm ein Buch auf, das eigentlich bereits ordentlich auf Kante an der Tischecke lag. Es sah nicht so aus, als sei jemals jemand da gewesen, nicht einmal sie selbst.

In der Küche öffnete sie den leeren Kühlschrank. Zum Glück war sie so geistesgegenwärtig gewesen, Wasser zu kaufen. Sie nahm eine Flasche mit ins Schlafzimmer. Das Essen bei Roland hatte sie durstig gemacht.

Eine Weile saß sie auf der Bettkante und trank in kleinen Schlucken direkt aus der Flasche. Das Ticken des Weckers auf dem Nachttisch nervte sie. Ärgerlich steckte sie ihn tief unter das Kopfkissen und warf sich aufs Bett. Nach ein paar Minuten nahm sie das Telefon und gab Pascals Nummer ein. Er war sofort dran.

»Was machst du gerade?« Verdammt auch, sie klang ja wie eine frisch verliebte Vierzehnjährige.

»Nichts«, sagte er mit neutraler Stimme. »Lese zum dritten Mal die Zeitung von heute.« Und nach einer Pause: »Denke an dich.«

Sie versuchte sich zu erinnern, was sie früher am Abend von

Vernunft und Prioritäten und wartenden Aufgaben am Arbeitsplatz gesagt hatte. Auf einmal war alles wie weggeblasen. Dieser verdammte Druck und das Gefühl, in einer riesigen Plastikblase zu sein, deren Wände wegen des zunehmenden Vakuums stetig näher rückten, war einfach zu viel.

Sie nahm Anlauf. »Im Grunde ging es viel schneller, über die Aufgaben und Prioritäten nachzudenken, als ich vermutet hatte.«

»Ja?«

Sie fühlte sich sicher. »Ich will mit dir zusammen sein. Alles andere wird sich finden«, sagte sie ruhig.

Am anderen Ende war es still. »Ich warte einfach, dass du selbst herausfindest, was du willst«, sagte er schließlich. »Du musst herausfinden, wann die Zeit reif ist.«

Sie legte auf und ging zum Computer. Die Zeit war jetzt reif. Sollte es ihr gelingen, aus diesem Fall hier herauszufinden, musste sie zusammen mit ihm in die Touraine reisen. Sie hatte nur eine Wohnung, die sie verlassen musste. Und sie würde immer etwas zu tun finden.

Sie stellte den Computer an, um im Internet nach Angaben zu dem Ort zu suchen. Verständnislos starrte sie auf den Bildschirm, auf dem zu lesen stand, das Programm sei nicht korrekt beendet worden. Selbstverständlich hatte sie alles korrekt heruntergefahren. Das tat sie immer. Oder war sie inzwischen so zerstreut, dass sie nichts mehr richtig auf die Reihe brachte?

Wie eine Schlange kroch ihr ein unbehaglicher Gedanke die Wirbelsäule hoch. War jemand anders an ihrem Computer gewesen? Erschüttert lehnte sie sich zurück. Das könnte dann ja niemand anders als David gewesen sein. Die Schwiegereltern waren doch so gut wie nie hier. Aufgewühlt stand sie auf. Was in Teufels Namen dachte er sich dabei, in ihren Sachen zu schnüffeln? Fieberhaft öffnete sie die Schreibtischschublade. Sowohl die Reserveschlüssel zum Haus als auch mehrere Scheine Bargeld lagen an ihrem Platz in einem Kästchen in der Schublade. Aber was sollte das? David hatte doch ohnehin einen Schlüssel zu ihrer Wohnung. Geld hatte er selbst genug. Er hatte sie kommen gehört, in Panik das Computerprogramm beendet und war nach draußen gerannt. Ruhelos wanderte sie hin und her. David war der Einzige, der von ihren Einträgen in ein Notizbuch wusste. Dass sie wichtige Erkenntnisse im Computer festhielt. Aber warum in aller Welt sollte er sich für ihre Aufzeichnungen interessieren? Es gab keinen offensichtlichen Grund. Ihn direkt fragen, konnte sie nicht. Falls sie sich irrte, wäre das zarte Pflänzchen des Vertrauens zwischen ihnen zerstört. Sie schaltete den Computer aus und legte sich aufs Bett. Nur sie selbst konnte versehentlich das Programm falsch beendet haben, niemand sonst.

Nachdem sie eine halbe Stunde an die Decke gestarrt hatte, überlegte sie kurz, ob sie einfach so, wie sie war, und ohne Zähne zu putzen oder sich zu waschen unter die Decke kriechen sollte. Sie erinnerte sich vage an Fragmente aus einem Lehrbuch der Psychiatrie. Eines der vielen Symptome der Depression war die Vernachlässigung der persönlichen Hygiene. Mühsam kam sie auf die Beine. So weit war sie definitiv noch nicht. Diesen unangenehmen Anflug zum Selbstmitleid würde sie niederkämpfen.

Sie stellte sich ans Fenster. Inzwischen war es dunkel geworden. Der Blick fiel auf eine Straßenlaterne am Ende der Straße. Ein Mann stand geduldig daneben und wartete, bis sein Hund das Bein gehoben und an den Laternenpfahl gepinkelt hatte. Im nächsten Moment war er leichten Schritts um die Ecke zum Quai de Montbello verschwunden, den kleinen alten Hund hinter sich herziehend. Das war ihr Schwiegervater. Sie starrte mit leerem Blick zum Laternenpfahl und dachte, dass er wohl bei David gewesen sein musste, den er aber nicht zu Hause angetroffen hatte.

Sie ging unter die Dusche und ließ das heiße Wasser über sich laufen, bis keines mehr übrig war. Sie putzte sich gründlich die Zähne, legte sich unter die Decke und schlief auf der Stelle ein.

Martine erwachte mit einem Ruck. Es war tief in der Nacht. Ein silberglänzender Mond hing hoch oben am Himmel und tauchte alles in ein unwirkliches, fast unirdisches Licht. Erschrocken setzte sie sich auf und sah auf die Uhr. Halb zwölf! Mehrere Stunden hatte sie tief geschlafen. Einen Moment blieb sie still sitzen und lauschte. Im Laub der Eichen raschelte es leise. Die Grashüpfer waren aktiv, das Geräusch bedeutete, dass es Nacht war. In der Dunkelheit wirkte der Garten unendlich viel größer und war fast nicht wiederzuerkennen. Plötzlich fühlte sie sich klein und schutzlos. Um diese Zeit war sie sonst nie draußen. Die Abende verbrachte sie vorm Fernseher oder mit einem Buch vorm Kamin und achtete nicht auf die Dunkelheit draußen. Bis jetzt. Plötzlich fühlte sie sich wie auf einem unbekannten Planeten. Als beobachte sie jemand aus der Dunkelheit. Die Fantasie drohte mit ihr durchzugehen. Es wurde Zeit, ins Haus zu kommen. Schnell diese Gedanken zu unterbrechen.

Vergeblich versuchte sie, das Unbehagen abzuschütteln. Unglaublich, wie die Dunkelheit ihre Fantasie beflügelte.

Sie bückte sich, um das Buch von den Fliesen aufzuheben. Ein fast unmerklicher Laut ließ sie zusammenzucken. Ein Ast, der brach? Jemand, der auf den Kies trat? Sekundenlang saß sie da wie erstarrt. Es war wieder vollkommen still. Nur das Zirpen der Grillen vibrierte monoton ringsum.

Ihre Augen hatten sich an das Dunkel gewöhnt. Deutlich erkannte sie die Strukturen im Garten. Alles war ihr wieder so vertraut. Der Geräteschuppen in der Ecke. Die Beerenbüsche, groß und schwarz am anderen Ende. Die Kletterpflanzen an der Mauer wie ein dunkler Teppich. Langsam senkte sie die Schultern und setzte sich aufrecht hin. Sie holte tief Luft. Die Erkenntnis traf sie wie eine Trauer: Die Angst vor der Einsamkeit hatte sie voll getroffen. Latent würde sie von jetzt an immer da sein.

Sie beugte sich vor, um das leere Glas mit nach drinnen zu nehmen. Im selben Moment war ihr, als sähe sie im äußersten

Augenwinkel eine Bewegung. Sie versuchte die Sinne anzuspannen und starrte zur Mauer. Sie konnte nichts Ungewöhnliches entdecken. Es war jetzt vollkommen windstill, kein Blatt bewegte sich in den Bäumen.

Martine saß wie versteinert auf dem Liegestuhl. War da jemand?

Ohne den Kopf zu drehen, wandte sie den Blick zur Pforte. Sie war geschlossen. Majestätisch standen die beiden Zypressen auf jeder Seite. »Sie müssen geschnitten werden«, fuhr es ihr durch den Kopf. »Sie werfen Schatten. Besonders die rechte.«

Sie war sicher, dass sie richtig sah. Dass sich der Schatten von der Zypresse abspaltete und auf sie zu bewegte.

Langsam stand sie auf. Ein lähmendes Gefühl der Schwere beschlich sie und ließ ihre Bewegungen träge werden. Es war, als gehörte ihr Körper einer anderen, als sie mit einem halb erstickten Aufschluchzen die Terrassentür erreichte und nach dem Türgriff tastete.

31

Orla musste ewig klingeln, ehe jemand öffnete. Sie wollte gerade aufgeben, als David an der Tür erschien, mit strubbeligen Haaren und im Bademantel. Er hätte nicht überraschter aussehen können, wenn ein Wesen von einem anderen Stern vor seiner Tür notgelandet wäre.

»Guten Morgen!«, lächelte sie und verdrängte den Gedanken, dass es gerade erst neun Uhr war. »Zeit fürs Sonntagsfrühstück!« Sie hielt ihm die Tüte mit dem frischen Gebäck hin.

Er nahm die Tüte und ließ sie herein. »Hilfe, du bist echt unglaublich. Wenn du einmal alle zwei Jahre auftauchst, dann zu den unmöglichsten Zeiten und aus den ungewöhnlichsten

Gründen.« Er warf einen Blick auf die Uhr und ging in die Küche. »Nun sag's schon«, sagte er und zündete den Gasherd an. »Worum geht's? Ich fürchte mich schon, zu hören, was du diesmal willst.«

»Frühstück.« Sie lehnte sich an die Spüle und spürte im Zwerchfell das Ziehen. Das hier war ihr gelungen. Sie fühlte sich etwa so willkommen wie beim Concierge. »Keine neu entdeckten Leichen warten, und mir ist auch kein Verbrecher auf den Fersen. Ich habe nur den Wunsch nach einem netten Gespräch. Und einer Tasse Kaffee, wenn es möglich ist?«

Der Schwager warf einen Blick über die Schulter. »Und das ist alles?«

Sie nickte. Und nächstes Mal, dachte sie, wenn er von familiären Verpflichtungen redete und davon, sie möge sich öfter melden, dann würde sie ihn mit den Vorwürfen überhäufen, die sie jetzt gern loswürde. *Sie* hatte es auf jeden Fall versucht, um des lieben Friedens willen. Und sie würde Frieden halten. Um Nathalies willen.

Er stellte Kaffee und Milch hin. »Ich gehe schnell unter die Dusche. Kannst du schon mal Kaffee kochen und Milch aufsetzen?« Er sah nicht so aus, als glaube er daran.

»Es gibt Grenzen!« Mit einer Handbewegung scheuchte sie ihn aus der Küche. »Du hast ja wohl keine hohe Meinung von meinen Fähigkeiten in der Küche, wie?«

»Okay, dann habe ich mich halt getäuscht.« Entschuldigend hob er beide Hände und verschwand ins Badezimmer. »Nathalie ist wach«, hörte sie ihn rufen, ehe die Dusche aufgedreht wurde.

Orla mahlte Kaffee, startete die Kaffeemaschine und setzte die Milch auf. Sie ging zum Schlafzimmer, klopfte an. »Tut mir leid, dass du so früh geweckt worden bist«, sagte Orla und küsste sie auf beide Wangen. »Es passte gerade so fantastisch, jedenfalls für mich, und da dachte ich, ich nutze mal die Gelegenheit.«

Nathalie lachte und zog den Morgenrock über. »Du bist

doch immer für eine Überraschung gut. Ich überlege oft, was dir wohl beim nächsten Mal einfallen wird.« Sie hob die Nase in die Luft und schnupperte. »Hast du vielleicht zufällig etwas auf dem Herd?«, fragte sie lakonisch.

»Ach Gott, die Milch!« Orla rannte in die Küche. Der größte Teil dessen, was sich in der Kasserolle befunden hatte, war übergekocht und verklebte die Platten. Als David aus dem Bad kam, wischte sie gerade auf.

Er stellte sich in die Tür und frottierte die nassen Haare. »Du meinst, hier müsse mal saubergemacht werden?«

»Nur ein bisschen übergekocht.« Orla wischte weiter.

»Im Kühlschrank ist noch Milch. Nathalie möchte übrigens Kräutertee, sie trinkt keinen Kaffee.«

»Ach ja.« Sie warf den Lappen in den Mülleimer und setzte einen neuen Topf mit Milch auf. »Nimm das mit.« Sie reichte ihm das Frühstückstablett. »Ich komme sofort.«

Nathalie war zurück ins Bett gekrochen und hatte sich einen riesigen Berg Kissen in den Rücken gestopft. David saß auf einer Ecke des Betts und las Zeitung. Orla blieb unschlüssig stehen.

Nathalie rieb sich die Augen und lächelte Orla zu. »Komm und setz dich zu mir.« Sie klopfte auf ein Kissen neben sich. Orla setzte sich und reichte Nathalie ihren Kräutertee. Als Orla ihr den Korb mit den frischen Brioches, Croissants und Pains au chocolat hinhielt, schüttelte sie den Kopf. »Als Erstes brauche ich morgens die Meditation und meine Yogaübungen. Den Tee trinke ich nur, um dir Gesellschaft zu leisten.« Sie nippte an ihrer Tasse.

Orla sah sie erstaunt an. »Das machst du jeden Morgen?« Sie dachte an sich und wie sie immer zur Arbeit stürzte. Immer direkt aus der Dusche, ohne etwas zu essen oder zu trinken.

»Das ist doch wichtig, um Harmonie und Wohlbefinden aufrechtzuerhalten, sowohl körperlich als auch geistig.« Sie sah Orla vielsagend an und setzte die Tasse ab. »Du solltest es unbedingt versuchen. Ich kenne niemanden, der gestresster ist und beschäftigter als du.«

Orla nahm drei Stückchen Zucker in den Kaffee und rührte langsam um. Solche Selbstdisziplin hätte sie Nathalie niemals zugetraut.

David blickte schließlich von der Zeitung auf. »So etwas mit Orla zu diskutieren ist nutzlos. Sie hat überhaupt nichts mit Ernährung im Sinn.« Er nahm eine Brioche und schob ihr den Korb hin. »Hier. Der Rest ist für dich.«

Sie überhörte seine Worte und tunkte ein Croissant in den Kaffee. »Es war nie Zeit, sich um so etwas zu kümmern. Wie gern man auch wollte.«

David blickte plötzlich wieder von seiner Zeitung auf.

»Habt ihr inzwischen mehr zu dem Überfall auf dich herausgefunden?«

Nathalie setzte sich bestürzt auf. »Ich habe ganz vergessen, dich danach zu fragen! Was für eine schauderhafte Geschichte.« Sie sah David vorwurfsvoll an. »Eigentlich ist er schuld. Er hätte dich so spät nicht alleine gehen lassen dürfen, sondern hätte dich bis nach Hause bringen müssen.«

Orla schüttelte den Kopf. »Ganz und gar nicht. Ich habe sein Angebot, mich nach Hause zu begleiten, ausgeschlagen.« Sie zuckte die Achseln. »So etwas kann vorkommen, wenn man nachts allein die Straßen entlangspaziert.«

Nathalie nickte. »Und eine Frau ist. Es ist grässlich.« Sie reckte sich in ihrem Kissenberg. »Im Übrigen war ich vollkommen sicher, dass er dich nach Hause begleitet hat, so spät wie er nach Hause kam.«

Orla sah sie verständnislos an. »Spät? Zwölf Uhr?«

»Na, es war wohl eher halb zwei.« Nathalie hatte die Augen wieder geschlossen. »Ich werde immer ganz sauer, wenn er mich mitten in der Nacht aufweckt. Wer traut sich einzuschlafen, ohne dass Riegel und Kette vorgelegt sind? Und wer muss aufstehen, wenn er endlich kommt?«

David sah wieder von der Zeitung auf, die Augen waren

dunkel. »Ich bin Arzt, Herrgott noch mal. All dieser verfluchte Abrechnungskram, den das mit sich bringt, kann nicht unendlich lange liegen und warten. Dann und wann muss man den Abend und die Nacht zu Hilfe nehmen.« Ruhig blätterte er weiter. »Sie begreift es nicht«, sagte er zu Orla gewandt. »Dass Arzt sein nicht nur heißt, die Praxis abzuschließen und fertig. Ich komme nach Hause, und der restliche Abend ist verplant von ihr, jede Menge Kulturelles und anderes, was alles Zeit kostet. Dann und wann muss man verlorene Arbeitszeit kompensieren.« Er faltete die Zeitung zusammen. »Ich komme nicht extra hier hoch, um erst jedes Mal, wenn ich Überstunden machen muss, die Erlaubnis einzuholen.«

»Vielleicht bist du einfach nicht effizient genug?« Nathalie lag noch immer mit geschlossenen Augen zwischen den Kissen.

»Nicht effizient genug?« Zitternd vor Wut stand David auf. »Der Witz war echt gut, wenn man berücksichtigt, von wem er kam.«

Orla starrte über die Köpfe der beiden. Ihr Blick blieb an Venus und Cupido hängen, nackt und ineinander versunken. Öl auf Leinwand. Ganz sicher sowohl echt als auch alt. Woher nur rührte ihre Fähigkeit, in dieser Familie unangenehme Diskussionen in Gang zu bringen?

David warf die Zeitung beiseite und verließ das Schlafzimmer. Kurz darauf hörten sie die Wohnungstür ins Schloss fallen.

Nathalie war ganz ruhig liegen geblieben. »Mach dir nichts draus. Er ist in der letzten Zeit oft so gereizt.« Sie machte eine abwehrende Geste. »Das ist das Alter. Das Übergangsalter der Männer.«

Orla hob die Augenbrauen. »Neununddreißig?«

Nathalie öffnete die Augen und starrte an die Decke. »Männer werden genauso wenig damit fertig, vierzig zu werden, wie Frauen.«

»Du meinst also, er steckt in einer Art Krise?«

Nathalie setzte sich auf. »Absolut, ja. Er ist so rast- und ruhelos. Wir haben nicht mehr diese tiefe Verbundenheit wie früher.« Plötzlich wirkte sie nicht mehr so unerschütterlich. Sie zog den Morgenmantel enger um den nackten Körper. »Er verschwindet und ist stundenlang weg, ohne dass ich weiß, wo er ist. Ein anderes Mal kommt er erst spät in der Nacht nach Hause.« Sie blickte auf und sah Orla ins Gesicht. »Es ist auch so, als habe sich seine Einstellung zu vielen Dingen geändert. Er bringt zum Beispiel blutige Beefsteaks und Innereien und so was mit nach Hause, obwohl er weiß, dass ich das nicht anrühre.« Sie unterdrückte ein Schluchzen. »Es macht inzwischen den Eindruck, als sei ich ihm vollständig gleichgültig.« Sie wischte die Tränen mit dem Betttuch ab und stand auf. »Früher war das ganz anders. Da haben wir alles zusammen gemacht. Absolut alles.« Ruhelos wanderte sie auf und ab.

Orla fragte sich, ob er tatsächlich eine Art Midlife crisis hatte. »Vielleicht sind eure Wünsche ein bisschen sehr unterschiedlich«, sagte sie vorsichtig. »Alain erzählte, dass David als Junge für ein gegrilltes Entrecôte mit ordentlichem Fettrand hätte morden können.« Sie bereute die Formulierung. »Das war das Leckerste überhaupt für ihn. Plus selbstgemachte Béarnaise mit viel Butter und Ei«, ergänzte sie schnell.

»Hier kommt das bestimmt nicht auf den Tisch«, sagte Nathalie mit Ekel in der Stimme. »Das müsste er schon selbst zubereiten und allein essen.« Sie starrte Orla resigniert an. »Und das macht er ja auch.«

Orla war die ganze Situation unangenehm. Sie mochte nicht hier sitzen und über David reden, ohne dass er dabei war. Sie wollte in dem Konflikt nicht Partei ergreifen. »Und wo ist er jetzt hin?«

Nathalie zuckte die Achseln. »Keine Ahnung. In die Praxis, denke ich.« Niedergeschlagen setzte sie sich auf die Bettkante. »Das sagt er mir aber schon lange nicht mehr. Geht an die Decke, wenn ich frage, und verschwindet. So werde ich den Rest des Sonntags hier sitzen. Was soll ich machen?«

Orla sah prüfend ihre Hände an und überlegte, unter welchem Vorwand sie augenblicklich verschwinden könnte.

»Vielleicht sollten wir Kinder bekommen?«, brach es aus Nathalie hervor. »Vielleicht würde uns das wieder zusammenbringen?«

Orla sah sie staunend an. Dann nahm sie ihre Tasche. »Ich bin da sicher nicht die richtige Gesprächspartnerin für dich.« Sie bewegte sich rückwärts auf die Tür zu. »Du weißt doch, dass ich befangen bin. Er ist halt trotz allem mein Schwager.« Sie griff nach der Türklinke und schob die Tür auf. »Können wir uns nicht lieber später treffen und miteinander reden, alle drei?« Dann ging sie schnell zu Nathalie und küsste sie auf beide Wangen. »Ruf mich an, wenn du mit ihm geredet hast«, sagte sie und drückte ihr fest beide Hände. Dann drehte sie sich um und ging.

»Orla.« Als sie ihren Namen hinter sich hörte, zuckte sie zusammen und drehte sich blitzschnell um. »Komm mal rein, wir müssen miteinander reden«, sagte David leise. Sie folgte ihm in seine Praxis im Erdgeschoss, und er schloss behutsam hinter sich die Tür. Sie mochte seinen Blick nicht, der wie immer undurchschaubar war. Was drückte sich darin aus? Eine Bitte? Verzweiflung? Etwa Begehren? Der Gedanke war so absurd, dass sie sich dagegen aufbäumte. Er stand sehr dicht vor ihr und hatte ihre Arme fest gepackt. »Nichts ist so, wie es aussieht. Der Eindruck, den du bekommst«, stotterte er. »Trotz allem müssen wir über diese Dinge reden. Wenn du jetzt schon mit reingezogen bist, meine ich. Am besten gleich hier. Ich kann aber auch bei dir zu Hause vorbeikommen.«

Sie befreite sich aus seinem Griff. »Ich glaube, du solltest erst mal anfangen, mit Nathalie zu reden«, sagte sie mühsam beherrscht. »Ich habe nicht das Gefühl, in was auch immer hineingezogen zu sein.« Sie öffnete die Tür zum Flur. »Ich war Zeuge einer Meinungsverschiedenheit zwischen euch beiden, das ist alles. Redet miteinander.« Ohne eine Antwort abzuwarten, ging sie zur Haustür und zog sie hinter sich ins Schloss.

Draußen auf der Straße sprang sie ins Auto und raste los. Es war ihr unbegreiflich, wie David sich benahm. Er war immer still und zurückgezogen gewesen. Hatte sie nie berührt, außer bei der obligatorischen Begrüßung. Plötzlich legte er ihr den Arm um die Schultern, ergriff ihre Arme, starrte sie an und wollte mit ihr reden. Vielleicht waren das Zeichen einer Krise in seinem Zusammenleben mit Nathalie. Oder hatte er eine Geliebte, die an seinem Gewissen nagte? Aber sie musste immerzu daran denken, wie er ihr unangemeldet aus ihrer Wohnung entgegengekommen war und dass er in der Nacht, als sie überfallen wurde, erst um halb zwei nach Hause gekommen war. Bei dem Gedanken drückte sie noch fester aufs Gaspedal und flog geradezu weiter Richtung Stadtrand.

Sie hatte Paris wie im Schlaf hinter sich gelassen. Mit einem Mal registrierte sie, dass sie Richtung Fontainebleau fuhr, genau so, wie sie und Alain es gemeinsam unzählige Male an den freien Tagen getan hatten.

Er sah, dass Orla zurückgekommen war. Es war Mitternacht, und sie war den ganzen Tag weg gewesen. Dadurch hatte er in aller Ruhe arbeiten können. Er war auf dem Laufenden. Sie hatte das Licht an, saß am Computer und schrieb. Nein, sie schrieb nicht, sie saß nur da und starrte vor sich hin. Sie tappte im Dunkeln. Es gab nichts Neues zu notieren. Nun hatte sie das Licht ausgemacht. Sie schlief jetzt bei offenem Fenster. Die Gelegenheit war verlockend. Nach einem Tag oder zweien würden sie die Leiche finden. Und Orla Os würde weiter hoffnungslos in diesem Dunkel tappen.

32

Kurz vor halb sieben zog Orla am Montagmorgen die Haustür hinter sich zu. Die Rue de Bièvre war noch nicht richtig aufgewacht. Die Läden vor den Fenstern waren noch geschlossen, die Geschäfte ebenfalls. Sogar der Efeu im Park war wie versengt, braun und leblos. Ein grauer Staubschleier lag wie ein Spinnennetz über allem. Verklebte einem beim Atmen Nase und Mund. Sie schloss die Augen und hörte den unablässigen Verkehrsstrom des nahen Boulevards. Stellte sich plötzlich das Rauschen des Meeres vor. Dass sie sich ins Auto setzen und die enge, gewundene Straße von Melbu nach Stokmarknes fahren würde. Am Strand entlang, vorbei an den kleinen Buchten mit weißem Sand und den heranrollenden Wellen. Daneben schroffe Berghänge, die steil direkt ins Meer abfielen, bis obenhin überzogen mit dunkelgrünem Moos. Sie würde einen Abstecher durch das idyllische Lekangtal machen, und am liebsten sollte ein stürmischer Wind wehen und der Regen ihr wie Nadelstiche im Gesicht prickeln. Sie fuhr sich rasch mit der Hand übers Gesicht und stieg ins Auto. »Ich bin ein arktisches Gewächs«, erklärte sie dem leeren Beifahrersitz. »Meine Gene haben sich seit Generationen einem kalten Klima angepasst.«

›Bonjour tristesse‹, dachte sie und steckte das Buch mit dem sprechenden Titel in die Tasche. Sie hatte es gestern im Sommerhaus der Schwiegereltern in Fontainebleau gefunden und sich im Laufe des Tages durch die 180 vergilbten Seiten des Romans von Françoise Sagan gepflügt. Sie musste daran denken, es David zurückzugeben. Die Episode zwischen Nathalie und ihm hatte mit etwas Abstand ganz anders gewirkt. Sie steckten in irgendeiner Krise. Es hatte den Anschein, als würden Misstrauen und Vorwürfe ihre Beziehung zur Zeit vergiften. Warum, wusste sie nicht. So wie sich David benahm, konnte man fast glauben, er sei auf Abenteuer aus. Andere Frauen.

Um viertel vor sieben bog sie auf den Parkplatz beim Büro ein. Nach kurzem Überlegen rief sie Martines Nummer an, auch wenn es eigentlich viel zu früh sein mochte. *Dies ist der Anschluss von Martine Chauvin, ich bin im Moment nicht zu Hause, aber wenn Sie eine Nachricht hinterlassen wollen …* Sie legte auf und starrte das Telefon an. Eine wissenschaftliche Angestellte vor sieben im Institut? Die Zentrale der Fakultät würde nicht vor halb neun besetzt sein, aber sie hatte sich die Durchwahl zu Martines Büro aufgeschrieben. Während sie in der Tasche nach dem Adressbuch suchte, fiel ihr ein, dass vielleicht ja auch andere genauso früh arbeiteten wie sie selbst. Sie durchwühlte den Tascheninhalt und leerte ihn am Schluss auf den Beifahrersitz aus. Verflixt! Das Büchlein war nicht da. Systematisch und langsam legte sie alles zurück in die Tasche. Wann hatte sie das Adressbuch denn bloß zuletzt herausgenommen? Sie konnte sich gar nicht erinnern, dass sie es benutzt hatte. Seltsam, dachte sie kopfschüttelnd.

Die Auskunft konnte ihr die Nummer geben. Es klingelte eine Ewigkeit, ohne dass jemand antwortete. Am Schluss probierte sie Martines Handy. Es war abgeschaltet. Nun gut, dann musste der Anruf eben warten, bis die Zentrale der Fakultät um halb neun besetzt war. Sie ging in die Kantine und holte sich einen Kaffee aus dem Automaten.

Martine hatte nicht viel von sich erzählt. Sie lebte allein, und sie hatte nichts von einem festen Freund oder Geliebten angedeutet. Orla wühlte in den Papierstößen und blätterte die Analyseergebnisse durch, ohne dass sie mitbekam, was sie da las. Schließlich trank sie den Kaffee aus und gab am Empfand Bescheid, dass sie bis zehn Uhr unterwegs sei.

Auf dem Weg zum Jardin du Luxembourg steckte sie im morgendlichen Verkehrsstau fest. Die Studenten hatten auf der Karte eine Strecke markiert, und ein Ende davon begann in der

Rue de Tournon hinter dem Senat. Sie starrte aus dem Fenster und beobachtete den Straßenkehrer, der den Rinnstein fegte. Das, was er tat, hatte wenigstens Sinn und Zweck, ganz anders als das Projekt, das sie sich jetzt vorgenommen hatte. Sie hatte keine Ahnung, wonach genau sie suchte. Marchal hatte sie unter seinen buschigen Augenbrauen nur angestarrt, als sie es ihm gegenüber erwähnte, und etwas von *weiblicher Intuition* gemurmelt. In Marchals Wortschatz rangierte das gleich hinter *fixe Idee*. »Willst du die Straße hinuntergehen und dir selbst die großen existenziellen Fragen stellen? ›Warum bin ich hier?‹ und ›Was ist der Sinn meines Tuns?‹«, hatte er geknurrt. Und er hatte ja recht. Nur, dass die Fragen nicht ihr galten, sondern den ermordeten Studenten. Warum hatten sie diese Route auf dem Stadtplan markiert? Was hatten sie dort getan?

Um acht Uhr parkte sie hinter dem Palais du Luxembourg im Park. Sehnsüchtig betrachtete sie den schmiedeeisernen Zaun und die grüne Lunge dahinter. So früh am Morgen war der Park leer, perfekt, um im Schatten unter einem Baum oder am Teich, der jetzt ganz still dalag, zu meditieren.

Die Rue de Tournon war eine friedliche, beinahe anonyme Straße mit gepflegten, teuren Wohnhäusern und vereinzelten exklusiven Boutiquen. Weiter unten auf der Rue de Seine wurde der Verkehr dichter, die Straße schmaler, und kleine Läden lagen dicht an dicht an den engen Gehwegen. Die Cafés hatten geöffnet, und die Kellner waren dabei, draußen Stühle und Tische aufzustellen und stapelweise Baguettes hineinzutragen. Es roch nach Kaffee und Abgasen. In den Straßen zur Seine und zum Quai Malaquais hin lagen in Reih und Glied die Antiquitätengeschäfte. Aber noch war fast überall geschlossen. Sie starrte Marmorlöwen in Lebensgröße direkt in den aufgerissenen Rachen. Prächtige Kandelaber und Deckenlampen. Vergoldete, meterhohe Spiegel. Das meiste sah aus, als gehöre es nach Versailles. Und nichts passte zu den zwei Studenten mit ihren engen Mansardenzimmern.

Als sie ans Ende der Straße gekommen war, warf sie wieder

einen Blick auf die Karte. Sie war ein paar Meter zu weit gegangen, sie hätte schon links in die Rue Jacob abbiegen müssen. Umzudrehen war fast sinnlos. Sie wusste nicht, wonach sie Ausschau hielt, und sie hatte nichts gefunden, was ihr einen Anhaltspunkt hätte geben können. Dennoch entschloss sie sich zurückzugehen. Sie musste ja sowieso zurück, um zum Auto zu kommen, und die Rue Jacob bedeutete keinen Umweg.

Als sie um die Ecke in die Rue Jacob einbog, kam sie an einem kleinen Geschäft vorbei, das förmlich zwischen eine Buchhandlung und einen Damenfriseursalon gequetscht war. »Antiquitätenhandel« stand auf dem Schild über der Tür. Sie blieb davor stehen. Die ausgestellten Angebote waren vollkommen andere als die hochwertigen Objekte, die sie gerade gesehen hatte. Zumeist waren es Kuriositäten und Gebrauchsgegenstände. Jedenfalls nichts, das die Bezeichnung Antiquität verdiente, konstatierte sie. In dem schmalen Schaufenster lehnte auf dem obersten Regal eine Visitenkarte an einem kleinen Milchkrug: »*A. Iwanow. Antiquitätenhändler*«. Auf einem etwas größeren Schild stand: »GESCHLOSSEN«. Und darunter, mit kleineren Buchstaben: »Geöffnet 10 – 13.30 und 16 – 19 Uhr«. Orla hatte keine genaue Vorstellung, wo sie einen solchen Namen geografisch platzieren sollte. Aber russisch könnte er sein. Oder ukrainisch.

Einen Moment blieb sie stehen und überlegte. Die Erkundung hatte nichts Interessantes zutage gebracht. Nur einen Namen, dessen Ursprung in einem anderen Teil Europas zu finden war. Das war so gut wie nichts. Sie dachte an den Stoß Papiere, den sie heute Morgen umgeschichtet hatte. Die Zeit wäre besser darauf verwendet gewesen. Trotzdem beschloss sie, um die Mittagszeit wiederzukommen.

Sie kaufte ein ›Pariscope‹ und ging über die Straße zum nächsten Café. So früh am Morgen standen die runden Tischchen davor noch angenehm im Schatten. Sie nahm an einem von ihnen Platz und bestellte Kaffee und ein Pain aux raisins.

»Kennen Sie jemanden aus dem Geschäft dort gegenüber?«, frage sie den Kellner, während sie ihm ein für eine Tasse Kaffee besonders großzügiges Trinkgeld in die Hand drückte.

Seine Körpersprache kündete eindeutig davon, dass er nicht wusste, warum er etwas davon wissen sollte. »Das ist ein Laden mit nichts als altem Plunder.«

»Kennen Sie den Besitzer?«

»Der Besitzer?« Er überlegte. »So ein kleiner Typ. Ausländer, vermute ich. Kann nicht behaupten, dass ich ihn kenne. Dann und wann ist er hier gewesen.«

»Hat er viele Kunden?«

Wieder Schulterzucken. »Madame, ich bin mit meinen eigenen Kunden mehr als ausgelastet.«

Sie rief Martine wieder an und erhielt wieder keine Antwort. In der Zentrale wusste man auch nichts. Sie zog den ›Pariscope‹ aus der Tasche, und während sie am Kaffee nippte, blätterte sie die Zeitung durch. Inzwischen waren alle Tische besetzt, und die Sonne brannte ihr unbarmherzig auf den Nacken. Tauben und Spatzen pickten nach Krümeln. Tatsächlich gab es heute Abend im Salle Pleyel ein Klavierkonzert, registrierte sie zerstreut. Chopin stand auf dem Programm. Sie hatte noch nie von der Pianistin gehört. Das konnte aber genauso gut eine weltberühmte Künstlerin sein. Bestimmt waren alle die Pianistinnen, von denen sie schon mal gehört hatte, längst tot oder traten nicht mehr auf. Sie hatte dem kulturellen Leben kaum mehr Aufmerksamkeit geschenkt, seit sie alles ausgeschlossen hatte und sich um nicht anderes als ihre Arbeit kümmerte. Sie hatte kaum noch ein Buch gelesen, nur Artikel und Dokumente, die mit dem Job zu tun hatten. »Orla Os, du bist eine richtig trübe Tasse«, sagte sie resigniert zu sich, »ein einziges großes Gähnen.« Sie spielte mit der leeren Kaffeetasse. Was war denn eigentlich mit ihr geschehen? Es war, als sei damals nicht nur Alain fortgegangen, sondern auch sie. Das offene, lebensfrohe Mädchen aus dem Norden gab es nicht mehr. Sie war verschlossen und reserviert, mit viel zu scharfen

Kanten, und sie fühlte sich weitaus älter, als sie es den Jahren nach war, dachte sie in einer sonderbaren Mischung aus Resignation und Wehmut. Wieder sah sie auf die Uhr. Fünf vor neun. Sie zerkrümelte das restliche Brötchen, warf die Krumen den Vögeln hin und schlenderte langsam zurück in die Rue Jacob.

Die Buchhandlung an der Ecke war geöffnet. Die dunkelrote Holztür mit den Glasscheiben und der alten Türklinke aus Messing stand einladend weit offen. In der Mitte des Geschäfts dominierte ein großer eichener Tisch, dicht besetzt mit Bücherstapeln.

Der Ladenbesitzer sah sie über den Rand seiner Brille fragend an, als sie hereinkam. »Madame?«

»Ich sehe, dass Sie Kunstbücher verkaufen«, begann sie und ließ den Blick über die Regale wandern. »Haben Sie etwas zu Ikonen? Vor allem zu russischen?«

Mit der größten Selbstverständlichkeit ging er zu einem der Regale. »Diese beiden sind empfehlenswert, besonders wenn Sie etwas mit vielen Abbildungen wünschen.«

Sie setzte sich und blätterte in den Büchern, die er ihr gereicht hatte. Die Abbildungen zeigten Ikonen in unterschiedlichen Größen, von Miniaturen bis zu hohen Gemälden. Motive aus dem Evangelium. Die Apostel. Jesus. Maria und das Kind. Die Stil war schlicht, die Darstellung zweidimensional. Die Maler hatten kräftige Farben benutzt, Rot, Gelb, viel Gold. Noch die kleinsten und abseits gelegenen Kirchen waren offenbar vom Boden bis zur Decke mit Ikonen geschmückt. Die Bücher waren schön, es machte Spaß, in ihnen zu blättern, nur sonderlich informativ für ihre Zwecke waren sie nicht.

Dass der illegale Handel mit Ikonen äußerst gewinnträchtig sein konnte, ließ sich wohl als einziges und wichtigstes Resultat feststellen. Sie verließ das Geschäft und wählte die Nummer der kunsthistorischen Fakultät der Universität. Als die Zentrale antwortete, stellte Orla sich kurz vor und bat darum, mit einem Kenner russischer Ikonen verbunden zu werden.

»Ich verbinde Sie mit Professor Legrand«, sagte die Stimme. »Einen Augenblick bitte.«

Er antwortete sofort, die Stimme war angenehm und tief. Sie stellte sich kurz vor.

»Es geht um Ikonen, Monsieur Legrand. Kennen Sie sich damit aus?«

»Ikonen?« Einen Moment lang war es still, als stutzte er über diese wenig akademische Frage. »Ja. Selbstverständlich. Das ist mein Spezialgebiet.«

»Ich möchte gern, dass Sie sich ein Bild ansehen. Ich will ganz einfach wissen, ob es wertvoll ist.«

Wieder zögerte er. »Ich bin Experte für Details bei den Bildern. Also für das Bestimmen ihrer Entstehungszeit, der Malschulen, des Materials und so weiter. Über den Geldwert eines Bildes kann ich Ihnen nichts sagen. Das kann Ihnen ein Kunsthändler beantworten. Einer mit Spezialkenntnissen.«

Orla zögerte. Vielleicht war er nicht der Richtige. Wahl des Materials und Kunstrichtung spielten keine Rolle. Sie musste wissen, ob dies ein Bild war, das den Studenten Geld eingebracht haben würde. Sie beschloss dennoch, ihm die Ikone zu zeigen.

»Kann ich heute oder morgen vorbeikommen?«

»Morgen Abend, Madame Os. Was halten Sie von sechs Uhr in meinem Büro?«

Sie beendeten das Gespräch. Inzwischen war es nach neun Uhr. Sie rief in der Verwaltung der Fakultät an, zu der Martine gehörte. Die Sekretärin bestätigte, dass sie Martine heute noch nicht im Institut gesehen hatte. Da sie aber um neun Uhr eine Vorlesung hatte, würde sie wahrscheinlich jetzt dort sein.

Orla stöhnte laut und ging rasch zurück zum Auto.

33

Martine war nicht zur Vorlesung erschienen. Die etwas resigniert klingende Sekretärin erzählte Orla auch, Martine habe keine Nachricht hinterlassen. »Wir wissen nichts«, hatte sie geseufzt. »Das ist ihr so gar nicht ähnlich. Sie geht auch nicht ans Telefon.«

Plötzlich hatte Orla die einsame Lage des Sommerhauses vor Augen. Sie warf ihre Tasche auf den Schreibtisch und griff wieder nach dem Telefon. Ihre Hand zitterte, als sie Marchals Nummer eingab. Niemand wird sie als vermisst melden, dachte sie voller Panik. Noch nicht. Frühestens in zwei Tagen wird man nach ihr suchen.

Roland und Marchal erschienen kurz darauf. Orla kritzelte Martines Namen und Anschrift auf einen Zettel und gab ihn Roland. Er ging ohne ein weiteres Wort.

Marchal saß ruhig da, nur das Trommeln mit den Fingern auf die Armlehne verriet ihn. »Was glaubst du denn, was mit ihr los sein könnte?«

»Ja, was meinst du?« Seit heute Morgen hatte sie diese Unruhe gespürt, bis in jede Faser. »Sie kann sich verletzt haben, sodass sie nicht ans Telefon kommen kann. Schlimmstenfalls ist ein Verbrechen geschehen, Einbruch, Vergewaltigung, Raub.« Orlas Stimme wurde gefährlich hoch.

»Hast du nicht gesagt, das Haus liegt einsam, weit weg von Menschen?«

»Ja genau deshalb!«

Marchal blieb ruhig. »Natürlich kann etwas passiert sein. Aber das ist wenig wahrscheinlich.« Er hob die Hände in einer abwehrenden Geste. »Warum muss man sich gleich das Schlimmste vorstellen, nur weil sie zu spät zur Arbeit kommt?

Hast du schon mal was von Motorschaden gehört? Reifenpanne? Krankheit?«

»Meinst du nicht, dass ich an alle diese Selbstverständlichkeiten auch schon gedacht habe?« Sie stand auf und wanderte ruhelos durch das Zimmer. »Ich wünschte, du hast recht, Marchal. Ich schwöre, wenn du recht hast, bekommst du einen Kuss.«

Nachdenklich kratzte er sich am Bart. »Ich glaube, du malst den Teufel an die Wand.«

Orla nickte nur. Trotzdem spürte sie eine nagende Unruhe, weil sie Martine in diesen Mordfall hineingezogen hatte. Aber würde das denn für sie eine Gefahr bedeuten, solange sie dichthielt? »Nur du und Roland wissen von ihr. Ich habe Martine gebeten, mit niemandem über den Fall zu sprechen, außer mit denen, zu denen sie Kontakt aufnehmen muss.« Sie konnte selbst hören, wie unsicher sie war. »Ich fühle, dass ich mich auf sie verlassen kann. Es ist ja auch ganz unwahrscheinlich, dass sie aufgrund der Nachforschungen in Gefahr schweben könnte. Wir sind am Samstag früh zusammen aufs Land gefahren, und ich bin bis um vier Uhr dort bei ihr gewesen. Alles wirkte so vollständig normal, sie erwähnte mit keinem Wort, dass jemand kommen würde. Im Gegenteil, sie erzählte, sie freue sich aufs Alleinsein.«

Marchal zuckte die Achseln. Natürlich war ein lokaler Täter denkbar, meinte er. Einer, der wusste, dass sie jedes Wochenende allein dort war. Die Möglichkeit müsse man in Betracht ziehen, meinte er, aber es falle ihm schwer, daran zu glauben. »Jetzt müssen wir abwarten, was die Kollegen dort herausfinden«, sagte er und trommelte weiter mit den Fingern auf die Armlehne. Das Geräusch ging Orla auf die Nerven.

Er hörte abrupt auf, als habe er ihre Gedanken lesen können. »Es geht das Gerücht, du seiest schon vor sieben Uhr hier gewesen.« Er nickte erfreut, als Amélie ihnen Kaffee brachte.

»Ich habe heute früh einen Spaziergang gemacht«, berichtete Orla. »Ich bin den Weg abgeschritten, den die Studenten auf dem Stadtplan markiert hatten.« Wie angenehm, das Thema zu wechseln! Sie trank einen Schluck von dem starken Kaffee. »Falls du ein leeres Schloss hast, das möbliert werden muss, solltest du mal dort in der Gegend spazieren gehen. Besonders, wenn das alte Sofa und der Esstisch im neuen Haus etwas belanglos wirken.«

Er brummte zustimmend. »Hast du was Interessantes gesehen?«

»Eigentlich nicht. Der Besitzer eines kleinen Antiquitätengeschäfts hat einen russisch klingenden Namen. Ich wollte mal mit ihm reden.«

Marchal wirkte skeptisch. »Was für Antiquitäten? Und was hattest du dort finden wollen?«

»Im Geschäft gibt es überhaupt keine Antiquitäten. Nur alte Gebrauchsgegenstände. Ich weiß nicht, was ich finden wollte. Eigentlich nichts.« Sie warf einen ungeduldigen Blick zur Tür, die immer noch geschlossen war. »Es könnte ein Bekannter oder ein Verwandter gewesen sein, zumindest einer, mit dem die Studenten geredet haben.« Sie stand wieder auf und ging unruhig auf und ab. »Nach der Mittagpause fahre ich hin und rede kurz mit ihm. Du musst nicht mitkommen.« Sie blieb stehen. »Ich hole mir noch eine Tasse Kaffee. Willst du auch noch?«

Ehe Marchal antworten konnte, ging die Tür auf, und Roland kam herein.

Orla erstarrte. »Und?«

»Eine Frau, die der Beschreibung entspricht, wurde tot aufgefunden. In ihrem Haus.« Er zögerte und fuhr sich mit der Hand übers Kinn. »Sie scheint Selbstmord begangen zu haben.«

»Selbstmord?« Orla sank auf den Stuhl.

»Das sagen sie. Der Pathologe war noch nicht da, sodass sie vorläufig nichts zum Zeitpunkt sagen können.«

»Was sagst du da?« Orlas Lippen wurden ganz steif.

»Sie wurde in der Dusche gefunden. Erhängt.«

»Nie im Leben!«, rief Orla. Sie wusste selbst nicht, warum sie so sicher war. Dass Martine fröhlich und zufrieden wirkte, als sie sich trafen, musste nicht heißen, dass sie nicht zum Beispiel an einer schweren Depression litt. Aber wenn sie nur im Mindesten auf ihr Urteilsvermögen vertrauen konnte, dann konnte das alles nicht stimmen.

»Alles wirkte vollkommen normal. Überall war es ordentlich und aufgeräumt. Die Haupttür und die Gartentür waren abgeschlossen. Ein kleines Fenster im Wohnzimmer war offen, das ist aber zu schmal, als dass jemand durchkriechen könnte.« Er überlegte. »Sie sagten außerdem, dass man es selbstverständlich nicht mit Sicherheit sagen könne, aber es schien, als habe nur eine Person dort gegessen. Eine Flasche Champagner war geöffnet, und davon war ein Glas getrunken.« Er stockte. »War sie alleinstehend?«

»Ich weiß es nicht, aber ich glaube es.« Ich habe sie nicht mal gefragt, dachte Orla. Ich nahm es als selbstverständlich.

Roland fuhr fort. »Sie trug eine sehr teure goldene Armbanduhr und einen Ring aus Weißgold mit drei Diamanten.« Orla erinnerte sich – der Schmuck war ihr bei ihrem ersten Treffen aufgefallen. »In der Brieftasche war etliches an Bargeld. Die Brieftasche und das Handy lagen mitten auf dem Esstisch.« Ehe er fortfuhr, setzte er sich. »Trotzdem gibt es ein Problem.«

»Problem?«

»Man weiß nicht wirklich, ob man Martine Chauvin gefunden hat.«

»Was soll das heißen?«

»Es gibt nirgendwo Papiere, die sie identifizieren würden. In der Brieftasche ist weder eine Kreditkarte noch ein Ausweis, dasselbe im Auto.«

Orla stand auf. »Ruf sofort dort an«, sagte sie mit tonloser Stimme. »Natürlich haben sie den Ort gesichert, aber bitte sie, wie bei einer richtigen Morduntersuchung vorzugehen. Sie dürfen sie nicht anfassen oder etwas vom Körper entfernen, ehe ich da bin. Wenn der Arzt kommt, sollen sie ihn bitten zu warten.« Sie riss ihre Tasche an sich. »Spuren! Bitte sie, nach Fußabdrücken und Reifenabrücken Ausschau zu halten. Sie hat den gepflegtesten Garten der Welt.« Ihre Stimme zitterte, als sie zum Auto rannte. »Lasst uns hoffen, dass sie so viel geharkt und gegossen hat, dass ein möglicher Eindringling mittenrein getrampelt ist.«

»Orla, hör zu, das ist nicht unser Fall!«, protestierte Marchal, als er neben ihr Schritt zu halten versuchte.

»Doch, Hervé Marchal, und ob!« Sie fluchte auf Norwegisch. »Wir stellen nicht die Nachforschungen an, aber zur rechtsmedizinischen Untersuchung bekommen wir sie hierher. Und ich will sie zuerst sehen.«

Sie holte tief Luft und spürte, wie sich ihr der Hals zusammenschnürte. »Ich muss sie ja außerdem noch identifizieren.«

34

Orla nahm den wundervollen Garten und das idyllische Haus kaum wahr. Beides lag im Sonnenschein, die Kletterpflanzen strahlten an den Wänden wie Fresken. Wie eine Theaterkulisse, die völlig fehl am Platze ist, dachte Orla. Fast eine Schändung. Sie umrundete die Absperrung und blieb bei einem der Techniker stehen, der neben den Fliesen im Garten kniete. Mit ruhiger Hand platzierte er über eine der Fliesen ein breites Tape. »Ein deutlicher Abdruck. Größe 43 bis 44, schätze ich.« Er hob den Kopf und nickte ihr zu. »Aber ob das was zu sagen hat, wissen wir natürlich nicht. Drinnen ist nichts zu finden.« Orla sagte nichts. Der schludert nicht, dachte sie. Einen so ordentlichen Mann findest du kein zweites Mal.

Marchal kam mit einem der Ermittler der lokalen Kriminalpolizei zu ihnen, einem dünnen, drahtigen Mann Mitte fünfzig. Sie begrüßten sich kurz. »Der Arzt ist gerade gegangen.

Er fuhr, als er hörte, Sie seien auf dem Weg. Er hätte ohnehin nichts mehr ausrichten können.« Er hatte eine tiefe Falte zwischen den Augenbrauen. »An diesem Tatort gibt es sehr wenig, das auf ein Verbrechen hindeutet. Warum meinen Sie, sie sei ermordet worden?«

»Ich will sie gern sehen.« Orla presste die Lippen zusammen.

»Es ist alles in allem sehr klassisch«, beharrte er. »Ein Stuhl, der weggetreten ist, die Türen abgeschlossen, das Handy ausgeschaltet, drinnen alles ordentlich und aufgeräumt. Sie hat ein Glas teuren Champagner getrunken.«

»Wo ist sie?« Orlas Stimme klang schrill. Seine Augen wurden schmal. »Wir haben es eilig, zurückzukommen«, erklärte sie.

Er nickte zum Wohnzimmer hin. »Nichts ist verändert, so wie Sie es gewünscht haben.« Einer der Techniker rief ihm aus einer Ecke des Gartens etwas zu. »Gehen Sie nur hinein«, sagte er, »ich komme sofort nach.«

Sie hatten sie neben dem Kamin auf den Fußboden gelegt. Es war Martine. Orla zog Handschuhe an und begann mit der Untersuchung. Der Fußboden schien ihr entgegenzukommen, und sie stellte den Koffer hart auf die Erde, um mit dem, worauf sie stand und was unter ihr schwankte, in Kontakt zu kommen.

Marchal stand unbeweglich daneben. »Mit einem Schal«, sagte er nur.

Orla hörte ihn nicht. Sie hob einen schweren, gefühllosen Arm und griff mit tauben Fingern nach dem Ende des Schals. Ein langer, gelber Seidenschal. Zierlich in eine Ecke waren die Initialen O.O. gestickt.

Aschfahl drehte sie sich zu Marchal um.

»Das ist meiner.«

Marchal sah sie ungläubig an. »Deiner?«

»Sie hat ihn mir im Restaurant geschenkt. Seltsam.«

»Wie ist er hierhergekommen?«

»Keine Ahnung, Hervé«, murmelte sie mit steifen Lippen.

»Er war hübsch verpackt. Ich hatte ihn in meine Tasche gelegt.« Sie schwieg. Der Polizeibeamte war in den Raum getreten.

»Das ist Martine Chauvin«, murmelte sie und versuchte, sich zu konzentrieren. Zog die Kamera aus dem Koffer und fotografierte systematisch. Sie hoffte, dass er nicht sah, wie ihre Hand zitterte, als sie nach dem Knoten griff.

»Solide«, murmelte Marchal. »Der sollte halten.« Sein Gesicht war hochrot, und über seine Schläfe lief ein Tropfen Schweiß.

Sie hatte kaum Kontrolle über ihre Finger, die den Knoten lösen sollten. »Das ist ein Einhandknoten«, rief sie verblüfft.

»Einhandknoten?«

»Ja, ein chirurgischer Knoten. Wenn du so willst, ein linkshändiger Knoten.« Sie zog am kurzen Ende. »Ich weiß nicht, wie viele Menschen solche Knoten können. Solide. Rutschen nicht. Kein Arzt darf sich dem OP-Tisch nähern, ehe er diesen Knoten nicht perfekt beherrscht.« Sie nahm den Schal ab. »Ich habe es geahnt«, sagte sie. »Sie wurde erwürgt.«

»Wie können Sie da so sicher sein?« Die Augen des Kriminalbeamten waren noch immer schmal.

»Ich bin hundert Prozent sicher, ja. Sehen Sie selbst. Deutliche horizontale Markierungen.« Sie zeigte darauf. »Wäre es so gewesen, wie der Mörder uns glauben machen will, würden die Markierungen mehr vertikal am Kiefer entlang verlaufen.« Sie fuhr mit der Untersuchung fort. »Er hat nicht die Hände benutzt. Wahrscheinlich ist sie mit diesem Schal erwürgt worden. Sie war schon tot, als das Selbstmordszenario arrangiert wurde.« Sie sah sich um, ehe sie das starre Gesicht dem Polizisten zuwandte. »Der Garten, ist der gründlich durchsucht worden?«

»Wir sind dabei. Ein deutlicher Fußabdruck auf den Fliesen draußen deutet darauf hin, dass jemand in weiche Erde getreten ist. Sie kann gegossen haben, ehe der Mörder kam, wie Sie es angedeutet haben.«

»Herrengröße?«

»Ja. Aber bei den Steinplatten hört es auf.«

Er pflegt die Schuhe auszuziehen, dachte sie bitter. »Ja, genau«, sagte sie nur. »Er muss Martine vom Garten hereingetragen haben, nachdem er sie erwürgt hat. Er hat sie in die Dusche gehoben. Vermutlich vor zwölf Stunden. Plus/minus zwei Stunden.« Sie sah den Mann von der Kripo durchdringend an. »Es hat Kontakt gegeben. An ihr müssen Fasern zu finden sein. Wenn wir Glück haben, DNA.« Vorsichtig entfernte sie den Schal von Martines Hals.

Er hielt ihr eine bereits fertig gekennzeichnete Plastiktüte hin. »Hier hinein«, sagte er nur. Sie legte den Schal in die Tüte. Er versiegelte sie und ging hinaus.

Sie riss sich zusammen und fuhr mit der Untersuchung fort. Ihre Hände wollten ihr nicht gehorchen, ihr Inneres revoltierte, und so hantierte sie ungeschickt wie ein Anfänger, um festzustellen, wann das Verbrechen stattgefunden und ob der Mörder Spuren hinterlassen hatte. Aus dem Augenwinkel sah sie Marchal, er hatte sich in den letzten fünf Minuten keinen Fingerbreit bewegt.

Sie schloss die Untersuchung ab und sank am Esstisch auf einen Stuhl, um den vorläufigen Bericht zu verfassen.

»Es tut mir leid, dass du das machen musst.« Marchal ließ sich schwerfällig neben ihr nieder.

»Ich habe ja selbst darum gebeten«, murmelte sie.

Ganz unten auf den Papierbogen setzte sie ihren Namensstempel. »Ich habe so eine Ahnung, dass der Kontakt mit mir zu diesem Entsetzlichen hier geführt hat. Ich verstehe zwar nicht, warum man ihr das Leben nehmen musste, aber vermutlich sehe ich ohnehin noch nicht klar, worum es geht. Noch nicht.« Sie ließ Stempel und Stift in die Tasche fallen und starrte mit leerem Blick vor sich auf den Tisch. »Mord. Tod durch Erwürgen. Sie lebte, als ich sie am Samstag um vier Uhr nachmittags verließ. Heute ist Montag, zwölf Uhr. Sie muss ermordet worden sein, nicht lange, nachdem ich sie vor anderthalb Tagen verließ.«

Marchal nickte. »Und darüber hinaus vorläufig keine anderen Befunde.« Er stand auf. »Wir müssen zurück.«

»Du musst dir sehr gründlich überlegen, wie du erklärst, dass es dein Schal war«, sagte Marchal langsam, als sie zurückfuhren. »Und warum du ihnen das nicht gesagt hast, als wir dort waren.«

»Die Antwort ist einfach.« Ihr taten die Kiefermuskeln richtig weh. »Ich weiß nicht, wie jemand an den Schal gekommen sein kann. Und ich war einfach nicht in der Lage, das zu erklären und sie gleichzeitig angemessen medizinisch zu untersuchen.« Sie sah ihn müde an. »Ich werde schon noch eine Gelegenheit bekommen, mich zu verteidigen.« Sie drückte das Gaspedal stärker durch und fuhr auf den Ring um Paris. »Ich will darüber auch nicht weiter spekulieren, denn ich habe wirklich keine Ahnung. Ich muss das erst ein bisschen sacken lassen, ehe ich Pineaus Fragen beantworten kann.« Sie schluckte. »Ich bringe dich ins Büro. Dann bekommst du wenigstens was zu essen.«

»Und du?«

Sie schüttelte den Kopf. »Im Augenblick muss ich einfach irgendetwas tun. Ich fahre zu dem Antiquitätenhändler.«

Den Rest der Fahrt legten sie schweigend zurück. Schließlich setzte sie ihn am Quai des Orfèvres ab. Sie fuhr weiter in die Rue Jacob.

35

Das Schild im Fenster hatte inzwischen jemand umgedreht, und die Seite »Geöffnet« zeigte nach vorn. Als sie die Tür öffnete, bimmelte eine kleine Glocke. Sie blieb stehen und sah sich um. Das Geschäft war winzig und total überfüllt. Auf einem Tisch standen Ess- und Teeservices, Tassen, Gläser, Krüge. Oft fehlten Teile, manche Stücke hatten Risse, oder am Rand war etwas abgesprungen. Nichts war antik oder irgendwie wertvoll. Alles war gebraucht und alt und abgenutzt. Das Geschäft war klein, die Preise frech, aber wahrscheinlich entsprachen sie den Preisen der umliegenden Geschäfte. Es roch intensiv nach altem Zigarettenrauch.

Ein kleiner Mann kam aus dem Hinterzimmer. »Ja?« Er wirkte reserviert, fast feindlich. Es war, als hätte man sein privates Wohnzimmer betreten und ihn in der Mittagsruhe gestört. Sie nahm an, dass viel freundliche Überredung und Verkaufstalent dazu gehörten, um das zu verkaufen, was hier in diesem Durcheinander auf Tischen und Fußboden aufgestapelt stand.

Das Alter des Mannes war schwer zu schätzen. Zwischen sechzig und siebzig, dachte Orla. Er war klein, drahtig und fast kahlköpfig. Seine Haut hatte einen gelblichen Ton, vermutlich vom lebenslangen Nikotinkonsum. Die dunkle, raue Stimme verstärkte ihre Vermutung.

»Kann ich mich etwas umsehen?«, fragte sie freundlich und drehte eines der Gläser um. Er nickte und setzte sich hinter einen winzigen Tisch in der Ecke, der offensichtlich den Tresen darstellte. Er zündete sich eine Zigarette an und begann in einer Zeitschrift zu blättern.

»Ist das Silber?« Sie hielt eine Suppenkelle hoch, die offenbar nicht echt war.

»Nein, die ist versilbert. Wenn Sie Interesse haben, ich habe einige Silberbestecke da, aber keine Suppenkelle.« Er deutete auf eine kleine Glasvitrine an der Wand. Sie hörte in der an sich korrekten Sprache einen Akzent heraus.

»Ah ja.« Sie ging zur Vitrine. »Haben Sie etwas für zwölf Personen?« Sie versuchte ihn zum Sprechen zu bewegen. Aber er schüttelte nur den Kopf.

Orla ging zu der Wand, wo ein altes Bild von einem kleinen Mädchen mit Rüschenkleid und Engelshaar hing, das Kind drückte einen großen zotteligen Hund. Reine Massenware und völlig wertlos. Sie spürte seinen Blick im Rücken und blieb vor dem Bild stehen.

»Suchen Sie etwas Besonderes?«

Sie drehte sich zu ihm um. »Eigentlich ja, ohne allerdings genau zu wissen, wo ich suchen soll.«

»Ja, bitte?« Er sah sie abwartend an.

»Ich interessiere mich für Ikonen. Ich weiß nicht, ob Sie diese Art Bilder kennen.« Sie hielt die Luft an. Ein Schuss ins Ungewisse, aber jetzt war er abgefeuert.

Er sah sie forschend an, ohne ein Wort zu sagen. Sie meinte, einen Funken Interesse in den kleinen Augen zu entdecken, die wie Glaskugeln wirkten. Fühlte, wie er sie abschätzte. Die Perlenkette registrierte, die teure Sonnenbrille an einem Band um den Hals. Den Schnitt des Hosenanzugs, die italienischen Schuhe. Nichts entging seinem Blick. Wenn sie Kleidung und Schuhe kaufte, was selten genug vorkam, griff sie stets ins obere Regal, sozusagen. Das gehörte zu den wenigen Ausschweifungen, die sie sich gestattete.

Er legte das Heft beiseite und zündete sich eine neue Zigarette an. »Selbstverständlich weiß ich, was Ikonen sind«, sagte er. »Ich bin damit aufgewachsen. Ich bin Russe, aber 1950 nach Paris emigriert, als Stalins Paranoia extreme Blüten trieb. Seither bin ich nicht mehr dort gewesen.« Er zog an der Zigarette und sah sie an, das eine Auge hatte er geschlossen. »Warum halten Sie Ausschau nach Ikonen?«

»Ich finde sie sehr schön und interessant.« Sie hoffte inständig, er möge nicht zu viel fragen. »Sie interessieren mich als Dekoration. So wie andere Malerei, Gemälde«, antwortete sie vage. »Der religiöse Aspekt ist für mich uninteressant.«

Er ließ sie nicht einen Moment aus den Augen. »Selbstverständlich kann man so etwas kaufen. Auch in Paris. Das Interesse daran nimmt überall zu.«

»Wissen Sie, wo man so etwas kaufen könnte?« Sie bemühte sich, hinreichend interessiert zu wirken.

Eine Pause entstand. »Ja«, sagte er dann. »Ich kann Ikonen besorgen. Wenn Sie bezahlen können.«

Orla spürte, wie ihr Herz einen Schlag zulegte. »Ich kann bezahlen«, sagte sie. »Wie viel, hängt natürlich vom Bild ab.« Sie wandte sich von dem Mädchen mit Hund ab und sah ihn direkt an. »Ich muss sie selbstverständlich zuerst sehen. Ohne jede Verpflichtung, versteht sich.«

Er drückte die Zigarette aus und stand auf. »Kommen Sie mit.«

Sie bereute, Marchal nicht mitgenommen zu haben, und folgte ihm zögernd ins Hinterzimmer. Das war eher ein dunkler kleiner Verschlag ohne Fenster. Ein Holzstuhl und ein Tisch, mehr Möbel gab es nicht. Für mehr war auch kein Platz. Eine einzelne nackte Glühbirne hing von der Decke. Als er den Lichtschalter betätigt hatte, war der Raum in grelles Licht getaucht. Sein Mantel hing an einem Haken. Vor der Wand waren einige Pappkartons aufgestapelt. Eine der Türen führte aller Wahrscheinlichkeit nach zum Hinterausgang.

»Ich habe sie hier«, sagte er und hob eine große Tragetasche aus dickem Papier hoch. »Ich hatte noch keine Gelegenheit, sie aufzuhängen.« Er ging in den Laden zurück und nahm ein paar Krüge aus dem Regal hinter dem Tresen. Die Bilder stellte er nebeneinander aufs Regal. Es waren zwei. Das kleinere schätzte sie auf 30 x 30 cm, das größere auf 50 x 80 cm. Das eine Bild zeigte die Jungfrau Maria mit dem Kind auf dem Schoß. Maria trug einen roten Mantel mit Goldmuster. Das schwarze Haar umrahmte ein Gesicht mit frischer Hautfarbe. Ihr Mund lächelte leicht, fast mystisch, das Lächeln erinnerte etwas an die Mona Lisa. Das Kind trug goldgelbe weite Hosen und sah rund und sanft aus. Beide hatten sie eine große Goldgloriole um den Kopf. Der Junge sah aus wie ein Kind und nicht wie ein erwachsener Mann en miniature. Dem Bild fehlte der ernste, fast leidende Ausdruck, an den Orla sich von den Büchern zu erinnern meinte, in denen sie vor einigen Stunden in der Buchhandlung geblättert hatte. Sie stellte sich vor das zweite Bild. Auch das zeigte Maria und das Kind, außerdem drei erwachsene Männer.

»Das ist etwas anders als das erste Bild.« Er deutete darauf. »Der Titel lautet ›Darstellung im Tempel‹. Es zeigt Maria, wie sie zum ersten Mal das Kind in den Tempel bringt.«

Orla nickte bloß. Die Figuren waren schlank, zweidimensional und einfach. Einer der Männer hatte das Kind auf dem Arm und blickte es ehrerbietig an. Die übrigen Figuren standen wie Zuschauer daneben. »Ich mag dieses«, sagte sie und deutete auf das erste Bild.

»Ja.« Sie konnte nicht heraushören, ob er enttäuscht klang. »Das andere ist genuiner und ohne Zweifel das wertvollere. Außerdem ist es älter. Mitte 17. Jahrhundert.« Er unterbrach sich, wartete. Sie sagte nichts, studierte nur die beiden Ikonen. »Das, was Sie lieber mögen, stammt aus dem 18. Jahrhundert. Der Künstler ist westlich inspiriert. Er hat mit den strengen Regeln gebrochen, wie die Figuren dargestellt werden müssen. Sie sind runder. Sehen den drallen Engeln Rubens' ähnlich. Eigentlich mehr ein Gemälde als eine Ikone. Aber dennoch sehr wertvoll, keine Frage.« Er zuckte die Achseln. »Ich will damit nur sagen, wenn Sie wirklich eine genuine Ikone erwerben wollen, dann ist die größere der beste Kauf. Aber wenn man ein schönes Bild haben will ... Sie entscheiden.«

»Wie viel wollen Sie dafür haben?«

Er kniff die Augen zusammen und musterte sie. »Für solche Bilder einen Preis zu bestimmen, ist unmöglich.« Er setzte sich hinter den Tresen und zündete sich eine Zigarette an. »Beide sind unschätzbar. Aber ich dachte an 250000 Francs für das kleine und 350000 für das große.« Er schnipste das Streichholz aus. »Auf jeden Fall ist das ein Mitnahmepreis. In der aufgeheizten Atmosphäre von Auktionen könnten sie über die Millionengrenze kommen.«

Sie fragte nicht, warum er sie weggeben wollte. Als hätte er ihre Gedanken gelesen, fuhr er fort: »Ich mache Sie darauf aufmerksam, dass es bei Ikonen genau solche Unterschiede gibt wie bei aller anderen Kunst. Diese sind, wie gesagt, sehr alt und sehr wertvoll. Beide sind restauriert und nahezu perfekt. Der richtige Käufer, zum Beispiel ein reicher Sammler, wird recht ordentliche Summen dafür bezahlen. Aber ich kann nicht davon ausgehen, so ohne weiteres mit solchen Käufern in Kontakt zu treten.« Er betrachtete sie forschend. »Exakt in dieser Situation biete ich Ihnen die Bilder an.«

»Sie sind schön«, sagte sie langsam. »Haben Sie noch mehr zur Auswahl?«

»Nicht im Moment«, sagte er. »Aber falls Sie interessiert sind, kann ich Ihnen mehrere beschaffen. Ich weiß nur nicht genau, wann das sein wird. Mögen Sie diese beiden nicht?«

»Doch, ich mag sie. Aber ich will gern mehr zur Auswahl haben.«

Er zögerte einen Moment. »Ich habe noch eine kleine.« Er stand auf und ging wieder ins Hinterzimmer.

Sie hörte ihn in einem der Kartons wühlen. Blitzschnell holte sie die Kamera aus der Tasche und fotografierte die Bilder auf dem Regal.

Im nächsten Augenblick kam er mit einer Holztafel zurück, die erheblich kleiner war als die anderen. »Fünfzehnhundert«, sagte er.

Sie war wertlos, das sah Orla gleich, und schüttelte den Kopf. »Die rote«, sagte sie entschieden. »Mir gefällt die rote immer noch am besten.« Sie drehte sich zu ihm um. »Woher kommen diese Ikonen?«

»Aus Russland«, sagte er kurz. Sie wusste nicht, ob es stimmte, was er sagte. Seine Haltung hatte sich unversehens geändert. Die Stimme klang abweisend. Sie begriff, dass er auf der Hut war. Er wollte keine Fragen. Orla beschloss, ihn nicht weiter unter Druck zu setzen. Ein gründliches Verhör würde es später geben.

»Sind Sie interessiert?«

»Unbedingt.« Orla tat so, als sei der geforderte Betrag eine

Bagatelle. »Aber ich muss noch ein wenig darüber nachdenken. Ich komme später wieder.«

Er zuckte die Achseln, offenkundig unzufrieden. »Zögern Sie nicht zu lange«, sagte er, als er die Bilder zurück in die Tüte legte. »Es gibt noch andere Interessenten.«

Orla dankte und ging zur Tür. Dort blieb sie stehen und drehte sich zu ihm um. »Sie haben nicht zufällig ein Zimmer zu vermieten?«

Er starrte sie an, sprachlos. »Zimmer? Wieso um Himmels willen kommen Sie auf die Idee, ich hätte ein Zimmer zu vermieten?«

»Nur so. Ich frage einfach jeden. Es ist für Bekannte, Studenten. Zuverlässig, auch beim Bezahlen.«

Er schüttelte den Kopf. »Nein, damit kann ich Ihnen nicht dienen. Tut mir leid.«

Es wirkte überzeugend. Er besaß keine Zimmer. Hingegen war er im Besitz von zwei einzigartigen Ikonen, wegen denen er noch Probleme bekommen würde. Sie würde wiederkommen. Aber nicht als Kundin. Und er würde Rechenschaft ablegen müssen.

36

Die Mittagspause war vorbei, als Orla wieder im Gebäude der Polizei am Quai des Orfèvres ankam. Ihre Beine drohten unter ihr wegzuknicken. Sie setzte sich auf den Schreibtischstuhl und legte ihren Oberkörper über den Schreibtisch. Sie zwang sich, Martines Leichnam aus ihrem Bewusstsein zu verdrängen. Mach bloß immer weiter, dachte sie. Arbeite. Das hilft, nichts sonst. Diese Medizin hatte sie schon so oft an sich ausprobiert. Als es klopfte, richtete sie sich auf. Eine der Sekretärinnen steckte den Kopf durch die Tür.

»Da war ein Anruf für Sie aus Kiew.« Sie legte ein Blatt Papier vor Orla auf den Schreibtisch. »Ein Mann, der recht gut französisch sprach. Er hinterließ für Sie seine Telefonnummer.«

Orla nahm den Zettel. »Kein Name?«

»Ja, das schon. Aber ich weiß nicht, ob ich den richtig verstanden habe. Ich hoffe nur, dass die Zahlen stimmen.«

»Wann hat er angerufen?« Sie sah auf die Uhr. Knapp drei Stunden war sie weg gewesen. Natürlich hatte er ausgerechnet in der Zeit angerufen.

»Um halb zwei. Er sei bis sieben unter der Nummer zu erreichen.«

Fast unmittelbar wurde der Anruf angenommen. Der Mann stellte sich als Alexander Sjurgin vor, Journalist und Französischlehrer an einer Oberschule in Kiew.

Orla erzählte, was mit Martine geschehen war. Am anderen Ende wurde es still.

»Glauben Sie, das hat etwas mit diesem Fall hier zu tun? Dem, weshalb Sie Nachforschungen anstellen?«, fragte er langsam.

Darauf hatte sie keine Antwort. Außerdem kam es nicht in Frage, das mit ihm zu erörtern. »Ich kann überhaupt keine Verbindung erkennen. Sie ist brutal ermordet worden, ein Mord, für den wir bisher kein Motiv finden konnten. Wir erwarten in den nächsten Tagen das Ergebnis einer Reihe von Untersuchungen.« Es klang wie eine Pressemeldung, um den Fall zu verschleiern. Sie erzählte ihm keine weiteren Details. Zum Beispiel, dass Martine wahrscheinlich keinen sexuellen Übergriffen ausgesetzt gewesen war. Sie war vollständig bekleidet gewesen. Und nichts war gestohlen. Warum sollte jemand eine Frau umbringen, die ein zurückgezogenes, geregeltes Leben geführt hatte? Sie riss sich aus ihren Gedanken. »Haben Sie etwas Interessantes herausgefunden?«

Er beantwortete die Frage nicht, sondern sprach weiter über Martine. »Ich habe sie seit vielen Jahren nicht mehr gesehen, aber ich erinnere mich so gut an sie. Ich habe mich darauf gefreut, sie wiederzusehen.« Es war, als rede er mit sich selbst. »Ich kann mir nicht vorstellen, dass sie jemandem etwas getan hat. Eine bemerkenswerte Frau. Aufrichtig an anderen Menschen interessiert.« Er machte eine kleine Pause, wechselte dann abrupt das Thema. »Ich habe nicht viel zu erzählen. Als Erstes habe ich untersucht, ob es die beiden überhaupt hier im Einwohnerverzeichnis gibt. Ja, sie sind hier gemeldet.« Orla nahm sich einen Bleistift und notierte die Geburtsdaten. »Ob sie schon mal mit der Polizei zu tun hatten, weiß ich nicht.«

Orla kam es vor, als wiche er aus. Sie fragte sich, ob ihm Martines Ermordung den Mund verschlossen hatte oder ob er wirklich nicht mehr wusste.

»Sie waren auch nicht an der Universität von Minsk immatrikuliert, genau wie es Martine vermutet hatte.«

Orla nickte. Es war sehr wahrscheinlich, dass sie an der Universität von Paris aufgrund von falschen Papieren aufgenommen worden waren. Aber was mochte der Grund sein, sich falsche Papiere zu beschaffen, um in Paris Kunstgeschichte zu studieren? Natürlich konnte es dafür viele Gründe geben. Als Deckmantel für das, was sie eigentlich betrieben, das war wohl am wahrscheinlichsten.

»Ich habe keine weiteren Informationen zu diesen Männern«, fuhr er fort. »Und kaum eine Möglichkeit, weitere zu beschaffen.«

Orla war klar, dass er weitere Untersuchungen als zu riskant einschätzte. »Ich verstehe«, sagte sie freundlich. »Sie sind uns eine große Hilfe gewesen. Ich hoffe, dass ich mich wieder an Sie wenden kann, wenn nötig.«

»Jederzeit gerne«, antwortete er. Orla verstand, dass er das Gegenteil meinte.

Nachdenklich legte sie auf. »Die Studenten hatten vermutlich gar keine formelle Studienberechtigung«, sagte sie zu Marchal und Roland, die in ihr Zimmer gekommen waren. Sie stand auf und öffnete ein Fenster. »Es sieht so aus, als hätten sie falsche Papiere gehabt.«

»Aber man kann natürlich nicht ausschließen, dass sie sich brennend für Kunstgeschichte interessierten.« Marchal kratzte sich nachdenklich am Bart. »Das würde vielleicht den Fund einer alten Ikone in ihrem Auto erklären. Aber glauben tue ich das nicht.«

»Das könnte doch ein Alibi sein, um sich frei in Frankreich zu bewegen. Sogar in ganz Europa«, meinte Orla. »Aber warum musste es Frankreich sein und nicht ein anderes europäisches Land?«

Marchal hatte sich ans offene Fenster gestellt. »Warum finden wir nur eine Ikone?« Er zog ein Taschentuch aus der Hosentasche. »Was ich damit sagen will, ist Folgendes: Werden viele gefunden, stellt sich der Fall anders dar, aber eine Ikone ist so gut wie nichts. Vielleicht ist das verdammte Holzbrett nichts weiter als ein Zufall?« Von der Hitze hatte er große Schweißflecken unter den Armen.

»Wäre es nicht eine Idee, das Stück begutachten zu lassen, ehe du es als altes Holzbrett klassifizierst?« Orla wollte weiterkommen. »Wenn du es nicht selbst tun willst, könnte ich es zu einem Experten mitnehmen. Ich habe nämlich einen gefunden, der bereit ist, es sich anzuschauen. Morgen Abend.«

»Jemand, der sich mit so was auskennt?«

»Ein Universitätsprofessor. Experte, nach eigener Aussage. Er kann mir erzählen, ob es echt ist, aber nicht, welchen Preis man dafür erzielen kann. Im Übrigen komme ich gerade von dem Antiquitätenhändler.«

Als Marchal die Einzelheiten erfahren hatte, drehte er sich schließlich zu den beiden um. »Da fahr ich hin«, sagte er nur. »Öffnungszeit 10–13.30 Uhr. Das klingt doch gemütlich. Vielleicht sollten wir das bei der Polizei auch einführen?« Er sah Roland an, der ganz in Gedanken versunken war.

»Diese Ikonen hat er mir gezeigt.« Sie loggte sich in ihren Computer ein und zeigte ihm die Fotos, die sie aufgenommen hatte. »Die waren wirklich interessant. Aber im Handumdrehen verkaufen kann er sie nicht, davon bin ich überzeugt.« Sie nahm ihr Notizbuch und schrieb Iwanows Namen und Adresse auf sowie den Namen des Kunsthistorikers und die Uhrzeit der Verabredung. Diese Notizen waren völlig überflüssig. Sie hatte ein phänomenales Gedächtnis und vergaß nie irgendetwas. Dennoch führte sie dieses Notizbuch. Die Spätfolgen eines allzu langen Daseins als Student, hatte Marchal einmal behauptet. »Es gibt Menschen, die bereit sind, ihm dafür zu geben, was er haben will«, fuhr sie fort, während sie ihre Aufzeichnungen machte. »Und wohl auch weit mehr. Aber die gehören nicht zu seinem normalen Kundenkreis.« Sie blickte auf. »Er ist auf der Suche nach dem richtigen Käufer oder einem Zwischenhändler, der an den Bildern interessiert ist, um sie weiterzuverkaufen. Auf keinen Fall werden sie in seinem schmuddeligen kleinen Laden verkauft. Der Kontrast zum übrigen Warenangebot ist einfach zu groß.«

Marchal konnte sich nicht länger zurückhalten. »Warum hat er die Bilder ausgerechnet *dir* angeboten!« Er hob eine Hand. »Nein, antworte jetzt bloß nicht, ehe du mit deinen Notizen fertig bist! Wir dürfen doch keinesfalls riskieren, dass du etwas nicht aufgeschrieben hast!«

Sie überhörte die Spitze. »Ich habe das einzige Kunstwerk, das im Laden hing, andächtig betrachtet. Ein Bild von einem entzückenden Mädchen mit Hund. Massenware. Wahrscheinlich das berühmte Zigeunermädchen.« Sie klappte ihr Notizbuch zu. »Im Übrigen ist er seit 1950 nicht mehr in Russland gewesen, sagt er. Das wird sogar stimmen. Ich glaube, er wird beliefert, zum Beispiel von solchen wie unseren beiden Männern.« Sie zögerte. »Trotzdem erstaunt es mich, dass sie zum Weiterverkaufen so einen Mann wählen. Das kann nichts anderes bedeuten, als dass er wiederum Kontakte hat, an die er liefert.«

»Wir müssten mögliche Spezialgeschäfte prüfen.«

Orla zuckte die Achseln. »Willst du nicht warten, bis die Bilder geschätzt worden sind? Wenn es sich zeigt, dass es sich um Kostbarkeiten handelt, glaube ich nicht, dass sie in einem Geschäft landen. Nicht, wenn sie berühmt sind und damit leicht wiederzuerkennen. Das wäre zu riskant. Ich glaube, so was geht direkt weiter an Privatsammler.« Sie stand auf und holte eine Kanne Eistee und drei Tassen.

»Möglich, dass die Bilder gestohlen sind.« Sie verteilte die Tassen. »Zum Beispiel aus abseits gelegenen Kirchen oder Privatsammlungen. In dem Fall wäre es sehr schwierig, etwas zu beweisen. Ob sie gestohlen wurden und von wem. Wer der Empfänger ist. Oder der Mittelsmann. Viele haben sich falsche Zertifikate verschafft, um nachzuweisen, dass alles auf legalem Wege vor sich gegangen ist. Aber es ist möglich, das herauszufinden. Das Bild muss irgendwo als vermisst registriert sein. Wenn es so wertvoll ist, wie du glaubst, und man einen Titel angeben kann, dürfte das eine Kleinigkeit sein.«

»Was heißt auf legalem Wege?«, wandte Marchal ein. »Meines Wissens ist es nicht erlaubt, Gegenstände von kunsthistorischem Wert über die Landesgrenzen zu transportieren. Jedenfalls nicht, um sie zu verkaufen.«

»Ich habe mit den Botschaften und den Zollbehörden gesprochen. Es gibt für Russland ein generelles Ausfuhrverbot religiöser Kunstwerke. Also auch für Ikonen. Um sie auszuführen, braucht man eine Sondergenehmigung, und die bekommt man nur ausnahmsweise. Aber natürlich gibt es illegalen Handel mit Ikonen. Der Zugang ist zu einfach. Die Kontrollen sind mangelhaft. Und der Verdienst ist zu gut.« Sie trank einen Schluck Eistee. »Sie hängen in ganz Osteuropa überall in den Wohnungen und den Häusern, mehr oder weniger wertvolle Stücke. Meist haben sie vor allem für den Besitzer einen hohen emotionalen Wert. Und niemand kann einer Privatperson verwehren, zu verkaufen, was sie besitzt. Ich rede jetzt nicht vom Handel. Der Punkt ist, dass es kunsthistorische Schätze gibt, die auf illegale Weise außer Landes gelangen. Und ich glaube, dass wir es damit zu tun haben.« Sie betrachtete nachdenklich ihre Fingernägel. »Offenkundig sind es auch nicht gerade Kleinigkeiten, die außer Landes geschmuggelt werden. Das hier ist sicher nur die Spitze des Eisbergs.« Sie sah Marchal resigniert an. »Ich habe mich bei verschiedenen katholischen Organisationen umgehört. Mir wurde von einer der umfangreichsten Aktionen berichtet. An der Grenze zwischen Russland und Finnland wurde 1997 ein bedeutender Posten beschlagnahmt. Kaum zu glauben, aber damals fand man rein zufällig in einem Container tausend Ikonen, die über die Grenze geschmuggelt werden sollten. Dahinter steckten Amerikaner.« Sie nahm die Tasse und trank ihren Tee aus. »Kürzlich wurden in einem Container siebenhundert Ikonen auf dem Weg nach Italien gefunden. Ebenfalls russische. Die Hintermänner waren Italiener. Unter anderem Kunstexperten und Galeriebesitzer.«

»Kann man den ökonomischen Wert einer solchen Ladung beziffern?«

»Schwierig. Das ist es in der Kunst ja generell. Es kommt auf die Epoche an, auf die Größe, den Zustand des Werks und so weiter. Ich weiß nicht so viel darüber.« Sie zuckte die Achseln. »Unabhängig davon, wie wertvoll sie einzeln betrachtet sein mögen, muss man vermuten, dass ein solcher Container zwischen vierzig und siebzig Millionen Francs einbringt.« Sie sah aus dem Fenster und ließ den Blick auf einem weit entfernten Punkt ruhen. Menschen, die sich durch die Hitze schoben, Autos, die Lärm verursachten und die Luft verschmutzten. Alles ließ sich für Geld kaufen, wenn der Betrag nur hoch genug war. Hoffnungslosigkeit machte sich in ihr breit. Alles ließ sich beschaffen. Stempel. Papiere. Man würde wegschauen. Kunstwerke würden einfach abgenommen. Hinausgetragen. Veräußert. Was half es, in dem ganzen Elend herumzuwühlen? Das änderte doch nichts. Marchal musste beim OCBC gegenchecken, der Unterabteilung der Kripo zur Bekämpfung von Kunstdiebstählen. Als vor einigen Jahren sechs unersetzliche Wandteppiche aus dem 16. Jahrhundert im Wert von geschätzten fünfzehn Millionen Francs aus dem Renaissancemuseum gestohlen wurden, hatte die Abteilung ihre Existenzberechtigung bestätigt gesehen. Denn sie wurden gefunden und im Triumph zurückgebracht, und die Aktion führte zu einer engeren Zusammenarbeit mit Interpol und der Einrichtung von TREIMA, dem elektronischen Bildarchiv der Polizei, in dem mehr als fünfundzwanzigtausend gestohlene Kunstschätze registriert sind.

Marchal und Roland tranken schweigend ihren Tee. Orla setzte sich aufrecht und straffte die Schultern. »Ob der Antiquitätenhändler mit den Studenten in Verbindung stand oder nicht, er muss zum Verhör hierherkommen, und dem Ursprung der Bilder muss nachgegangen werden. Sobald wir etwas mehr wissen, müssen wir das OCBC einbeziehen.«

»Die letzten Neuigkeiten von der Großmutter.« Marchal stellte die leere Tasse mit Nachdruck auf den Tisch. »Wir sind die Register durchgegangen. Unsere Alice Dupont hat ihren Arnaud 1957 nicht geheiratet. Sie hat allem Anschein nach überhaupt nie wen auch immer geheiratet.« Seine Nasenlöcher vibrierten. »Sie wird als Mademoiselle Dupont geführt.«

Orla sah wieder aus dem Fenster. »Ich ahnte schon so etwas. Aber warum belügt sie uns bei solchen Sachen?«

»Ich könnte mir vorstellen, dass in ihrer Generation der Status als unverheiratetes Fräulein vielleicht nicht sonderlich hoch war«, vermutete Roland.

Orla schüttelte den Kopf. »Da steckt doch etwas anderes dahinter.«

»Wovon hat sie eigentlich all die Jahre ihren Lebensunterhalt bestritten?«

»Wer weiß?« Orla drückte die Handflächen auf die Tischplatte und erhob sich. »Sie ist neugierig und nicht sonderlich sympathisch, und sie lügt, sobald es ihr in den Kram passt.« Sie zuckte die Achseln. »Möglich, dass sie eine triste Fassade etwas ausgeschmückt hat. Aber ich glaube, dass sie außerdem noch etwas zu verbergen hat.«

»Frauen sind wahrlich nicht einfach, nein. Man muss behutsam vorgehen.« Marchal richtete den Blick auf einen Punkt oberhalb von Orlas Kopf. Die Augenbrauen hatte er weit hochgezogen. »Es gibt noch eine zweite Frau, mit der ich gern geredet hätte, und die vielleicht ein bisschen von dem ergänzen kann, was wir über Alice Dupont nicht wissen. Falls die Frau so klar im Kopf ist, wie es von ihr heißt.« Er stand auf. »Ich muss einen Krankenbesuch machen. Denise Decaux, die Großmutter des jungen Mädchens in der zweiten Etage, muss viele Jahre ihres Lebens im selben Mietshaus wie Alice Dupont gelebt haben.« Er blieb an der Tür stehen. »Ich glaube, es wäre gut, wenn ich eine Frau dabei hätte«, sagte er nachdenklich. »Solche alten Damen können sich furchtbar erschrecken, wenn aus heiterem Himmel ein Polizist vor ihnen steht.«

»Ach, da hättest du bei ihr nichts zu befürchten«, warf Orla trocken ein und schaltete den Computer aus. »Sie ist blind.«

37

Das Schild über der Tür verkündete, dass sie in der Pflegeabteilung waren. Orla und Marchal traten zögernd ein. Vor ihnen lag ein langer Korridor, auf dessen Boden das rotbraune Linoleum von endlosen Wanderungen zeugte. Den Flur entlang lagen die Türen in Reih und Glied. Der eine oder andere Stuhl mit hoher Rückenlehne stand vor der kreidefarbenen Wand, zwei Rollstühle waren in der hintersten Ecke platziert. Unter der Decke waren lange schmale Neonröhren angebracht, die den Korridor in ein kaltes, blauweißes Licht tauchten. Einzig das monotone Geräusch von einer der Röhren, die unablässig blinkte, unterbrach die Stille.

Orla nahm den eigentümlichen Geruch wahr, der genau dem entsprach, den sie aus der Einrichtung in Melbu kannte, wo ihre Mutter jetzt herumwanderte, ohne zu wissen, wo sie war. Orla fühlte sich wie einer der pawlowschen Hunde. Sie reagierte instinktiv, das heißt, sie wollte am liebsten flüchten, so schnell wie möglich von dort wegkommen. Unterstützt von einem Gehwagen schlurfte langsam ein alter Mann an ihnen vorbei, ohne den Blick vom Fußboden zu heben. Ein Stück entfernt saß in einem der hochlehnigen Stühle eine weißhaarige Frau, die dünnen Beine reichten kaum bis zum Boden, die Füße steckten in Pantoffeln. Ein elastisches Band war an beide Armlehnen gebunden und bewahrte wie eine Barriere die Frau davor, aus dem Stuhl zu kippen. Wie ein weißes Segel hing auf ihrer Brust eine große Serviette. Der Oberkörper der Frau lehnte weit über eine Armlehne, als wollte sie sich übergeben. Ganz am Ende des Flurs saß in einem der Rollstühle eine Frau, auf den Knien lag eine dicke Decke. Unbeweglich saß sie da und schaute aus dem hohen Fenster. Ungläubig starrte Orla das Plaid an. Draußen waren es über dreißig Grad.

Ihre Gedanken wurden von einer weißgekleideten Frau um die fünfzig unterbrochen, die aus dem Bereitschaftszimmer kam. Marchal stellte sich vor und fragte nach Denise Decaux. Die Weißgekleidete deutete mit einem Kopfnicken auf die Frau im Rollstuhl am Fenster. »Sie besteht darauf, dort den ganzen Tag zu sitzen«, erklärte sie. »Nach einem halben Jahr hier findet sie es noch immer schrecklich, das Zimmer mit zwei anderen Frauen teilen zu müssen. Sie nennt sie nur ›die beiden Fremden‹.« Sie zuckte die Achseln. »Wir können da nicht viel machen. Wir betreiben hier ja schließlich kein Hotel. Es ist traurig, wenn man nicht einmal den Versuch macht, sich wohlzufühlen.«

»Ist sie geistig klar?«

»Absolut. Achtzig Jahre und ein Gedächtnis wie eine Jugendliche. Sind Sie mit ihr verwandt?«

Marchal schüttelte den Kopf.

Die Pflegerin zog einen Schlüsselbund aus der Tasche und schloss das Bereitschaftszimmer ab. »Selbstverständlich dürfen Sie mit ihr reden, wenn Sie das möchten. Ich bin gleich wieder da.« Sie nickte und verschwand durch die Tür ins Treppenhaus.

Denise Decaux war klein und dünn, fast durchsichtig. Der Kopf lehnte am Stuhlrücken und ihr Blick war zum Fenster gerichtet. Die Aussicht bestand aus der Häuserzeile auf der anderen Straßenseite.

Marchal nickte und Orla räusperte sich vorsichtig. »Madame Decaux?«

Die Frau drehte langsam den Kopf in ihre Richtung.

Orla war unsicher, ob sie noch irgendetwas sehen konnte, oder ob sie vollständig blind war. Sie nahm behutsam ihre Hand und stellte sich und Marchal vor.

Denise Decaux hielt ihre Hand fest. »Wollen Sie mit mir reden?«, fragte sie verblüfft. »Seit Jahr und Tag hat niemand nach mir gefragt. Aber man kann wohl keiner Menschenseele einen Vorwurf machen, wenn er keine Lust hat, einen Ort wie diesen aufzusuchen.« Sie richtete sich auf. »Und wenn dann schon wer kommt, dann muss es natürlich die Polizei sein.« Sie drückte Orlas Hand fest. »Sie müssen entschuldigen, dass ich nicht aufstehe, aber dazu bin ich nicht in der Lage. Ich hatte Pech und habe mir vor einem halben Jahr den Oberschenkelhals gebrochen.« Eifrig wedelte sie mit der anderen Hand. »Bitte suchen Sie sich doch einen Stuhl. Es muss hier doch noch etwas anderes als Rollstühle geben!« Orla zog sich einen Stuhl neben sie. Marchal blieb hinter ihr stehen.

»Das ging so weit ganz gut. Aber dann hatte ich wieder Pech.« Sie lehnte sich vertraulich zu Orla hin und senkte die Stimme. »Ich musste nachts zur Toilette, wissen Sie. Ich teile das Zimmer mit zwei fremden Damen. Deshalb wollte ich nicht um Hilfe klingeln. Die machen immer so viel Lärm. Ich komme lieber allein zurecht.« Sie nickte nachdrücklich. »Aber ob Sie es glauben oder nicht, ich stolperte im Dunkeln und fiel hin. Und brach mir auch noch den anderen Oberschenkelhals.« Sie schüttelte den Kopf. »Licht anzumachen hätte auch nicht so viel genutzt. Ich habe den grauen Star und bin fast blind. Niemand will einer wie mir eine Operation spendieren. Wenn man nicht gehen kann, braucht man schließlich auch nicht zu sehen, oder?« Sie wandte ihr Gesicht Orla zu und starrte sie an. »Im linken Auge ist noch ein Rest Sehfähigkeit erhalten. Ich glaube, Sie sind rotblond. Stimmt das? Mehr sehe ich nicht.« Sie lehnte sich zurück, holte zitternd Luft.

Orla lächelte. »Genau.«

»Sie sind jung, das höre ich.« Sie schwieg. »Und Ausländerin. Woher?« Orla erzählte es ihr. »Es ist schwer für andere, zu verstehen, wie demütigend es ist, alt zu werden.« Sie seufzte. »Bei Ihnen in Norwegen ist es bestimmt viel besser. Mit all dem Öl.« Wieder lehnte sie sich zu Orla hin und senkte die Stimme. »Könnten Sie sich vorstellen, in ein Zimmer mit zwei wildfremden Damen zu ziehen? Für den Rest Ihres Lebens?« Das konnte Orla nicht.

Marchal hatte sich einen Stuhl geholt und ihn zu ihr gestellt. »Madame Decaux, ich habe ein paar Fragen.«

Die Frau hob erstaunt den Kopf und nickte. »Ich hatte fast vergessen, dass Sie zu zweit waren. Und dass es einen Grund für Ihren Besuch gibt. Ich bin nur gespannt, ob es um diesen Taugenichts von einem Sohn geht, den ich habe.«

Oral und Marchal sahen sich an. Die Frau fuhr fort: »Wundern würde es mich nicht. Ich habe nur einen Sohn, aber der ist eine Null und ein Nichtsnutz. Ja, ich weiß, dass Sie erschrecken, weil ich so etwas von meinem eigenen Sohn sage. Aber so ist es halt.« Indigniert holte sie Luft. »Schon immer lagen seine persönlichen Ambitionen haushoch über den begrenzten Ressourcen, mit denen er ausgestattet ist. Größenwahnsinn nannte man das seinerzeit.« Sie wandte Orla die fast erblindeten Augen zu, und auf den Wangen konnte man einen Hauch Farbe ahnen. »Er schämt sich seiner Herkunft. Versucht sich besser zu machen, als er ist. Mit Spleens und Manieren, damit man glauben soll, er sei adelig!« Sie hob einen zitternden Zeigefinger. »Und das hat natürlich mit sich gebracht, dass er auf großem Fuße lebt, von Mitteln, die er nicht hat. Aus dem Grund steckt er ständig ökonomisch in der Sackgasse.« Sie schüttelte den Kopf. »Aber auf rätselhafte Weise schafft er es immer wieder, dieser Gauner. Jedes Mal.«

»Womit beschäftigt er sich?«

»Ich habe keine Ahnung. Hat ständig neue Pläne, meist noch, bevor er das letzte Projekt abgeschlossen hat.«

»Sehen Sie ihn häufig?«

»Sehr selten. Wenn er auftaucht, ist es meist, um sich zu versichern, dass ich nicht zu viel Geld verbrauche und dass das wenige, das ich besitze, gut auf der Bank angelegt ist. Gern auch, um sich etwas zu leihen.«

»Wie heißt er?«

»François. Wieso?«

Orla schüttelte langsam den Kopf und notierte. »Er ist der Vater der jungen Frau, die Ihre Wohnung übernommen hat, nicht wahr?«, fragte sie vorsichtig.

Die alte Dame nickte. »Er hat eine kleine Frau, die sich bemüht, seinem Selbstbild entsprechend zu leben, die Ärmste. Sie haben diese Tochter produziert, die ihrem Vater unglaublich ähnlich ist. Sie hat mich exakt die beiden Male besucht, als sie Geld brauchte. Bestimmt trägt sie einen Ring in der Nase. Sie ist nicht sonderlich gut ausgestattet, die Arme.« Die Frau saß vornübergebeugt im Rollstuhl. Der Gefühlsausbruch hatte sie angestrengt. Ihr Oberkörper zitterte, und sie nickte leicht mit dem Kopf. Orla hatte Angst, sie könnte aus dem Stuhl fallen und sich einen weiteren Knochenbruch zuziehen. Sie legte ihr die Hand auf die Schulter und drückte sie behutsam zurück.

Als sie zur Ruhe gekommen war, versuchte es Marchal noch einmal. »Wir sind eigentlich gekommen, um Ihnen einige Fragen zu Alice Dupont zu stellen.«

Die alte Dame wandte ihm erstaunt den Kopf zu. Sie senkte die Schultern, und das Zittern wurde weniger. »Alice Dupont? Meine alte Nachbarin? Was für ein Interesse könnte jemand an der haben?« Zum ersten Mal schien sie neugierig zu sein. Marchal nickte wieder Orla zu.

Sie beschloss, noch nicht sofort zu erzählen, was in letzter

Zeit passiert war. Es war nicht abzusehen, wie Denise Decaux solche Belastungen verkraftete. »Wie war das zu der Zeit, als sie dort einzog, darüber brauchen wir Informationen«, sagte sie vage.

»Wozu brauchen Sie solche Informationen?«, fragte sie misstrauisch. »Hat sie etwas Verrücktes gemacht? Oder ist ihr etwas zugestoßen?« Sie spitzte den Mund. »Sagen Sie nicht, sie bräuchten diese Informationen, weil Sie ein Buch über sie schreiben wollen!«

Orla schüttelte den Kopf. »Das nicht gerade.« Kurz entschlossen vertraute sie darauf, dass Denise Decaux stabil genug sei, und berichtete ihr kurz, was in der letzten Zeit passiert war. »Wir wissen so wenig von Alice Dupont«, endete sie. »Und was wir haben, ist sehr widersprüchlich.«

»Was wollen Sie wissen?«, fragte Madame Decaux und wirkte nicht im Mindesten erschüttert.

Marchal übernahm wieder. »So viel wie möglich. Wann ist sie eingezogen?«

»Mein Mann und ich kamen 1953 dorthin. Da war unser Sohn fünf.« Sie überlegte. »Alice Dupont zog 1954 ein.«

»Sind Sie ganz sicher?« Marchal schaute sie zweifelnd an. »Uns hat sie gesagt, sie und ihr Mann hätten die Wohnung 1957 gekauft.« Denise Decaux' Erinnerungsvermögen war genauso gut, wie man ihnen angedeutet hatte.

»Das ist etwas ganz anderes«, sagte sie energisch. »Ich glaubte, Sie wollten wissen, wann sie ins Haus einzog. Das war 1954. Aber nicht in die Wohnung. Zuerst wohnte sie in einem der Mansardenzimmer, von denen Sie gerade berichtet haben. Drei Jahre später kaufte sie die Wohnung.«

»Drei Jahre später?«

Die alte Frau nickte. »Sie war ein halbes Jahr lang weg, gleich nachdem sie eingezogen war. Ich weiß nicht, wo sie war. Wir stellten unfreundliche Spekulationen an, mein Mann und ich, aber wir wussten nichts. Wir wurden nie richtig bekannt mit ihr.« Sie machte eine Pause, dann zog sie verblüfft die Augenbrauen hoch. »Haben Sie gesagt ›ihr Mann‹? Im Sinne von ›Ehemann‹?«

Marchal nickte. »Sie hat erzählt, 1957 habe sie Arnaud Dupont geheiratet. Können Sie bestätigen, dass sie mit einem Mann zusammengelebt hat?«

Die Frau schien sich zu amüsieren. »Ach, sagt sie das!« Energisch schüttelte sie den Kopf. »Das stimmt doch gar nicht. Ja, es gab einen Mann, der in den ersten Jahren, als sie dort wohnte, häufig da war.« Sie verzog indigniert das Gesicht. »Ein unhöflicher Mensch, der weder grüßte noch ein Wort sagte. Ohne jede Manieren. Ich versuchte einmal, ihn in ein Gespräch zu verwickeln, als ich ihm auf der Treppe begegnete. Aber er drehte sich einfach weg.«

»Können Sie ihn beschreiben?«

Sie schüttelte langsam den Kopf. »Das ist mehr als vierzig Jahre her! Ausgeprägte Züge, ohne dass ich sie näher beschreiben könnte. Er hat nie dort gewohnt, dessen bin ich ganz sicher. Nach einer Weile kam er nicht mehr zu Besuch. Keine Ahnung, was aus ihm geworden ist. Seither habe ich dort niemals einen Mann gesehen.«

»Sie erzählte, sie und ihr Mann hätten ein Kind gehabt, das sehr früh starb.«

Madame Decaux rief empört: »So ein Unsinn! Wie kann man nur so etwas behaupten, um sich interessant zu machen!« Sie unterbrach sich kurz. »Schon wahr, dass wir spekulierten, weshalb sie fast ein Jahr lang weg gewesen war, aber als sie damals zurückkam, wirkte sie lebenslustiger denn je, sodass wir uns den Gedanken, sie sei vielleicht schwanger gewesen, aus dem Kopf schlugen.«

»Warum haben Sie sich nie richtig kennengelernt?«

Madame Decaux zuckte ausweichend die Achseln. »Wir waren sehr verschieden. Als sie einzog, trug sie solide flache Wanderschuhe, Tweedrock und Strickpulli.« Sie lächelte mit der herablassenden Überlegenheit der Großstadtfrau, die sich über alles lustig macht, das von außen kommt. »Ein richtiger

Bauerntrampel. Aber nicht lange. Nach und nach kippte es sehr in die andere Richtung.« Sie machte eine vielsagende Pause. »Ich will gar nicht versuchen, Ihnen zu beschreiben, wie sie sich kleidete. Sie hatte wohl etwas komplett missverstanden. Ich glaube, sie gab sich sehr große Mühe, um eine echte Pariserin zu werden, *chic*, wissen Sie – sodass sie fast aussah, als wolle sie in den Nachtclub gehen, aber am helllichten Tage.«

»Haben Sie sich denn gelegentlich mit ihr unterhalten?«

»Selten. Ich erinnere mich vor allem daran, wie sie sich bemühte, den Dialekt abzulegen.« Sie schnaubte verächtlich. »So albern! Als ob sie damit einen anderen hätte täuschen können als sich selbst.«

»Was arbeitete sie?«

»Sie meinen, welchen Beruf sie ausübte? Ja, wenn man das wüsste ...« Wieder drückte ihr Gesicht Skepsis aus. »Meinem Mann erzählte sie, sie arbeite in einem Café am Gare du Nord. Wir sahen, dass sie früh verschwand und spät heimkam.«

Orla hatte aufgehört, Kringel aufs Papier zu malen, und hörte Denise Decaux interessiert zu. »Wie lange war sie in dem Café angestellt?«

»Ich weiß es nicht genau. Jedenfalls arbeitete sie sehr viel weniger, nachdem sie fünfzig geworden war.«

Orla lehnte sich vor und fragte mit leiser Stimme: »Madame Decaux, wissen Sie, ob in den letzten Jahren in den Mansardenzimmern sogenanntes lichtscheues Gesindel wohnte?«

Der Gesichtsausdruck war jetzt fragend, als Denise Decaux' blinde Augen Orla ansahen: »Was um Himmels willen meinen Sie denn damit?«

»Hatten Sie den Verdacht, dass dort oben Prostituierte wohnten?«

Kurz wirkte Denise Decaux ganz schockiert. »*Prostituierte?* Sind Sie verrückt? Wie kommen Sie auf den Gedanken?« Sie lehnte sich empört zu Orla hin. »Glauben Sie, ich hätte mit Prostituierten unter einem Dach gelebt?« Der magere Brustkorb hob und senkte sich empört. »Niemals! Wir wären auf der Stelle ausgezogen!«

Orla nahm beruhigend ihre Hand. »Bitte regen Sie sich nicht auf. Das war nur eine Frage, eine Theorie. Nach dem, was dort geschehen ist, müssen wir alle Möglichkeiten durchgehen.«

Die alte Dame lehnte sich zurück und schloss die Augen. »Ich weiß nicht so sehr viel von dem, was in den letzten zehn Jahren dort vorgekommen sein könnte«, sagte sie langsam. »Ich bin selten draußen gewesen. Wissen Sie, mein Mann brauchte die ganze Zeit Pflege und Beistand. Wegzugehen und ihn allein zu lassen, war zu riskant. Ich hatte Todesangst vor dem Gasherd. Er vergaß ja alles Mögliche. Und außerdem sehe ich doch nicht so viel von dem, was passiert.« Sie öffnete langsam die Augen. »Wenn Sie etwas wissen wollen, fragen Sie Alice Dupont. Sie weiß alles.« Die Augen fielen ihr zu.

Orla saß ganz vorn auf der Stuhlkante, sie schien eine letzte Frage zu haben. Marchal kam ihr zuvor. »Madame Decaux«, flüsterte er langsam. »Kannten Sie den Concierge?«

Die Augen der Frau öffneten sich halb, fielen aber sofort wieder zu. »Ach, der.« Abwehrend winkte sie mit der Hand. »Er trinkt.« Der Kopf sank ihr auf die Schulter. Dann war sie eingeschlafen.

38

Die Tür des Pflegeheims schloss sich hinter ihnen. Es kam ihnen vor, als stiegen sie von einem unfruchtbaren Ort im Universum wieder auf den Planet Erde hinab. Orla holte mehrmals tief Luft. Saugte förmlich die warme Luft ein und genoss sogar den Verkehrslärm. Sie starrte dankbar auf die Menschen, die in alle Richtungen an ihr vorbeihasteten. Das alles verkörperte plötzlich Leben und Bewegung.

»Na, das war ja gar nicht so schlecht.« Marchal nickte nachdenklich. »Sie bestätigt immerhin, was wir gern wissen wollten. Solange Alice Dupont in dem Haus lebte, hat sie allein dort gewohnt. Ohne Familie.« Sie mischten sich unter die Menschenmenge und gingen langsam in Richtung Auto.

»Merkwürdige Geschichte, das mit Madame Decaux' Sohn.« Marchal warf einen Blick auf die Uhr. »Vielleicht schaffen wir es noch, mit ihm zu reden.« Sie blieben an der nächsten Straßenecke vor einem Tabakgeschäft stehen. Orla ging schnell hinein und suchte ihn im Telefonbuch. Sie fand François Decaux mit einer Adresse in der Rue de Grenelle, im 7. Arrondissement. Eine passende Adresse für einen Mann mit sozialen Ambitionen.

Sie gingen zum Auto zurück und riefen vom Handy aus an. Eine schwache Frauenstimme antwortete zögernd. Sie hatte diesen Tonfall von Menschen, die grundsätzlich mit schlechten Nachrichten rechnen, sobald das Telefon klingelt. Er sei leider nicht zu Hause, sondern in seinem Büro. Zu allem Überfluss behauptete sie, er habe dort kein Telefon. Doch mit einiger Überredungskunst bekam Marchal die Handynummer und Büroanschrift ihres Mannes heraus. Zweifellos fungierte die Frau als letzte Instanz vor unangenehmen Gläubigern, falls Denise Decaux' Beschreibung ihres Sohnes stimmte.

Als die nervöse Frauenstimme verstummte, sahen Orla und Marchal sich stumm an. »Die Ärmste«, murmelte Marchal.

»Verkraften wir den Mann zu diesem Zeitpunkt?« Plötzlich fühlte Orla sich erschöpft. »Ich habe den Eindruck, das könnte harte Arbeit werden.« Sie wühlte in ihrer Tasche nach der Wasserflasche. »Der muss doch Olympiasieger im Umgang mit unangenehmen Fragen sein.«

»Die Herausforderung nehmen wir an«, sagte Marchal. »Ich jedenfalls. Und du auch, wenn ich dich richtig kenne.«

Orla grinste. »Und ob du mich richtig kennst, Inspektor Marchal. Ich fahre.«

Zwanzig Minuten später parkten sie auf dem Bürgersteig vor Decaux' Büro im 17. Arrondissement. In der Umgebung, in der er sich niedergelassen hatte, herrschte der Verfall. Alles schien regelrecht zugemüllt zu sein. Die Eingangstür war gar nicht leicht zu finden. Sie lag eingeklemmt zwischen einer Boutique und einem Döner-Imbiss. Vor dem gähnend leeren Schaufenster des ehemaligen Kleidergeschäfts war ein Gitter angebracht, und an der Tür hing groß ein Schild »Zu vermieten«. Der Imbiss auf der anderen Seite wirkte mit seinen Resopaltischen und Plastikstühlen auch nicht gerade einladend. In einer Ecke drehte sich die riesige Fleischrolle. Der Kellner lümmelte hinter der Theke und starrte auf einen Fernseher in der Ecke. Kein einziger Kunde weit und breit in Sicht. Orla wischte sich den Hals mit einem Taschentuch ab und betrachtete besorgt das Fleisch, das sich in der Hitze langsam drehte. Das zu essen war wahrscheinlich der reine Selbstmord.

Die Haustür war offen. Marchal ging vor ihr die enge, schmutzige Treppe in die erste Etage. Der Geruch von gebratenem Fleisch hing schwer in der Luft. Decaux' Büro lag hinter der einzigen Tür mit einem Schild. »*François Decaux, Direktor.*« Auf ihr Klopfen öffnete er unmittelbar.

Das kann doch nicht wahr sein, dachte Orla, als sie ihn sah. Er kann sich unmöglich in dieser Gegend und in einem solchen Büro aufhalten. Zu dem bisherigen Eindruck von Verslumung stand der Mann in geradezu unbegreiflichem Kontrast. Er war groß, dunkel und zwischen fünfzig und fünfundfünfzig Jahre alt, schätzte sie. Der helle Anzug mit den schmalen Streifen saß perfekt. Er trug passende weiche italienische Lederschuhe. Der ganze Raum duftete nach Giorgio Armani. Er reichte ihnen eine schlanke manikürte Hand, sein Händedruck war unangenehm schlaff. Orla mit ihren abgekauten Fingernägeln ließ die Hand schnell wieder los. Instinktiv schob sie ihre Hand an ihrer Hüfte entlang. Sein gepflegtes Äußeres und ihr intensiver Widerwille gegen ihn überwältigten sie förmlich.

»Ich bedauere, Ihnen keinen Kaffee anbieten zu können«,

sagte er langsam. Er sprach artikuliert und gewählt. Seine Stimme klang angenehm, die Sprache deutete auf gute Schulen und bessere Kreise. »Meine Sekretärin hat heute frei.«

Orla nickte stumm. Sie sah das Mehrfamilienhaus vor sich, in dem er aufgewachsen war, und seine fast durchsichtige kleine Mutter im Rollstuhl dort im Pflegeheim. François Decaux war eine Studie in Verstellung und allein die ganze Tour wert, dachte sie im Stillen, während sie ihn neugierig betrachtete.

»Womit kann ich Ihnen behilflich sein?« Er strich sich mit der Hand rasch über das gut geschnittene Haar.

»Was für eine Firma ist das hier, Monsieur Decaux?« Marchal hatte sich einen Holzstuhl genommen und hingesetzt. Orla blieb neben der Tür stehen.

»Warum fragen Sie?« Decaux starrte Marchal verständnislos an. »Sie sind doch nicht hierhergekommen, um mich zu fragen, was ich tue?«

Marchal lächelte und schüttelte den Kopf. »Ich habe mir nur gerade überlegt, was Sie verkaufen.«

»Ach so. Ja.« Er schien sich etwas zu entspannen. »Ich betreibe eine Importfirma für Gesundheitskost. In der Hauptsache Produkte des asiatischen Marktes. Ginseng, grünen Tee und Derartiges.« Er deutete in den Raum. »Großhandel. Ich beliefere Ökoläden in der Umgebung. Da steckt gutes Geld drin. Die Menschen sind willens, viel Geld für Produkte zu bezahlen, von denen sie glauben, sie bescherten ihnen ein langes Leben.« Sein Lächeln wirkte leicht gekünstelt. »Ob da etwas dran ist, weiß ich nicht. Aber ich werde davon jedenfalls gut und lange leben können.«

»Sind Sie schon lange in dieser Branche?«

»Eine Weile«, antwortete er ausweichend. »Und was wollen Sie nun eigentlich wissen, wenn ich fragen darf?«

»Wir betreiben Nachforschungen im Zusammenhang mit den Morden, die in dem Haus geschahen, in dem Ihre Eltern gewohnt haben.«

Er zuckte zusammen. »Sind Sie dort gewesen?«

Orla ging auf den Tisch zu. Sie blieb vor ihm stehen. »Selbstverständlich waren wir dort.« Sie bemühte sich, seinen Gesichtsausdruck zu deuten, mit einem Mal wirkte François Decaux nämlich völlig verschlossen. »Und Ihre Mutter haben wir heute ebenfalls besucht. Im Pflegeheim.«

Er stand auf, stellte sich vors Fenster und wandte ihnen den Rücken zu.

»Und was kann ich Ihrer Meinung nach beitragen?« Er wirkte jetzt kurz angebunden und ungeduldig. »Seit ich sechzehn wurde, wohne ich dort nicht mehr.«

»Sie haben doch Ihre Eltern dann und wann dort besucht?«

»Selbstverständlich.«

»Wann sind Sie zum letzten Mal dort gewesen?«

Er drehte sich zu ihr um. »Wann ich zuletzt dort gewesen bin?« Sprachlos starrte er sie an. »Muss ich das so verstehen, dass ich ein Alibi für die Tage brauche, an denen die Morde passierten?«

»Nicht unbedingt. Aber natürlich wäre es vorteilhaft, wenn Sie eins haben.«

»Als meine Eltern dort wohnten, bin ich häufig dort gewesen. Das war wichtig, sowohl um ihre ökonomischen Interessen wahrzunehmen, als auch, um zu sehen, ob alles korrekt lief. Meine Eltern hatten damals eine Haushaltshilfe angestellt, eine Negerin, aber ich habe ihr überhaupt nicht vertraut. Ich hatte Angst, Wertgegenstände könnten verschwinden, Schmuck und Silber und anderes, das verlockend war und leicht aus der Wohnung mitzunehmen.« Er hatte sich wieder hingesetzt und sah sie kalt an. »Seit einem halben Jahr wohnen meine Tochter und ihr Mann dort. Sie haben die Wohnung geerbt. Es ist das Beste, glaube ich, Sie fragen sie selbst, wann ich zuletzt dort war. Ich führe über diese Dinge keine Aufzeichnungen.«

Orla stellte sich wieder an die Tür. Die steife, geschraubte Sprache und seine pompöse Art erschöpften sie.

»Kannten Sie den Concierge?« Marchal lehnte sich über den Tisch und pflanzte beide Ellbogen zwischen Papierstöße.

Decaux schüttelte den Kopf. »Er mochte keine Kinder.« Verächtlich zuckte er die Achseln. »Ich hatte allerdings rasch festgestellt, dass er bestechlich war. Es kostete mich eine Flasche Wein, dann bezeugte er meiner Mutter, ich sei in der Schule gewesen. Oder er schrieb ein falsches Attest in ihrem Namen. Aber ich habe nie seine Wohnung betreten dürfen. Wir sprachen selten miteinander.«

»Irgendwelche Kontakte zu anderen Hausbewohnern?«

Er machte eine kleine Pause. »Der Concierge und Alice Dupont wohnten schon zu meiner Zeit dort, sowie ein Ehepaar im dritten Stock.« Er überlegte. »Ich erinnere mich nicht mehr an ihren Namen. Niemand von denen war so, dass man sich als Kind zu ihnen hingezogen fühlte. Und das beruhte durchaus auf Gegenseitigkeit. Alice Dupont, das war eine Hexe, die zu ihrer Arbeit verschwand und erst spät nachts nach Hause kam. Ein wahnsinnig bemalter und mit Schmuck behangener Weihnachtsbaum von einer Frau.«

»Es wird geredet, im Haus habe es Prostitution gegeben. Glauben Sie, an dem Gerücht könnte etwas sein?« Marchal hatte die Hand in seinen Bart gebohrt und sich noch näher zu Decaux hinübergebeugt.

Der Mann zuckte zurück. »Prostitution? Das kann ich mir überhaupt nicht vorstellen.«

»Warum können Sie sich das nicht vorstellen?« Orla gab sich große Mühe, ihren Widerwillen so weit zu unterdrücken, dass sie nicht sarkastisch wurde. »Die Polizei hat mehrere Zeugen.«

Er legte ein Bein über das andere und faltete die Hände über dem Knie. »Wissen Sie, Madame ... Os, war das der Name?« Er hob das Kinn und blickte geistesabwesend ins Zimmer. Die Stimme hatte wieder so etwas Getragenes. »Es waren einfache, aber ordentliche Menschen, die zu meiner Zeit in dem Haus lebten. Im Laufe der Jahre ist natürlich der Zustand des Gebäudes schäbiger geworden, und man könnte versucht sein, Ähnliches auch von den Bewohnern zu sagen. Abgesehen von meinen Eltern im Übrigen, die hatten die Mittel, wollten aber leider nicht dort wegziehen. Pure Nostalgie.« Er sah sie an. »Wozu hat man die Mittel, wenn man sie nicht gebraucht, frage ich immer.« Er stand auf und ging zur Tür. »Ich bedauere, Ihnen nicht helfen zu können. Weder mit der Gegenwart noch der Vergangenheit. Ich glaube auch nicht, dass viel auszugraben ist.« Er öffnete die Tür und blieb abwartend daneben stehen.

Keiner rührte sich. Der Geruch von gegrilltem Fleisch drang durch die offene Tür und mischte sich mit dem Parfum des Mannes und der schlechten Luft in dem kleinen Zimmer. Orla wurde übel. Ein rascher Blick auf die Uhr zeigte ihr, dass es eigentlich Zeit war zum Essen. Marchal kritzelte etwas auf einen Block und riss das Blatt ab. »Finden Sie heraus, Monsieur Decaux, was Sie an diesen Tagen gemacht haben, und geben Sie unter dieser Nummer eine Rückmeldung.« Er legte den Zettel auf den Tisch und stand auf. »Wir freuen uns, von Ihnen zu hören.« Sie ergriffen nacheinander seine weiche, kraftlose Hand und gingen.

Der Imbiss hatte Gäste. Zwei Jugendliche mit Rucksack saßen nebeneinander am Fenster über ihren halbgegessenen Dönern. Orla sah sie mitleidig an und ging schnell zum Auto. Ihr Magen knurrte, aber sie konnte nicht an Essen denken. Nicht hier.

Um halb neun saßen Orla und Marchal, jeder mit einem Glas Eistee, in Orlas Büro. Roland war vor einer Stunde gegangen. »Du hast ihn wirklich mit Arbeit zugeschüttet«, meinte Orla. »Der arme Mann saust überall herum und redet mit Studenten, Dozenten, Behördenangestellten und was weiß ich. Und jetzt weiß niemand, wo er ist. Vielleicht tut er etwas so Luxuriöses wie essen?«

»Dank unseres Freundes Decaux habe ich sogar noch mehr für ihn. Sein Führungszeugnis muss geprüft werden.«

Orla verzog die Nase. »Der war wirklich ungenießbar. Aber ein derartig maßloser Snobismus ist wohl kaum an sich schon kriminell.« Sie zuckte die Achseln. »Er bemüht sich nach Leibeskräften, etwas zu sein, das er nicht ist, und damit steht er ja nicht allein auf der Welt.« Sie kaute nachdenklich am Fingernagel ihres Mittelfingers. »Aber so viel grünen Tee und Ginseng hat er wohl noch nicht umsetzen können, um eine Wohnung in der Rue de Grenelle zu finanzieren und diese Garderobe. Hast du den Anzug gesehen? Und die Fingernägel?«

»Ja, hab ich.« Marchal seufzte. »Bei der Gelegenheit: Hör mit dem verfluchten Nägelkauen auf!«

Orla hörte gar nicht hin. Sie gluckste. »Der reinste Sonnenkönig! Steck den Mann in Kniebundhosen und eine gepuderte Perücke, und er würde sich glänzend in einem von Molières Theaterstücken ausnehmen! Aber ganz abgesehen von seiner unsympathischen Art haben wir bisher nur die Behauptung seiner Mutter, dass er notorisch verlogen ist.« Sie machte eine kleine Pause. »Ziemlich starker Tobak, dass eine Mutter so über ihren Sohn redet. Ich würde das so interpretieren, dass es für so deutliche Worte einen soliden Grund geben muss.«

»Er scheint bisher nicht mit der Polizei in Konflikt geraten zu sein. Aber das ist kein Grund, die alte Dame mit solchen Fragen zu belasten. So was können wir selbst herausfinden.« Er dachte kurz nach, dann meinte er: »Ich kümmere mich um den Fall.« Er ging zur Tür. »Und da ich ja sonst nichts zu tun habe, werde ich persönlich Roland von der Aufgabe befreien und mich gleich morgen früh darum kümmern. Der Mann interessiert mich.«

Als sie aus dem Gebäude trat, lehnte Pascal an ihrem Auto und las die Abendzeitung. »Die Oper hat ›Romeo und Julia‹ auf den Spielplan gesetzt«, sagte er. »Spektakuläre Inszenierung, steht da. Ganz modern. Schluss mit Krinolinen und Samthosen.« Er blinzelte ihr zu und las weiter. »Romeo ist so etwas wie eine punkige Ausgabe von James Dean, während Julia attraktiv in Leder, Netz und hautenges Plastik eingewickelt ist. Wie die Pop-Sängerinnen heutzutage. Die Oper geht neue Wege.« Er ließ die Zeitung sinken. »Wollen wir hingehen und uns begeistern lassen?«

Sie lachte. »Magst du Oper?«

»Überhaupt nicht.« Er faltete gut gelaunt die Zeitung zusammen und steckte sie in die Tasche. »Aber ich mag *dich*. Und das war das Erste, worauf mein Blick fiel, als ich dich kommen sah.« Er lächelte gequält. »Ich versuche seit geraumer Zeit herauszufinden, was dich von diesem tristen Gebäude weglocken könnte. Das müsste doch was sein.« Er drehte sie zu sich um. »Warum schaltest du das Handy aus?«, murmelte er in ihr Haar.

Sie schluckte schwer und lehnte sich an ihn. »Ich hab das verflixte Ding ausgeschaltet, als wir uns unterhielten, Marchal und ich.« Sie fühlte in der Tasche danach. »Mist, es liegt noch im Büro.« Langsam legte sie ihm die Arme um den Rücken. »Wer konnte wissen, dass du genau dann anrufen würdest?«

»Ich hatte gedacht, wir könnten zusammen etwas trinken gehen.« Er schnupperte an ihrem Haar. »Mm. Dein Parfum ist fantastisch.«

»Möglich, dass ein Hauch Formalin dazwischenhängt und dass es das ist, was dir gefällt«, lachte sie und versuchte, das heftige Klopfen ihres Herzens unter Kontrolle zu bekommen.

»Ach so.« Er nahm ihr Haar mit beiden Händen und schob es im Nacken zusammen. »Dann sorg doch dafür, dass du jeden Tag ein bisschen davon benutzt.«

»Du hast schon gegessen?«

Er nickte und zog ihren Kopf vorsichtig an den Haaren zurück. »Es ist gleich elf Uhr, nur damit du es weißt.« Er kniff das eine Auge zu und sah sie lange an. »Soll ich dich wohl fragen, ob du dasselbe getan hast?«

»Ich bin nicht hungrig«, sagte sie. »Nur müde.«

Langsam beugte er sich vor und küsste sie. Sie spürte, wie seine Hände ihre Haare losließen und sie näher an sich zogen.

Ihr Körper wurde schwer, und sie gab nach. Schloss die Augen und spürte, wie ihr Herz bis in den Hals klopfte. Sie fuhr mit den Händen über seinen Hinterkopf und vergrub sie in seinem dichten Haar. Sie öffnete ein Auge und sah, wie im zweiten Stock ein Fenster aufgestoßen wurde. Verdammt, der Büroflügel. »Jetzt wird gleich einer die Trikolore aus dem Fenster entrollen und Luftballons steigen lassen«, murmelte sie und ließ ihn los. »So viel Interessantes passiert abends um kurz vor elf doch nicht vor einem Büroflügel. Da ist es doch schon was, wenn eine Kollegin auf dem Parkplatz steht und knutscht.«

Er lächelte schwach. »Die beneiden dich halt.« Er sah auf die Uhr. »Ich fahre morgen früh um halb acht mit dem Zug nach Lyon. Vielleicht sollten wir beide noch etwas Schlaf bekommen.« Er griff nach ihren Händen und küsste ihre Handflächen. »Ich jedenfalls bin da gewesen und habe gestempelt. Damit du mich nicht ganz vergisst.« Er drückte ihr einen Kuss auf die Stirn. »Bis bald, wenn ich zurück bin!« Er war weg, ehe sie noch etwas sagen konnte.

Wie gelähmt setzte sie sich ins Auto. Sie konnte gern auf den Nachtschlaf verzichten, nicht aber auf das Handy. Resigniert öffnete sie die Autotür und ging langsam wieder zurück, um es zu holen.

Als sie zu Hause angekommen war, blieb sie noch lange im Auto sitzen. Sie hatte das Essen übersprungen. Stattdessen hatte sie in der Rue Monge bei Kayser zwei riesige Croissants aux amandes gekauft. Diese Hörnchen mit Mandel- und Vanillefüllung gehörten mit zu ihren Favoriten. Zum Glück konnte niemand sehen, wie sie da im Dunkeln im Auto saß und aß. Kuchen statt einer anständigen Mahlzeit. Sie könnte diesen Tag im Kalender anstreichen für kulinarisch-noch-ein-Stück-tiefer-gesunken. Aber danach war sie jedenfalls satt.

Sie stieg aus dem Auto und schüttelte Kuchenkrümel und Puderzucker von ihren Sachen. Sah sich rasch um, als sie vor der Haustür stand und den Code eingab. Drinnen war es dunkel und still. Sie lief die Treppe nach oben und wühlte in der Tasche nach dem Schlüssel. Widerwillig gestand sie sich ein, dass sie sich fürchtete. Vielleicht sollte sie die Wohnung verkaufen?

Sie schloss auf und machte im Flur das Licht an. Die Wandlampe war so ein irre teures italienisches Designerstück, das natürlich nicht genug Licht gab. Marchal hängte immer seine Jacke daran. Sie blieb wie gewöhnlich an der Tür stehen und betrachtete sich in dem hohen Spiegel gegenüber. Das dunkle Treppenhaus war ein düsterer Hintergrund. Wie ein Gespenst schritt sie durch die Tür. Sie schauderte. Schnell schloss sie die Tür hinter sich und lehnte sich schwer dagegen. Eine tiefe Unruhe erfasste sie – selbst dort, wo sie sich eigentlich geborgen fühlen sollte. Ihr Blick wanderte über die halbdunklen Wände, bis sie bei sich angelangt war. Eine blasse dunkle Gestalt im Spiegel. »Da ist irgendetwas, das du nicht siehst«, murmelte sie. »Was dir die ganze Zeit entgleitet.«

Sie drehte sich um und legte die Sicherheitskette vor. Legte beide Riegel vor, oben und unten. Ein Blick auf die Uhr zeigte ihr, dass es halb zwölf war. Sie zögerte einen Augenblick. Dann ging sie direkt ins Schlafzimmer, zog sich schnell aus und fiel ins Bett.

Fünf Minuten später schlief sie tief.

Er schob lautlos die Tür einen Spaltbreit auf. Sie atmete tief und ruhig. Das blasse Licht von draußen warf einen weichen Schimmer auf sie. Sie hatte die Decke weggeschoben. Er sah, dass sie nackt war. Das Licht fiel auf ihren schlanken, wohlgeformten Körper, der zum Teil im Schatten lag, die weichen, ebenmäßigen Kurven. Er sah, dass sie vergessen hatte, die Perlenkette abzulegen, die sie immer trug. Die Haare waren über das Kopfkissen gebreitet. Ihre Haut schimmerte matt, wie Porzellan, und er konnte den vollen Mund erkennen, das energische Kinn. Sie war eine ungewöhnlich schöne Frau, daran gab es keinen Zweifel. Aber ihr Anblick rührte nichts in ihm.

Er hatte auf sie gewartet. Geduldig. Heute Abend hatte es

geschehen sollen. Er hatte sich dazu entschlossen. Aber nicht so, schlafend. Er hatte die Szene viele Male vor sich gesehen. Wie sie hereinkam und ihn sah. Wie es ihr dämmerte. Aber sie war heute Abend direkt ins Bett gegangen. Nur wenige Minuten, nachdem er gehört hatte, wie die Haustür zufiel. Sein Blick ruhte auf ihr. Würde sie jetzt die Augen öffnen, wäre es vorbei. Aber sie schlief, tief und schwer. Behutsam schloss er die Tür. Er ging an der Küche vorbei und durch die schmale Tür zur Hintertreppe.

39

»Er hat nicht die Absicht, heute zu öffnen.« Marchal stapfte ungeduldig in Orlas Büro. »Eine Stunde lang habe ich im Café gesessen und die Ladentür im Auge gehabt. Aber er ist nicht aufgetaucht!«

Orla legte die Papiere aus der Hand, mit denen sie sich gerade beschäftigte. »Das ist doch das wunderbare Privileg eines jeden selbstständigen Unternehmers«, zog sie ihren Kollegen auf. »Er kann sich erlauben, lange zu schlafen. Oder freizunehmen, wenn er Lust dazu hat.«

Marchal fand das gar nicht komisch. »Ich dagegen habe heute nicht lange geschlafen.« Er klang gereizt. »Ganz im Gegenteil bin ich besonders früh aufgestanden.« Gekränkt sah er sie an. »Weißt du, wie früh es ist? Ich hatte etwas zu erledigen, bevor ich zu dem sogenannten Antiquitätenhändler gehen konnte.« Er starrte sie immer noch an, als schuldete sie ihm eine Erklärung, warum der Mann nicht aufgetaucht war.

»Na. Heißt es nicht immer, arbeiten hat noch keinem geschadet?« Sie zuckte die Achseln und wandte sich wieder ihren Unterlagen zu. »Er konnte ja nicht wissen, dass du ihn mit einem Besuch beehren wolltest. Er kommt schon noch. Wenn er sich mal einen Tag freinimmt, wird das für seinen Umsatz kaum einen großen Unterschied machen.«

Marchal schenkte sich ein Glas Wasser ein und ließ sich auf einen Stuhl fallen. Kurz darauf tauchte auch Roland auf. »Nichts Besonderes, was ich zu Iwanow herausfinden konnte«, sagte er. »Französischer Staatsbürger, ursprünglich Russe, seit 1963 verheiratet, Ehefrau starb einige Jahre danach. Seither war er unverheiratet. Das Geschäft hat er von seiner Frau übernommen.« Er blätterte weiter. »Führungszeugnis okay, dem Anschein nach keine kriminellen Aktivitäten. Nur, dass er früher nie eine Steuererklärung abgegeben hat. Nach der Geschäftsübernahme hat er das aber getan. Null Einnahmen, haufenweise Ausgaben.«

»Das glaube ich ihm sogar«, warf Orla ein. »Wo wohnt er?«

»In der Rue de Tolbiac im 13. Arrondissement.«

»Ich bin schon da gewesen«, erklärte Marchal. »Als er nach einer Stunde Warten nicht im Geschäft aufgetaucht war, habe ich im Telefonbuch nachgeschlagen. Kein Eintrag. Musste aufs Einwohnermeldeamt zurückgreifen.« Kopfschüttelnd drehte er sich zu den beiden anderen um. »Der Mann hat kein Telefon. Könnt ihr euch vorstellen, wie er ohne zurechtkommt?«

»Ich finde, das klingt beneidenswert«, seufzte Roland.

»Ich bin hingefahren«, fuhr Marchal fort. Theatralisch hob er die Arme. »Keiner da!« Er trank einen Schluck Wasser. »Vielleicht sind wir ja aneinander vorbeigelaufen. Der Concierge war auch weg. Da hing ein Zettel, er habe etwas zu besorgen.«

»Fährst du noch mal hin?«

Marchal nickte. »Zum Geschäft. Nach der Mittagspause.« Er wurde wieder munter und stand auf.

»Okay, dann fahr ich mit dir zusammen.«

»Ach, noch etwas.« Marchal setzte sich wieder hin und warf eine Akte auf den Tisch. »Kapitel zwei gilt unserem Freund, dem Sonnenkönig. Die Polizei hatte früher schon seine Bekanntschaft gemacht.« Marchal zog einen Stift aus der Tasche und hakte einen Punkt nach dem anderen auf dem Blatt Papier ab, das er in der Hand hielt. »Unternehmungslustiger Kerl. Asiatische Gesundheitskost, drückte er das nicht so aus?« Er sah zu Orla hin, die auf der Schreibtischkante saß und interessiert zuhörte. »Im letzten Jahr war es böhmisches Kristall. Der Zoll hielt ihn an der Grenze auf. Mit einem Container voll Kristallgegenständen. Keines der Papiere in Ordnung. Wie sich zeigte, betrieb er in der Branche ›Homeparties‹. Fuhr nach Tschechien, besorgte sich billige Ware und verkaufte sie hier mit ordentlichem Gewinn. Natürlich unter Marktpreis.«

Roland blickte skeptisch auf. »Kann man davon leben?«

»Offenbar. Jedenfalls eine Weile.« Marchal blickte wieder auf seine Aufzeichnungen. »So wie es aussieht, ist er permanent in solche Geschäfte verwickelt – und dann auch wieder draußen. Bei denen wird nie sonderlich sorgfältig auf Formalitäten geachtet.«

Roland öffnete ein Fenster und setzte sich auf seinen Platz auf der Fensterbank. »Das heißt doch, dass er vor allem ein Kleinkrimineller ist, oder?«

Marchal legte die Papiere beiseite. »So weit stimmt das. Groß in der Klemme ist er aber nie gewesen.« Er streckte die Beine aus und lehnte sich zurück. »Man darf wohl sagen, dass er so richtig vor etwa fünfzehn Jahren angefangen hat. Da kaufte er ein Grundstück in der Provence, um dort Ferienwohnungen zu bauen zum späteren Verkauf. Damals hatte er tatsächlich eine Baugenehmigung, ob ihr es glaubt oder nicht.« Er nahm wieder die Papiere auf und blätterte darin. »Insgesamt acht Häuser wurden errichtet, kleine Starenkästen, die er zu Wucherpreisen verkauft hat. Seniorenhäuser nannte er sie. Berechnet für Pensionäre, bevorzugt ausländische. Die Häuser zu verkaufen, war kein Problem. Aber schon nach kurzer Zeit trudelten die Beschwerden ein. Fachleute untersuchten die Bauwerke gründlichst und fanden heraus, dass nichts vorschriftsmäßig war. Alles war krumm und schief, es gab undichte Wasserleitungen, defekte elektrische Anlagen, Bad und

Waschküche waren nicht angemessen isoliert und so weiter. Es wurde sogar behauptet, er habe die Anlage bei Nacht und Nebel selbst errichtet. Die Fliesen im Bad waren aus Italien und sehr schick. Aber wenn sie direkt auf Spanplatten aufgeleimt werden, nützt das wenig.«

»Mit anderen Worten, einmal heiß geduscht und rings um dich krümmen sich die Wände?«, fragte Roland.

»So in etwa«, nickte Marchal. »Die Käufer waren natürlich aufgebracht. Am Ende verklagten sie ihn. Aber da hatte sein kleines Bauunternehmen bereits Konkurs angemeldet, sodass bei ihm nichts mehr zu holen war. Acht Käufer, Pensionäre, allesamt Ausländer, hatten ihre Spargroschen verloren. Die Häuser wurden für unbewohnbar erklärt.«

»Woher hatte er denn das Geld, um das Projekt zu finanzieren?«

»Die Bank hatte ihm damals einen größeren Kredit gewährt.« Marchal nahm die Akte und wedelte damit. »Seine Eltern hatten gebürgt. Könnt ihr euch das vorstellen? Die hätten doch ihren Sohn so weit kennen müssen, um zu wissen, dass er niemals in der Lage sein würde, den Kredit zurückzuzahlen. Als es zur Auseinandersetzung kam, mussten sie ran und blechen.«

»Wovon das denn? Von ihrem Ersparten?«

Er nickte. »Das auch. Sie hatten ein schönes Haus in der Dordogne. Das hatte sie von ihren Eltern geerbt. In allen Ferien waren sie dort und hielten es liebevoll instand. Das Haus war auch futsch, zusammen mit dem Ersparten. Nur die Wohnung, in der sie selbst wohnten, behielten sie.«

Orla schüttelte langsam den Kopf. »Kein Wunder, dass die Mutter so von ihrem Sohn spricht.«

»Der muss doch für alle weiteren Geschäfte gesperrt sein!«, rief Roland.

»Natürlich. Aber das ist in etwa so effektiv, als wenn du einem Achtzehnjährigen den Führerschein wegnimmst, weil er wie ein Wilder fährt. Die finden immer einen Weg.«

»Böhmisches Kristall und asiatische Gesundheitskost.« Orla rieb sich die Schläfen. »Könnte er auch Importeur russischer Ikonen sein?«

»Warum nicht?« Marchal griff eifrig nach seinen Papieren. »Ich kann auf Anhieb etliches aufzählen, was er gemacht hat, von der Pizzeria bis zur ätherischen Ölmassage.«

»Bitte nicht«, sagte Orla müde. »Erspar es uns. Find bloß heraus, ob er unser Mann ist. Die Morde und die Ikonen müssen ja nichts miteinander zu tun haben. Aber er muss uns ein Alibi für die Zeitpunkte liefern, an denen die Morde geschahen. Das ist doch von so einem engagierten Mann nicht zu viel verlangt.«

Gerade als die Männer aufstanden, klingelte das Telefon. Orla gab ihnen Zeichen, sich wieder zu setzen. Die Frau am anderen Ende sprach korrektes, etwas feierliches Englisch mit russischem Akzent.

Sie stellte sich als Anna Sadjewa vor. Orla verstand gleich, dass sie die Ärztin sein musste, die Martine aus ihrer Zeit in der Ukraine kannte.

»Ich weiß nicht ganz genau, worum es geht«, begann sie. »Martine erzählte mir nur sehr wenig. Bat mich, so viel wie möglich herauszufinden.« Sie stockte. »Ich wollte so gern helfen, als ich hörte, dass ...«

»Alles, was Sie über die Männer herausfinden, bedeutet für unsere Nachforschungen sehr viel«, fiel Orla schnell ein. »Aber das hat mit den Umständen um Martines Tod nichts zu tun. Das ist ein ganz anderer Fall.« Wieder hörte sie sich diese Worte sagen, wie sie das schon mehrfach getan hatte. Aber inzwischen glaubte sie es selbst nicht mehr.

»Hatten Sie Kontakt zu Alexander Sjurgin?«, fragte sie.

Die Frau bejahte. »Er hat es mir leichter gemacht, indem er mir die Adressen der Männer gegeben hat. Beide Familien wohnen am Stadtrand von Kiew. Ich fuhr dorthin und erzählte, die französische Polizei habe wegen ihrer Söhne Kontakt zu mir aufgenommen.«

»Waren sie bereit, mit Ihnen zu reden?«

»Am Anfang nicht. Das änderte sich erst, als ich ihnen sagte, dass Sie die Morde untersuchen. Ich wies sie darauf hin, dass die Auskünfte der Familien sehr wichtig sein könnten, um Licht in die Fälle zu bringen.«

»Konnten Sie herausfinden, was die beiden Studenten so trieben?«

»In gewisser Weise, ja. Sie hatten kleinere Jobs aller Art angenommen. Mal waren sie arbeitslos, mal nicht. Die meiste Zeit aber arbeitslos. Sie hatten noch nie so lange ein Arbeitsverhältnis wie bei BRAMED in Kiew. Die Familien glaubten, dass sie dort immer noch arbeiteten.«

Anna Sadjewa konnte Orlas Informationen zu den beiden Männern bestätigen, dass sie nämlich weder die nötige Schulbildung noch sonst einen geeigneten Hintergrund hatten, um an einer Universität in Frankreich studieren zu können.

»Im letzten Jahr hatten beide Männer allerdings eine feste Arbeit. Langstreckentransporte«, erzählte die Frau.

»Transporte wovon?«

»Sie glaubten, das habe immer noch mit den pharmazeutischen Produkten zu tun.«

»Welche Firma? Und wohin gingen die Transporte?«

»Nach Westeuropa. Sie sagten, die Jungen arbeiteten noch immer für BRAMED.« Sie machte eine Pause. Dann fragte sie: »Kann es in Kiew mehrere französische Arzneimittelfirmen geben? BRAMED ist doch zweifellos die bekannteste?«

»Wir werden das untersuchen.« Sie überlegte. »Haben die jemals Frankreich erwähnt?«

»In Frankreich endeten ihre Reisen. Die Familien gingen davon aus, dass es französische Firmen waren und dass es sich um Arzneimitteltransporte handelte. Dass die beiden ihre Jobs verloren hatten, davon wussten sie nichts.«

»Keine Rede vom Auslandsstudium?«

»Nein. Kein Wort«, antwortete die Frau.

Orla atmete tief durch. Sie dankte der Ärztin herzlich. »Ihre

Hilfe war für unsere Ermittlungen von unschätzbarem Wert«, sagte sie.

»Gern geschehen. Martine war eine gute Freundin und ein wunderbarer Mensch.«

Orla nickte stumm zum Telefon hin und legte auf.

Sie drehte sich um. Marchal und Roland warteten. »Die beiden ermordeten Männer waren keine Studenten. Nun gibt es keinen Zweifel mehr, dass sie in irgendwelche ungesetzlichen Geschäfte verwickelt waren. Ich glaube, das kann man jetzt so behaupten, wenn man die falschen Prüfungsunterlagen, ihr fiktives Hochschulstudium und die unangetasteten Bankkonten in Betracht zieht. Da hat jemand ausgezeichnet vorbereitet und Regie geführt«, sagte sie und referierte die Details des Gesprächs mit der Ärztin. »Wir müssen uns eine Übersicht beschaffen von französischen Arzneimittelfirmen in Kiew. Selbst wenn ich nicht glaube, dass sie dort angestellt waren. Aber das kann nicht so schwierig sein. Außerdem müssen wir uns eine Übersicht der Angestellten von BRAMED der letzten vier Jahre zusammenstellen lassen.«

Marchal unterstützte ihren Vorschlag. »Roland, kümmere du dich später darum«, sagte er nur. »Wir müssen uns nach der Mittagspause den Antiquitätenhändler vornehmen.«

»Sind wir bisher denn überhaupt auch nur in die Nähe desjenigen oder derjenigen gekommen, der oder die die Strippen ziehen?«, fragte Orla auf dem Weg zur Personalkantine nachdenklich.

»Steht der oder die auf der französischen oder der ukrainischen Seite?«, fragte Marchal. »Ist es einer oder sind es mehrere?«

Orla zuckte die Achseln. »Wäre der Fadenzieher Ukrainer, hätte man sie dann nicht vielleicht dort liquidiert?« Sie holten sich ihr Essen und balancierten die Tabletts zu einem Tisch in der Ecke. »Wir wissen nicht, warum sie ermordet wurden. Dennoch meine ich, dass mehrere Details für eine französische Verbindung sprechen. Oder jedenfalls für eine westeuropäische.

Nicht nur, weil sie hier ermordet wurden. Das kann ja Zufall sein. Aber ist es nicht auffällig, wie sie versucht haben, sich hier anzupassen, mit Studentenausweis, Papieren, Aufenthaltsgenehmigung und Wohnung? Alles wie ein klassisches französisches Studentendasein. Jemand, der das System in- und auswendig kennt, muss den Männern diese Tarnung eingerichtet haben. Genau das, was sie brauchten.«

Marchal nickte. »Im Moment kommt es mir so vor, als hätten sie eine Art Kuriertätigkeit ausgeübt. Ins Land hinein, aus dem Land heraus.« Schweigend aß er weiter. »Wir müssen schnellstens die Arzneimittelfirmen ausfindig machen, die es dort gibt«, sagte er schließlich. »Als Erstes kümmern wir uns um BRAMED und deren Angestellte. Vielleicht kannte jemand die Männer.«

Marchal stand auf. »Und dann konzentrieren wir uns auf Franzosen dort.« Mit langen Schritten ging er zum Ausgang. »Komm schon. Wir wollen uns jetzt diesen Antiquitätenhändler vorknöpfen.«

40

In der Rue Jacob hing im Schaufenster noch immer das Schild »Geschlossen«.

»Also wirklich!« Marchal rüttelte an der Tür. Inzwischen war es vier Uhr, und nun sollte doch wirklich geöffnet sein.

Orla ging zum Frisiersalon. Nach einigen Minuten kam sie kopfschüttelnd zurück. »Niemand kann es beschwören, aber sie können sich nicht erinnern, ihn heute schon gesehen zu haben.« Sie verschwand in der Buchhandlung. »Er hat ihn auch nicht gesehen«, sagte sie, als sie wieder herauskam. Sie deutete auf den Eingang zum Hinterhof. »Wir versuchen den Hintereingang. Ich will unbedingt die Bilder mitnehmen.«

Im Hinterhof führte ein schmaler Gang mit drei Türen nach links. »Hintereingänge der Geschäfte«, murmelte Marchal. »Aber welcher ist seiner? Der mittlere?« Sie blieben stehen und lauschten. Hinter zweien der Türen hörten sie Stimmen, nur hinter der mittleren war es vollkommen still.

»Die hier ist es«, sagte Orla bestimmt. Es war abgeschlossen. Marchal war verstummt, nur seine Kiefer arbeiteten, als er finster auf die Tür blickte. »Wir müssen da rein«, sagte er kurz. »Jetzt.«

Roland schien unschlüssig. »Durchsuchungsbefehl?«

»Nein. Aber ich habe hinreichend Grund für den Verdacht, dass hier etwas passiert ist.«

Die Tür hatte ein Schloss, aber keine Klinke. Roland zog einen Bund mit Schlüsseln und kleinen Werkzeugen aus der Tasche. Binnen weniger Sekunden war die Tür offen.

»Liebe Güte!«, rief Orla. »Das ging aber schnell! Und gut.«

»Altmodisches Schnappschloss. Ist selten problematisch. Wir haben Glück, dass der Riegel innen nicht vorgelegt war.«

Sie schoben die Tür auf. Kein Laut war zu hören. Sie betraten einen winzigen Flur, von dem eine weitere Tür ausging.

Orla öffnete. »Wir sind richtig«, sagte sie, nachdem sie einen Blick hineingeworfen hatte. »Das hier ist das kleine Hinterzimmer des Ladens.« Sie suchte nach dem Lichtschalter an der Wand. »Ich muss nur die Deckenlampe einschalten. Die Bilder stehen hier irgendwo.«

Fast wäre sie über ihn gestolpert. Er lag auf dem Bauch, das Gesicht der Hintertür zugewandt. Augen und Mund standen offen, und seine Haut schimmerte intensiv gelblich. Er war schon eine ganze Weile tot.

Sie erfasste das alles in einem kurzen schrecklichen Augenblick, ehe sie sich zu Marchal und Roland umdrehte.

»Jemand ist uns zuvorgekommen. Die Bilder sind weg.« Sie schaute sich schnell um. Alles sah aus wie beim letzten Mal. »Schaut euch die ganzen Glassachen an. Nichts ist umgeworfen oder zerbrochen.« Sie hob die Kamera. Wieder keine Spuren am Tatort. Konnte das wieder derselbe Täter gewesen sein? Sie sahen sich an: es war wieder dieselbe Handschrift.

Marchal rief die Spurensicherung an und steckte das Handy wieder in die Tasche. »Ich will einfach nicht glauben, dass es auch hier keine Spuren gibt.« Er klang ein bisschen resigniert.

»Er erledigt, was er zu erledigen hat, und dann verschwindet er wieder«, murmelte Roland. »Benutzt Handschuhe, vermeidet es, in Blut zu treten, bewegt sich geschmeidig.«

»Er ist es. Aber er ist doch kein Geist, verdammt noch mal!«, rief Marchal aufgebracht. »Er *muss* etwas hinterlassen. Husten, niesen, einen Fingernagel abbrechen, Haare verlieren, irgendwas!«

Sie standen mitten in dem engen Ladenlokal. Orla ließ den Blick über die einzelnen Gegenstände schweifen. »Wir müssen versuchen zu denken wie er«, sagte sie langsam. »Was geschah, als er hereinkam? Was tat er in den Sekunden, ehe er den Antiquitätenhändler tötete? Und danach?«

»Was glaubst du, wann er gekommen ist?«

»Ich denke, dass Iwanow seit gut vierundzwanzig Stunden tot ist. Lass uns annehmen, der Mörder kam gestern in der Mittagspause.« Sie stockte. »Das bedeutet, gleich nachdem ich gegangen bin.«

»Den Nachbarn zufolge war der Antiquitätenhändler in der Mittagspause immer weg.«

»Genau.« Wieder stockte sie und ließ den Blick durch das Geschäft wandern. »Die Hintertür ist wahrscheinlich immer abgeschlossen. Also ist der Mörder nicht auf diesem Weg hereingekommen. Er kam unmittelbar, ehe der Mann in die Mittagspause ging. Durch die Ladentür.«

»Wie viele Hände fassen diese Türklinke täglich an?«

»Er benutzt Handschuhe. Immer.«

Während sie auf die Ermittler warteten, hatten sie nichts von der Stelle bewegt. Orla hatte jedes Detail des Raums fotografiert. »Dieses Mal hatte der Mörder es wegen des Fensters zur Straße eilig. Er kam herein, und er trug Handschuhe.

Dünne Latexhandschuhe. Dann ging er direkt auf den Mann zu, erstach ihn, ehe der Alarm schlagen konnte. Und was dann?« Orla biss sich auf die Lippe. »Als Erstes sorgte er dafür, dass der Tote auf dem Bauch lag. Seht euch nur die Blutpfütze an.« Sie deutete darauf. »Das führte dazu, dass das meiste Blut an der Wand landete und in dem Bereich darunter, sodass er sich bewegen konnte, ohne hineinzutreten. Anschließend griff er sich die Ikonen, nahm die Schlüssel und schloss die Ladentür ab.«

»Die Nachbarn hätten doch sicher was mitbekommen, wenn es hier drinnen Lärm und Geschrei gegeben hätte«, meinte Marchal. Sie schwiegen einen Moment und lauschten auf das gleichmäßige Summen der Stimmen, das durch die Wand zu hören war. »Besonders im Friseursalon, wo auch in der Mittagspause Kunden sind.«

Orla nickte.

»Wo sind die Schlüssel?«

Sie sahen sich wieder um. »Ich glaube nicht, dass er sie mitgenommen hat«, sagte Marchal langsam. »Wahrscheinlich in der Hosentasche des Mannes. Unser Mann ist ordentlich. Er legt sie da hin, wo er sie gefunden hat.« Er sah auf die Uhr. »Das Team muss jeden Moment da sein. Dann werden wir sehen.«

Orla kaute auf ihrer Lippe herum. »Er kommt hier also am helllichten Vormittag hereinspaziert«, sagte sie langsam. »Da hat er es natürlich sehr eilig. Vielleicht bin ich gerade da gewesen, und er hat gesehen, dass ich gegangen bin. In dem Fall hätte ich etwas vergessen haben und vielleicht zurückkommen können.« Sie runzelte die Stirn. »Er schließt die Tür hinter sich, als er das Geschäft betritt, aber er schließt nicht ab, denn er hat keine Schlüssel. Danach geht er sofort los und ermordet den Mann, dreht ihn auf den Bauch. Dann nimmt er ihm die Schlüssel aus der Tasche, schließt die Tür ab und legt die Schlüssel an ihren Platz zurück.« Sie atmete tief durch. »Und was macht er...«

»Er nimmt die Bilder«, sagte Marchal.

»Du weißt genauso gut wie ich, wie die Handschuhe ausgesehen haben müssen«, sagte sie nachdenklich. »Er hat die Bilder wohl kaum damit angefasst.«

Marchal stimmte zu.

»Richtig. Nein. Aber da hatte er die Handschuhe ausgezogen. Und ich tippe mal, um die Handschuhe zu wechseln, hatte er es zu eilig. Vielleicht hatte er auch kein zweites Paar dabei. Dann verließ er den Ort durch die Hintertür. Die ließ sich leicht mit dem Ellbogen öffnen, und er konnte sie einfach ins Schloss fallen lassen.«

Marchal seufzte müde. »Ungefähr so haben wir das wohl alle vor Augen.«

Orla sah sich um. »Lass uns noch mal überlegen. Wenn wir uns vorstellen, dass er im Hinterzimmer einen Moment stehen bleibt. Er sieht sich um, ob er etwas vergessen hat.« Orla packte Marchal am Arm. »Ich weiß, was ich an seiner Stelle vergessen hätte! Das Schild im Schaufenster umzudrehen!«

»Ja, vielleicht«, gab Marchal zu.

»Er kümmert sich doch um alle Details«, beharrte Orla. »Indem er das Schild umdrehte, sorgte er dafür, dass wir wegblieben, weil wir glaubten, das Geschäft habe geschlossen. Noch wichtiger: um das zu bewerkstelligen, musste er dem Antiquitätenhändler den Rücken zuwenden. Also hat er es getan, nachdem der Mann tot war!«

»Damit kannst du natürlich recht haben. Mit etwas Glück hat er es mit bloßen Fingern angefasst.«

Roland, der bei der Tür stand, beugte sich zum Fensterschild. »Ich kann kein Blut daran erkennen.«

»Roland, du darfst nicht mal dagegen atmen!« Orlas Optimismus hatte Marchal plötzlich angesteckt. »Mit etwas Glück finden wir einen schönen fetten Fingerabdruck!«

Ein Kombi und ein Polizeiauto hielten vor der Tür. »Ich bin mal ein paar Sekunden draußen«, sagte Orla und ging in den Hinterhof. Sie brauchte ein wenig frischte Luft und musste in Ruhe nachdenken.

Iwanow war seit etwa vierundzwanzig Stunden tot. Er musste gleich, nachdem sie ihn verlassen hatte, ermordet worden sein.

Auch Martine war keine vierundzwanzig Stunden, nachdem sie in Kontakt mit ihr gestanden hatte, ermordet worden. Konnte das noch Zufall sein? Der Verdacht, der sich da aufdrängte, war mehr als beunruhigend.

Sie strengte sich an, um sich noch einmal alle Details vor Augen zu führen. Immerzu fühlte sie, wie ihr etwas entglitt. Etwas, das sie nicht in Betracht zog. Eine Person oder mehrere mussten unwahrscheinlich gut informiert sein über den Stand der Nachforschungen und darüber, welche Personen involviert waren. Und nicht nur das, dachte sie unruhig. Gab es jemanden, der besonders das im Auge hatte, was *sie* tat? Wurde *sie* beobachtet?

Ein einziges Mal – außer bei ihrem Überfall – hatte sie das Gefühl gehabt, jemand folge ihr. Aber das war zwischen all den Menschen auf dem Odéon gewesen, und das war eine Weile her. Roland und Marchal war nie etwas aufgefallen. Abgesehen davon war eine Stadt wie diese perfekt geeignet, um einen anderen unauffällig zu beschatten. Die vielen Menschen in den Straßen waren ein ideales Versteck.

Sie versuchte die Paranoia abzuschütteln, die sie inzwischen immer öfter befiel. Wahrscheinlich kam das daher, dass sie permanent in alle Richtungen ermittelten. In erster Linie fehlte ihnen das klare Motiv für die Morde. Und zweitens fehlte ihnen der Beweis, dass sie von ein und derselben Person verübt worden waren. Im Übrigen wussten sie ja nicht mal sicher, ob die Morde an Martine und Iwanow überhaupt mit den beiden ersten Morden zu tun hatten.

Die Arme eng vor dem Körper verschränkt, wanderte sie ruhelos auf und ab. »Die Ikonen«, murmelte sie und blieb vor der halboffenen Hintertür stehen. »Sie *müssen* eine Rolle spielen. Iwanow wurde ermordet, und beide Ikonen sind verschwunden.« Für Martines Ermordung fehlte ihr jedoch absolut das Motiv. Oder sie begriff etwas Entscheidendes nicht …

Mit extremer Unlust ging sie wieder hinein, um Iwanow zu untersuchen. Sie wusste schon, was sie finden würde.

Der Untersuchungsrichter stand kurz vor einem Schlaganfall, als ihm ein weiteres Mordopfer präsentiert wurde, das durch einen Einstich oberhalb des rechten Schlüsselbeins umgebracht worden war. Alle verfügbaren Beamten wurden abkommandiert, um das Gelände genauestens zu untersuchen. Aber nirgendwo gab es eindeutige Spuren. Oder Zeugen. Der Mörder war wie ein Schatten. Orla war nicht mitgegangen, weil sie den Bericht zu Martines Tod durchsehen wollte. Er enthielt nichts außer dem, was sowieso offensichtlich gewesen war, als sie selbst sie untersucht hatte.

Sie war erwürgt worden, wahrscheinlich anderthalb Tage, bevor sie gefunden wurde. Die Theorie von einem zufälligen Vergewaltiger war in jeder Hinsicht entkräftet. Kein Zeichen anderer Gewaltanwendung als die zum Tode führende war gefunden worden. Sie war vollständig bekleidet gewesen, trug Schmuck und Uhr. Im Haus war alles tadellos. Für eine Person war gekocht worden, und das hatte Martine selbst gegessen.

Beide Türen zum Haus waren abgeschlossen. Man ging davon aus, dass der Mörder durch eine offene Pforte in der Gartenmauer auf das Grundstück gekommen war.

Er hat sie überrascht, dachte Orla, als sie den Bericht auf den Schreibtisch legte. Sie war allein.

Plötzlich hatte sie Martines Erlebnis dort draußen in dem nächtlich dunklen Garten mit all seinem Grauen bildlich vor Augen. Der Gedanke, dass der Grund für Martines Tod unter Umständen die Verbindung zu ihr gewesen sein konnte, war kaum auszuhalten. Orla warf einen Blick auf die Uhr. Halb sechs. Es war Zeit, zu dem Kunsthistoriker zu fahren. Sie holte das eingepackte Bild und steckte den Kopf bei Roland in die Tür, ehe sie ging. Er saß vor dem Computer. »Französische

Arzneimittelfirmen in der Ukraine«, sagte er, ohne aufzublicken. »Gar nicht so leicht, eine Übersicht über die Firmen bekommen. Und deren Angestellte.«

Das Telefon klingelte, als sie gehen wollte. Roland nahm ab. »Ja, sie ist hier.« Er legte auf. »Pineau will mit dir reden.« Rolands Blick ruhte noch länger als sonst auf ihr, dann wandte er sich wieder dem Bildschirm zu.

41

Pineau stand am offenen Fenster und sah hinaus. Als sie eintrat, drehte er sich um.

»Nehmen Sie Platz.« Sein Ton war barsch. Gleichzeitig schwang noch etwas Neues mit. Skepsis, Zweifel, Misstrauen. Sie vermochte es nicht richtig zu deuten. Wie immer fühlte sie sich in seiner Gegenwart unwohl.

»Wir haben ein Problem.« Er setzte sich hinter den Schreibtisch, sein Gesicht glänzte von Schweiß. »Oder richtiger, *Sie* haben eins.« Er hatte die kurzen Finger auf eine braune Tüte gelegt. Orla fiel auf, dass sein Trauring sich tief in den Ringfinger eingegraben hatte. Irgendwo gab es also eine Ehefrau. Eine, die jeden Tag seine schlechte Laune aushalten musste.

»Erkennen Sie das?« Er steckte eine Hand in die Tüte und zog den Inhalt heraus. Ihr Adressbuch und der gelbe Seidenschal, den sie von Martine bekommen hatte.

»Beides gehört mir.« Sie schloss die Augen und spürte die Stille wie einen Druck auf den Ohren. Sie spürte ihr Herz bis in den Hals hinauf klopfen. Wusste, dass sich nun rote Flecken auf ihrer Haut bildeten.

»Sie sind zusammen zu ihrem Landhaus gefahren, nicht wahr?«

Die Begegnung mit Pineau hatte etwas Unwirkliches. Sie saß

hier und musste sich verteidigen. Erklären, wie es sein konnte, dass Martine mit ihrem Schal ermordet worden war. Sie zwang die Rechtsmedizinerin in sich hervor. Tatsachen mussten auf den Tisch. Spekulationen galt es grundsätzlich zu vermeiden.

Sie öffnete wieder die Augen. Begegnete Pineaus Blick, seine Augen lagen tief in dem aufgedunsenen roten Gesicht. Er studierte sie mit unverhohlener Neugier.

»Wir sind zusammen in ihrem Auto dorthin gefahren«, antwortete sie mit erzwungener Ruhe. »Wir sind um neun Uhr in Paris losgefahren. Um zehn waren wir dort. Ich bin bis vier Uhr bei ihr gewesen. Dann fuhr sie mich zum Bahnhof, der eine Viertelstunde entfernt liegt.« Sie atmete aus.

Pineaus Gesichtsausdruck war argwöhnisch. »Die Tatsache, dass Sie Martine Chauvin als Letzte lebend gesehen haben, ist bedauerlich.«

Sie starrte ihn trotzig an. »Das weiß ich. Aber nicht ich habe sie umgebracht. Lassen Sie uns den Scheißkerl lieber finden und einbuchten!« Pineaus herausfordernder Blick und seine mürrische Art wirkten wie ein rotes Tuch auf sie.

Er ließ sich nicht darauf ein. »Haben Sie einen Verdacht, wie es kommt, dass man *Ihre* Sachen am Tatort findet? Und nicht zuletzt«, er hob eine Hand, um ihren Protest abzuwehren, »wie es zugehen kann, dass das Opfer sogar mit *Ihrem* Seidenschal ermordet wurde?«

Sie presste die Lippen zusammen und schüttelte den Kopf. »Keinen«, sagte sie langsam. »Ich habe nicht die leiseste Idee.« Sie erhob sich halb aus dem Stuhl und lehnte sich über den Tisch. »Ich habe diesen Schal vor einigen Tagen geschenkt bekommen. Von *ihr.*« Am liebsten hätte sie seine Schultern gepackt und ihn geschüttelt. Stattdessen sank sie wieder auf den Stuhl. »Ich habe wirklich keine Ahnung, wie er dorthin gekommen ist. Jemand hat ihn offenbar gestohlen.«

Er streckte einen Arm aus und zog einige Papiere näher heran. »Ihrer Einschätzung zufolge, und später auch der eines Ihrer Kollegen, starb sie Samstagnacht zwischen dreiundzwanzig und ein Uhr.« Wieder wurden seine Augen schmal. »Sie begreifen, dass ich fragen muss, was Sie um diese Zeit taten?«

»Ich war zu Hause in meiner Wohnung.« Ihr Gesicht brannte bis zu den Ohrläppchen. Es würde so oder so seltsam klingen. Sie hatte am selben Abend vier verschiedene Männer getroffen. Marchal, Roland, Pascal und David. Nach dreiundzwanzig Uhr war sie allein gewesen. Keiner konnte ihr für die Zeit ein Alibi geben. Alibi! Sie schüttelte den Gedanken ab. Der fühlte sich an wie ein ekliges Tier auf ihrem Körper.

»Ich denke nicht, dass Sie Martine Chauvin umgebracht und anschließend nicht weniger als zwei eindeutige Visitenkarten am Tatort hinterlegt haben«, beantwortete er schließlich ihre Gedanken. »Aber unmittelbar bevor sie ermordet wurde, waren diese Sachen noch in Ihrem Besitz, oder?« Orla nickte nur. Sie lehnte sich zurück. Der Stuhl knarrte gefährlich. Sie wünschte, er würde zusammenbrechen und ihr eine Denkpause verschaffen. Aber der Stuhl hielt. Pineau fuhr fort. »Ich frage Sie ganz einfach: Wen haben Sie getroffen? Was haben Sie letzte Woche getan?« Pineau beugte sich vor und faltete die Hände vor sich. »Ich will wissen, Doktor Os, wie es kommt, dass Sie in diesem Fall eine ganz andere Rolle spielen, als ich es mir wünschen würde.«

Sie schwieg und schüttelte den Kopf. Pineau fuhr fort: »Ich will, dass Sie genau überlegen. Alle Menschen, mit denen Sie in Kontakt standen, müssen genannt werden. Sie erstatten Marchal Bericht. Er prüft die Alibis.« Er lehnte sich über den Tisch und sah sie lange an. Es fiel ihr schwer, seinen Blick auszuhalten. »Doktor Os, ich will mich klar ausdrücken. Wenn es nach mir ginge, würden Sie sich aus diesem Fall zurückziehen.«

Sie starrte ihn ungläubig an. »Mich zurückziehen? Aus welchem Grund, wenn ich fragen darf?«

Pineau schob die Papiertüte mit dem Schal und dem Adressbuch zu ihr hinüber. »Das muss ich Ihnen doch wohl nicht erklären.«

»Sollte die Tatsache, dass einiges aus meinem Besitz gestohlen und bei dem Opfer hinterlegt wurde, bedeuten, dass ich als *befangen* gelte?« Orla lehnte sich über den Tisch und starrte ihn an.

Er betrachtete sie mit unverhülltem Missmut. »Ich verwende meine Zeit nicht auf Spitzfindigkeiten. Hingegen stelle ich fest, dass in Ihrem Kielwasser Dinge geschehen. Der Student Dsubin wurde ermordet, kurze Zeit, nachdem Sie Kontakt mit ihm hatten, dasselbe gilt für den Antiquitätenhändler. Dann finden wir Ihre Sachen bei Martine Chauvin, die nur wenige Stunden, nachdem Sie sie verlassen haben, ermordet wird. Mit *Ihrem* Schal.« Er pflanzte die Handflächen auf die Tischfläche und richtete sich langsam aus dem Schreibtischsessel auf. »Sagen Sie mir, Doktor Os, liege ich so völlig verkehrt, wenn ich andeute, dass Sie vielleicht nichts mehr mit diesem Fall zu tun haben sollten?«

Draußen zog sie zitternd das Handy aus der Tasche und rief Dr. Arnal an. »Er hat sie mit *meinem* Seidenschal erwürgt«, sagte sie atemlos, nachdem sie dem Psychiater rasch die entscheidenden Details zusammengefasst hatte. Am anderen Ende wurde es still. »Orla, ist alles in Ordnung?«, fragte er langsam.

»Mit mir ist alles okay«, sagte sie ungeduldig. »Aber ich bin erschüttert. Verwirrt. Ich sehe nicht, was dieser Fall mit mir zu tun hat!«

Wieder wurde es still. »Sie müssen das Motiv nicht verstehen, Orla. Sie müssen nur das Folgende begreifen: Sie sind in Gefahr.« Nachdrücklich betonte er jedes Wort. »Das ist kein Troll mit zwei Köpfen. Das ist ein gewöhnlicher Mann in Ihrer nächsten oder zumindest in naher Umgebung. Er lebt ein anscheinend normales Leben, und Sie hegen keinerlei Verdacht gegen ihn. Er fühlt sich stark und unbesiegbar. Aber Sie haben ihn zu nahe an sich herangelassen. Er fühlt sich in dem, was er tut, völlig im Recht. Er spürt weder Zweifel noch Reue.« Arnal schwieg eine ganze Weile. »Orla, Sie sollten diesen Fall abgeben«, sagte er schließlich.

»Den Fall abgeben?«, rief sie laut und sah sich schnell um. Aber es war niemand in der Nähe. Sie senkte die Stimme. »Wer sagt, dass dies mit den gegenwärtigen Ermittlungen zu tun hat?«

»Genau darüber weiß ich nichts«, sagte er. »Aber wenn es doch damit zu hat, dann sind mehr Menschen als nur Sie in Gefahr. Sie erinnern sich, was ich über seine Hemmschwelle gesagt habe.«

Sie schloss die Augen. »Sie wird immer niedriger.«

»Geben Sie den Fall ab«, bat er sie inständig.

»Ich werde darüber nachdenken.« Sie beendete das Gespräch.

Kopfschmerzen quälten sie, als sie sich auf die Suche nach Marchal machte. Sie wollte, dass er zu dem Kunstexperten mitkam, und sei es auch nur, um das Auto zu fahren. Die abendliche Rushhour verkraftete sie heute nicht. Roland hatte für heute genug zu tun und für morgen auch. Er durfte hierbleiben.

Sie klopfte an Marchals Tür. »Er will wissen, wen ich an jenem Abend getroffen habe«, sagte sie tonlos. »Du sollst die Alibis prüfen.« Marchal sagte nichts. »Du weißt von allen meinen Treffen in der letzten Woche. Als Martine ermordet wurde, war ich mutterseelenallein in meiner Wohnung!« Sich selbst so reden zu hören, kam ihr merkwürdig vor. Sie stöhnte. »Das Ganze ist so absurd. Komm. Wir fahren.«

Sie gingen hinaus und setzten sich schweigend ins Auto. Marchal war gleich von sich aus auf der Fahrerseite eingestiegen. Aber er startete den Motor nicht. Orla brach zuerst das Schweigen.

»Warum hat er das getan?«

»Was getan?« Marchal schien müde zu sein.

»Martine mit meinem Seidenschal erwürgt?« Sie schloss die

Augen. »Niemand weiß, von wem ich ihn bekommen habe. Und etwas so Raffiniertes, wie mein Adressbuch bei ihr hinzulegen«, fuhr sie fort, ehe Marchal auch nur den Mund öffnen konnte. »Pineau meint, ich müsste mich aus dem Fall zurückziehen«, sagte sie leise. »Einen Grund, mich einfach zu suspendieren, hat er nicht, aber er hofft, dass ich zur Vernunft komme und selbst den Schluss daraus ziehe.«

»Pineau hat natürlich recht, dass das alles etwas merkwürdig ist.« Er sah sie an. »Das bringt nicht nur dich mit dem Mord in Verbindung.« Er schwieg einen Moment, dann fuhr er zögernd fort. »Es verbindet den Mörder mit dir. Das deutet auf einen Menschen in deiner näheren Umgebung hin. Vielleicht sogar in deinem Bekannten- oder Freundeskreis.«

Sie sah ihn aufgewühlt an. »Ich verstehe das nicht. Der Mörder selbst sorgt dafür, die Theorie von einem beliebigen Täter zunichtezumachen, einem, der zufällig vorbeikommt, einem Fremden. Ich meine – in gewisser Weise kreist er sich selbst ein.« Sie sah Marchal mit dunklen Augen an. »Hervé, warum fühlt er sich so sicher, so unverwundbar?«

Marchal fuhr sich mit beiden Händen durchs Haar. »Ich weiß es nicht, verdammt noch mal.«

»Er spricht mit mir«, sagte sie tonlos. »Aber was will er mir sagen?« Marchal sah sie an. Sie fuhr fort: »Er weiß vielleicht, dass die Polizei nicht glaubt, dass ich sie ermordet habe.« Sie unterbrach sich. »Diese Sachen waren nicht für die Polizei gedacht, sondern für mich. Ich sollte sie sehen. Er will demonstrieren, dass er die Kontrolle hat. Das ist eine Warnung.«

Er schlug mit den Händen aufs Lenkrad. »Du musst versuchen nachzudenken. Dich erinnern! Jemand hat irgendwann innerhalb von zwei Tagen den Seidenschal aus deiner Tasche genommen. Oder aus deiner Wohnung.«

»Ich bin völlig sicher, dass der Schal nicht aus meiner Tasche weggekommen ist«, sagte sie bestimmt. »Du weißt, wie es bei mir zu Hause aussieht. Nichts liegt herum. Ich würde außerdem überlegt haben, wohin ich ihn legen soll. Einen geeigneten Platz dafür finden.«

»Also hast du ihn überall dabeigehabt. Bei der Arbeit, hier, im Café.«

Sie nickte, war überzeugt, dass der Schal nicht die Tasche verlassen hatte. Das hieß, dass David ihn nicht genommen habe konnte, als er am selben Abend in ihrer Wohnung gewesen war. Die Erleichterung, ihn da nicht mit hineinziehen zu müssen, war geradezu überwältigend. »Ich weiß aber nicht, wann das Adressbuch verschwunden ist.«

Beide schwiegen. Nach einer ganzen Weile sagte Orla: »Ich glaube, alle Morde wurden von ein und derselben Person begangen.« Marchal drehte sich langsam zu ihr um. »Aber er wendet bei Männern und Frauen unterschiedliche Methoden an«, fuhr sie fort. »Männer ersticht er, Frauen erwürgt er.«

Marchal nickte. »Na ja. Bisher handelt es sich um *eine* Frau, sodass du das noch nicht generalisieren kannst.«

Sie schüttelte den Kopf. »Ich bin mir ganz sicher.« Sie holte tief Luft. »Ich glaube, es handelt sich um dieselbe Person, die mir an dem Abend auflauerte, als ich im Konzert war. Der wollte mich nicht vergewaltigen – der wollte mich töten. Gerettet haben mich meine phänomenalen Schuhe.« So war es wohl. Sie hatte es die ganze Zeit gewusst, aber nicht sehen wollen.

»Warum hat er dann noch keinen neuen Versuch unternommen?«

Sie zuckte die Achseln. »Keine Ahnung.«

Marchal starrte stumm vor sich hin. Schließlich sagte er: »Erinnerst du dich, dass ich vor einigen Jahren im Westen gearbeitet habe? Da hatten wir einen Fall … Ein gewisser Deschamps war involviert, wenn ich mich recht erinnere.« Er lehnte den Kopf gegen die Nackenstütze. »Bei allem, was du sagst, fallen mir immer wieder Sachen ein zu dem Fall, mit dem ich damals befasst war. Ich habe einen alten Kollegen, den werde ich mal anrufen.«

Ihr war, als hätte er mehr zu sich selbst als zu ihr gesprochen. Sie war zu müde, um nachzufragen. Sie blieben noch eine Weile schweigend sitzen. Er machte keine Anstalten loszufahren. Er war tief in Gedanken versunken. Sie unterbrach das Schweigen.

»Übrigens, Hervé.« Sie zögerte, verstand nicht, warum es ihr schwerfiel, das zu sagen. »Ich glaube, jemand beobachtet mich. Folgt mir bei allem, was ich tue.«

Er sah sie nachdenklich an. »Das musst du genauer erklären«, meinte er langsam.

»Meiner Meinung nach steht Martines Tod in direktem Zusammenhang mit unseren Ermittlungen. Ich glaube, der Mörder war mir jedes Mal auf den Fersen, sowohl bei ihrem Tod als auch beim Tod des Antiquitätenhändlers. Er hat jeweils zugeschlagen, nachdem sie mit mir Kontakt gehabt hatten. Es wirkt fast, als sei der Betreffende jederzeit genauso gut unterrichtet über den Fall, wie ich es bin.« Sie sah ihn an. »Klingt das nicht total verrückt?«

Marchal drehte den Zündschlüssel um. »Eine Möglichkeit wäre das schon. Aber ich hoffe, du irrst dich, Orla«, sagte er und setzte sich anders hin. »Was du da sagst, lenkt im Übrigen den Verdacht in alle Richtungen. Auch innerhalb der Polizei.« Er schien einen Moment zu überlegen. »Ich mag diesen Gedanken nicht. Du musst schon unglaublich starke Indizien auffahren, ehe du eine solche Theorie lancieren kannst. Das Arbeitsklima ist nach solchen Verdächtigungen gegen nahe Kollegen schnell vergiftet. Außerdem erweckt es leicht den Anschein von Paranoia.«

»Ich glaube, wir müssen los, sonst kommen wir zu spät.« Er löste die Handbremse und gab Gas.

Sie registrierte sein Missfallen. Etwas anderes konnte sie auch nicht erwarten. Der Verdacht traf auch ihn. Beleidigt blieb er im Auto sitzen, während sie sich mit Legrand traf.

42

Professor Legrands Büro lag hinter einer schweren Eichentür versteckt. Der kleine Raum war vom Boden bis zur Decke mit Büchern und Papieren vollgestopft. Die Stapel in den Regalen drohten herunterzufallen und bedeuteten für alle, die sich im Raum bewegten, eine Gefahr. Instinktiv schloss Orla die Tür vorsichtig, um keine Erschütterungen der Wände zu verursachen.

Der Schreibtisch, hinter dem Legrand saß, war noch chaotischer und unüberschaubarer als seine Regale. Der Mann passte nicht zu der tiefen melodischen Stimme, mit der sie telefoniert hatte. Legrand war schmächtig und gebeugt, etwas kleiner als sie. Das halblange, silbergraue Haar lockte sich im Nacken. Er kam um den Schreibtisch herum und reichte ihr eine knochige Hand. Sein Händedruck war erstaunlich fest.

»Ich nehme an, das soll ich mir ansehen«, sagte er und deutete auf das Päckchen, das sie auf den Tisch gelegt hatte.

Sie nickte stumm, glücklich, dass er alle einleitenden Höflichkeitsfloskeln übersprang.

Er packte das Bild aus und legte es auf den Stoß Papiere auf dem Schreibtisch. Sie blieben am Schreibtisch stehen und betrachteten aufmerksam das Bild. Es war eine Holztafel, der Rand war im Verhältnis zum eigentlichen Bild etwas erhöht und bildete so einen Rahmen. Das Motiv war die Jungfrau Maria mit dem Kind auf dem Arm. Orla sah Legrand an, während er das Bild studierte. Er hatte eine Brille aufgesetzt.

»Gute Güte«, murmelte er schließlich leise. Er zog eine Schublade auf und fand nach langem Tasten und Suchen ein

Lineal. Rasch vermaß er das Bild. Darauf wandte er sich Orla zu. »Wo haben Sie das gefunden?« Er schien geradezu erschüttert zu sein.

»In einem Auto«, antwortete Orla kurz. »Können Sie etwas dazu sagen?«

Er schüttelte den Kopf und holte eine kleine Trittleiter. »Ich weiß nicht, ob ich es glauben soll.« Er stieg die Stufen nach oben und zog ein Buch aus einem der Regale. Orla hielt die Luft an. Der Bergrutsch fand nicht statt.

Legrand blätterte, las. »Stimmt, auf den Millimeter genau«, murmelte er für sich.

Dieses Gemurmel ging Orla auf die Nerven. »Bitte seien Sie doch so nett und erklären Sie es mir!« Sie war sichtlich ungeduldig.

Er schloss das Buch und ließ sich in seinen Schreibtischsessel fallen. »Nehmen Sie doch bitte Platz«, sagte er und stand selbst noch einmal auf, um ein Fenster zu öffnen.

Sie setzte sich, ohne ihn aus den Augen zu lassen.

»Wenn ich mich nicht irre, und das ist höchst unwahrscheinlich, dann handelt es sich um ›Die Jungfrau von Wladimir‹. Eine der berühmtesten und wertvollsten russischen Ikonen, die es gibt«, sagte er langsam und andächtig. »Es könnte eine Kopie sein, aber so sieht es nicht aus.« Er nahm das Bild, drehte und wendete es und strich vorsichtig darüber.

»Nun?« Vor dem offenen Fenster tanzten die Staubkörner im Licht.

Er lehnte sich schwerfällig zurück. Die gutmütigen Augen hinter der Brille waren groß, man sah, dass er außer Fassung war. »Wenn ich recht habe, muss es gestohlen worden sein. Es hängt im berühmten Tretjakow-Museum in Moskau, wie Sie diesem Buch entnehmen können.« Er starrte sie kopfschüttelnd an. »Es ist mir unbegreiflich, wie das möglich sein kann. Diese Ikone ist, kurz gesagt, unersetzlich.« Er starrte fassungslos darauf. »Unendlich wertvoll«, sagte er langsam. »Aus der Zeit zwischen 1000 und 1200, die genaue Datierung ist schwierig. Genauso der Ursprung. Russisch oder byzantinisch.«

Sie sah ihn zweifelnd an. »Sie sind überzeugt, dass es sich um eine echte Ikone handelt?«

»Ich bin überzeugt«, sagte er bestimmt. »Selbstverständlich müsste sie von mehreren Experten begutachtet werden, um allen Zweifel auszuräumen.« Mit langsamen und ziellosen Bewegungen versuchte er, auf dem unübersichtlichen Schreibtisch Ordnung zu schaffen. »Wie haben die das geschafft? Ich meine, in einer modernen, bewachten Galerie wie dem Tretjakow?« Nachdenklich sah er sie an. »Sie können mir wohl nichts dazu sagen?«

Orla nickte.

Legrand konnte seine Neugier nicht länger zügeln. »Haben Sie sie gefasst?«

»Wahrscheinlich«, antwortete sie einsilbig. Sie schaute verwundert die alte Holztafel an. Von Kunst hatte sie nie etwas verstanden. Nach dem, was sie wusste, war dieses Bild weder ein Rubens noch ein Rembrandt. Aber sie hatte begriffen, dass es in gewisser Hinsicht dem doch gleichkam.

»Was hat es mit diesen Ikonen auf sich, abgesehen davon, dass sie alt sind?«, fragte sie ihn direkt.

»Ich will es so einfach wie möglich erklären«, sagte er nachsichtig.

»Ja, gerne. Und wenn Sie auch noch das zweite Fenster öffnen könnten …«

Er nickte. »Ab zwei Uhr steht die Sonne auf diesen Fenstern. Um diese Tageszeit ist der Raum immer überhitzt. Man spürt dann den Staub der Bücher noch viel mehr.«

»Zweifellos.« Sie suchte in der Tasche nach der Wasserflasche. »Die Ikonen, seien Sie so nett. Ich muss gehen, sobald Sie fertig sind.« Die Flasche war leer. Sie überlegte, sofort zu gehen. Die Informationen, die sie brauchte, hatte sie schon bekommen.

»Eigentlich müsste ich bis ins neunte Jahrhundert zurückgehen, um es Ihnen gründlich zu erklären«, begann er eifrig.

Orla schüttelte energisch den Kopf. »Nein, bitte nicht. Mich erstaunt vor allem, warum sie noch heute so beliebt sind.«

»Das begreift man wirklich erst, wenn man die russische Kirchengeschichte kennt.« Er war beharrlich.

»Die russische Kirchengeschichte?« Sie ließ die Tasche auf den Boden fallen und sah ihn gereizt an. Im Zimmer war es unerträglich warm, und ihre Zunge klebte am Gaumen. Für eine Flasche mit eiskaltem Wasser wäre sie bereit gewesen, auf der Stelle ihren Job zu kündigen. Der Mann würde jede ihrer Fragen mit einer ganzen Vorlesung beantworten. Sie hörte von draußen das gleichmäßige Summen des Verkehrs. Die Menschen fuhren von der Arbeit nach Hause. Dort sollte sie jetzt auch sein.

»Das Thema, Professor Legrand, ist gewiss außerordentlich interessant«, protestierte sie, »aber zu umfassend, als dass wir es jetzt schaffen könnten. Es ist bereits nach zwanzig Uhr.« Sie griff nach ihrer Tasche und stand auf.

»Nein, nein, nein, behalten Sie bitte Platz!« Mit beiden Händen gestikulierend, zwang er sie förmlich, sich wieder hinzusetzen. »Außerordentlich interessant, gewiss. Ich kann mir gern die Zeit nehmen«, versicherte er wohlwollend. »Das macht mir gar keine Umstände.« Enthusiastisch begann er: »Nicht Ethik oder Moral, sondern pure Ästhetik, also kurz und gut die Schönheit, ist seit alters her im russisch-orthodoxen Glauben wichtig gewesen. In ihr drückte sich das Göttliche auf Erden aus, unter den Menschen. Schauen Sie sich zum Beispiel die Kirchenbauten an. Sind Sie mal in einer russisch-orthodoxen Kirche gewesen?« Sie schüttelte den Kopf. »In unseren Kirchen gibt es das lange Mittelschiff, das zum fernen und etwas erhöhten Altar führt. In der orthodoxen Kirche hat der Altar einen zentralen Platz im Kirchenraum.«

»Ich verstehe.« Sie wusste nicht ganz, was sie verstanden hatte.

»Die Rituale können viel über die fortwährende Bedeutung der Ikonen aussagen«, fuhr er eifrig fort. »Sie müssen wissen, in der russisch-orthodoxen Kirche sind Worte und Predigten weitaus weniger wichtig als Rituale und Bilder. Die Ikonen sind immer ein wichtiger Teil dieser Religion gewesen. Sie sind Teil der Predigt. Es gibt sie in Kirchen, in den Häusern und Wohnungen der Menschen, man nimmt sie auf Reisen mit. Sie sind in das Leben der Menschen integriert.« Er hatte sich warm geredet und zog nun ein zerknülltes Taschentuch heraus und wischte sich das Gesicht ab.

»Nun, nach der Russischen Revolution brachen schlimme Zeiten an für die Kirche wie für die Ikonenmaler. Wie Sie wissen, eine atheistische, marxistische Staatsform. Die Kirche und all das wurde zu einer Art Untergrundbewegung.« Er blinzelte. »Was ich Ihnen jetzt erzählt habe, ist schrecklich oberflächlich.« Er drehte sich zum Bücherregal um. »Ich habe dazu mehrere hochinteressante Bücher, falls Sie ...«

Sie lächelte und schüttelte energisch den Kopf. »Nein, vielen herzlichen Dank, das war ausgezeichnet, und ich habe mehr als genug gehört. Ich muss jetzt wirklich gehen.« Sie stand auf.

Er schien es nicht zu merken. »Nach dem Fall des Kommunismus haben wir tatsächlich ein zunehmendes Bewusstsein dafür zu verzeichnen«, fuhr er unverdrossen fort. »Aber wir haben eben auch dieses.« Er nickte zur Ikone hin. »Die Wirtschaft brach zusammen, die Gesellschaft ist in Auflösung begriffen. Unkontrolliert werden diese alten Schätze aus Kirchen und Museen gestohlen. Religiöse Reliquien werden tonnenweise außer Landes geschafft.« Sein Enthusiasmus war plötzlich verschwunden, und er wirkte müde. »Wie Sie leicht verstehen werden, entstanden zu allen Zeiten Mengen von Ikonen in unterschiedlicher Qualität. Es gab viel schlechte Massenproduktion. Aber daneben hat man auch die echten, die genuinen, die ganz großen. Wie diese.« Er nahm sie ehrfürchtig in die Hand und reichte sie ihr.

Orla packte sie ein und legte sie zurück in die Plastiktüte mit dem Logo eines exklusiven französischen Modehauses.

Sie bedankte sich und ging und konnte an nichts anderes denken als an ihren unerträglichen Durst.

Marchal hatte im Café gegenüber unbeweglich am Tisch gesessen und auf sie gewartet. Er hörte zu, wie sie die Neuigkeiten zwischen gierigen Schlucken Orangina zusammenfasste.

»Das Bild ist wahrscheinlich aus einem der bekanntesten Moskauer Museen gestohlen.« Orla war schon bei der zweiten Flasche. Sie schob den Zettel mit dem Namen der Ikone über den Tisch. »Du musst jemanden bitten, die Database von TREIMA zu checken. Nach Legrand ist sie einzigartig und ohne Zweifel echt.«

Marchal nahm sein Handy. »Roland wird das prüfen, während wir uns Iwanows Wohnung vornehmen.«

»Auf jeden Fall haben die beiden jungen Männer diese Ikone hierher mitgebracht. Wir müssen annehmen, dass die Morde etwas mit diesem Bild zu tun haben.«

»Warum finden wir nur eins? Es wird mehrere gegeben haben. Man setzt sich doch wohl nicht für ein einziges Bild einem solchen Risiko aus?«

»Weiß man nicht«, gab sie zu. »Ich glaube, diese Geschäfte verlangen einen weit größeren Apparat als nur diese beiden Männer.« Sie hob die Hand und zählte an den Fingern auf: »Es braucht Geld, Kontakte, Netzwerk, Kenntnisse und Erfahrung. Und ich glaube nicht, dass die zwei das hatten.« Sie nahm ein Stück trockenes Brot vom Tisch und brach es entzwei. »Ich wette, diese beiden befanden sich ein gutes Stück weiter hinten in der Kette.« Sie steckte das Brot in den Mund. »Das müssen einfache Kuriere gewesen sein.«

»Und warum hat sich jemand die Mühe gemacht, alle beide umzubringen? Wenn es nur Laufburschen waren?«

Orla zuckte die Achseln. »Vielleicht sind sie aus der Reihe getanzt? Haben irgendwie das gesamte Geschäft in Gefahr gebracht?« Sie schwieg, als der Kellner einen Teller mit *Taboulé* vor sie hinstellte. »Mal sehen, was wir bei Iwanow finden«, sagte sie. Sie aß hastig. »Das war doch auch ein schäbiger Kerl ohne Geld. Aber im Besitz wertvoller Ikonen.« Sie unterstrich ihre Worte gestenreich mit der Gabel. »Er hat sie schwerlich selbst gestohlen. Jemand hat das für ihn getan, und das war nicht gratis.« Sie blickte auf. »Wie hat er um Himmels willen zwei solche Bestellungen finanzieren können?«

Marchal sagte nichts. Er sah zu, während sie das Essen verschlang.

Sie legte Geld auf den Tisch und stand auf. »Hattest du Rue de Tolbiac gesagt?«

43

Iwanows Wohnung lag im 13. Arrondissement am Rande des »roten Dreiecks«, des sogenannten Chinesenviertels der Stadt. Die Concierge des Mietshauses nahm kaum den Blick von ihrer ›Paris Match‹, sondern nickte nur desinteressiert, als sie sich vorstellten und ihr mitteilten, sie wollten sich bei Iwanow umsehen. »Wenn Sie die Schlüssel haben, gehen Sie einfach direkt hoch. Dritter Stock. Die Tür rechts neben der Treppe.« Sie kniff die Lippen zusammen und setzte ihre Lektüre fort.

Orla räusperte sich. »Hatte er oft Besuch?«

Die Concierge sah von der Zeitschrift auf, als sei sie überrascht, die beiden immer noch dort stehen zu sehen. Die kleinen, grauen Augen musterten sie. »Besuch?« Sie faltete die Zeitschrift zusammen. »Ich bin seit dreißig Jahren hier Concierge. Iwanow hat noch länger hier gewohnt, soviel ich weiß. Ich habe gesehen, dass er in den ersten Jahren manchmal Damenbesuch hatte, damals war er ein relativ junger Mann. Aber in den letzten Jahren war keine Menschenseele hier.« Sie sah die beiden vielsagend an. »Können Sie sich so ein Dasein vorstellen?« Sie erhob sich schwerfällig. Die Füße waren geschwollen und in viel zu enge Schuhe gepresst. »Der Mann hatte nicht einmal Telefon.« Sie holte einen kleinen Kessel und füllte ihn mit Wasser. »Jedenfalls war er ruhig und angenehm. Pünktlich und ordentlich. Gab nie Ärger mit ihm. Machte jeden Tag dasselbe. Ging zur Arbeit und kam jeden Abend um dieselbe Zeit nach Hause. Er muss immer auswärts gegessen haben, er ging nämlich nur selten einkaufen, und es roch dort oben nie nach Essen. Warten Sie nur, bis Sie seine Wohnung gesehen haben.« Sie wandte ihnen den Rücken zu. »Dritter Stock. Die Tür rechts neben der Treppe.« Als sie gerade die Tür schließen wollten, drehte sie sich noch einmal um. »Sie wissen nichts, nehme ich an, oder? Deshalb fragen Sie wohl mich?«

Marchal nickte kurz zur Bestätigung und schloss die Tür hinter sich.

Iwanow bewohnte eine kleine Zweizimmerwohnung. Im Flur blieben sie verblüfft stehen.

»Hier hast du wahrhaftig deinen Meister gefunden«, murmelte Marchal. Der Kontrast zum schmutzigen und chaotischen Antiquitätenladen war unglaublich. Im Flur waren die Schuhe in Reih und Glied aufgestellt. Das Wohnzimmer war mustergültig. Die Hausschuhe standen vor dem einzigen Sessel, daneben ein rundes Tischchen, ein Fußschemel und in einer Ecke ein alter Schreibtisch. Ein kleiner Esstisch für vier Personen stand in einer anderen Ecke. Ein Bücherregal, knapp einen Meter breit, enthielt einige vergilbte Taschenbücher. Orla erkannte Simenon und fand dort zu ihrer Überraschung auch Jean Genet. Sie zog ein altes Exemplar von ›Tagebuch eines Diebes‹ hervor und blätterte darin. Sie überlegte einen Moment, inwiefern ein Autor wie Genet und seine Ansichten zu Kriminalität und das Leben auf der Schattenseite der Gesellschaft Iwanow angesprochen haben mochten. Sie zuckte die Achseln und schob das Buch ins Regal zurück. Die übrigen Bücher waren offenbar russisch, die kyrillischen Buchstaben konnte sie nicht entziffern.

Die kleine Küche war blitzsauber. Die Wohnung sah aus, als sei sie vor einer militärischen Inspektion aufgeräumt und geputzt worden. Orla stellte sich ins Wohnzimmer und sah sich um. Die Wände waren fast nackt. Falls sie erwartet hatte, eine Ikone zu finden, so wurde sie enttäuscht. Ein verblasstes Landschaftsbild hing neben dem Fenster. Fotos gab es keine. Sie hörte Marchal rumoren. »Er hat nicht gerade viele persönliche Informationen hinterlassen.« Marchal öffnete eine Schranktür nach der anderen. »Bevorzugt jedenfalls Essen aus der Dose. Etwas Tee und Marmelade.« Er zog die Küchenschubladen heraus. »Auch kaum Kochutensilien. Die Concierge weiß gut Bescheid.«

»Etwas mehr in seinem Schreibtisch, immerhin.« Orla zog eine der beiden Schubladen heraus. »Donnerwetter, war der ordentlich!« Sie ging den Inhalt rasch durch. »Nichts!«, rief sie enttäuscht. »Rechnungen, Werbung und ein paar Reiseprospekte.« Sie blätterte in einem. »Was um Himmels willen wollte er auf den Malediven? Ist das nicht wahnsinnig teuer?« Sie legte den Prospekt zurück und warf einen Blick in die andere Schublade. Brille, Schreibsachen. Zigaretten. Sie schob beide wieder zu. »Wahrscheinlich wirft er alles weg, was er nicht braucht.« Sie hob resigniert beide Hände. »Hier liegt nicht mal eine alte Zeitung herum.«

Sie trat in den Flur. Rechts neben der Wohnungstür befand sich eine weitere Tür. Sie öffnete sie und machte das Licht an. Es war Iwanows Aufbewahrungskammer. An der einen Wand hingen der Wintermantel und zwei Anzüge. Stiefel, Winterschuhe, ein leerer Koffer und eine Reisetasche standen ganz hinten an der anderen Wand. Auf einem Regal über der Tür lagen ein paar alte Hüte und ein kleiner Pappkarton. Orla stellte sich auf die Zehenspitzen und zog den Karton an der Schnur zu sich, die um ihn herumgewickelt war. Sie trug ihn hinaus und stellte ihn auf den Esstisch.

»Such dir eine Schere und komm her«, rief sie Marchal zu. Er schnitt die Schnur durch. Der Karton enthielt alte Briefe, fein säuberlich zusammengebunden. Sie blätterten rasch einige durch. Die Briefmarken waren aus dem Ausland.

Marchal sah sich einige der Stempel an. »Diese sind aus den sechziger Jahren«, sagte er. »Er hatte also doch Kontakt mit der Heimat.« Er zog einen Briefbogen heraus und reichte ihn Orla.

Sie warf einen Blick darauf. »Alte russische Briefe«, sagte sie enttäuscht und legte ihn zurück. Von ganz unten aus der Schachtel zog sie einen braunen Umschlag hervor und leerte den Inhalt auf den Tisch. »Alte Fotos.« Sie zuckte die Achseln. »Das ist seine ferne Vergangenheit, die wir uns hier ansehen. Die er von zu Hause mitgebracht hat, vermute ich. Das hilft uns nicht weiter.« Sie nahm die Fotos eines nach dem anderen in die Hand. Die meisten waren braun und verblasst. Auf manchen stand etwas auf der Rückseite, in kyrillischen Buchstaben. Gruppen lächelnder junger Menschen in Hut und Anzug oder in Arbeitskleidung. Zum größten Teil Männer. Eines der Fotos zeigte drei erwachsene Männer und ein Mädchen. Im Hintergrund erkannte sie schemenhaft den Triumphbogen. Ein Paar mittleren Alters posierte steif und ernst vor dem Fotografen. »Das werden hauptsächlich Freunde und Bekannte von zu Hause sein«, sagte Orla schließlich. »Bilder aus der Zeit, als fotografiert zu werden noch ein Ereignis war. Offensichtlich war es wichtig, möglichst viele Personen auf ein Bild zu bekommen.« Sie begann die Fotos langsam wieder in den Umschlag zurückzulegen, eines nach dem anderen.

Marchal hatte ein Bild hervorgezogen, das er mit gerunzelter Stirn studierte. »Hier ist jedenfalls eine rühmliche Ausnahme«, sagte er langsam. »Nur eine Person auf dem Bild, und noch dazu eine Frau.« Orla erhob sich neugierig und setzte sich zu ihm. Das Bild war klein, etwa vier mal fünf Zentimeter. Es zeigte eine junge Frau mit weißer Bluse und Rock. Sie lehnte sich an einen Springbrunnen und lächelte strahlend. Das Bild war aus einiger Entfernung aufgenommen worden. Hinter ihr konnte man undeutlich einen Teil der Fassade eines großen

Gebäudes erkennen. »Rathaus oder Kirche«, meinte Marchal und zeigte auf das Gebäude.

»Aber ist das in Frankreich oder ist das eine alte Flamme von zu Hause?«, fragte Orla.

Marchal drehte das Bild um. *Dein für immer*, stand in zierlicher Schrift auf der Rückseite.

»Frankreich, würde ich meinen«, sagte Marchal nachdenklich. »Ist jedenfalls auf Französisch geschrieben.«

»Wir nehmen die ganze Schachtel mit.« Orla stand auf. »Wir werden das alles durchgehen müssen, auch wenn es alt ist und vielleicht nichts Neues bringt. Jetzt ist es neun Uhr vorbei. Wir machen für heute Feierabend.«

Marchal nickte und wickelte die Schnur wieder um die Schachtel. »Er scheint alle wichtigen persönlichen Habseligkeiten in dieser Schachtel gesammelt zu haben. Ein Leben ist wirklich nicht viel, oder?«

Sie standen vor der Wohnungstür und wollten eben abschließen, als Marchals Handy klingelte. »Das war Roland«, sagte er kurz danach und schob das Telefon wieder in die Tasche. »Eine Ikone mit diesem Titel wurde am 20. Februar 1998 aus dem Tretjakow-Museum gestohlen. Gilt als Nationalheiligtum und ist von unschätzbarem Wert.«

Sie hörte das ältere Ehepaar in der Wohnung unten plaudern und mit Tassen und Töpfen hantieren, als sie die Wohnungstür hinter sich schloss. Es war komisch, sich hinter einer verschlossenen Tür in Sicherheit zu wiegen. Sie fischte ein Perrier aus dem Kühlschrank und drückte die kalte Flasche an die Wange. »Wo soll ich bloß hin mit mir?«, murmelte sie laut. »Ich kann doch nicht *hier* sein?«

Sie ging in den Flur und blieb vor dem Spiegel stehen. Das figurbetonte blaue Stretchkleid stand ihr ausgezeichnet. Sie hatte immer zu hören bekommen, wie toll sie aussah. Aber etwas war mit ihr passiert. Es war so, als ob ihr das Kleid nicht mehr passte. Die Träger hingen zu lose auf den Schultern. Die waren doch früher nicht so knochig gewesen? Sie zog den Bauch ein und richtete sich auf. Die Hüftknochen zeichneten sich spitz unter dem Stoff des Kleides ab.

»So kann das nicht weitergehen«, sagte sie resigniert zu sich selbst und wandte sich ab. Ihr Leben musste bald wieder eine Struktur bekommen. Sobald die Hitze nachgelassen hatte. Und der Fall gelöst war.

Aus der unteren Wohnung kamen nun keine Geräusche mehr. Das Paar war mit dem Abwasch fertig. Orla beschloss, früh ins Bett zu gehen. Schlaf war ein angenehmer Fluchtweg.

Im Schlafzimmer warf sie sich aufs Bett und starrte an die Decke. War sie wirklich in Gefahr? Spionierte ihr tatsächlich jemand hinterher? Der Gedanke war absurd. Lächerlich. Warum sollte jemand sie töten wollen? Ärzte und Polizisten ließen sich ersetzen. Jeder mit entsprechender Spezialausbildung könnte ihren Platz übernehmen und die Ermittlungen würden mit unverminderter Intensität weitergehen.

Könnte irgendjemand andere Gründe haben, ihr nach dem Leben zu trachten? Das kam ihr so unwahrscheinlich vor. Sie war mit niemandem ernsthaft in Konflikt geraten. Es hatte natürlich eine Reihe von heiklen Fällen gegeben, an deren Ermittlungen sie beteiligt gewesen war. Sie rief sich rasch die wichtigsten ins Gedächtnis. Aber die waren alle abgeschlossen und aus der Welt. Eigentlich konnte niemand einen Grund haben, sie zu hassen oder sich an ihr rächen zu wollen. Ehrlich gesagt hatte sie zwar wenige enge Freunde, dafür aber auch keine Feinde. Auch um Geld konnte es nicht gehen. Sie besaß ja nichts. Noch nicht. Dass Martine und der Antiquitätenhändler getötet wurden, kurz nachdem sie mit ihr zu tun gehabt hatten, konnte nichts anderes als Zufall sein. Orla schob den Gedanken von sich und trank einen Schluck Wasser. Marchal hatte recht. Die Art, wie sie das alles interpretierte, bekam langsam den Beigeschmack von Paranoia. Sie stellte sich selbst viel zu sehr ins Zentrum. Dass andere so gut über sie informiert zu sein schienen, hatte nichts damit zu tun, dass ihr jemand über die Schulter schaute. Niemand verfolgte sie oder spionierte ihr nach. Es Marchal gegenüber zu erwähnen, war töricht gewesen. Er hatte natürlich Angst, dass ihr der Fall über den Kopf wuchs.

Der Versuch, ein Bild von dem Mann zu erstellen, der die Studenten zum Autohändler begleitet hatte, war fehlgeschlagen. Einen halben Tag lang hatte ein Spezialist der Polizei mit allen möglichen Bildmanipulationen versucht, bei Thierry Martin ein Zeichen des Wiedererkennens hervorzurufen. Aber er hatte zu allen Vorschlägen nur den Kopf geschüttelt. »Vielleicht, ich weiß nicht, möglich, schwer zu sagen ...«, war alles, was aus ihm herauszubekommen war. »Ich erinnere mich nicht daran, wie er aussah, weil ich ihn kaum angesehen habe«, hatte er ständig wiederholt und sich resigniert über die penibel arrangierten Haarsträhnen auf dem blanken Schädel gestrichen. »Er hat mich auch nicht angeschaut«, hatte er sich seufzend erinnert. »Er saß ziemlich unbeteiligt dabei.« Sowohl der Autohändler als auch der Zeichner waren immer mehr ins Schwitzen geraten. Martin konnte sich für keinen einzigen der Entwürfe verbürgen. Schließlich hatten sie aufgegeben.

Orla verschränkte die Hände im Nacken und ließ den Blick im Zimmer umherschweifen. »Versuch an etwas anderes zu denken«, seufzte sie laut. »Unternimm etwas, damit deine Wohnung etwas gemütlicher wird.« Sie sah sich um. Marchal murmelte zu ihrer Wohnung jedes Mal irgendeinen Kommentar. Niemand war so direkt wie er. Wahrscheinlich war es hier für seinen Geschmack zu ordentlich. Ihr gefiel es eigentlich so. Alles war penibel in Regalen und Schubladen geordnet. Das sorgte für Übersicht. Gab ihr das Gefühl von Kontrolle. Nur in wenigen Bereichen ihres Lebens hatte sie das Gefühl, sie vollständig unter Kontrolle zu haben. Außerdem musste sie nur gerade so viel in Ordnung halten, dass alles schnell ging. Keiner brachte ihr etwas durcheinander. Sie dachte einen Moment an Rolands

Wohnung. Dort war es unaufgeräumt gewesen, aber gemütlich. Ein Ort, an dem man Lust bekam, sich in die weichen Sofapolster zu kuscheln.

Ein bisschen Routine und die täglichen Rituale entspannen einfach, dachte sie und strich über die glatte Bettdecke. Dass man gewisse Dinge macht, ohne darüber nachzudenken. Dass der Wecker um halb sieben klingelt. Aufstehen, die Vorhänge aufziehen. Eines der hohen Fenster öffnen, frische Luft hereinlassen. Ins Bad gehen. Duschen. Vielleicht frühstücken. Zur Arbeit fahren.

Orla unterbrach ihre Gedanken. Der Schreibtisch stand vor einem der Fenster. Die Vorhänge waren zugezogen. Zögernd richtete sie sich in ihrem Bett auf. Hatte sie heute Morgen vergessen, sie aufzuziehen? Auch auf dem Schreibtisch war etwas verändert. Ihr Notizbuch lag nicht an seinem üblichen Platz in der Briefablage rechts neben dem Computer. Es lag ganz für sich allein auf der linken Seite. Jemand musste es dorthin gelegt haben. Ihr Herz schlug schneller. Kein anderer als David konnte da gewesen sein, unmöglich. Dies war eines der sichersten Häuser im Zentrum von Paris, und es gab keinerlei Anzeichen für einen Einbruch.

Sie schwang die Beine aus dem Bett und ging zum Fenster. Alles, was sie sah, war ihr eigenes ernstes Gesicht in der dunklen Scheibe. Wenn sie Marchal jetzt anrief und ihm sagte, dass irgendjemand bei ihr gewesen sein musste, weil das Notizbuch links und nicht rechts vom Computer lag und weil die Vorhänge vor dem Fenster vorgezogen waren, würde er vorschlagen, sie solle sich für ein paar Tage krankmelden. Er, der es nicht so genau nahm, ob er einen roten und einen blauen Socken anhatte. Sie drückte ihre Stirn gegen die Fensterscheibe. Der Kopf schmerzte. Marchal hat recht, dachte sie müde. Ich habe einmal meine täglichen Routinen nicht eingehalten, und schon glaube ich, Unbefugte seien hier gewesen und hätten herumgeschnüffelt. Sie ging langsam aus dem Schlafzimmer, sah sich in der ganzen Wohnung um. Alles war an seinem Platz. Das Silberbesteck für vierundzwanzig Personen war unangetastet. Der Schmuck lag im Bad. Keiner hatte in Schubladen oder Schränken gewühlt.

Niedergeschlagen sank sie auf den Stuhl vor dem Computer. Sie hatte eine E-Mail erhalten, verschickt am selben Tag um fünfzehn Uhr von einem Internet-Café in Paris. Als sie die Mail öffnete, stand da nur ein Satz:

Das nächste Mal bist du dran.

Unterschrieben war sie mit *Der Schattenmann.*

Sie presste die Hand auf den Mund und schob den Stuhl mit einem Ruck zurück. Der Name war bisher nur ein einziges Mal verwendet worden. Sie selbst hatte ihn in ihr Notizbuch geschrieben. Nachdem Martine ermordet aufgefunden worden war.

44

Marchal war noch immer im Auto unterwegs und gerade auf dem Heimweg, als sie ihn anrief und mit mühsam erkämpfter Selbstkontrolle von der E-Mail erzählt hatte. Er war sofort gekommen. Sie hatten das Haus gründlichst untersucht und keinen Hinweis dafür gefunden, dass jemand da gewesen war. Am Ende sah Orla es ein.

Sie hatte ihm vom Notizbuch und den Vorhängen erzählt. Marchal hatte wie erwartet reagiert. »Also jemand mit übernatürlichen Fähigkeiten? Und der spaziert direkt durch die dicke Wohnungstür aus solider harter Eiche mit zwei komplizierten Schlössern und allem?« Er kratzte sich am Kopf. »Ich glaube eher, du solltest darüber nachdenken, wo du deine Schlüssel aufbewahrst. Hast du sie einem wohnungslosen

Freund geliehen? Dem Installateur überlassen? Hast du eine Putzfrau?«

»Was für ein Quatsch!« Orla war verärgert. »Du weißt doch ganz genau, dass ich keine Sachen herumliegen lasse. Meine Schwiegereltern und mein Schwager haben Schlüssel, niemand sonst. Ich habe gerade angerufen und geprüft, ob sie die Schlüssel noch haben. Keiner von ihnen ist in der letzten Zeit hier gewesen, haben sie gesagt.« Sie überlegte einen Moment. Ihr fiel die überraschende Begegnung mit David auf der Treppe ein, aber sie sagte nichts davon. Es gab keinen Grund und würde das Ganze nur auf eine falsche Bahn bringen. Die Familie hatte Zugang zur Wohnung, falls es nötig war. »Die Putzfrau hat einen Schlüssel für den Hintereingang bei der Küche.« Sie schüttelte den Kopf. »Kannst du vergessen. Sie ist Portugiesin, siebzig Jahre alt, kinderlose Witwe und macht seit zehn Jahren bei mir sauber. Die Hintertür hat weder Kette noch Riegel, aber zwei komplizierte Schlösser, die sich unmöglich von außen öffnen lassen.« Sie stand auf. »Ich habe übrigens Ersatzschlüssel.« Sie zog eine Schreibtischschublade auf. Der Schlüsselbund lag ganz hinten in einer kleinen Dose. »Die liegen da einfach. Keiner hat sie ausgeliehen«, versicherte sie.

Marchal wirkte nachdenklich. »Also«, sagte er langsam. »Ich will nicht lange um den heißen Brei herumreden, aber ich glaube, in der Nacht, als du verfolgt wurdest, hast du einen gewaltigen Schrecken bekommen. Und du hast das Erlebnis noch nicht so ganz verarbeitet.« Sie protestierte nicht. »Aus dem Grunde nehme ich die Vorstellung nicht ganz ernst, dass du unerwünschte Gäste hast, wenn du nicht zu Hause bist. Hingegen hast du da auf dem Bildschirm eine ganz konkrete Botschaft. Und falls zu deinem Bekanntenkreis nicht jemand mit sehr üblem Humor gehört, der sich einen schlechten Scherz erlaubt hat, dann würde ich sagen, *das* ist ernst.«

»Natürlich kenne ich niemanden, mit dem ich meine Arbeit diskutiere. Das tue ich nur mit dir und Roland«, sagte sie nachdrücklich. »Und auf keinen Fall kenne ich jemanden mit so einem üblen Sinn für Humor.«

Marchal nickte. »Das sollten wir wirklich ernst nehmen, glaube ich.« Er ging zum Computer. »Wenn das schon keine konkrete Morddrohung ist, so doch ein Versuch, dir Angst einzujagen.«

»Wovor Angst einjagen?« Sie sah ihn resigniert an.

Er zuckte die Achseln. »Vor den Nachforschungen.«

»Meinst du nicht, dass die Mail genau das bekräftigt, was ich in der letzten Zeit meinte? Dass es jemand auf mich abgesehen hat?« Ruhelos wanderte sie im Zimmer auf und ab. »Ich habe versucht, mich dagegen zu wehren. Aber das da zeigt doch, dass ich recht habe.« Sie blieb stehen. »Jemand hat mein Notizbuch gelesen. Jemand muss Zugang zu meinen Sachen haben!«, fuhr sie aufgewühlt fort.

»Hast du das Notizbuch manchmal in der Tasche?«

Sie starrte ihn an. »Es liegt in meiner Tasche. Oder wenn ich zu Hause bin, in der Briefablage auf dem Schreibtisch. Ich mache oft Notizen, fast jeden Tag.« Sie stöhnte. »Was um Himmels willen ist das hier!«

»Wo ist deine Tasche, wenn du bei der Arbeit bist?«

»In meinem Büro.«

»Verlässt du das Büro, ohne abzuschließen? Wenn deine Tasche dort ist?«

Resigniert sah sie ihn an. »Das kommt schon vor. Aber nie für lange.«

Marchal nickte. »Ich begreife es nicht«, sagte er nachdenklich. »Wenn das der Mörder geschickt hat, warum konzentriert er sich nur auf dich? Das ergibt doch keinen Sinn. Er verhindert doch den Verdacht gegen ihn nicht, indem er dich erschreckt oder liquidiert.«

»Wir können es auch anders formulieren: Es muss überhaupt nichts mit unserem gegenwärtigen Fall zu tun haben. Ein Verrückter hat mich ausgeguckt. Versucht mich zu vergewaltigen. Schickt mir eine E-Mail. Genau wie Martines Ermordung eine völlig andere Geschichte sein kann. Aber ich glaube es einfach nicht. Ich glaube, das ist unser Mann.« Mutlos ließ sie sich auf einen Stuhl fallen.

Marchal sah sie lange an, ohne etwas zu sagen. »Vielleicht hast du recht. Und in dem Fall wissen wir, dass er sowohl entschlossen ist als auch zielstrebig. Und wahrscheinlich skrupellos. Wenn es stimmt, dass er die arme Martine ermordet hat, kann es doch nur deshalb gewesen sein, weil sie für uns einige Untersuchungen anstellen sollte. Von denen sie nicht mal sicher sein konnte, ob sie etwas bringen würden.«

Sie zuckte die Achseln. »Ich wüsste nicht, was es sonst sein sollte.«

»Und dass im Zusammenhang mit dem Mord weder ein sexueller Übergriff noch ein Diebstahl vorliegt, bestärkt das ja noch.«

Orla lehnte sich vor und sah ihn eindringlich an. »Aber woher um Himmels willen wusste er von Martine?«

»Hast du etwas von ihr in deinem Notizbuch vermerkt?«

Sie zögerte. »Ich glaube nicht.«

»Hattest du anderswo Informationen über sie?«

»Nur in meinem Adressbuch.« Sie überlegte. »Und außerdem schickte sie mir Freitagabend eine E-Mail mit ihrer Adresse. Die habe ich an Roland und dich weitergeleitet.«

»Das stimmt.« Er wanderte auf und ab. »Könnte sie mit jemandem geredet haben, ehe sie fuhr?«

Orla schüttelte energisch den Kopf. »Nicht über unseren Fall. Du kanntest sie nicht«, fügte sie hinzu, »man konnte sich auf sie verlassen.«

Marchal hob abwehrend die Hände. »Wir wollen es einfach hoffen.«

»Und mit wem hätte sie darüber reden sollen? Dass es der Mörder gewesen sein kann, ist doch ganz unwahrscheinlich. Oder jemand, der ihm die Informationen übermittelt hat.«

Marchal betrachtete seine Handflächen. »Wir wissen es einfach nicht«, sagte er nur. »Wir wissen lediglich, dass unser Mann gut informiert ist.«

»Schlimmer noch«, sagte Orla. »Er ist schnell informiert.«

»Wohl wahr.« Er blickte hoch und sah sie einen Moment forschend an. »Früher oder später verrät er sich oder geht zu weit. Derzeit bewegt er sich mit großer Selbstsicherheit und Autorität, er hat das Gefühl, die Kontrolle zu haben. Dir eine solche E-Mail zu schicken, ist gerade so gut, wie dir eine lange Nase zu zeigen. Er erzählt dir damit, dass er Zugang zu deinen Sachen hat, irgendwie.«

Marchal nahm seine Jacke von der Lampe im Flur und ging zur Tür. »Eines Tages wird er übermütig. Verliert die Kontrolle. Oder er hat Pech und macht Fehler. In der Zwischenzeit triff du bitte deine Vorsichtsmaßnahmen. Roland und ich schlafen mit dem Telefon auf dem Nachttisch.«

Es gelang ihr nicht abzuschalten, nachdem Marchal gegangen war. Ruhelos wanderte sie von einem Zimmer zum anderen. Sie kontrollierte die Türschlösser, die Fenster und die Hintertür. Schaltete alle Lampen an, um die Schatten zu verscheuchen und alle dunklen Winkel zu erhellen. Schließlich ging sie in die Küche, sah in allen Schränken nach, bis sie eine Dose Ravioli fand, die sie aufwärmte. Sie aß gleich aus dem Topf. Nach zwei Gabeln schob sie ihn resigniert weg und ging ins Wohnzimmer. Sie schaltete den Fernseher ein, zappte sich eine halbe Stunde durch die Kanäle, bis sie schließlich ein Buch nahm und zu Bett ging. Zusammengekauert lag sie unter der Decke. Sie konnte sich unmöglich konzentrieren. Sie schaute die Wand an und horchte auf die Geräusche von außen. Autos, Stimmen, Rufe, alles unterstrich nur die fast sakrale Stille in ihrer Wohnung.

Gegen Mitternacht war sie in einen unruhigen Schlaf gefallen. Um halb zwei wachte sie auf, schweißgebadet. Ihr Mund war wie ausgetrocknet, sie stand auf, um sich eine Flasche Wasser aus dem Kühlschrank zu holen. Es schauderte sie, als sie in den dunklen Flur trat, und sie rannte in die Küche und auch wieder zurück. Dabei hatte sie doch ihre Wohnung bislang immer als äußerst behaglich und gemütlich empfunden. Durch ihr aufgeregtes Rennen war sie wieder hellwach. Sie würde die restliche Nacht damit zubringen, an die Decke zu starren.

Sie drehte sich auf die Seite und nahm das Telefon. Es klingelte lang. Endlich nahm Pascal ab. Die Stimme am anderen Ende war müde und schlaftrunken. Er war die ganze Woche bei den Eltern gewesen und war erst am frühen Abend nach Hause gekommen.

»Gibt es in dieser Stadt einen Notruf für Schlaflose?« Sie versuchte zu scherzen. Aber ihre Stimme klang kümmerlich und schwach.

Sie hörte ihn am anderen Ende gähnen. »Meine Liebe, erzähl mir nicht, dass du wach bist!«

Sie umklammerte das Telefon. »Aus verschiedenen Gründen.« Sollte sie ihm verraten, wie es ihr ging? Sie sehnte sich danach, ihm zu erzählen, dass sie sich einsam fühlte und Angst hatte. Dass sie sich in ihrem eigenen Zuhause schrecklich unwohl fühlte, fast wie eingesperrt. Dass sie glaubte, ein Mörder wäre ihr auf den Fersen.

Sie ließ es sein. Er würde nur denken, dass sie fantasierte oder die Nerven mit ihr durchgingen. »Ich liege hier und denke an dich. Das hält mich wach.«

»Hm … ja.« Er klang, als wäre er kurz vorm Einschlafen. »Wie schön. Aber vielleicht können wir uns bald zu einer zivilere Zeit treffen?« Er machte eine Pause, als strengte er sich an. »Verflixt, ich weiß grad nicht, welcher Tag morgen ist. Freitag? Samstag?«

»Freitag«, lächelte sie.

»Vielleicht spielt das für dich keine Rolle? Ich meine, der Name des Wochentags oder die Uhrzeit?« Er bemühte sich um einen leichten und munteren Ton, aber sie hörte den Sarkasmus heraus.

»Lunch um ein Uhr am Samstag«, sagte sie schnell, war aber sofort im Zweifel, wie sie das mit dem Job so früh hinbekommen würde. »Ich kann nicht versprechen, auf die Minute pünktlich zu sein, aber ich komme und hole dich ab, so schnell ich kann.« Sie holte tief Luft. »Ein Aperitif bei dir. Dann gehen wir irgendwo schick essen. Such was Schönes aus. Was Neues. Rechne nicht damit, mich vor Sonntag loszuwerden.« Sie atmete wieder aus. Jetzt hatte sie es gesagt. Sie würde am Samstag den Nachmittag und Abend freinehmen.

»Klingt wunderbar«, murmelte er. »Ich werde den perfekten Ort finden.« Für einen Moment blieb es still. Plötzlich sagte er: »Ich habe meinen Eltern von dir erzählt.«

Orla spürte sofort den Fluchtreflex. Noch nicht!, dachte sie. Sie war noch nicht so weit. Vorläufig wollte sie sich nicht auf mehr als nur auf ihn einlassen.

»Sie möchten dich so schnell wie möglich kennenlernen. Ich habe versprochen, dass wir bald kommen. Ich schlage vor, wir fahren Samstag in einer Woche hin.« Er zögerte. »Glaubst du, du bekommst das hin?«

Sie hörte sich zusagen. Dass sie es furchtbar gerne wolle und dass sie sich freue. Wie sie das hinbekommen sollte, daran mochte sie noch gar nicht denken. Vielleicht war der Fall bis dahin gelöst. Was ebenso wahrscheinlich war wie der Gedanke, dass Marchal sich bis dahin ein neues Auto gekauft und Bart und Haare hatte schneiden lassen.

Als sie aufgelegt hatte, fühlte sie sich schläfrig und entspannt. Sie schlief tief und fest bis zum nächsten Morgen.

45

Am Freitagnachmittag war der Parc Monceau fast verödet. Es war Viertel vor sechs und die Sonne brannte auf dem weißen Sand der Wege, sodass er wie Neuschnee blendete. Er reflektierte die Hitze und wurde von Orlas Sandalen aufgewirbelt, als sie durch den Park schlenderte. Sie hatte den Wagen vorm Haus der Schwiegereltern in der Avenue van Dyck abgestellt, die direkt am Park lag. Heute wollte sie versuchen, Alexandra Patin zu treffen. Die Frau wohnte in der Rue Daru, zehn Minuten von hier entfernt.

Erst vor wenigen Tagen hatte Roland mit ihr gesprochen. Er hatte nichts Auffälliges gefunden. Die Anwälte erledigten alles für sie, ihr Lebenswandel war makellos. Dennoch gab es zu viele unbeantwortete Fragen, zu viele lose Enden. Sie musste diese Frau treffen. Vielleicht wusste die selbst mehr, als sie ahnte.

Die Rue Daru war um diese Zeit genauso friedlich und ruhig wie der Parc Monceau. Enttäuschend anonym, fand Orla. In gewisser Weise hatte sie in einer Gegend, die als das Herz des russischen Immigrantenviertels galt, etwas mehr Individualität und Leben erwartet. Natürlich war so eine Vorstellung töricht. Die Anwohner waren Franzosen mit russischer Herkunft. Und hatten sich im Laufe der letzten fünfzig bis hundert Jahre vollkommen assimiliert. Der Stadtteil war schlicht und einfach vornehm.

Einige Meter die Straße hinauf kam sie an einem russischen Restaurant vorbei. Es wirkte einladend. Eine positive Restaurantkritik in einer Wochenzeitschrift war ausgeschnitten und neben die Speisekarte gehängt. Vielleicht konnten Pascal und sie am Samstag hierhergehen? Das wäre gleichzeitig neu und exotisch. Sie verwarf den Gedanken. Pascal hatte sicher etwas anderes Schönes gefunden. Sie spazierte weiter, bis sie vor der Alexander-Newsky-Kathedrale stand.

Die Nachmittagsmesse hatte begonnen. Die Luft in der Kirche war schwer vom Weihrauch. Der Priester bewegte sich zwischen den Kirchgängern und schwenkte dabei laut psalmodierend das Weihrauchgefäß. Sie blieb an der Tür stehen, der Weihrauch kitzelte in der Nase. Die Kirche war kleiner, als sie erwartet hatte. Der dunkle Kirchenraum war halbkreisförmig und endete am Altar. Sie erinnerte sich an die Beschreibung des Kunsthistorikers. Der Altar war tatsächlich zentral platziert.

Es gab in der Kirche weder Bänke noch Stühle. Sie zählte schnell an die dreißig Besucher, die überall verteilt standen und der Messe folgten. Ständig kamen neue Menschen dazu. Orlas Blick blieb an den Ikonen hängen, die in Reih und Glied am Altar ihren Platz hatten. Schön und eigen. Sie wurde vom Gesang des Kirchenchors aus ihren Gedanken gerissen, machte einen Schritt nach vorn und entdeckte eine kleine Gruppe Menschen, die in einer Ecke standen. Es erstaunte sie, dass diese alltäglich aussehende Gemeinde solchen Wohlklang hervorzubringen vermochte. Sie blieb ganz still stehen. Die Musik. Der Weihrauch. Die Ikonen. Das alles erregte die Sinne. Sie hatte beinahe vergessen, warum sie gekommen war. Wie berauscht hörte sie zu, bis der Gesang endete.

Ein Mann stieg auf eine kleine Kanzel beim Chor und las einen religiösen Text vor. Orla betrachtete die Gemeinde, während er las. Es waren Menschen jeden Alters, die andächtig zuhörten.

Ihr fiel eine ältere weißhaarige Frau auf, die vor der Wand auf einem Stuhl saß. Die Frau war die Einzige, die saß. Ihre Hände ruhten auf einem Spazierstock, das Gesicht lag im Schatten, aber sie war zweifellos die Älteste in dieser Gemeinde. Falls Alexandra Patin heute in der Kirche war, musste sie es sein.

Orla blieb unschlüssig stehen. Es war halb sieben. Sie wusste nicht, wie lange eine solche Messe dauerte. Der Mann stieg von der Kanzel, und der Chor begann erneut zu singen. Die Türen am Altar öffneten sich, und der Priester trat wieder ein. Aufs Neue bekreuzigte sich die Gemeinde. Orla zog sich schnell zur Tür zurück und beschloss, draußen zu warten.

Sie stellte sich an die Einfriedung und betrachtete die sandfarbene Kirche genauer. Sie war einfach, trotzdem individuell und schön gestaltet. Sie hatte einen mittleren Hauptturm, der umgeben war von vier kleineren runden Türmen, alle mit vergoldeten Zwiebelkuppeln. Der Hauptturm hatte hohe, geschwungene Fenster mit buntem Bleiglas und Ornamenten. Das warme Abendlicht spiegelte sich im Gold der Kuppeln.

Sie bewunderte ein Bild über dem Eingang, eine Christusgestalt in braunem Mantel vor goldenem Hintergrund. Da ging die Tür auf. Die alte Dame kam heraus, begleitet von einer etwas jüngeren Frau. Orla überlegte kurz, ob es sich um die Tochter handelte, dann erinnerte sie sich, dass das Ehepaar Patin kinderlos war. Sie gingen untergehakt die Treppe hinunter.

Orla schätzte die Frau auf höchstens einen Meter fünfzig. Ein runder kleiner Kopf saß auf einem molligen kleinen Körper, unter dem Rock sahen zwei dünne Beine hervor. Das silberweiße Haar war im Nacken zu einem Knoten zusammengefasst. Sie trug einen kleinen Hut, kelchförmig, mit schmalem Rand, dazu ein schwarzes Kostüm und flache schwarze Schuhe. Orla sah den beiden Frauen nach, als sie langsam die Rue Daru überquerten. Trotz ihres gebrechlichen Ganges hatte die alte Frau etwas Würdevolles, wie sie so, ohne nach links oder rechts zu sehen, die Straße überquerte. Orla beeilte sich, über die Straße zu kommen, und holte sie ein, als sie gerade die Haustür aufschloss.

»Madame Patin, könnte ich kurz mit Ihnen sprechen?«

Die Frau drehte sich um. Zwei lebhafte Augen, von feinen Fältchen umgeben, musterten sie. »Warum das?« Der Akzent war scharf und nicht zu überhören.

»Ich habe ein paar Fragen.« Orla zeigte ihren Ausweis.

Die Frau sah überhaupt nicht hin. »Sie müssen schon etwas

präziser sein. Man wird angerufen und überrollt von Meinungsumfragen und Menschen, die einen nach allem Möglichen ausfragen, Politik, das bevorzugte Waschpulver, was man von der Qualitätsentwicklung der französischen Brotsorten hält. Nein danke. Ich antworte auf nichts.« Sie wandte sich ab.

Die andere Frau schwieg. Sie machte die Tür auf, ohne Orla anzusehen.

Orla fühlte sich wie ein aufdringlicher Staubsaugervertreter. Sie war sich nicht sicher, ob die beiden wirklich mitbekommen hatten, wer sie war. »Ich bin von der Kriminalpolizei. Könnte ich für einen Augenblick hereinkommen?«

Die alte Dame wandte sich an Orla. »Seien Sie doch so nett und schreien Sie nicht so. Ich bin alt, aber weder taub noch schwer von Begriff. Selbstverständlich habe ich verstanden, was Sie gesagt haben. Nur habe ich nichts mit Ihnen zu bereden.« Sie ging langsam hinein. »Also bitte, kommen Sie herein«, seufzte sie. »Das ist Irina, meine rechte und linke Hand.« Sie deutete mit einem Kopfnicken auf die Frau, die ihr folgte. Diese murmelte ein mürrisches »Guten Tag«. Orla folgte den beiden Frauen. Sie registrierte, dass neben den Klingelknöpfen zu den anderen Etagen nirgends Namenschilder waren und dass es keinen Concierge gab.

Wortlos fuhren sie mit dem Fahrstuhl in die oberste Etage. Orla und Madame Patin gingen ins Wohnzimmer, während Irina in die Küche verschwand.

Die Wohnung war komfortabel, aber recht nüchtern eingerichtet. Trotz des Reichtums, über den die Dame verfügen sollte, war nirgendwo ein Hauch von Luxus oder Extravaganz zu entdecken. Die Einrichtung des Salons stammte aus den fünfziger Jahren, zwar solide, aber abgenutzt. Die Wände waren ausgesprochen kahl. Einige Familienporträts und zwei Reproduktionen, das war alles, mehr schmückte die Wände nicht. In einer Ecke hing eine Ikone. Während Orla das Bild betrachtete, ruhte Madame Patins Blick auf ihr.

»Gefällt sie Ihnen?« Orla nickte. »Das ist die Familienikone«, erklärte Madame Patin. »Sie gehörte schon meinen Eltern und meinen Großeltern.«

»Sie ist sehr schön. Sie sammeln Ikonen?«

»Ich? Nein. Ich sammele lange schon nichts mehr.« Sie nahm in einem Sessel am Fenster Platz und winkte Orla zu sich. »Setzen Sie sich. Genießen Sie die Aussicht. Sie ist großartig.«

Orla stellte sich ans Fenster. Sie blickte direkt auf die Kathedrale. Sehr viel mehr war nicht zu sehen.

»Als ich meinen Mann geheiratet hatte und wir uns aussuchen sollten, wo wir wohnen wollten, hatte ich nie Zweifel. Ich wollte in der Nähe der Kathedrale wohnen.« Sie blinzelte aus dem Fenster. »Sie ist großartig, nicht wahr? Errichtet im neunzehnten Jahrhundert von russischen Immigranten. 1861 wurde sie geweiht. Entworfen von russischen Architekten aus Sankt Petersburg. Eine Kopie des byzantinischen Stils.« Die Hände ruhten wieder auf dem Stock. »Dorthin und nirgendwo sonst gehe ich.«

Orla nickte höflich. Sie hörte Irina in der Küche rumoren, es war bald Zeit für das Essen. Sie hatte keine Zeit für Höflichkeitsfloskeln. »Madame Patin. Kennen Sie einen Mann namens Alain Lejeune?«

Sie schüttelte langsam den Kopf. »Nein. Aber etlichen Fragen in der letzten Zeit habe ich entnommen, dass er in einem der Mietshäuser meines Mannes Concierge ist.«

»In einem Ihrer Mietshäuser.«

Sie zuckte die Achseln. »Ich kümmere mich nicht um diese Dinge. Das tun die Anwälte für mich.«

»Warum ist seine Wohnung im Haus als Einzige nicht verkauft? Und warum haben Sie seine Miete seit Anfang der siebziger Jahre nicht mehr erhöht?«

Die Frau lächelte. »Sonderbare Fragen.« Sie machte eine Pause. »Aber tatsächlich kann ich sie beantworten.« Fast triumphierend sah sie Orla an. »Mein Mann kümmerte sich regelmäßig um die Wartung und Instandhaltung seiner Häuser. Aber dies hier ist eines der wenigen, in denen kaum je bauliche Veränderungen vorgenommen worden sind. Es liegt auch ziemlich schrecklich zwischen der Eisenbahn und der Straße. Mein Mann fand, es müsse für unbewohnbar erklärt werden. Er wollte die Miete nur in den Häusern erhöhen, in die er Geld steckte. Er war ein ausnehmend großherziger und gerechter Mann.« Ihr Blick schien sich in der Vergangenheit zu verlieren. »Ich weiß, dass der Concierge ihn auf Knien bat, wohnen bleiben zu dürfen. Der Ärmste hatte doch nichts«, sagte sie mitleidig und sah Orla an, »er war doch ganz allein. Außerdem hatte er nichts gelernt.«

Orla wandte den Blick ab. Sie hatte sein unverschämtes Gesicht vor Augen und konnte sich kaum vorstellen, dass sie über denselben Mann sprachen.

Madame Patin fuhr fort: »Es war ja nicht so gedacht, dass er dort noch dreißig Jahre wohnen bleiben sollte. Aber mein Mann starb kurze Zeit später.« Aus ihrem Seufzen schien aufrichtige Trauer zu sprechen. »Und so passierte mit dem Haus gar nichts mehr. Es wurde nicht verkauft und nicht zum Abriss freigegeben. Es steht also immer noch da. Ich tue nichts für die Wohnung, so wie mein Mann es verfügt hatte.«

»Sie kennen Lejeune also nicht?«

»Überhaupt nicht.« Sie sah Orla fest an. »Ich bin ihm nie begegnet.«

»Und Andrej Iwanow?«

Orla war, als zögerte sie einen Augenblick. »Ich kann nicht sagen, dass ich ihn kenne. Wieso?«

»Haben Sie ihn getroffen?«

»Doch, vermutlich einige Male.« Sie schien etwas Zeit zu brauchen, ehe sie antwortete. »Er heiratete eine Bekannte von mir. Sie war fünfzehn Jahre älter als er. Als sie starb, erbte er das Bisschen, das sie besessen hatte.« Der verächtliche Zug um ihren Mund war nicht zu übersehen. »In seiner Jugend war er ein richtiger Schürzenjäger.« Sie sah Orla an. »Haben Sie ihn getroffen?« Orla nickte. »Heute würde man allerdings nicht mehr auf die Idee kommen, den Ausdruck ›Schürzenjäger‹ mit ihm in Verbindung zu bringen.« Madame Patin zwinkerte schadenfroh. »Dieser vertrocknete alte Griesgram. Selbst eine Frau meines Alters bemerkt, was aus ihm geworden ist.« Ihre scharfen kleinen Augen blitzten, als sie sich zu Orla hinüberlehnte: »So ein Charmeur. Geradezu schamlos, wie er diese Eigenschaft einsetzte. Ging nie einer ehrlichen Arbeit nach, soweit ich weiß. Er lebte von diesen Frauen, die alle glaubten, er sei ihre große Liebe. Nutzte sie nach Strich und Faden aus.« Energisch klopfte sie mit dem Stock auf den Boden. »Zum Glück sind solche Eigenschaften vergänglich. Die Frauen hatten ihn irgendwann satt. Oder durchschauten ihn.« Zufrieden lehnte sie sich im Sessel zurück. »Er hatte einige magere Jahre, ehe er seine ältere Freundin traf, glaube ich. Sie hatte Zucker und war furchtbar schlecht zu Fuß. Eine große und kräftige Dame, um es freundlich auszudrücken. Nahm auf ihren Diabetes überhaupt keine Rücksicht. Sie betrieben ein paar Jahre lang eine Art gegenseitigen Austausch von Diensten. Er war Laufbursche, kümmerte sich um alles. Sie sorgte für Wohnung und Essen.« Sie zuckte die Achseln.

»Hatte sie einen Antiquitätenhandel?«

Die Frau sah sie zweifelnd an. »Kann man das so nennen? Ich bin nie da gewesen, aber mir wurde erzählt, der Laden sei nichts weiter als ein kleines Loch, vollgestopft mit allem möglichen Kram.«

Orla sah sie nachdenklich an. Das Gedächtnis der Frau war ausgezeichnet. »Wie kommt es, dass Sie so gut Bescheid wissen, wenn Sie nie Kontakt hatten?«

Die Frau lächelte. »Ob ich eine seiner vielen Eroberungen war, wollen Sie das damit sagen? Nein, Gott sei Dank nicht.« Sie war gleich wieder ernst. »Aber wir kamen beide in den fünfziger Jahren aus Russland hierher. Eine schwierige Zeit. Nachkrieg. Antikommunismus. Sie kennen ja die jüngere Geschichte.« Sie ließ ihre Augen lange auf Orla ruhen, ehe sie fortfuhr: »Wir, die wir von dort kamen, waren nirgends willkommen. Auch hier nicht. Als wir erst in Paris waren, kamen wir gern hierher, in diese Gemeinde. Man nannte es Klein-Russland.« Sie machte eine Pause.

»Wie sind Sie Iwanow begegnet?«

»In Umfeld der Kirche. Er fiel auf, natürlich. Ich glaube aber kaum, dass ich ihm besonders aufgefallen bin«, ergänzte sie selbstironisch. »Natürlich kam er nur in die Kirche, um die anderen kennenzulernen. Er machte sich überhaupt nichts aus Religion.«

»Sind Sie in der Kirche Ihrem Mann begegnet?«

Die Frau schüttelte den Kopf. »Er war Franzose. Ich bewarb mich bei ihm um eine Anstellung als Haushälterin. Er war mehr als zwanzig Jahre älter als ich. Unverheiratet.« Sie sah aus dem Fenster. »Ich war damals fünfunddreißig. Klein und dünn. Ich hatte meine liebe Mühe, bis er mir abnahm, dass meine Papiere echt waren. Als ich aufkreuzte, wollte er mich nicht hereinlassen. Sagte, er wolle kein Kind anstellen.« Eine Weile schwieg sie und sah aus dem Fenster. »Ich habe über zehn Jahre bei ihm gearbeitet, ehe wir geheiratet haben.«

Während sie die lebhafte kleine Frau am Fenster beobachtete, malte Orla Kringel und Dreiecke auf den Block. Hatte Madame Patin seit dem Tod ihres Mannes vor fünfundzwanzig Jahren tagaus tagein am Fenster gesessen und die Alexander-Newsky-Kathedrale betrachtet? Das war doch kaum zu glauben. War das eine Art selbst gewählte Isolation nach Trauer und Verlust? Trotz ihres hohen Alters wirkte sie vital und hellwach und keinesfalls deprimiert oder gar apathisch.

»Sind Sie an Religion interessiert?«

Die Frau sah sie scharf an. »Ich bin sehr religiös. Nichts ist wichtiger für mich gewesen als die Religion. Nichts!« Wieder pochte sie mit dem Stock hart auf das Eichenparkett. »Ich bin nicht hierhergekommen, weil Paris eine schöne Stadt ist. Ich kam hierher, weil ich hier meinen Glauben in aller Freiheit praktizieren konnte.« Sie hob drohend einen zitternden Finger, die kleinen Augen funkelten. »Religionsfreiheit! Die hat mir alles bedeutet!« Sie ging langsam durchs Zimmer und setzte sich in einen anderen Sessel. »Sie können sich nicht vorstellen, wie unerträglich das war. Wir huschten wie Kriminelle herum und hielten unsere Gottesdienste im Verborgenen ab. Kirchen und Kathedralen wurden in Lagerhallen umgewandelt oder abgerissen. Religiöse Gegenstände wie Ikonen, Kruzifixe oder Heiligenfiguren haben sie zerstört oder weggeschlossen.« Die alte Frau schnaufte empört. Orla sagte nichts, sondern saß ruhig da und wartete, dass sich die alte Frau beruhigen würde. Die Tür ging auf, und Irina zeigte ihr mürrisches Gesicht. Sie sagte kurz etwas auf Russisch und ging dann wieder.

»Das Essen ist fertig«, erklärte Alexandra Patin. »Man muss sich im Übrigen nicht an ihrer etwas unfreundlichen Art stoßen. So ist sie einfach. Eine treue Seele, die bei mir ist, seit mein Mann starb.« Sie stand auf. »Nun?« Die Audienz war beendet.

»Madame Patin.« Orla sprach rasch. »Nur noch eine letzte Frage. Hatten Sie in der letzten Zeit Kontakt zu Iwanow? Im letzten Jahr«, präzisierte sie schnell.

Die Frau setzte sich wieder. Sie sah Orla mit erhobenen Augenbrauen an. »Warum fragen Sie danach?«

»Bitte, Madame.«

Die Frau hatte einen Augenblick lang unsicher gewirkt. Versuchte sie Zeit zu gewinnen, indem sie solche Gegenfragen stellte?

Der Funken Unsicherheit war so schnell verschwunden, wie er aufgetaucht war. Sie blickte Orla fest an. »Ja«, sagte sie. »Das habe ich. Zu meiner großen Überraschung nahm er vor einiger Zeit Kontakt zu mir auf.« Sie überlegte einen Moment. »Vor vielleicht zwei oder drei Wochen.«

»Und warum tat er das?«

Wieder gewann Orla den Eindruck, als zögerte sie. Die kleinen Augen wurden noch schmaler, als sie Orla abschätzend ansah. Sie brauchte nicht lange, um sich zu entscheiden. »Er hatte etwas zu verkaufen«, sagte sie kurz.

»Und was?«

»Zwei Bilder.«

»Ikonen?«

»Ja.« Sie ließ Orla nicht aus den Augen, als versuchte sie zu erkennen, wie viel sie wusste.

»Was für Ikonen?«

»Ich habe sie nicht gesehen.«

»Wissen Sie, ob sie wertvoll waren?«

»Er sagte, sie seien einzigartig.«

»Sagte er, woher er sie hatte?«

»Ich habe ihn nicht gefragt.«

»Warum nicht?«

»Weil wir uns darauf einigten, uns zu treffen. Ich wollte die Bilder gern sehen. Die Details waren für mich ganz uninteressant, solange ich die Bilder nicht gesehen hatte.« Ihr Blick war noch immer fest und ruhig.

»Haben Sie eine Vorstellung, warum er ausgerechnet zu Ihnen Kontakt aufnahm?«

»Aber ja.« Sie lächelte schwach. »Er weiß, dass ich Geld habe.«

»Nannte er einen Preis?«

»Nein.«

»Haben Sie ihn danach gefragt?«

»Nein.«

Irina kam wieder herein. Madame Patin hob abwehrend eine Hand, und Irina verschwand. Orla rutschte unruhig auf dem Stuhl hin und her. Sie versuchte krampfhaft, sich an eine bestimmte Sache zu erinnern, die sie unbedingt fragen müsste. Es fiel ihr nicht ein. Die Frau stellte den Stock hart auf und machte Anstalten, sich wieder zu erheben.

»Haben Sie früher schon einmal religiöse Kunst von ihm gekauft?«, fragte Orla schnell. »Vorzugsweise Ikonen?«

»Ich kaufe für mich gar nichts mehr«, sagte Alexandra Patin langsam. »Auch keine Ikonen. Meine private Ikone hängt dort an der Wand.« Sie deutete zum Wohnzimmer. »Das war übrigens das erste Mal seit dreißig Jahren, dass ich ein Lebenszeichen von ihm bekam.«

»Haben Sie ihn getroffen?«

»Nein. Er ist nicht gekommen.«

»Hatten Sie eine Verabredung?«

»Ja. Er sollte hierherkommen.« Ihr Tonfall wurde langsam ungeduldig.

»Madame Patin.« Orla steckte den Block in die Tasche und machte sie zu. »Sie haben gesagt, dass Sie keine sehr hohe Meinung von Iwanow hatten. Trotzdem zögerten Sie nicht, Geschäfte mit ihm zu machen. Kam es Ihnen nie in den Sinn, dass die Bilder gestohlen sein könnten?«

Die lebhafte Frau machte auf ihrem Sessel fast einen Satz. »Ich habe keine Geschäfte mit Iwanow gemacht.« Wütend starrte sie Orla an. »Er rief mich an und hatte zwei Bilder, die ich mir gern angesehen hätte. Ich habe nie gesagt, dass ich daran interessiert war, sie zu kaufen.« Wieder knallte der Stock aufs Parkett. Orla wunderte sich über die Geduld der Bewohner in der darunterliegenden Etage. »Warum stellen Sie mir solche Fragen zu diesem Mann? Sind Sie deshalb gekommen?« Sie war bereits auf dem Weg zur Tür, wo Irina wartete.

»Auch deshalb«, sagte Orla ruhig und stand auf.

»Nun, mehr habe ich dazu nicht zu sagen.« Sie drehte sich zu Orla um. »Falls Sie ihn treffen, bitte Sie ihn freundlichst, mich nie mehr zu kontaktieren.«

»Das wird nicht nötig sein.« Orla drückte sich an Irina vorbei, die immer noch in der Türöffnung stand und keine Miene machte, sich zu bewegen. Sie roch nach gebratenen Zwiebeln. »Er ist tot. Ermordet.«

Bei den letzten Worten drehte sie sich zu Alexandra Patin um. Die starrte sie mit halboffenem Mund an. »Bitte rufen Sie mich an oder meine Kollegen im Morddezernat, falls Ihnen weitere Informationen zu Iwanow oder den Bildern einfallen. Jedes Detail könnte wichtig sein.«

Sie verabschiedete sich freundlich und ging.

Die schwere Eingangstür fiel hinter ihr zu. Sie blieb davor stehen und dachte an das Gespräch. Das Treffen war irgendwie enttäuschend gewesen, ohne dass sie genau hätte sagen können, was sie erwartet hatte. Vielleicht eine Art Orientierungshilfe. Eine neue Perspektive. Eine überraschende Information oder Verbindung. Sie war ein unverbesserlicher Optimist! Bewegte sich noch einmal in denselben Fußstapfen wie vor ihr Roland und Marchal.

Immerhin hatte sie etwas bestätigt bekommen, was sie vorher nicht gewusst hatte. Iwanow hatte Kontakt zu Alexandra Patin aufgenommen, um ihr die Ikonen zu verkaufen, wahrscheinlich, weil sie sehr reich war und er wusste, dass sie ein gewisses Interesse an diesen Bildern hatte. Aber woher er sie hatte, war ihr immer noch nicht klar. Da war etwas, was sie die Frau gern gefragt hätte. Ein wichtiger Aspekt, der ihr entfallen war. Sie gab sich große Mühe, sich zu erinnern, und sah dabei immerzu die kleine schwarz gekleidete Frau mit dem Spazierstock vor sich. Schließlich schüttelte sie den Kopf und gab auf. Langsam ging sie zum Auto zurück. In Gedanken vertieft schlenderte sie den Boulevard de Courcelles entlang und bog beim Parc Monceau ab. Es war acht Uhr, und jetzt hatten die Jogger den Ort in Besitz genommen. Sie durchquerte den Park und hob erst wieder den Blick, als sie die Hand auf die Autotür legte, um sie zu öffnen. Am Ende der Straße konnte sie den Triumphbogen erkennen. Sie blieb einen Augenblick stehen. Natürlich! An *den* hatte sie auch gedacht. Schnell stieg sie ein und fuhr zum Büro.

Marchal war gerade vom Essen zurückgekehrt, als sie in sein Büro kam.

»Das solltest du auch mal versuchen.« Er sah sie streng an. »Regelmäßig essen.« Sie antwortete nicht. »Oder bevorzugst du das warme Mittagsessen bei deinen Schwiegereltern einmal im Monat?«

»Ist ja gut. Ich hab was dabei.« Sie zog ein zierlich verpacktes Stück Torte aus ihrer Handtasche.

Er nickte. »Hervorragend. Die reinste Vitaminbombe.«

Sie holte tief Luft. »Hervé Marchal. Du bist es, der eine massive Essstörung hat«, explodierte sie. »Nicht ich! Wann soll ich denn bitte auf dem Gemüsemarkt herumlaufen oder die Töpfe schwingen? Ich habe ganz einfach zu viel zu tun, ob du es glaubst oder nicht.« Sie lehnte sich wütend über den Tisch.

In einer abwehrenden Geste streckte er beide Hände aus. »Okay. Warum bist dann hierher gekommen?«

»Ich finde, wir sollten uns noch mal Iwanows alte Fotos vornehmen. Mir ist da vorhin etwas eingefallen.«

»Na?«

»Können wir sie uns erst ansehen, bevor ich weit aushole?«, fragte sie ungeduldig. Marchal stand schwerfällig auf. Einen Moment später kam er mit der kleinen Schachtel wieder, die sie in Iwanows Wohnung gefunden hatten.

Sie zog den braunen Umschlag heraus und leerte seinen Inhalt auf den Schreibtisch. Rasch ging sie die Fotos durch, bis sie gefunden hatte, was sie suchte. Sie betrachtete das Foto eine ganze Weile, ehe sie es ihm reichte. »Was fällt dir dazu ein?«

Er nahm es. »Nicht viel. Drei erwachsene Männer und ein Mädchen.«

»Wie alt?«

»Sie? Fünfzehn vielleicht?« Er gab ihr das Bild zurück. »Typisches Touristenfoto. Im Hintergrund unser geliebter Triumphbogen.«

Sie drehte das Bild um. »Das hier muss russisch sein, was meinst du? Fax es den Dolmetschern, und lass es übersetzen.«

Marchal verließ das Büro ohne ein weiteres Wort. Sie packte den Kuchen aus und aß hastig. Er rutschte wie ein Klumpen Zement in den Magen.

Es klopfte, und Roland steckte den Kopf ins Zimmer. »Störe ich?«

Sie schüttelte den Kopf. »Komm rein. Marchal ist gleich wieder da.«

Er nahm auf der Stuhlkante Platz, er war ganz aufgebracht. »Heute habe ich den ganzen Tag darauf verwendet, die Aktivitäten einer fast neunzig Jahre alten Witwe zu ermitteln, die innerhalb der letzten zwanzig Jahre kaum einmal das Haus verlassen hat!«, wetterte er. Marchal kam genau in dem Moment zurück. Roland drehte sich zu ihm um. »Darf ich so frei sein und fragen, warum?«

»Der Name wurde verschiedene Male genannt«, sagte Marchal ruhig. »Ich glaube auch nicht, dass sie sonderlich wichtig ist. Aber ihr gehört nun mal das Haus, in dem gewisse Dinge vorgefallen sind. Hast du irgendetwas Interessantes gefunden?«

Roland schüttelte den Kopf. »Nichts. Wir haben bestätigt bekommen, dass im Grunde alles, was wir schon vorher über sie wussten, auch stimmt. Sauberes Führungszeugnis. Emigrierte 1948 aus Moskau. In den ersten Jahren schlug sie sich als Haushaltshilfe durch. Seit 1950 bei Clément Patin angestellt.« Er leierte alles in beträchtlichem Tempo herunter. »Der war damals ein reicher Junggeselle. Tief involviert in Immobilien und Aktien. Heirateten nach zehn Jahren. Nach seinem Tod erbte sie alles.«

»Hat sie nach seinem Tod etwas verändert? Hat sie seither zum Beispiel einen anderen Lebensstil?«

»Es sieht nicht so aus. Sie hat die ganze Zeit in der Rue de Duras gewohnt. Zusammen mit einer Haushaltshilfe, das Haus hat keinen Concierge.« Er schaute kurz in die Papiere. »Veranstaltet mit dem großen Vermögen nichts weiter außer regelmäßige Schenkungen an die Kirche. Den Anwälten zufolge verkaufte sie vor kurzem das schickste Haus, das sie besaß, für eine schwindelerregende Summe. In der Avenue Foch. Und auch der Erlös ging vermutlich an religiöse Einrichtungen.« Er blätterte schnell weiter. »Es gibt nur sehr wenig zu ihr zu sagen. Ihr gehört natürlich das Haus, in dem sie wohnt«, ergänzte er.

»Dann kann man natürlich problemlos dauernd den Stock

auf den Fußboden aufstoßen«, nickte Orla. Er sah sie verständnislos an.

»Ich war heute Nachmittag dort«, erklärte sie. »Sie hat meine Neugier gereizt. Du hattest ja schon mit ihr geredet. Alles was wir von ihr wissen, scheint so makellos. Ich konnte der Versuchung nicht widerstehen, einmal ein solch exemplarisches Wesen kennenzulernen.«

Marchal runzelte die Stirn. »Ich hatte zunächst mal nicht vorgehabt, sie so schnell wieder aufzusuchen. Nicht nach den Informationen, die Roland hat.«

Orla fuhr fort: »Sie bestätigt alles, was du gerade erzählt hast. Eine gescheite Frau, die ein nüchternes Leben in einer spartanischen, fast schon schäbigen Wohnung lebt.« Sie unterbrach sich und sah Roland an. »Ist bekannt, wer sie beerbt?«

Er nickte. »Den Anwälten zufolge ist das kein Geheimnis. Entfernte Verwandte brauchen gar nicht zu versuchen, sich bei ihr einzuschmeicheln. Geht alles an die Kirche.«

Marchals Telefon klingelte. Er machte wortlos Notizen. Als das Gespräch beendet war, reichte er Orla das Papier. »Vier Namen. Die Abgebildeten, würde ich denken. Außerdem steht dort: ›Die Kirchenmafia‹.«

Sie nahm das Blatt und wandte sich an Roland.

»Wie war ihr Mädchenname?«

»Alexandra Chernova.«

Orla nickte. »Hier ist sie.«

Er nahm das Foto. »Das Mädchen?«

»Sie war fünfunddreißig, als das Foto aufgenommen wurde«, sagte sie lächelnd. »Etwa in meinem Alter.« Sie packte zusammen. »Find der Ordnung halber heraus, wer die beiden anderen Wohnungen in ihrem Haus mieten konnte. Das da ist eine sehr scheue Dame, soweit ich es beurteilen kann.«

»Übrigens, Orla.« Marchal schnipste mit den Fingern. »Auf dem Schild des Antiquitätenhändlers war tatsächlich ein Fingerabdruck. Ein einziger, der nicht von Iwanow war. Neu und gut. Und nicht unerwartet entspricht er dem Abdruck, den wir vom ersten Mord haben. Die schlechte Nachricht ist die, dass wir ihn bisher in keinem Register haben. Die DNA-Analyse sollte auch bald fertig sein, vielleicht schon heute. Ich werde es prüfen, rechne aber auch da mit keinem Ergebnis.« Er lächelte müde. »Lasst uns nach Hause gehen und von dem Tag träumen, an dem wir alle mit unserem Fingerabdruck registriert sind. Also dann, kommt mit.«

Roland stand auf und räusperte sich. »Wenn du noch nicht gegessen hast, ich muss in ein Bistro, ehe ich nach Hause fahre ...« Er vergrub die Hände tief in den Taschen seiner Jeans und sah plötzlich erstaunlich verlegen aus.

Orla lächelte. »Ich habe gerade gegessen. Ich glaube, ich geh lieber unter die Dusche und früh schlafen.« Sie nahm ihre Jacke und die Tasche. »Die Hitze macht einen wirklich fertig.«

Roland nickte. »Dann bis morgen.«

»Ich komme morgen früh, auch wenn Samstag ist.« Sie ging zur Tür, ohne die beiden Männer anzusehen. »Dieses Mal will ich versuchen, eher fertig zu sein, schließlich ist Wochenende.«

46

Orla starrte auf Marchals Zettel. Eine kryptische Nachricht, er habe etwas außerhalb der Stadt zu überprüfen. Er sei mit seinem Auto unterwegs und übers Handy zu erreichen. Wahrscheinlich sei er den ganzen Tag weg.

Sie las die Nachricht noch einmal. Das sah ihm überhaupt nicht ähnlich. Marchal zog es vor, sich mündlich mitzuteilen, und zwar unzweideutig. Außerdem war es verrückt, mit dem alten 2CV weite Strecken zu fahren. Der konnte jederzeit zusammenbrechen, und bei einem Unfall war er so sicher wie eine Sardinendose. Sie zuckte die Achseln. Das war sein Problem. Es war Samstag, und Marchal hatte frei. Heute musste sie so schnell wie möglich ihre Arbeit fertig bekommen. Sie würde das Büro spätestens um die Mittagszeit verlassen.

Sie steckte den Kopf bei Roland ins Zimmer. Er sagte nichts von Marchal, aber gab ihr etliche Papiere. »Listen der Angestellten von französischen Arzneimittelfirmen in Kiew«, sagte er kurz. »Ich habe angefangen, die Angestellten mit französischer Staatsangehörigkeit zu checken. Bin noch nicht ganz fertig. Bisher ist da nichts.« Er hielt seinen Blick fest auf den Computerbildschirm vor sich gerichtet. »Gestern hatte ich Kontakt zum ›Sonnenkönig‹. Er hat für die Tatzeiten kein besseres Alibi vorzuweisen, als dass er zu Hause bei seiner Frau war. Natürlich bestätigt sie das.« Er tippte auf der Tastatur herum. »Wir müssen uns überlegen, was wir damit machen.«

»Wo ist Marchal?«

»Der ist heute schon ganz früh losgefahren. Noch ehe ich kam.« Roland blätterte in seinen Akten. »Ich weiß auch nichts Genaueres. Aber unter anderem wollte er mit einem früheren Kollegen über einen älteren Fall reden. Er hatte dir davon schon mal erzählt.«

Sie ließ sich auf einen Stuhl fallen. »Hätte er nicht einfach anrufen können?«

»Er hatte wohl noch mehr vor. Mit dem Kollegen wollte er erst auf dem Rückweg reden. Ich weiß aber auch nicht viel mehr als du.«

»Macht er jetzt sein eigenes Ding?« Ihr Ton war übermäßig scharf. Es ging sie nichts an. Aber dass er alleine losgefahren war, berührte sie in unerklärlicher Weise. Sie wusste plötzlich nicht mehr, was vor sich ging. Was war denn los? So vieles schien nicht mehr zu stimmen. Bei den Kontakten mit den Russen war nicht viel herausgekommen. Martines Tod nagte an ihr. Es gab keine Beweise, die ihren Tod mit dem der Studenten in Verbindung brachten. Aber Orla war so, als schnürte sich etwas um sie zusammen.

Roland legte die Hände auf die Tischplatte und schob den

Stuhl zurück. Er drehte sich zu ihr um und stützte die Ellbogen auf die Knie. »Heute ist eigentlich Marchals freier Tag, falls wir es wagen können, solche Ausdrücke in den Mund zu nehmen«, sagte er nach einer kleinen Pause. Dann schwieg er wieder und sah sie mit einem unergründlichen Blick an. Sie konnte sehen, dass seine Haare an den Schläfen feucht waren. »Er hat die letzten drei Wochenenden durchgearbeitet.«

»Tut mir leid«, murmelte sie. »Ich hatte auch nicht die Absicht zu meckern. Ich würde nur gern wissen, was hier vorgeht.« Sie ging und schloss die Tür hinter sich.

Am Automaten in der Halle holte sie sich einen Becher Eistee, dann schloss sie ihr Büro auf. Rolands Listen waren nicht sehr lang. Während sie mit dem Finger die Namenreihen durchging, trank sie den Tee in großen Schlucken. Nur unbekannte Namen. Niemand hatte je früher mit der Polizei zu tun gehabt, soweit Roland es herausfinden konnte. Resigniert zuckte sie die Achseln. Was hatten sie erwartet? Sie stopfte die Listen in den Aktenschrank und knallte die Tür zu.

Ein nagendes Gefühl, dass Marchal ihr aus dem Wege ging, holte sie mit aller Macht ein.

Pascal öffnete sofort. Er stand mit einem verschmitzten kleinen Lächeln in der Tür, die dichten Haare fielen ihm über die Augen. Sie hob die Hand und strich ihm den Pony aus der Stirn. »Ziel erreicht. Gott sei Dank! Und kein Parkplatz weit und breit. Musste das Auto an der Place St. Sulpice abstellen.«

Er lächelte und küsste sie. »Also ganze fünf Minuten von hier. Viel zu tun gehabt?«

»Viel zu tun wie immer. Ich begreife nicht, wieso ich so viel Zeit und Kraft für den Job aufbringe.« Sie seufzte und zupfte an dem feuchten Kleid. »Wenn der eine Fall abgeschlossen ist, steht der andere schon wieder an. Echte Sisyphosarbeit! So habe ich früher nie gedacht.« Sie knuffte ihn scherzhaft. »Irgendetwas muss mir das gute Leben schmackhaft gemacht haben.«

Er lachte und holte zwei Gläser. »Ach ja?«

»Außerdem fühle ich mich gerade so unzulänglich. Dieses Gefühl, das manche Frauen nie loswerden. Zu kurze Ausbildung, zu wenig Erfahrung, zu wenig Gespür und ganz sicher zu geringe Kenntnisse. Die ewige Sorge, nicht die angemessene *Würde* zu besitzen«, lachte sie. »Eine Art von Mangelkrankheit, an der in erster Linie Frauen leiden.« Sie legte die Arme um ihn. »Man muss nämlich auch ein bisschen Glück haben. Nicht nur tüchtig sein.«

»Ich finde, du hattest viel Glück. Du hast doch mich gefunden.« Er küsste sie leicht auf die Stirn und wand sich geschickt aus ihrer Umarmung. »Auch wenn ich mich mehr als alles andere wie das störende Element in deinem Dasein fühle.« Er öffnete einen Schrank und nahm ein Glas Oliven heraus.

»Das wissen die Götter, dass du das bist«, rief sie und spürte einen leisen Stich der Enttäuschung, dass er sich ihr entzog. »Trotzdem wollte ich um alles in der Welt nicht ohne dich sein.« Sie schwieg und sah ihn an. Dieser Charme. Sie war diesem Mann und diesem Charme vollständig erlegen. Das Funkeln in den Augen. Sein Lächeln. Die knappen, zielsicheren Kommentare. Und dann noch diese prickelnde Unsicherheit. Er war nie richtig zu fassen.

Sie gingen ins Wohnzimmer. Sie setzte sich auf das weiche Ledersofa und überließ sich einem wohligen Gefühl der Behaglichkeit und Entspannung. Diesen Nachmittag wollte sie in vollen Zügen genießen.

Sie nahm seine Hand. »Wie ist es dir bei deinen Eltern ergangen?«

Er schenkte Portwein ein und gab ihr ein Glas. »Sehr gut. Ich war lange nicht dort gewesen, weißt du. Und am nächsten Wochenende wirst du dich nicht drücken können.« Er verflocht ihre Finger mit seinen. »Da kann man zur Ruhe kommen.« Er lachte. »Meine Mutter nutzt jede Gelegenheit, so zu tun, als sei ich wieder ein kleiner Junge. Verwöhnt mich mit meinem Lieblingsessen, kümmert sich um mich, als sei ich acht. Du solltest sie mal hören. Hast du ein sauberes Hemd, mein Junge? Bist du hungrig, Schatz? Pass bitte auf, dass du genug schläfst. Und so weiter.«

Orla drückte seine Hand. »Ich finde, das klingt sehr anheimelnd.« Sie nippte am Portwein und freute sich schon darauf, Pascals Mutter zu begegnen.

»So war sie immer schon. Eine richtige Glucke.« Er sah sie lange und unergründlich an. »Mütter müssen so sein, oder?«

Orla lächelte. »Wahrscheinlich. Die Wirklichkeit sieht aber doch wohl meist anders aus.« War Pascals Welt wirklich so idyllisch, wie er sie darstellte? Sie selbst hatte da eine ganz andere Karte gezogen, beruflich und familiär. Offenkundig hatte Pascal Bernachon auch eine gute und enge Beziehung zu seinem Vater. Er sprach immer mit großer Wärme von ihm. Der Mann war sein Vorbild in allem: wie er lebte, wie er das Weingut betrieb, von allen bewundert und respektiert.

»Und wie geht's deinem Vater?«

»Sehr gut. Wie immer sehr beschäftigt. Er hat angefangen, das nächste Wochenende zu planen.«

Sie lachte. »Willst du, dass ich Lampenfieber bekomme?«

»Weit entfernt. Ich bereite dich nur vor. Nicht zuletzt auf meine etwas eigenwillige Schwester.« Er verdrehte die Augen. »Nichts Schlimmes, gar nicht. Aber sie ist so eine richtige Gutsherrin. Reitet am Vormittag ihre Pferde, führt strenge Aufsicht und erteilt Befehle, denen man besser nicht widersprechen sollte.«

Orla sah ihn skeptisch an. »Hat sie keine Ausbildung oder Arbeit?«

»Doch, doch.« Er zuckte die Achseln. »Aber was soll sie schon damit? Sie kann gut von den Zinsen ihres Erbes leben, wenn es mal so weit ist. Oder einen Gleichgesinnten heiraten.«

Orla fand den Gedanken deutlich überholt.

Als hätte er ihre Gefühle verstanden, ergänzte er: »Jetzt hast du einen falschen Eindruck von ihr. Natürlich hat sie auch ihre Aufgaben. Betreibt eine Pferdezucht. Darin geht sie völlig auf.

Sie kauft, verkauft und züchtet im großen Stil. Und sie hält Pferde, die sie bei Rennen laufen lässt.« Er stand auf, um noch etwas Portwein zu holen. »Auf dem Gut gibt es ohnehin mehr als genug für alle zu tun. Die Frau ist ein echter Profi. Das wirst du besser verstehen, wenn du alles kennengelernt hast.« Er schwieg und sah sie an.

Orla nickte unmerklich, ohne vom Glas aufzuschauen.

»Sie wirkt meist ein bisschen versnobt«, fuhr er vorsichtig fort. »Wenn sie hereingefegt kommt, gelingt es ihr leicht, dass andere sich klein und unbedeutend fühlen.« Er sah sie an und lächelte. »Genau das dürfte aber doch für dich kein Problem sein. Sie weiß, wann sie auf Ebenbürtige trifft. Der Stalljunge hat da allerdings keine Chance«, lächelte er. »Ich will dich nicht erschrecken. Natürlich wirst du von meinem Vater absolut begeistert sein. Und meine Mutter als ausgesprochen liebenswert erleben. Ich sehe wirklich vor mir, wie ihr, du und meine Schwester, euch sekundenlang messt, ehe ihr euch begeistert um den Hals fallen werdet.« Sie lachten beide ein bisschen.

Er sah sie lange an und zog sie dann an sich. »Mir ist es nicht so wichtig, wie du die Familie findest«, sagte er. »Mir ist wichtiger, wie du den Ort findest. Ob du ihn magst.« Er legte den Mund an ihr Haar. »Du weißt, dass ich das alles dort einmal übernehmen werde.«

Sie nickte stumm. Der Gedanke war überwältigend und erschreckend. Sie war mit Leib und Seele ein Küstenmensch. Sie musste irgendwann auch wieder das Meer sehen. Paris war ja nur vorübergehend, eben ein Ort, an dem sie jetzt lebte, aber keinesfalls eine endgültige Wahl. Sie mochte keine Hunde und würde sich nie auf ein Pferd setzen. Wie es ihr jemals gelingen sollte, sich auf dem Lande niederzulassen, war ihr schleierhaft.

Sie musste nicht antworten, denn es klingelte an der Tür. »Erwartest du jemand?«

Er schüttelte den Kopf und ließ sie los. Er ging hinaus auf den Flur und schloss die Wohnzimmertür hinter sich. Sie hörte ihn die Wohnungstür öffnen. Ihre Hand griff fast automatisch nach dem Handy. Sie hatte immer noch Marchals seltsame Nachricht im Kopf. Ein Blick auf das Display zeigte, dass der Akku leer war. Warum konnte er nicht richtig Bescheid sagen! Das war doch zu blöd. Sie sah sich nach einem Telefon um. Vom Flur her hörte sie leise Stimmen. In der Ecke des Wohnzimmers führte eine Tür in das, was er »Höhle« genannt hatte. Das war sicher sein Arbeitszimmer. Dort musste ein Telefon sein.

Lautlos ging sie hinein. In der Ecke stand ein geschwungener Arbeitstisch mit Computer. Neben dem Tisch befanden sich eine Musikanlage und ein Liegestuhl aus schwarzem Leder. Eine Tür am anderen Ende des Zimmers führte auf den Flur. Ein Telefon gab es nicht.

Die Tür zum Flur war geschlossen. Wie versteinert blieb sie stehen und horchte. Das war eine Frauenstimme. Erneut wurde ihr bewusst, dass sie sogut wie nichts von seinem Privatleben wusste. Draußen auf dem Flur war das Gespräch wie ein Summen, seine Stimme war leise, heftig, unmöglich zu verstehen. Ihre klarer... Und sie *duzten* sich. Sie kannten sich! Und sie stritten erregt, ohne dass es ihr gelang, das Gespräch zu verstehen. Aber etwas sagte ihr, dass es auch nicht für sie bestimmt war. Sie musste zusehen, wieder ins Wohnzimmer zu kommen.

Als sie sich umdrehte, sah sie es. Das Blut strömte aus ihrem Kopf, und das Herz setzte für einen Schlag aus. Die Madonna mit dem Kind in Rot, Schwarz und Gold hing vor ihr an der Wand. Es gab für sie keinen Zweifel. Das hier war das Bild, das sie beim Antiquitätenhändler gesehen hatte. Mit tauben Fingern zog sie die Kamera aus der Tasche. Um nicht zu zittern, presste sie den Arm an die Brust und drückte auf den Auslöser.

Die Wohnungstür fiel zu. Orla zuckte zusammen und steckte die Kamera in die Tasche. Wie betäubt huschte sie wieder ins Wohnzimmer. Pascal kam im selben Moment vom Flur herein.

Er zog die Augenbrauen hoch, als er sie aus dem Arbeitszimmer kommen sah. Sie versuchte zu lächeln. Ihr Gesicht war wie aus Pappmaché. »Marchal«, sagte sie. »Der Akku ist leer …« Sie hielt das Handy hoch, nahm den Arm aber schnell wieder runter. Die Hand zitterte.

Er nickte. »Ach ja.«

»Hast du Besuch bekommen?« Ihre Stimme war belegt und kaum wiederzuerkennen. Sollte sie ihn auf die Ikone ansprechen? Ihr Herz raste.

Er zuckte die Achseln. »Eine Frau, die sich im Stockwerk vertan hat. Sollte eigentlich eine Etage tiefer zu jemandem.« Er öffnete einen Schrank und nahm zwei Flaschen Orangina heraus. Die Bewegungen waren ruhig und gelassen. Ihr schien, als sähe er sie ein paar Sekunden länger an als sonst. Die Lüge, die er so ungerührt präsentierte, brachte eine Alarmglocke in ihrem Kopf zum Klingeln, während sie langsam wieder aufs Sofa sank. Was ging in seinem Kopf vor? Hatte er nichts gemerkt? Sie hatte die Ikone entdeckt und sein Gespräch belauscht. Dennoch war in seinem Gesicht nicht der Hauch von Unruhe zu sehen.

»Heute ist es wahnsinnig schwül. Bist du auch so durstig?« Er entfernte die Kronkorken und reichte ihr eine Flasche.

Sie schüttelte ungläubig den Kopf. Dass sie es nicht vorher bemerkt hatte. *Mit links. Er hatte die Kronkorken mit der linken Hand entfernt.*

Langsam dämmerte es ihr. Das, was sie immer wieder nicht zu fassen bekommen hatte.

Er hatte nie Fragen zu ihren Nachforschungen gestellt. *Was ist das für ein Fall? Hat man einen Verdächtigen? Gibt es Spuren? Motive?* War nie auch nur ein bisschen neugierig gewesen. Sie hatte es als Diskretion gedeutet. Aber eine solche Diskretion war nicht normal. Nicht, wenn man jemandem so nahestand. Ein einziges Mal hatte er ihre Beziehung kommentiert. »Ich bin besorgt über das, was du tust, nicht, weil du eine Frau bist, sondern weil du in mein Leben getreten bist.« Natürlich hatte sie die Worte anders gedeutet, so idiotisch verliebt wie sie war.

Dass er mit dem Mordfall zu tun haben könnte, machte es ihr schwer, klar zu denken. Sie wusste nur eines: sie durfte keinen Verdacht in ihm wecken. Das wäre sträflich leichtsinnig. Sie musste hier raus. Einzig ihr Job bot ein glaubwürdiges Alibi, um wegzugehen. Sie stand auf und richtete ihren Blick auf seinen obersten Hemdenknopf. »Marchal bat mich, ins Büro zu kommen. Irgendwas Eiliges.« Er weiß, dass ich lüge, dachte sie verzagt.

Er zuckte die Achseln. »Wenn es sein muss.« Sein Gesicht war völlig ausdruckslos.

»In diesem Beruf ...« Ihr Mund war so trocken. »Du weißt schon, wir müssen jederzeit erreichbar sein.«

Ungelenk ging sie zur Wohnungstür. Er lässt mich gehen, dachte sie verblüfft. *Warum lässt er mich gehen?* Die Panik drohte sie zu überrennen. Sie nahm die Tasche und die Jacke, die er ihr reichte, ohne ihn anzusehen.

Er öffnete die Tür, sie drehte sich halb zu ihm um und sah starr auf den Türrahmen, als er sie zum Abschied auf beide Wangen küsste. Die Küsse brannten wie Stromstöße auf ihrer Haut. Langsam und mechanisch ging sie zur Treppe.

47

Marchal klappte die Seitenfenster hoch. An einer Tankstelle hielt er an und kaufte eine Flasche Wasser. Mithilfe der Karte vergewisserte er sich, dass er richtig gefahren war. Er war schon seit mehreren Stunden unterwegs und freute sich über einen wunderbaren Vormittag im Tal der Loire. Irgendwann hinter Tours war er auf eine kleinere Straße abgebogen, die am Fluss entlang in Richtung Borgeuil führte. Hier lagen bei idealen klimatischen Bedingungen einige der besten Weinanbaugebiete. An den Hängen unterhalb des bewaldeten Plateaus standen die Rebstöcke schnurgerade in Reih und Glied, so weit das Auge reichte. Der 2CV lief wie eine Eins. Marchal überquerte den Fluss über eine steinerne Brücke, fuhr durch eine Allee mit dicken alten Eichen und genoss den angenehmen Schatten. Die Sonnenstrahlen fielen goldfarben durch das dichte Laub. Ruhig und träge floss die Loire neben der Straße dahin. Hier und da sah man einfache helle Steinhäuser, allein oder in Gruppen in der Landschaft verstreut, umgeben von einem Garten, manchmal in der Nähe einer kleinen Baumgruppe.

Nach etlichen Kilometern teilte sich die Straße. Bis zum Dorf war es den Straßenschildern zufolge noch anderthalb Kilometer nach links, während es zum Gut noch zwei Kilometer weiter geradeaus ging. Die Straße nach rechts führte auf eine Anhöhe. Marchal entschied sich für diese Richtung, um von oben einen Blick auf Bernachons Château werfen zu können. Langsam kroch der Wagen bergauf. Schließlich erreichte Marchal einen Punkt, von wo er eine gute Aussicht hatte.

Unten in der Ebene konnte er das Anwesen liegen sehen. Das Château war ein großes zweistöckiges Steinhaus, der Haupteingang lag in der Mitte der Frontseite, rechts und links von Säulen flankiert. Die Ecken des Gebäudes bildeten Türme mit spitzem Dach, an der Vorderseite des Hauses gab es zwei kleinere Türme, zwei größere hinten. Ein schöner Park mit Blumen und exakt geschnittenen Büschen umgab das Haus. Rings um den Garten stand eine hohe Hecke aus Zypressen. Marchal überlegte, dass ein Gärtner sicher vollauf damit beschäftigt war, um diese Gartenanlage in Schuss zu halten. Hinter dem Haus, außerhalb der Hecke lagen Ställe und Nebengebäude. Alles machte einen sehr gepflegten Eindruck.

Er nahm das Handy aus der Tasche, wählte. »Roland? Na, staubst du ein?«, sagte er. »Ich stehe im strahlenden Sonnenschein auf einer Anhöhe im Loiretal und blicke auf ein prächtiges Château. Das der Familie Bernachon.« Er hörte zu und runzelte die Stirn. »Hör mal«, sagte er, »der Tag ist wunderbar, ich habe frei und mache einen Ausflug ... Nein, niemand muss darüber informiert werden. Ich sehe mich um. Es beschäftigt mich, dass ich über Orlas Helden nicht mehr weiß. Der kommt mir vor wie der Geist aus der Flasche. Sobald sie ein bisschen daran reibt, taucht er auf, ansonsten ist er vollkommen unsichtbar. Ich mache mich langsam auf den Heimweg, und ich will, dass du niemandem gegenüber ein Sterbenswörtchen verrätst, wo ich bin. Bis morgen.« Er stieg ins Auto und fuhr hinunter ins Dorf.

Es war kurz nach eins, und weit und breit war keine Menschenseele zu sehen. Mittagszeit, dachte er und merkte, dass er eigentlich auch langsam hungrig wurde. Beim Fahren ging ihm dieser Bernachon durch den Kopf. Viel war nicht zu ihm zu sagen. Für die Zeit, kurz bevor Martine ermordet wurde, schien er ein Alibi zu haben. Marchal hatte sich an den Concierge des eleganten Hauses gewandt, in dem Bernachon eine Wohnung gemietet hatte. Der Concierge hatte bestätigt, dass Pascal Bernachon irgendwann am Abend nach Hause gekommen war. Er hatte angerufen und gefragt, ob für ihn Post oder irgendwelche Nachrichten hinterlegt seien. Sie hatten über dieses und jenes geredet. Bernachon hatte sich dann entschuldigt, er sei müde. Danach hatte er sich zurückgezogen.

Vom Concierge wusste Marchal auch, dass Bernachon dort seit einem halben Jahr wohnte. Er lebe zurückgezogen und mache einen erstklassigen Eindruck. Diese Aussagen hatten völlig ausgereicht, um Marchal hellhörig zu machen. Ein »erstklassiger Eindruck« war an sich verdächtig. Er selbst hatte noch nie im Leben auf irgendwen einen »erstklassigen Eindruck« gemacht, ein Mann war doch mehr als der äußere Eindruck. Eindeutig.

Er fuhr mitten in das Dorf und landete auf einem gepflasterten Platz. An einem Ende stand würdevoll ein alter Springbrunnen, der aber nicht sprudelte. Sicher eine Folge der Hitze und der Wasserrationierung.

Der Marktplatz war umgeben von großen alten Eichen, die angenehmen Schatten spendeten. Auf einer der vier schmiedeeisernen Bänke unter den Bäumen saß ein älteres Ehepaar und fütterte die Tauben. Marchal hätte sich urplötzlich am liebsten auf eine der Bänke gelegt und geschlafen. Er widerstand der Versuchung und setzte sich stattdessen. Rings um den Platz lagen Läden, stellte er fest, die alle geschlossen waren.

Auf einer Seite stand die Kirche, ein großer, aber schlichter Bau mit einem Turm. Er stand auf und ging hinüber. Kirchen haben etwas Vertrautes, dachte er. Wenn du eine gesehen hast, kennst du sie alle. Ihm fiel keine andere Erklärung ein, warum er ausgerechnet bei dieser das Gefühl hatte, schon einmal drinnen gewesen zu sein.

Die Kirche war leer, die Messe vorbei. Er ging den Mittelgang hinunter und blieb unentschlossen stehen. Da öffnete sich eine der seitlichen Türen, und ein Mann im Priestergewand trat heraus. Auf Marchal wirkte er eher wie ein Chorknabe. Das Gesicht war noch immer jugendlich und weich. Die Wangen waren glatt und rund, der Mund voll.

Marchal ging zu ihm und stellte sich vor. Mit wenigen Worten unterbreitete er ihm sein ungewöhnliches Anliegen. Die Frage nämlich, ob der junge Bernachon jemals in irgendeiner Weise auffällig geworden sei. Die lokale Polizei hatte nichts vorliegen.

Der Priester starrte Marchal an. Der muss erst noch einiges erleben, dachte Marchal, ehe der mal merken wird, wie unwohl mir selbst bei dieser Frage ist.

»Ich bin erst seit einem Jahr hier. Sie hätten mit meinem Vorgänger reden müssen. Der starb im letzten Jahr, nachdem er hier vierzig Jahre lang Priester gewesen war.«

Marchal nickte zerstreut. So weit gefahren für nichts und wieder nichts. Was hatte er erwartet?

Der Priester blickte zu Boden, dann fuhr er fort: »Ich kenne die Familie Bernachon auch nicht persönlich. Aber soweit ich es mitbekommen habe, begegnet man ihnen hier mit viel Respekt. Auch dem Sohn.«

Wieder nickte Marchal. Er verabschiedete sich. Als er sich

schon zum Gehen umgewandt hatte, räusperte sich der Priester. »Es gibt vielleicht doch jemanden, der Ihnen weiterhelfen kann. Der alte Lehrer.« Er nahm Papier und Stift, die Marchal ihm reichte, und zeichnete eine Wegbeschreibung auf, damit Marchal den Weg zum pensionierten Lehrer Paul Lebihen fand.

Sobald sie außer Sichtweite war, sprang Orla die Treppe hinunter, immer zwei Stufen auf einmal. Der dicke Läufer verschluckte das Geräusch ihrer Schritte. Ganz unten blieb sie stehen, umklammerte den Messingknauf am Geländer und bemühte sich, ihre Atemzüge wieder unter Kontrolle zu bringen. Die Deckenbeleuchtung war ausgegangen. Sie drückte sich in der Ecke hinter eine Säule und lauschte. Aus der Wohnung des Concierge neben der Eingangstür waren Stimmen zu hören, die hohe Stimme einer Frau, die etwas rief, und die eines Mannes, der antwortete. Es klang wie Portugiesisch. Orla drückte nicht erst auf den Knopf für die Treppenhausbeleuchtung, sondern schlich im Halbdunkel über das beige-braune Schachbrettmuster des Marmorbodens. Als sich die Haustür öffnete, atmete sie befreit auf.

Das Licht draußen blendete sie. Blinzelnd sah sie sich um. Neben dem Gehweg waren Autos geparkt, aber Menschen waren keine zu sehen, nur von hinten eine einzelne Frau, die gerade die Straße überquerte. Sie bewegte sich rasch und leicht. Die Frau blieb an der Kreuzung von Rue Servandoni und Rue de Vaugirard stehen. Orla sah einen schwarzen Haarknoten und einen signalroten Mund in einem ungewöhnlich blassen Gesicht, als sich die Frau nach links und rechts umsah, ehe sie die Straße überquerte und dann zwischen den Fußgängern auf der Rue Vaugirard verschwand.

Ohne Zweifel: Alice Dupont.

Noch ehe Orla sich gefasst hatte, war sie verschwunden. Die Stimme, die sie im Flur gehört hatte, konnte ohne weiteres ihre gewesen sein. Der Concierge musste ihr aufgemacht haben. Sie zuckte zusammen, als hinter ihr die Tür aufging. Die Portugiesin kam heraus. Orla drehte sich zu ihr um, und mit einem aufgesetzten Lächeln redete sie nahezu panisch auf sie ein. »Madame! Sie müssen mich einlassen, ich bin gerade oben bei Monsieur Bernachon gewesen. Und ich habe dort etwas vergessen!« Irgendeine Lüge, egal welche, war so gut wie jede andere.

Sie musste zumindest versuchen, von dem Concierge so viel wie möglich zu erfahren, ehe Bernachon nach unten kam und ihm einen Maulkorb verpasste.

Die Frau blinzelte sie erstaunt an. »Aber selbstverständlich, Madame …« Sie hielt ihr die Tür auf und Orla trat wieder ins halbdunkle Treppenhaus. Als sie vor der Tür des Concierge stand, begann der Aufzug zu summen. Er kam aus der dritten Etage, wo Bernachons Wohnung lag. Orla sah durch das schmiedeeiserne Gitter, wie sich die dicken Kabel in Bewegung setzten. Der Aufzug kam langsam nach unten. Sie quetschte sich hinter einen großen Pflanzenkübel in der Ecke links vom Aufzug. Ihr Herz klopfte wie verrückt, als er sich knarrend dem Erdgeschoss näherte und schließlich anhielt.

Die Tür wurde aufgestoßen, und Pascal Bernachon trat heraus. Er sah nicht nach rechts oder links, sondern ging mit schnellen und zielstrebigen Schritten zum Ausgang. Er hatte es offenbar eilig.

Sie hörte die Haustür zuschlagen, blieb aber trotzdem minutenlang hocken, ohne sich zu bewegen, um sicher zu sein, dass er wirklich gegangen war. Sie lief zur Haustür und schaute hinaus. Sein Auto war weg.

»Monsieur.« Sie war dankbar für das Halbdunkel, als der Concierge öffnete. Sicher wirkte sie hysterisch und total aufgeregt. »Monsieur, ich habe mein Handy oben bei Pascal Bernachon in der Wohnung liegen gelassen, und jetzt ist er weggegangen. Ja, Sie erinnern sich an mich?«, schob sie schnell nach, als er die Stirn runzelte.

Dann erhellte ein Lächeln seine Gesichtszüge. »Natürlich!

Ich habe Sie doch am frühen Nachmittag begrüßt! Und Monsieur ist weggefahren?« Er zögerte. »Kann es nicht warten? Ich schließe ohne Einverständnis des Mieters niemals auf.«

»Ich bin Ärztin, wissen Sie, und ich habe Dienst.« Sie zog das Schildchen aus der Tasche. »Man muss mich jederzeit erreichen können, wissen Sie?«

Sie schien aufgeregt genug zu wirken, um ihn zu überzeugen. »Das ist natürlich etwas anderes. Das sehe ich ein«, murmelte er, während sie noch redete. Er nahm einen Schlüssel von einer Tafel an der Wand hinter sich. »Ich werde Sie nach oben begleiten.«

»Aber nein!«, rief Orla. »Es ist ganz unnötig, ich weiß genau, wo ich es hingelegt habe. Hier.« Sie gab ihm ihren Ausweis. »Notieren Sie meinen Namen, während ich oben bin, sodass Sie sich daran erinnern, wenn er zurückkommt.« Sie schnappte sich die Schlüssel und lief die Treppe nach oben.

Das Gefühl, einen groben Fehler gemacht zu haben, traf ihn, als er sich ins Auto setzte und die Rue Servandoni hinauffuhr. Dieses alte Weib hatte angefangen, Geld von ihm zu erpressen, und sie wurde immer gieriger. Natürlich tauchte sie ausgerechnet heute auf, aber heute hatte er sich gewehrt. Sie wusste schon zu viel. Und unterdessen hatte Orla Sachen gesehen, die sie nie hätte sehen dürfen. Sie hatte die Wohnung vor fünf Minuten verlassen, und da sie Slingpumps mit sehr hohen Absätzen trug, konnte sie nicht allzu schnell gehen. Sie hatte ihm gesagt, sie hätte ihr Auto an der Place St. Sulpice geparkt. Es dürfte nicht schwer sein, sie einzuholen. Und da der Akku ihres Handys leer war, hatte sie auch noch niemandem einen Hinweis geben können. Er würde sie aufhalten, welche Mittel er anwenden musste, war ihm egal. Er fuhr an der Kirche entlang und sah ihr Auto auf dem Kirchplatz vor dem Café de la Mairie stehen. Frisch gewaschen und poliert, glitzerte der Renault im Sonnenschein wie ein rotes Juwel. Aber sie war nicht da. Er drehte eine Runde, ohne sie zu sehen. Schließlich parkte er am Gehweg vor dem

Café ein, das voller Menschen war. Die Minuten vergingen im Schneckentempo. Sie brauchte ihr Auto und würde es auf jeden Fall holen. Taxi oder Metro kamen nicht in Frage. Irgendwo in der Nähe war sie. Langsam ging er zu dem großen Springbrunnen mitten auf dem Platz und drehte eine Runde. Er betrachtete alle, die in die Kirche gingen und herauskamen. Es würde ihr ähnlich sehen, auszuweichen. Abzuhauen. Er ging hinüber zur Kirchentreppe, betrat die Kirche. Eine eiskalte Ruhe erfüllte ihn, denn er wusste, er würde sie schließlich finden.

Orla sah sich schnell um, ehe sie den Schlüssel ins Schlüsselloch steckte und aufschloss. Das Gefühl, das sie zuletzt gehabt hatte, als sie vor nur einer Stunde hier stand, tauchte wie etwas Unwirkliches wieder auf. Sie schob die Tür hinter sich zu und hakte die Sicherheitskette ein. Wonach sie suchte, wusste sie nicht, und sie hatte wenig Zeit. Sie ging aufs Geratewohl ins Wohnzimmer. Die Oranginaflaschen standen noch dort, eine davon leer. Wieder registrierte sie die Antiquitäten. Die beunruhigend teure, geschmackvoll eingerichtete Wohnung. Hatte er das alles vom Gut der Eltern geholt? Oder hatte er sich diese Dinge genauso beschafft wie die Ikone?

Im Arbeitszimmer sah ihr die Madonna mit dem Kind von der Wand aus zu, als sie versuchte, die Schreibtischschubladen aufzuziehen. Sie waren abgeschlossen. Sie schaltete sein Notebook an, und auf der Suche nach dem passenden Schlüsselchen tastete sie am Buchregal entlang und über die Tischplatte. Sie probierte verschiedene Passwörter aus, aber das war natürlich zwecklos, und sie schaltete den Computer wieder ab. In einem kleinen Zylinder an der Ecke des Schreibtischs steckten ein Füller und ein Bleistift. Sie kippte ihn aus, und ein kleiner Schlüssel rollte heraus. Auf dem Bleistift leuchtete ihr das Logo von BRAMED entgegen. Verwundert drehte sie den Stift zwischen den Fingern, als stünde darauf eine geheime Nachricht. Wie war Pascal Bernachon zu einem Bleistift von BRAMED gekommen?

Sie hatte keine Zeit, darüber nachzudenken. Ein schneller Blick auf die Uhr zeigte ihr, dass sie schon seit mehreren Minuten hier war. Binnen kurzem würde der Concierge auftauchen.

Sie steckte das Schlüsselchen ins Schloss und hielt die Luft an, als sich mit einem Klicken der Mechanismus öffnete. Eine der Schubladen enthielt zwei verschlossene Mappen. Sie zog die oberste heraus und legte sie auf den Schreibtisch. Sie war prall gefüllt mit Dokumenten. Fotos. Karten. Losen Notizen. Alle hatten dasselbe Thema. Ein Gefühl von etwas Unwirklichem machte sich in ihr breit. Wie gelähmt starrte sie auf Fotos von sich, David, den Schwiegereltern. Am Haus in Fontainebleau, an der Côte d'Azur, in der Rue de Bièvre, in der Avenue van Dyck. Sie sah Bilder von sich vor dem Auto am Parc Paul Painlevé, vor der Wohnung, auf dem Weg von der Arbeit. Beim Betreten des Delikatessengeschäfts in der Rue Monge. Alle waren sie aus großer Entfernung aufgenommen, herangezoomt. Am unbegreiflichsten war für sie der Stoß mit Bildern von Alain. Mit unsicheren Fingern nahm sie eine Liste, auf der Maschine getippt. Die Leistungen und Verdienste ihres Schwiegervaters, bis zurück in seine Zeit als Gymnasiast! Eine zweite verzeichnete die Verwandten der Schwiegermutter mehrere Generationen weit zurück. Aufgeregt blätterte sie weiter und fand detaillierte Aufzeichnungen zu jedem einzelnen Familienmitglied. Sie öffnete rasch die zweite Mappe aus der Schublade. Entsprechende Stöße mit Fotos und Notizen. Hier war es der Name *Deschamps*, der sich durch alles zog. Er kam ihr bekannt vor, Marchal hatte ihn genannt. Aber sie erinnerte sich nicht, in welchem Zusammenhang. Für sie zeigten die Fotos nur Unbekannte. Sie zog drei Bögen heraus und fotografierte sie. Sie senkte die Hände mit der Kamera und spürte, wie ihr Herz klopfte, hart und schmerzend. Furcht, Wut, Trauer, sie wusste es nicht. *Der Schattenmann,* dachte sie. Aber warum tat er das? Sie klappte die Mappen zu und legte sie zurück. Dann verschloss sie die Schublade und legte den Schlüssel in den Zylinder mit den Stiften.

Bernachon hatte kein Telefon in der Wohnung. Sie musste hier raus, ehe er zurückkam.

Paul Lebihen, pensionierter Lehrer, lebte idyllisch am Dorfrand. Als Marchal in die Einfahrt bog, lag der Mann auf den Knien im Gemüsegarten und zupfte Unkraut. Aus dem offenen Küchenfenster drang herrlicher Duft. Marchal überschlug, dass es sechs Stunden her war, seit er etwas zu essen bekommen hatte.

Er stellte sich vor, richtete Grüße vom Priester aus und entschuldigte sich, dass er ausgerechnet in der Mittagszeit käme. Der Mann wischte sich die Hände an der Arbeitshose ab und drückte Marchal herzlich die Hand. »Das macht doch gar nichts!«, rief er und betrachtete seinen Gast aus blauen Augen, die von einem Kranz aus Lachfältchen umgeben waren. Seinem scharfen Blick schien nichts zu entgehen. Lebihen war mittelgroß, drahtig, sein graues Haar war dicht, er hatte ein breites Kinn und einen energischen Mund. »Wir haben doch alle Zeit der Welt!« Er ging voraus zu einer kleinen Terrasse, die hinter dem Haus im Schatten lag. Er holte zwei Gläser und Limonade. »Ich bin neugierig, um was es geht.«

Madame Lebihen, eine muntere Frau mit sanftem offenem Gesicht, kam aus der Küche. Sie studierte seinen Dienstausweis gründlich. »Wir wollten gerade essen«, sagte sie. »Wir haben zwar keinen Besuch erwartet, aber wenn Sie mit uns teilen wollen, was wir haben, sind Sie herzlich willkommen. Dabei können wir reden.«

Sie aßen als Vorspeise Kaninchenpastete, dazu dicke Scheiben frischen Landbrots, und tranken den Landwein der Gegend.

»Es geht um einen Ihrer ehemaligen Schüler«, sagte Marchal zu Lebihen und legte Messer und Gabel aus der Hand. »Ein Mann namens Pascal Bernachon.«

Lebihen sah ihn entgeistert an. »Der war der Letzte, von dem ich eine Nachfrage der Polizei erwartet hätte«, rief er verblüfft. »Wird er verdächtigt, etwas Kriminelles angestellt zu haben?«

»Wir haben keine sicheren Anhaltspunkte«, erklärte Marchal. Er nahm vom Hauptgericht, brassierte Kalbszunge. Der Duft von Knoblauch, Tomaten, Madeira, Kräutern und Cidre stieg aus der Pfanne. »Ich hätte nur gern ein paar Informationen über ihn«, sagte er. »Um mir ein Bild von ihm zu machen, wie er war – richtiger, wie er ist.«

Lebihen kaute nachdenklich. »Ich erinnere mich natürlich sehr gut an ihn. Er war mein Schüler.« Er spielte mit der Gabel, dann blickte er Marchal an. »Er war der Sohn des reichen Mannes dieser Gegend. Indessen kann ich sagen, dass mein Eindruck von ihm davon nicht beeinflusst ist, Ehrenwort.« Er machte eine Pause, wie um seinen Worten Nachdruck zu verleihen. Dann fuhr er fort: »Guter Schüler. Aber wenn man etwas nennen sollte, wodurch er sich auszeichnete, dann durch seine freundliche Art im Umgang mit anderen. Ein ungewöhnlich praktischer Junge. Geradeheraus und sehr natürlich. Außergewöhnlich beliebt bei den anderen Jungen. Was er aber nie ausnutzte.« Er kaute noch ein bisschen. »Im Grunde habe ich nicht mehr dazu zu sagen. Und seien Sie sicher, meine Meinung von ihm hat sich nicht verändert, nachdem er erwachsen geworden ist.«

Schweigend aßen sie weiter. Marchal dachte nach. Es klang eindeutig nicht so, als habe der Junge kriminelle Anlagen. Aber konnte man so etwas bei einem Kind überhaupt erkennen? Und konnte man ein Leben so positiv und so gut beginnen und dennoch als Mörder enden? Er schüttelte den Kopf.

»Wie viele waren es in der Klasse?«

Lebihen überlegte. »Ich glaube, zehn. Das kann ich im Übrigen schnell herausfinden. Ich habe meine Klassen am letzten Schultag immer fotografiert. Deshalb habe ich tatsächlich eine ganze Wand voller Fotos der verschiedenen Klassen«, sagte er stolz. Er stand auf und verschwand im Haus. Wenige Minuten später kam er mit einem Schwarz-Weiß-Foto im Format 13x18 zurück. Er wischte das Glas mit der Serviette ab und reichte

Marchal das Foto. Darauf waren zehn Jungen im Alter von vierzehn Jahren zu sehen. Die meisten lächelten. Fünf vorn, fünf hinten.

Er sah ihn sofort. In der hinteren Reihe, ganz außen rechts. Einer der ernsten Jungen.

»Man verändert sich mit den Jahren wahrlich nicht sehr, trotz allem«, sagte Marchal zu Lebihen.

Der alte Lehrer lachte. »Nein, das ist wohl wahr. Das gilt für die meisten. Innerlich und äußerlich.« Er nickte. »Und, finden Sie ihn?«

Marchal gab ihm das Foto zurück. »Ja, und ob. Und ich verstehe, was Sie meinen, wenn Sie sagen, dass er absolut nicht von den anderen abstechen will. Das bestätigt ja die Platzierung auf diesem Foto.«

Lebihen runzelte die Stirn. »Platzierung? Ich weiß nicht, was Sie meinen.«

»Ich will damit sagen, dass sich der große Sohn dieses Orts bescheiden ganz hinten und ganz außen aufgestellt hat.«

Lebihen stand auf und zog seinen Stuhl zu Marchal. »Zeigen Sie mir, wen Sie meinen«, sagte er und setzte sich.

»Den da.« Marchal deutete auf das Foto. »Das ist Pascal Bernachon. Kein Zweifel.«

Lebihen starrte lange auf das Foto. Dann sah er Marchal an. »Pascal Bernachon ist der lächelnde Junge vorn, mitten in der ersten Reihe«, sagte er langsam. »Der Junge, auf den Sie zeigen, ist ein anderer.« Er rieb sich mit Daumen und Zeigefinger über die Augen und wirkte auf einmal, als machten ihm die Erinnerungen zu schaffen. »Dieser arme Kerl war ein ganz anderes Kaliber, glauben Sie mir, Herr Inspektor.«

Die Tür fiel hinter ihr ins Schloss, und Orla hörte, wie der Portugiese keuchend die Treppe heraufkam. Sie blieb auf der Stufe über ihm stehen und reichte ihm den Schlüssel mit einem entwaffnenden Lächeln. »Es hat ein bisschen gedauert, ich musste erst schnell checken, wer versucht hatte, mich zu erreichen«, log sie, als er sie forschend betrachtete. Er war einen Kopf kleiner als sie, und zweifellos würde er weniger willig zur Zusammenarbeit sein, wenn er so stehen bleiben und mit dem Kopf im Nacken zu ihr aufschauen müsste. »Ich hatte mehrere Anrufe auf der Mailbox«, fuhr sie fort und ging zwei Stufen weiter nach unten.

Er nickte bedächtig. »Ich verstehe.«

Sie gingen gemeinsam die Treppe hinunter.

»Sagen Sie mir«, nahm sie das Gespräch wieder auf, »die Dame, die ich vorhin begrüßte, also die oben war, kurz bevor ich ging, kennen Sie sie?«

Er hatte kleine dunkelbraune Augen in einem mageren Gesicht, das zerfurcht und eingetrocknet war wie Baumrinde. Die Augen blinzelten sie an und bildeten fächerförmige Falten in den Augenwinkeln und bis hin zu den hohen Wangenknochen. Es dauerte lange, ehe er antwortete. Orla dachte, dass er Fremden gegenüber bestimmt chronisch skeptisch war, weil er dafür bezahlt wurde, es zu sein, und weil er seine Arbeit ernst nahm.

»Sie wissen, wen ich meine?«, fing sie wieder an. Sie hoffte, er würde eine spontane Beschreibung liefern.

»Selbstverständlich. Die Frau mit ... äh.« Er deutete auf seinen Mund.

»Dem roten Mund?«

Er nickte und strich mit beiden Händen über den Kopf nach hinten, wie um einen straffen Haarknoten anzudeuten, und fuhr mit der Hand am Handgelenk der anderen Hand entlang, wie um Alice Duponts Chiffonrüschen zu beschreiben.

Orla nickte, sie ging ganz auf die nonverbalen Beschreibungen des Concierge ein. »Ich habe ihren Namen nicht recht verstanden, als sie mir vorgestellt wurde«, sagte Orla und machte ihren Akzent überdeutlich. »Namen sind für mich als Nicht-Französin ein Problem. Kommt sie oft?«

Der Concierge schüttelte den Kopf. »Ich habe sie heute zum zweiten Mal gesehen. Ich weiß nicht, wer sie ist. Allerdings war ich in der letzten Woche nicht zu Hause.« Dann stieg er weiter die Treppe hinunter. Orla bezwang ihre Neugier und stellte keine weiteren Fragen.

Am Ausgang gab er ihr den Ausweis zurück. »Ich werde daran denken und Monsieur Bernachon Bescheid geben, dass Sie da waren und Ihr Handy geholt haben«, sagte er.

Wieder stand sie in dem grellen weißen Licht draußen vor der Tür. Sein Auto war weg. Die Parklücke kam ihr gähnend leer vor. Ihre Pumps klickten rhythmisch auf dem Asphalt, während sie im Kopf die vielen losen Teile hin und her verschob, ohne dass sich ein vollständiges Bild ergab. Die Verbindung zwischen dem reichen Gutsbesitzer Bernachon und der angemalten Frau aus einem heruntergekommenen Mietshaus in der Nähe der Bahn war nicht zu fassen. Orla konnte keinen Grund erkennen, weshalb sich Pascal Bernachon der Dienste einer Alice Dupont bedienen sollte. Es sei denn, sie hätte Qualitäten oder Eigenschaften, die sie bisher so gut verborgen hatte, dass sie Orla noch nicht aufgefallen waren. Automatisch überquerte sie die Place St. Sulpice, wo sie den Wagen geparkt hatte. Sie ging schneller, ihr Blick scannte die ganze Zeit die Umgebung. Als sie den sonnigen Platz überquerte, war das, als wenn sie einen bislang nicht gesicherten Tatort betrat. Mechanisch startete sie das Auto, und ihr Fuß bediente so schwerfällig das Gaspedal, dass der Wagen förmlich aus der Parklücke schoss. Sie fühlte sich innerlich wie ein Kühlschrank. Die Tür zu ihren Gefühlen hatte sie resolut zugeworfen, darin hatte sie lange Übung. Jetzt funktionierte sie wieder über Autopilot. Der ließ sie nicht im Stich und würde sie aufrecht halten, bis sich der Schock und die schlimmste Enttäuschung gelegt hatten. In der Zwischenzeit würde sie nicht nur Zuschauer eines Spiels sein, dessen Handlung weiterging, während sie am Rand stand. Sie griff zu ihrem Zweithandy im Handschuhfach und konnte endlich telefonieren. Roland antwortete sofort.

In der Kirche St. Sulpice waren etwa zwanzig Menschen. Sie war unübersichtlich, mit gewaltigen Säulen am Mittelgang und kleinen Seitenkapellen, wo man sich leicht verstecken konnte. Orla war nirgends zu sehen. Er ging rasch beide Längsseiten hinunter, schaute in jeden Winkel, ging dicht zu einer Frau, die allein stand und die Fresken Delacroix' betrachtete. Die Frau sah ihn äußerst reserviert an, und er zog sich zum Ausgang zurück. Vom Licht draußen war er einen Augenblick geblendet. Da sah er gerade noch ein rotes Auto am Modesalon Yves Saint-Laurent um die Ecke fahren und in die Rue Bonaparte einbiegen. Dann war es verschwunden. Er blinzelte und registrierte, dass kein Renault mehr an der Kirche parkte. Fünf Minuten. Im Lauf der fünf Minuten, die er dort drinnen gewesen war. Aber wo war sie in der Zwischenzeit gewesen? Er sah auf die Uhr. Es waren nicht mehr als zwanzig Minuten vergangen, seit sie die Wohnung verlassen hatte. Mehr Zeit hatte sie nicht gebraucht.

Er fuhr zurück und klopfte beim Concierge. Der Mann empfing ihn mit freundlichem Lächeln. »Monsieur Bernachon, da sind Sie ja!« Auf einmal sah er schuldbewusst aus. »Ihr Besuch kam zurück, als Sie gerade gegangen waren.« Er gestand den Bruch der Regeln und ließ kein Detail aus. Bernachon nickte und lief die Treppe nach oben. Er handelte rasch. Nichts gehörte ihm. Die Wohnung hatte er gegen eine große Kaution für ein Jahr möbliert gemietet. Er packte das Notebook ein und zog die Schublade auf. Sie war da gewesen. Der kleine Kontrollspan, mit dem er die Mappen versehen hatte, war bei beiden gebrochen. Er steckte die Mappen in die Computertasche, sammelte schnell einige Sachen zusammen, die er benötigte, und ging durch die Wohnung. Vor der Madonna mit dem Kind blieb er stehen. Dieses Bild war eine Versuchung, der er nicht hätte nachgeben dürfen. Er nahm es von der Wand und verpackte es in einer Plastiktüte. Es passte perfekt in seine Reisetasche. Ohne dieses Bild war die Wohnung nur irgendein Ort, und nichts konnte ihn mit den Ikonen in Verbindung bringen.

Lautlos verließ er die Wohnung.

48

»Der Junge, auf den Sie zeigen, ist nicht Pascal Bernachon«, sagte Lebihen bestimmt. »Das ist Pierre Dupont.«

»Können wir sie möglicherweise verwechseln?« Marchal starrte noch immer auf das Foto.

»Ausgeschlossen.« Lebihen stützte sich mit beiden Händen auf den Tisch. »Pierre Dupont habe ich nicht mehr gesehen, seit er sechzehn, siebzehn Jahre alt war. Obwohl das Gerücht geht, er sei zur Beerdigung seiner Großmutter vor einem Jahr hier gewesen. Pascal Bernachon sehe ich dagegen dann und wann. Er ist zwar selten, aber doch regelmäßig zu Hause. Außerdem kann man ihn nicht mit Pierre Dupont verwechseln, selbst wenn ihr Aussehen nicht so unterschiedlich ist. Bernachon hat ein offenes, freundliches Wesen, er lächelt viel und gern. Der andere ist das exakte Gegenteil.«

»Wie ist Pierre Dupont?«

»Schwer zu beschreiben mit wenigen Worten.« Lebihen wirkte zum ersten Mal ausweichend. »Verschlossener. Stumm.«

Marchal dachte an den Mann, der Orla und ihm an dem Abend nach dem Essen bei Roland begegnet war. An sich passte die Beschreibung Lebihens auf ihn. Außerdem war das Foto eindeutig. »Zurückhaltend?« Er erinnerte sich an die ruhige, leise Stimme, die hatte er sich gemerkt. Man konnte sie als angenehm beschreiben.

Lebihen sah ihn verblüfft an. »Ja, ganz genau. Das trifft es.« Er vertiefte sich wieder in die Erinnerungen. »Ich weiß noch, dass er mir etwas auf die Nerven ging, weil ich ihn immer bitten musste, zu wiederholen, was er gesagt hatte. Denn ich konnte eigentlich gut hören. Am Ende musste er in der ersten Reihe sitzen, damit dieses ewige Wiederholen ein Ende hatte.«

»Erzählen Sie doch bitte, woran Sie sich erinnern.«

Lebihen lehnte sich auf dem Stuhl zurück und schien nachzudenken. Aber Marchal war überzeugt, dass der Lehrer eigentlich nicht nachzudenken brauchte, um sich zu erinnern. Er wählte aus.

»Ich würde gern alles hören«, ermunterte Marchal eindringlich. »Alles kann für die Nachforschungen von großer Bedeutung sein.«

»Ich weiß wirklich nicht, wo ich anfangen soll.«

»Erzählen Sie von der Familie.«

Lebihen überlegte einen Moment. »Seine Mutter war siebzehn oder achtzehn Jahre alt, als Pierre auf die Welt kam, vielleicht sogar jünger. Ihr erstes Kind, natürlich. Sie war allein, hatte keinen festen Partner, und Sie wissen, damals ...« Er schwieg.

Madame Lebihen nickte. »Ein kleiner Ort, Sie wissen schon«, unterstützte sie ihren Mann.

Lebihen fuhr fort. »Ihre Eltern arbeiteten beide auf dem Gut, er in der Weinproduktion, sie im Haus. Damals regierte der alte Bernachon, also Pascals Großvater. Sie hatte eine Arbeit in Paris gefunden, es hieß, sie sei schwanger geworden, ehe sie dorthin ging. Wir bekamen sie lange nicht zu sehen, sodass das Gerücht nicht bestätigt wurde. Sie kam erst eines Tages nach Hause, als das Kind gerade geboren war. Sie blieb nicht lange.« Er hob die Hände abwehrend und sah Marchal an, als bereite es ihm Qualen, davon zu berichten. »Sie hat das Kind einfach im Stich gelassen.«

»Die Leute sagten, sie sei abgehauen. Ohne eine Nachricht zu hinterlassen, wohin sie ging. Aber die Gerüchte wissen immer vieles, nur kann man sich selten auf sie verlassen«, warf Madame Lebihen ein. Sie hatte feuerrote Wangen bekommen.

»Tatsache ist, dass der Junge den Großeltern überlassen blieb«, sagte Lebihen und legte seiner Frau eine Hand auf die Schulter. »Das hätte ja eine gute Lösung sein können. Aber nicht in diesem Fall, glaube ich. Sie nahmen sich seiner an, das schon, aber höchst unfreiwillig, das war nicht zu übersehen. Sie betrachteten ihn wohl als eine lebendige Erinnerung an ihre missratene Tochter und dass sie einfach weggegangen war...« Wieder hob er abwehrend die Hände. Der sonst so wortgewandte Mann suchte nach Worten. »Er bekam zu essen, Kleidung und hatte ein Dach über dem Kopf. Aber ich glaube, das war auch alles. Die Großeltern waren streng und engstirnig. Fast möchte ich sagen, düster. Ich glaube, ich habe diese Menschen nie lächeln sehen.« Madame Lebihen unterstützte kopfschüttelnd die Worte ihres Mannes.

»Es war wohl dieser Hintergrund, weshalb ich versuchte, die Person, zu der er sich entwickelte, mit milderem und versöhnlicherem Blick zu betrachten.« Er stand auf, um Kaffee zu holen. »Pierre wirkte still und unauffällig. Man bemerkte ihn kaum. Aber als Lehrer musste ich ihn mir in manchen Situationen schnappen. Da war ich wirklich besorgt.« Schweigend schenkte er Kaffee ein. »Er war notorisch unehrlich. Log mit geradezu beeindruckender Frechheit und Präzision. In seinen Lügen aber zeigte er eine Geschlossenheit, die auf eine spezielle Intelligenz hindeutete.« Er biss sich auf die Lippe. »Nein, so kann man das nicht ausdrücken. Der Junge war schlicht und einfach sehr intelligent«, sagte er energisch. »Verhielt sich aber absolut unsozial.«

Marchal rührte lange in seinem Kaffee. »Und die anderen Kinder? Wie verhielten sie sich ihm gegenüber?«

»Sie mieden ihn. Ich glaube, das taten sie, weil er so viel log. Oft gerieten sie wegen einer seiner Geschichten selbst in die Klemme, aber das schien ihn nicht zu berühren. Jedenfalls hatte es nicht den Anschein. Sonderbar, aber sie prügelten sich nie mit ihm. Er war unehrlich, aber kein Dieb, er stahl nie etwas. Jedenfalls habe ich nie etwas Derartiges gehört.«

»Hätte das nicht zu ihm gepasst?«

Lebihen nickte. »Mich wunderte es. Aber dann wiederum«, er zuckte die Achseln, »nahm ich es als Beweis dafür, dass er eigentlich zu schlau war. Er tat nie etwas, das ihm leicht nachgewiesen werden konnte. Man kann sich ja leicht die Reaktion der Großeltern vorstellen, wenn er beim Stehlen erwischt worden wäre.«

»Glauben Sie, er wurde misshandelt?«

Lebihen schüttelte den Kopf. »Darüber weiß ich zu wenig, als dass ich dazu etwas sagen könnte. Reine Behauptungen und Vermutungen will ich auf keinen Fall anstellen.« Ganz offenkundig fühlte er sich nicht wohl in seiner Haut.

Marchal nickte. Er hatte Verständnis für das Dilemma des alten Mannes. Was waren Fakten, was Vermutungen? Das eine verband sich mit dem anderen. Da konnte man sich so leicht irren. Und so verdammt ungerecht werden.

»Hatte er Freunde?«

Lebihen überlegte einen Moment. Dann schüttelte er den Kopf. »Nein. Keine. Das kann ich eindeutig beantworten. Keine engen Freunde.«

»Was für eine Beziehung hatte er zu Bernachon?«

Dieses Mal antwortete Lebihen spontan und ohne zu zögern. »Er bewunderte Pascal Bernachon über alles. So sehr, dass es mich damals wirklich faszinierte.«

»Und warum tat er das?« Marchal horchte auf. »Sie waren doch nicht befreundet?«

»Ich glaube, das hatte mit dem Status der Bernachons hier im Ort zu tun. Nie sah man Pierre mehr als zwei Meter von Pascal entfernt. Er stand in der Nähe und sah zu, wenn Pascal mit den anderen spielte. Nein, diese übertriebene Bewunderung war auffallend.«

»Sie spielten nie zusammen?«

»Nicht, dass ich es gesehen hätte. Pascal Bernachon war ein kluger Junge. Auch gerecht, und er bezog andere mit ein. Aber ich glaube, tief in seinem Inneren verachtete er Pierre, sowohl für seine Unehrlichkeit als auch für seine bewundernde, fast kriecherische Haltung.«

»Wie lange lebte Pierre bei den Großeltern?«

»Er schloss als Fünfzehnjähriger die Schule ab. Dann ging er beim Metzger in die Lehre. Aber dort blieb er nur ein Jahr. Dann ging er fort. Ich habe nie jemanden danach gefragt, was er jetzt eigentlich tut.«

Marchal entschuldigte sich und stand vom Tisch auf. Es war halb drei. Er versuchte Orla unter verschiedenen Nummern zu erreichen, bekam aber keine Verbindung. Er versuchte es bei Roland. Da kam nur die Mailbox. So hinterließ er die Bitte, ihn anzurufen. Die Unruhe kroch ihm wie kleine Schlangen unter die Haut.

Lebihen saß noch still am Tisch, die leere Kaffeetasse vor sich. »Er gibt sich womöglich für einen anderen aus. Für eine reiche und geachtete Person, die im Übrigen höchst lebendig und aktiv ist?« Das war weniger eine Frage als eine Erkenntnis.

Marchal nickte. »Er ist offenbar zu hundert Prozent in die Rolle geschlüpft. Aber warum?«

Lebihen sah lange vor sich hin, zuckte dann die Achseln. »Er wollte genau wie der andere sein. Pierre kannte diese Rolle auswendig. Er hing während seiner ganzen Kindheit und Jugend auf dem Gut und bei der Familie Bernachon herum. Lernte ihre Routinen und ihre Art zu Leben in- und auswendig. Aber hat er denn die Mittel, die Rolle als reicher Gutsbesitzer zu spielen?«

»Offensichtlich.« Marchal wollte nicht mehr sagen und stand wieder auf. Es war drückend und schwül. Er schaute besorgt auf die stahlgraue Wand, die sich am Horizont abzeichnete. »Es bezieht sich. Würde mich nicht wundern, wenn wir den ersten Regenguss dieses Sommers bekämen.« Er musste sich in Richtung Paris aufmachen. Vielleicht sollte er seine Verabredung mit dem früheren Kollegen in Artenay absagen.

Lebihen begleitete ihn bis zum Tor. Marchal öffnete die Autotür – und stockte. »Sagen Sie, wie hieß doch die Mutter, Pierre Duponts Mutter?«

Lebihen sah ihn überrascht an. »Ach ja, sie. Das vergaß ich zu erwähnen.« Er überlegte. »Alice, glaube ich. Doch, Alice Dupont. So hieß sie.«

Marchal hob die Hand zum Gruß und rollte über den sandigen Weg, während die stahlgraue Wolkenwand am Horizont immer näher rückte.

Als er losgefahren war, fiel Marchal plötzlich noch etwas ein.

Er bog wieder beim Marktplatz ein und parkte am Rand. Langsam ging er zu einer der Bänke. Dabei betrachtete er genau das Bild, das er vor sich sah: den Platz, die Kirche, den Springbrunnen. Es roch nach Sand und heißen Steinen. Der Platz ruhte noch ungestört in der nachmittäglichen Stille. Nur ein magerer Hund streunte auf der Suche nach etwas Schatten quer über den Platz. Marchal setzte sich auf eine Bank und musterte den alten Kirchenbau. Die Kirche, erbaut im gotischen Stil, war schlichter als viele Kirchenbauten aus derselben Epoche. Sie hatte bedeutend weniger Ausschmückungen und Ornamente. Ein hoher Kirchturm sowie vier kleinere. Die geraden, flachen Wände hatten relativ kleine Fenster mit einfachen Glasmalereien. Sogar ohne dass Wasser sprudelte, erkannte er jetzt, wo er den alten steinernen Brunnen vor der Kirche schon einmal gesehen hatte. Es war derselbe, der auf den verblassten Schwarz-Weiß-Fotos abgebildet war, die sie bei Iwanow gefunden hatten. Eine lächelnde junge Frau. Mit der Kirche im Hintergrund. *Dein für immer*. Die junge Alice Dupont. Sie hatte sich an den Brunnen gelehnt, lächelnd, sorglos. Das Foto musste damals gemacht worden sein, als Pierre Dupont geboren wurde. Marchal stellte sich vor, dass es vielleicht aufgenommen wurde, als sie zum letzten Mal zu Hause gewesen war, bevor sie den Jungen seinen Großeltern überlassen hatte. Marchal kam es vor, als wirke sie vollkommen sorglos. Der Blick war zum Himmel gerichtet, am Fotografen vorbei. Sie sah aus wie eine junge Frau, frisch verliebt, die lächelnd die Zukunft erwartet.

Marchal hob selbst den Blick zum Himmel. Die bleigraue Decke am Horizont rückte immer näher. Vielleicht schaffte er es noch, Bernachon aufzusuchen, ehe das Gewitter losbrach.

49

Marchal parkte im Kies vor dem Haupteingang des Parks. Sofort öffnete sich die Tür, und ein untersetzter älterer Herr trat heraus, leger in Shorts und ein kurzärmeliges Hemd gekleidet. Er sah Marchal mit durchdringendem Blick entgegen und begrüßte ihn mit kräftigem Händedruck.

»Ich hoffe, Sie kommen nicht mit schlechten Nachrichten«, sagte Bernachon der Ältere, als Marchal sich vorgestellt und darum gebeten hatte, mit dem Sohn sprechen zu können. »Kommen Sie herein, mein Sohn ist tatsächlich da. Er wohnt eigentlich im Ausland, ist aber gerade zu Besuch.« Er führte Marchal durch einen Saal in einen Wintergarten mit hohen Glastüren zum Garten hin. Die Fenster standen offen, und Marchal meinte den Blumenduft noch hier im Raum zu riechen. Der Mann, der aufstand, als er den Wintergarten betrat, musste nicht extra vorgestellt werden. Pascal Bernachon war eine jüngere Ausgabe seines Vaters. Die Ähnlichkeit war auffällig. Er hatte auch denselben festen Händedruck und die offene Art des Vaters. Er begrüßte Marchal lächelnd. Das war der Junge in der ersten Reihe auf dem Klassenfoto.

Marchal kam gleich zur Sache. »Können Sie mir ein bisschen über Ihren früheren Klassenkameraden Pierre Dupont erzählen?«

Die Reaktion kam augenblicklich. Das Lächeln verschwand, und das Gesicht war urplötzlich verschlossen. »Warum um Himmels willen fragen Sie nach ihm? Er hat nie zu meinen Freunden gehört. Ich kannte ihn kaum und habe ihn nicht mehr gesehen, seit wir die Schule abgeschlossen haben.«

Marchal bekam unerwartete Unterstützung durch Pascal Bernachons Vater. »Ich erinnere mich gut an ihn. Er hing immerzu hier herum. Wir nannten ihn deinen Schatten, erinnerst du dich? Wohin du auch gingst, er war immer gleich in deiner Nähe.«

Der Sohn wand sich. »Doch. Ja, so war es wohl.«

»Wir konnten ihn auch nicht verjagen, seine Großeltern arbeiteten ja hier. Unter dem Vorwand, in ihrer Nähe sein zu wollen, kam er hierher. Du warst immer sehr geduldig mit ihm.«

Pascal Bernachon schüttelte resigniert den Kopf. »Ich tat oft so, als sei er Luft. Wenig nett, natürlich, aber ich war nur ein Junge.« Er betrachtete seine Hände. »Warum fragen Sie nach ihm?«

»Wir betreiben Nachforschungen in einem Fall«, antwortete Marchal vage. »Sie hatten also keinen Kontakt zu ihm, seit Sie hier die Schule verließen?«

Pascal Bernachon schüttelte wortlos den Kopf.

»Ich wüsste aber gern, was Sie zu berichten haben, ehe ich mehr sage. Ich versichere Ihnen, dass das wichtig ist, und ich werde Ihnen auch gleich erklären, warum«, ergänzte Marchal, als Bernachon beharrlich schwieg.

Pascal Bernachon sah ihm direkt ins Gesicht. »Es war sein ganzes Wesen, wissen Sie. Er war irgendwie schlau und durchtrieben, oder, wenn Sie so wollen, aalglatt und falsch.« Er zögerte. »Ich gebe zu, dass ich ab und zu dachte, er sei ein bisschen komisch. Er sprach fast nie. Aber seine Augen waren überall. Ich war fertig mit ihm, als ich gehört hatte, dass er die Pfoten einer jungen Katze an eine Holzbohle genagelt hatte.« Er schüttelte sich. »Dann und wann hatte ich ein bisschen Angst vor ihm, muss ich zugeben, auch wenn ich durchaus begriff, dass er mich bewunderte. Ich achtete darauf, nie mit ihm allein im Dunkeln irgendwo zu gehen. Obwohl ich stark war und deutlich schneller rennen konnte als er.« Er lachte kurz und stand auf. »Ich sollte diese Geschichten nicht erzählen«, sagte er langsam. »Es ist allzu lange her, und er kann inzwischen ein großartiger Mensch sein. Jungen machen so viele sonderbare Sachen.« Er wandte sich direkt an Marchal. »Können Sie mir sagen, worum es genau geht? So erscheint mir unser Gespräch etwas abstrakt.«

»Es ist so, dass Pierre Dupont in Paris lebt und sich als Pascal Bernachon ausgibt.«

Vater und Sohn starrten Marchal sprachlos an. »Wie meinen Sie das?«

Marchal strich sich langsam über den Bart. »Er nennt sich Pascal Bernachon, und wenn er von sich oder seiner Familie erzählt, dann ist es Ihre Geschichte und Ihre Familie. Meistens, wenn er jemandem imponieren will, und dabei handelt es sich vor allem um Frauen.«

Pascal Bernachon starrte seinen Vater fassungslos an. »Das erklärt vielleicht den merkwürdigen Brief, den ich vor etwas mehr als einem Jahr erhielt«, sagte er nachdenklich. »Adressiert an meinen Namen und eine diffuse Adresse, ›Region Touraine‹. Den Brief hatte eine Schwedin geschrieben, die mir in glühenden Worten ihre Liebe erklärte und ihre Enttäuschung, dass ich sie trotz aller Versprechungen ohne ein Wort verlassen hatte. Auch ihre Eltern waren enttäuscht. Sie hätten sich so gefreut, mich kennenzulernen. Sie hatte von einem Leben in einem Château in Frankreich geträumt. Sie war willens, alles zu vergeben und zu vergessen, wenn ich mich nur bei ihr meldete.« Er lachte und schüttelte ungläubig den Kopf. »Ich warf den Brief weg. Glaubte, das sei ein Scherz. Allerdings war der Brief tatsächlich mit einer schwedischen Briefmarke frankiert und in Schweden abgestempelt gewesen.« Er sah Marchal an. »Der war dann wohl für ihn bestimmt, oder was meinen Sie?«

»Mit Sicherheit. Wir glauben, dass er in Europa herumreist. Er kann durchaus in Schweden gewesen sein. Oder er kann eine Schwedin in Frankreich kennengelernt haben und mit ihr unter dem Namen Pascal Bernachon ein Verhältnis gehabt haben. Bis er einfach verduftete.«

Pascal Bernachon schlug mit der Faust auf den Tisch. »Ich kann nicht dulden, dass er meinen Namen auf diese Weise missbraucht!«

»Wir arbeiten an dem Fall«, versicherte Marchal ruhig. »Aus verschiedenen Gründen. Aber er kann nicht so ohne weiteres verhaftet werden. Scheint viel zu reisen. Verlässt sowohl Menschen als auch Orte. Und lügt ganz offenkundig mit größter Präzision, sodass niemand auf die Idee kommt, zu kontrollieren, was er sagt.«

Bernachon senior hatte, ohne sich zu rühren, daneben gesessen und dem Ganzen schweigend zugehört. »Er war ein armer Kerl«, sagte er langsam.

Marchal war auf der Landstraße in Richtung Tours unterwegs, als er endlich Kontakt zu Orla bekam. Über ihm grollte der Donner, und die Verbindung war schlecht. Aber er hörte, wie aufgewühlt sie war.

»Ich fahre gerade ins Büro«, rief sie am anderen Ende. Sie erzählte ihm kurz von der Ikone, die sie in Bernachons Wohnung entdeckt hatte, und von dem Verdacht, dass Alice Dupont bei ihm gewesen sein könnte.

Marchal holte tief Luft. Manche Nachrichten waren schwieriger zu überbringen als andere. »Er benutzt eine falsche Identität«, sagte er langsam und deutlich. »Er ist nicht Pascal Bernachon. Der Mann, bei dem du gewesen bist, ist höchstwahrscheinlich Pierre Dupont, der Sohn von Alice Dupont.« Er musste alles noch zweimal wiederholen, ehe Orla das Gefühl hatte, begriffen zu haben, was er sagte. Sie sagte, dass sie sowohl Pineau als auch Roland wegen der Ikone verständigt habe, und dass Roland jetzt auf dem Weg zu seiner Wohnung sei.

»Fahr bitte nach Hause und schließ die Tür ab«, hörte sie Marchal sagen, dann war die Leitung unterbrochen.

50

Orla parkte beim Polizeipräsidium. Inzwischen regnete es in dicken Tropfen, ohne dass sie es wahrnahm. Sie ging ins Labor, wartete ungeduldig, während der Film entwickelt wurde und die Bilder auf ihren Computer eingescannt wurden. Die Fotos, die sie beim Antiquitätenhändler aufgenommen hatte und die bei Bernachon zeigten dieselbe Madonna. Sie glaubte nicht, dass er irgendeine Kopie bei sich hängen hatte. Das war das Original. Während sie das Bild studierte, versuchte sie zu verdauen, was Marchal ihr gesagt hatte. Sie fühlte nichts, nur eine Art Benommenheit. Als hätte sie so lange gefroren, dass sie jetzt die Kälte nicht mehr spürte.

Sie nahm sich die Liste mit den Franzosen vor, die Roland ihr gegeben hatte: Angestellte bei der Pharmafirma BRAMED in Kiew. Mit dem Finger fuhr sie die Namenreihe entlang. Da! Dupont. Pierre Dupont. Halb Frankreich hieß Dupont. Trotzdem konnte es nicht einfach ein Zufall sein, nicht nach dem, was Marchal gerade berichtet hatte.

Sie loggte sich im Einwohnerverzeichnis ein. Alice Dupont. Dort stand, dass sie am 20. Oktober 1937 in einem kleinen Ort in der Nähe von Tours geboren war. Orla suchte weiter nach Pierre Dupont, gab sein Geburtsdatum ein. Sie fand niemanden unter dem Datum in der Region. Dagegen fand sie eine Person, die am selben Tag in Paris geboren war. Das könnte er sein. Lange starrte sie einfach auf den Bildschirm vor sich. Die Beweise wuchsen turmhoch vor ihren Augen, aber sie brachte es nicht über sich, sie an sich heranzulassen. Nicht, ehe Alice Dupont diese Geschichte nicht bestätigt hatte. Es würde einfach sein, sie damit zu konfrontieren, aber vorher musste sie die Bestätigung erst von anderer Seite bekommen.

Sie konnte nicht länger still sitzen, sondern ging in ihrem Büro auf und ab. Es war schon nach vier am Samstagnachmittag. Alle Behörden waren geschlossen, in Paris wie auf dem Lande. Da fiel es ihr ein: Krankenhäuser und Priester. Die hatten nie geschlossen. Sie beschloss, es beim Priester in Tours zu versuchen. Nach kurzem Suchen fand sie die Nummer, und er antwortete fast sofort. Als sie sich und ihr Anliegen vorgestellt hatte, verstummte der Priester erst mal.

»Ich habe hier eine friedliche kleine Pfarrei. Es passiert wenig. Aber heute ist es sonderbar, jetzt werde ich schon zum zweiten Mal wegen einer Nachforschung angesprochen.«

»Tatsächlich.« Sie bemühte sich, ruhig und geduldig zu bleiben. »Ich wäre wirklich sehr dankbar, wenn Sie in den Kirchenbüchern von 1954 und 1955 etwas prüfen würden. Ich will wissen, ob da eine Madame Alice Dupont ihren Sohn hat taufen lassen.« Sie machte eine Pause. »Ich hätte auch gern Informationen zum Namen seines Vaters.«

Der Priester würde vielleicht einige Zeit brauchen. Sie blieb vorm Schreibtisch sitzen und spielte gedankenverloren mit der Kamera, die vor ihr lag. Irgendwie war es, als habe sie durch ein Schlüsselloch geschaut und das heimliche Leben eines anderen Menschen beobachtet. Der Gedanke ekelte sie. Sie studierte die drei Fotos der Aufzeichnungen, die sie bei Bernachon gemacht hatte. Sie starrte auf den Monitor und die Listen mit unbekannten Namen, und als das Handy klingelte, zuckte sie zusammen. Es war der Priester.

»Hier wurden 1954 nicht so viele Kinder getauft, Frau Doktor. Ich kann Ihnen bestätigen, wonach Sie fragten. Madame Alice Dupont ließ ihren Sohn hier im September auf den Namen Pierre taufen. Der Vater wird als unbekannt angegeben.«

Sie legte auf und schloss die Augen. Sie ließ die letzten Wochen Revue passieren. Worte, Blicke, Bruchstücke von Gesprächen. Das Ganze, alles, was sie dazu gebracht hatte, zu glauben, sie habe endlich wieder eine Beziehung, fiel wie ein Kartenhaus in sich zusammen. Der Mann, der sich als Pascal Bernachon ausgegeben hatte, Gutsbesitzer aus der Touraine, war Alice Duponts Sohn. Natürlich hatte Alice Dupont nicht ausgerechnet an diesem Nachmittag in der Wohnung auftauchen sollen. Aber was war der Sinn dieser Farce, die er ihr die ganze Zeit vorgespielt hatte, seit sie sich kennengelernt hatten? Und warum sagte Alice Dupont nicht, dass sie einen Sohn hatte?

Sie griff nach dem Telefon und rief Marchal an. »Hervé, es stimmt alles«, sagte sie bloß. »Seine Mutter ist Alice Dupont. Vater unbekannt. Und Hervé, was war das noch mal, was du vor einiger Zeit über jemand mit Namen Deschamps gesagt hast?« Sie lehnte sich vor und sah auf den Bildschirm. »Yves Deschamps ... Ja, ruf mich heute Abend an, nach acht. Dann bin ich zu Hause.« Orla blieb vor dem Schreibtisch sitzen und starrte auf den Bildschirm, als hoffte sie auf eine Offenbarung. Eine Botschaft. Sie sah nur fremde Namen. Sonderbar unverbundene Details. Erkannte weder Sinn noch Zusammenhang. Als ihr das Wort Zusammenhang einfiel, zuckte sie erneut zusammen. Waren das vielleicht ganz verschiedene Fälle? Zwei Fälle, die gar nicht miteinander in Verbindung standen? Sie nahm sich ein Blatt Papier und zog in der Mitte längs einen Strich. Führte auf beiden Seiten des Strichs Namen in Kolonnen auf. Eine Reihe mit bekannten Namen, einschließlich ihres eigenen. Eine Reihe mit Namen von Bekannten und Unbekannten. Zum Schluss strich sie langsam den Namen ihres Mannes durch. Warum sollte er jetzt von Interesse sein? Er war doch tot. Ein toter Rechtsanwalt. Konnte das noch irgendetwas mit dem Fall zu tun haben? Gab es irgendeine Verbindung?

Sie hielt das Telefon eine Weile in der Hand, ehe sie die Nummer wählte. Die Stimme des Schwiegervaters antwortete nach kurzem Klingeln.

»Jean, würdest du mir einen Gefallen tun?« Sie ließ ihn gar nicht antworten. »Schließ Alains altes Archiv auf und sieh nach, ob er eine Akte zu einem Klienten namens Yves Deschamps hatte.«

Am anderen Ende war es still. »Ob Alain was hatte?«

»Wenn nicht er, dann schau bei dir nach. So schnell du kannst, ich bitte dich.« Der Unterton ihrer Stimme verriet die Verzweiflung.

»Orla, wofür brauchst du das?«

Um noch einen weiteren Schritt auf dem Weg zum Seelenfrieden gehen zu können, dachte sie. »Um ein Detail zu überprüfen.«

Nach nur zehn Minuten rief er an. »Yves Deschamps ist Kanadier«, sagte er leise. »Er wurde vor etlichen Jahren zu Unrecht des Mordes an einer Frau in Bordeaux beschuldigt. Die Polizei hat den Täter nie gefunden. Deschamps glaubte, jemand habe versucht, ihn dafür festzunageln, und verfolgte die Sache weiter, auch nachdem er freigesprochen worden war. Alain war einer seiner französischen Anwälte. Er war das Bindeglied zwischen den französischen Nachforschungen und Deschamps, der in Kanada wohnt. Ich erinnere mich an den Fall, weil Alain sich so brennend dafür einsetzte. Und er war da auf etwas gestoßen ...«

»Was hat man herausgefunden?«

»Alain starb während des laufenden Verfahrens. Meines Wissens hat man das Verfahren jetzt abgeschlossen. Eingestellt, besser gesagt.«

Sie starrte abwechselnd an die weiße Wand und auf die Aufzeichnungen. Wörter und aus dem Zusammenhang gerissene Sätze legten sich ihr wie Nebel auf die Augen. Sie hatte das Gefühl, im Kreis zu gehen, ihr schwindelte, und sie schloss die Augen. Die Wahrheit schien wie an einem dünnen Faden in greifbarer Nähe zu hängen – und doch außer Reichweite.

Dann rief Roland an. Nach »Bernachon« wurde bereits gefahndet. Sie verständigten sich darauf, Alice Dupont jetzt damit zu konfrontieren.

51

Marchal war knapp eine Stunde in Richtung Paris gefahren, als der Himmel seine Schleusen öffnete. Wolkenbruchartiger Regen fiel, die Tropfen sprangen fünfzehn Zentimeter vom Asphalt hoch. Bei Orléans bog er von der Hauptstraße ab und fuhr langsam auf einer kleineren Landstraße in Richtung Artenay.

Die Scheibenwischer des 2CV gaben den Kampf gegen die Fluten fast auf. Marchal konnte nicht einmal seine eigene Motorhaube sehen. Die Rettung in Form einer Tankstelle mit Café tauchte wenige Kilometer vor Artenay auf.

Eine halbe Stunde später erschien sein alter Kollege, Michel Marc. »Was für ein Wetter! Nimm das ruhig als Zeichen ewiger Freundschaft, dass ich bei dem Wetter komme!«

Marc war deutlich runder geworden. Marchal fand, dass er dadurch jetzt etwas weniger an einen Terrier erinnerte. Er hatte sich im Stuhl zurückgelehnt und den doppelten Espresso auf dem Bauch platziert. Aus zusammengekniffenen Augen studierte er Marchal. An der Intensität seines Blicks hat sich nichts verändert, dachte Marchal, der sich plötzlich fühlte, als lese der andere in ihm wie in einem offenen Buch.

»Irgendwas quält dich.« Marc stellte die Tasse auf den Tisch. Er lehnte sich vor und sah Marchal in die Augen. »Du bist unruhig und zerstreut. So was sieht ein alter Hase wie ich sofort.« Er schlürfte seinen Kaffee. »Du wolltest diesen Fall diskutieren, den wir hier vor einigen Jahren hatten.«

Marchal atmete erleichtert aus. »Du erinnerst dich daran?«

»Als könnte ich den vergessen! Wir hatten schließlich den falschen Mann festgenommen. Der Mörder wurde nie gefunden. Das war ein ziemlicher Prestigeverlust für mich, das will ich gar nicht verhehlen.« Er verstummte und sah hinaus in den Regen. Dann fuhr er fort: »Unser Fall damals, das war der Mord an einer jungen Frau, sie hieß Juliet Richard, erinnerst du dich?« Er wartete nicht auf eine Antwort, sondern redete gleich weiter. »Sehr gut aussehend, einunddreißig Jahre, aus Bordeaux. Makelloses Führungszeugnis, gute Freunde, reiche Familie, Redakteurin bei einer Frauenzeitschrift. Wurde in ihrer eigenen Wohnung tot aufgefunden, erwürgt.« Er hielt inne. »Man muss dazu sagen, das Ganze war perfekt inszeniert, sodass es zunächst wie Selbstmord wirkte. Die rechtsmedizinischen Untersuchungen enthüllten natürlich den Sachverhalt. Sie war von vorn erwürgt worden, mit bloßen Händen.«

Marchal nickte.

»Wir waren überzeugt, dass sie offenbar von einer Person ermordet worden war, die sie freiwillig in die Wohnung eingelassen hatte. Die Haustür war durch ein Schloss mit Code gesichert und die Wohnungstür durch ein exzellentes Sicherheitsschloss. Gutes Viertel, kannst du dir ja vorstellen.« Wieder macht er eine Pause. »Die Funde in der Wohnung waren auch etwas sonderbar. Nichts war gestohlen, dabei sammelte sie alles Mögliche, das gut und teuer ist. Schmuck, Kunst, schöne Gegenstände und was weiß ich. Sie war auch keinem sexuellen Übergriff ausgesetzt gewesen oder anderen Formen von Gewalt.«

»Erinnere ich mich richtig, dass ihr weder ein offenkundiges Motiv fandet noch Verdächtige?«

»Stimmt.« Der andere nickte. »Wir fanden nichts, womit sie in Verbindung zu bringen war. Schrecklich ordentliche Dame. Und echt schick. Am Ende entschieden wir uns für die Theorie, es sei ein Mord im Affekt gewesen. Und zum Beispiel Eifersucht das Motiv.« Er zögerte. »Es gab nur ein Problem. Soweit wir herausfinden konnten, gab es in ihrem Leben keinen Mann. Jedenfalls nicht offiziell.«

»Eine Affäre vielleicht«, schlug Marchal vor.

Marc schüttelte den Kopf. »Natürlich sind wir auch dieser Theorie nachgegangen. Aber erstens war sie nicht der Typ, der Männer aufsammelte und sie mit nach Hause nahm. Die Dame war sehr wählerisch. Sie war sich wohl auch ein bisschen zu fein dafür, wurde angedeutet. Und zweitens hatte sie an dem Abend des Mordes bis acht Uhr gearbeitet. Zu einer der Mitarbeiterinnen hatte sie gesagt, sie sei hundemüde und freue sich, nach Hause zu kommen. Eine Stunde, bevor sie ermordet wurde, hatte sie die Mutter von zu Hause aus angerufen, um sich für die folgende Woche zu verabreden. Da hatte sie ebenfalls gesagt, sie sei so müde und wolle früh schlafen gehen.«

»Aber der Mörder hinterließ doch Spuren, oder?«

»Doch, ja, aber ohne sich dessen bewusst zu sein. Es muss ihr gelungen sein, ihn in die Hand oder den Arm zu beißen. An ihren Lippen fanden wir ein bisschen Blut, das nicht ihr eigenes war. Außerdem fanden wir unter dem Mittelfinger der rechten Hand ein paar winzige Hautfetzen. Sie hatte so lange lackierte Nägel, du weißt schon.«

»Unser Mann benutzt Handschuhe und zieht sich einen Strumpf über den Kopf.«

»Das hätte unserer auch tun sollen. Denn dann hätten wir nichts gegen ihn gehabt«, nickte Marc. »Wir fanden übrigens etwas Interessantes, was uns weiterbringen sollte. Glaubten wir. Juliet Richard trug an dem Abend ihrer Ermordung einen kostbaren Halsschmuck. Weder ihre Mutter noch ihre Freundinnen hatten den vorher bei ihr gesehen.« Nachdenklich verschränkte er die Arme vor der Brust. »Es war nahe liegend anzunehmen, dass sie ihn vom Mörder am selben Abend bekommen hatte. Dass er galant gewesen war und ihn ihr aufgedrängt hatte. Auf dem Verschluss fand sich ein Fingerabdruck, der zu nichts passte, was wir bisher gefunden hatten.« Er zuckte die Achseln. »Aber wir haben ihn nicht identifizieren können. Wir zogen die ganze Geschichte durch, DNA-Profil, et cetera. Keine Entsprechung. Wir nahmen die ganze Wohnung auseinander, ohne irgendwas zu finden, kein Liebesbrief, keine Postkarte, nichts. Auch der Computer war leer.« Er knallte die Handflächen auf den Tisch. »Verdammt frustrierend!«

Er steckte sich eine kleine Pastille in den Mund und lutschte einen Moment lang heftig daran, ehe er fortfuhr. »Eines Tages hatten wir's. Richtiger, wir glaubten, jetzt hätten wir was. Wir hatten ihr Büro auf den Kopf gestellt. Eine der Schreibtischschubladen war offensichtlich privat, denn da hatte sie so allerlei – na, du weißt schon, Frauenkram. Das Wichtigste dabei war ein handgeschriebenes Tagebuch mit Telefonverzeichnis. Vor den meisten Telefonnummern stand ein Name, und wir kannten sie schon. Aber dann gab es da zwei interessante Sachen. Das eine war eine Handynummer ohne Namen und zusätzlich war ein Männername verzeichnet plus Uhrzeit zu verschiedenen Daten. Das wiederholte sich zwar selten, aber in regelmäßigen Abständen in den letzten vier Monaten, bevor sie starb. Fünf oder sechs Mal, glaube ich. Yves 20 h, Yves 22 h und so weiter, in der Art. Immer abends.« Er bestellte frischen Kaffee. »Da glaubten wir, wir hätten ihn und könnten ihn einkreisen.« Er schüttelte den Kopf, als erlebte er die Frustration von damals noch einmal. »Neue Runde mit Freunden und Bekannten. Der Mann war vollkommen unbekannt. Niemand hatte je von einem Yves gehört. Besonders die Familie, die waren alle ganz kategorisch. Sie hatte nie von ihm gesprochen. Vor allem die Mutter war sich ganz sicher. Das Verhältnis zwischen Mutter und Tochter war eng und vertraut, und sie hätte gewusst, wenn die Tochter einen Bekannten namens Yves gehabt hätte.« Er rührte in dem Kaffee, der vor ihn hingestellt worden war. »Wir wollten einfach nicht glauben, dass niemand in ihrem Freundes- und Bekanntenkreis je davon gehört hatte. Wir schlugen eine härtere Gangart ein. Und schließlich war es eine Mitarbeiterin der Frauenzeitschrift, die errötete, als sie befragt wurde. Dann legte sie die Karten auf den Tisch. Juliet Richard hatte einen Geliebten. Einen, in den sie mächtig verliebt war und den sie heiraten wollte. Die Beziehung war wenige Monate alt.«

Marchal lehnte sich eifrig interessiert vor. »Warum diese Geheimniskrämerei?«

»Genau das war die Frage.« Marc schwenkte den Kaffeelöffel. »Der Grund für diese ungewöhnliche Diskretion war natürlich der Held, der nämlich nicht nur verheiratet war, sondern auch ein bedeutender Geschäftsmann. Aktienhändler, Frankokanadier, bei einer großen kanadischen Makleragentur tätig. Jede Menge Geld und sehr bedeutende Stellung. Der loyalen Freundin zufolge hätte es einen Riesenskandal gegeben, wenn ihre Beziehung bekannt geworden wäre, ehe alles gut vorbereitet war. Natürlich wollten sie heiraten, wenn der formelle Teil geklärt war. Ihre Familie und ihre Freunde wollten aber nicht informiert werden, bevor er sich nicht offiziell getrennt hatte. Deshalb trafen sie sich auch nur, wenn er in Bordeaux war, also sehr selten. Und nur bei ihr zu Hause. Als sie ermordet wurde, war das seit etwa vier Monaten so gegangen.« Er lutschte immer noch an der Pastille und sah Marchal resigniert an. »Als die Freundin den Namen rausgerückt hatte, war es natürlich kein Problem, den Mann zu finden. Er lebte in Kanada. Er bestritt alles. Behauptete, wir wären verrückt. Das alles sei ein Komplott, um ihn als Geschäftsmann zu ruinieren. Behauptete hartnäckig, jemand versuche seine Ehe zu zerstören. Die teuersten Anwälte, die sich in Kanada auftreiben ließen, drohten uns.« Marc zuckte die Achseln. »Schließlich bekamen wir eine Blutprobe von ihm. Es war ganz einfach. Er war nicht unser Mann.«

Marchal schlug mit der Faust auf den Tisch. »Dann hatte sich jemand für ihn ausgegeben!«

Marc presste die Kaffeetasse zwischen seinen großen Händen. »Aber das Unglaublichste war, dass alles stimmte! Derjenige wusste in jedem Detail über Yves Deschamps Bescheid. Die Ermordete hatte der Freundin ja alles über ihn erzählt. Die kleinsten Details zur Familie, Lebensgestaltung, was auch immer, alles stimmte.«

Marchal kratzte sich am Bart. »Habt ihr Anhaltspunkte gefunden, dass die Identität des Geschäftsmannes auch in anderer Hinsicht benutzt worden war? Um sich finanzielle Vorteile zu verschaffen, Verträge oder dergleichen?«

Marc schüttelte den Kopf. »Das machte uns im Grunde am meisten stutzig. Dafür fanden wir überhaupt keine Indizien. Eine Person hatte seinen Namen sozusagen ausgeliehen, seine ganze Lebensgeschichte, mehr fanden wir nicht. Das Einzige, was er sich verschafft hatte, war eine schöne und reiche Frau, der er im großen Stil imponiert und die er am Ende umgebracht hatte. Das verstehe einer.«

»Und was war mit der Ermordung eines Bekannten dieser Juliet Richard?«

»Einer ihrer Freunde wurde zwei Tage, nachdem ihre Ermordung bekannt geworden war, erstochen. Auch da fehlten uns Motiv und Spuren. Das war ein brutaler Mord. Der Mörder hatte mehrfach mit dem Messer auf ihn eingestochen.«

»Weißt du noch, wo?«

»Wo?«

»In den Hals, zum Beispiel?«

Marc schüttelte den Kopf. »An solche Details erinnere ich mich nicht mehr.« Er fuhr sich müde über die Augen. »Wir wussten ja nicht mal, ob die beiden Fälle miteinander zu tun hatten. Aber anfangs gingen wir bei unseren Ermittlungen davon aus.«

»War das ein früherer Freund von ihr?«

»Nein. Aber soweit ich das verstanden habe, war er wohl durchaus interessiert gewesen. Und er war in der Hinsicht wohl kaum der Einzige.«

»Habt ihr die Mordwaffe gefunden?«

»Nein.« Marc war jetzt recht kurz angebunden und wirkte geistesabwesend. Marchal hatte Angst, ihn ermüdet zu haben. Aber da fuhr er fort: »Wir stellten uns vor, dass diese Person sie vielleicht zusammen gesehen hatte, vielleicht hatte er den Mörder mit etwas konfrontiert, das er wusste. Allerdings hatten wir keinerlei Anhaltspunkt, dass die beiden Morde miteinander zu tun hatten.« Wieder schien er in seinen Gedanken weit weg zu sein. »Alles in allem hat es nie jemanden gegeben, der Juliet Richard zusammen mit demjenigen sah, der sich als Yves Deschamps ausgab. Wir haben viel mit den Arbeitskollegen und ihrem Bekannten- und Freundeskreis gearbeitet. Haben wirklich alles und alle gecheckt.«

»Und was war mit der Handynummer ohne Namen?«

»Das war auch so eine Spur ins Nichts. Als wir ihre Telefonlisten checkten, sowohl die auf der Arbeit als auch die private, entdeckten wir, dass sie diese Nummer nur ein einziges Mal angerufen hatte. Wir nahmen zum Telefonbesitzer Kontakt auf. Er erzählte, sie hätte ihn einmal angerufen. Dabei sei es um einen Artikel gegangen, den sie über ein Medikament für Frauen in den Wechseljahren schreiben sollte, oder etwas in der Art. Er arbeitete bei einer Pharmafirma.«

Marchal atmete durch. »Wir haben einen ähnlich gelagerten Fall. Anders ausgedrückt, wir haben einen entsprechenden Fingerabdruck.«

Marc starrte aus dem Fenster und schien ganz von dem wolkenbruchartigen Regen absorbiert zu sein. Aber jetzt wandte er sich langsam seinem ehemaligen Kollegen zu. »Wie meinst du das?«

»Uns beschäftigt seit einiger Zeit ein dubioser Fall. Vor einigen Tagen wurde eine Frau ermordet, was zunächst wie Selbstmord aussah, sich dann aber als fingiert herausstellte. Als ich mich an deinen Fall erinnerte, wurde mir auf einmal eine Menge klar. Wir hatten nämlich auch einen Fingerabdruck und keinen Namen.«

Marc hatte sich eine neue Pastille in den Mund gesteckt. »Und?«

»Ich bat darum, dass der alte Fingerabdruck aus Bordeaux wieder hervorgeholt wurde, und verglich ihn mit unserem neuen.« Er klatschte beide Handflächen auf den Tisch. »Identisch. Sie sind identisch! Es ist derselbe Mann!«

Marc lehnte sich vor. »Und das heißt?«

»Erinnerst du dich an die Pharmafirma, bei der sie diesen Bekannten hatte?«

Er nickte. »Das war eine von den großen. BRAMED.«

»Und auch an den Namen des Mannes, den sie in dieser Firma kontaktiert hatte?«

Er sah Marchal eindringlich in die Augen. »Den vergesse ich nie! Wegen der Frustration, dass sich auch unsere letzte Spur in Nichts auflöste!« Er stöhnte, sein Gesicht war vor Erregung rot geworden. »Der Mann hatte einen völlig gewöhnlichen Namen. Pierre Dupont.«

52

Als Orla kurze Zeit später den Wagen in der Rue Edmond Flamand parkte, verrdunkelten die dicken Regenwolken den Himmel, als ginge der Tag bereits zur Neige. Sie sah nach oben zu Alice Duponts Fenster. Es war wie immer geschlossen, und die Gardine war zugezogen. Sie überlegte kurz, ob sie dahinter eine Bewegung wahrgenommen hatte. Alice Dupont musste inzwischen wieder zu Hause sein. Orla hielt nach Roland Ausschau und warf unruhig einen Blick auf die Uhr. Sie hatte das Gefühl, als sei aller Sauerstoff im Auto verbraucht. Ihr war ein bisschen übel, und schließlich hielt sie es nicht länger im Auto aus. Roland musste ja jeden Moment um die Ecke kommen. Sie beschloss, hinaufzugehen.

Die Haustür stand offen. Die Glühbirne im Hausflur war immer noch nicht ausgetauscht. Sie tastete sich bis zur Treppe vor und ging aufgewühlt nach oben in die erste Etage. Dann blieb sie stehen, um etwas zur Ruhe zu kommen. Sie klingelte wiederholt, aber niemand öffnete. Schließlich drückte sie auf die Türklinke. Die Tür war offen. Sie ging hinein, zögerte dann aber und blieb stehen.

Im engen Flur war das Licht ausgeschaltet. Abgestandene Luft schlug ihr entgegen. Die Tür zum Wohnzimmer stand offen, sie wirkte wie ein Bilderrahmen. In Sekundenschnelle erfasste sie alle Details. Das gedämpfte Licht von den Fenstern, das wie ein dünner Schleier über der Armlehne des Ohrensessels lag. Die Konturen von Stirn und Nase, als schliefe sie. Der rechte Arm, der auf der Lehne ruhte. Die viel zu weiße Haut.

Orla stand noch wie gelähmt im Flur, als plötzlich die Hand, die auf der Armlehne ruhte, sich bewegte und Alice Dupont sich langsam zu ihr umdrehte. Orla kam es so vor, als sei der Blick, mit dem die Frau sie anstarrte, sonderbar angespannt.

Da erregte die Katze Orlas Aufmerksamkeit. Sie kam und strich um ihre Beine. Sie schubste sie weg und sah ihr nach, wie sie mit hoch aufgerichtetem Schwanz zur Küche stolzierte. Dort blieb sie stehen und strich wieder an etwas entlang. Orla hob den Blick von der Katze. Und begegnete seinen Augen. Einen kurzen, unendlichen Moment lang.

Er machte einen mächtigen Satz auf sie zu. Sie schrie und rannte aus dem Flur, knallte die Tür zu und warf sich mit ihrem ganzen Gewicht dagegen. *Wie nach dem Konzert*, fuhr es ihr durch den Kopf. Das konnte nicht noch einmal funktionieren. Er war doppelt so schwer, sie war dagegen nur eine Feder. Die Tür gab langsam nach.

Sie warf sich zur Seite und riss in derselben Bewegung die Tür auf. Überraschend. Plötzlich. Und so war sie mit einem Mal hinter ihm. Warf sich gegen seinen Rücken und stieß ihn mit aller Kraft die Treppe hinunter.

Sie sah ihn mit ausgestreckten Armen stürzen. Auf halber Treppe überschlug er sich und blieb dann unten liegen. Sie raste hinterher, rutschte aus und hielt sich gerade noch am Geländer fest. Sie wusste nicht, ob er sich aufrichtete, sie hörte ihn stöhnen, dann schlug die Haustür hinter ihr zu.

Erst als sie an der Metrostation Austerlitz war, hielt sie an. Ihre Hände zitterten so, dass sie kaum das Telefon halten konnte, als sie Roland anrief und ihm atemlos Bericht erstattete. Er veranlasste sofort das Nötigste, dann war er schon bei ihr.

»Orla, das war verdammt leichtsinnig! Alleine in die Wohnung zu gehen, statt die wenigen Minuten abzuwarten, bis ich da war!« Roland schüttelte die Regentropfen von der Jacke und setzte sich neben sie.

Orla starrte vor sich hin. Der Regen strömte über die Scheiben. »Wer hätte sich denn in seinen wildesten Träumen vorstellen können, dass er genau dahin gehen würde!«, stöhnte sie. »Ich war überzeugt, dass er in seiner Wohnung alles an Geld und Wertgegenständen zusammenraffen würde, um dann auf schnellstem Wege irgendwie das Land zu verlassen.«

»Das ist ja sehr rational gedacht – aber hier haben wir es wohl mit einer etwas schrägen Psyche zu tun, der du nicht mit durchschnittlichen Kategorien beikommst. Es nützt nichts, wenn du seine Beweggründe zu interpretieren versuchst. Wir haben natürlich auch geglaubt, dass er alles daransetzen würde, so schnell wie möglich außer Landes zu kommen. Wir fahnden überall nach ihm. Er muss nach dem Sturz schnell wieder auf den Beinen gewesen sein.«

»Ist dir klar, dass ich in der letzten Zeit mit einem Mörder zusammen gewesen bin?« Zähneklappernd packte Orla das Lenkrad. »Der in aller Ruhe bei allem zugesehen hat, was ich unternommen habe? Mir eine lange Nase gedreht hat?«

Roland hob abwehrend die Hände. »Orla, bitte, versuch jetzt nicht auch noch, dir Vorwürfe zu machen. Der Mann ist kein gewöhnlicher Verbrecher. Das konntest du doch nicht ahnen.«

Sie sah ihn aus dunklen, trockenen Augen an. »Vorhersehen nicht. Aber ich hätte irgendwann Verdacht schöpfen müssen . Viel früher.« Jetzt war ihr alles so klar. Die Diskretion. Keine Fragen. Freunde und Familie aus allem herauszuhalten. Nur das Handy benutzen. Natürlich benutzte er nur das Handy! Er war ja die ganze Zeit in Paris gewesen. Und nie in der Touraine oder auf »seinem Gut«.

»Du bist doch nicht die Erste, der er den Kopf verdreht hat.« Roland sprach langsam. »Dieser Mensch hat so viele andere, die Polizei eingeschlossen, lange Zeit an der Nase herumgeführt.« Er schwieg. »Er hat ein gut organisiertes kriminelles Geschäft betrieben. Wir haben Grund zu glauben, dass er mehrere Morde begangen hat, aber dass er sich über große Entfernungen bewegt hat und deshalb immer wieder entkommen konnte ...«

Orla schloss die Augen. »Wie hat er das geschafft?«

»Wir glauben, dass er meistens allein operiert. Er hat sich die ganze Zeit falscher Identitäten bedient. Keine hat er ein zweites Mal benutzt. Und nicht eine Identität war erfunden. Immer waren es wohlhabende und einflussreiche Männer. Wahrscheinlich Personen, bei denen er mal gearbeitet hat oder bei denen er sonstwie Gelegenheit hatte, sie detailliert zu studieren. Er ist permanent umgezogen, besonders natürlich, wenn ihm der Boden zu heiß wurde.« Roland machte eine Pause. »Er hat auch nie gezögert, einen Mord zu begehen, wenn die Gefahr bestand, dass er entlarvt werden könnte. Bisher haben wir noch keinen Überblick, wie viele Morde auf sein Konto gehen. Aber er ist sehr gefährlich. Handelt überlegt und eiskalt. Er ist cleverer als die meisten. Und er ist noch immer auf freiem Fuß.«

»Ist Marchal heute auch in der Angelegenheit unterwegs gewesen?«

Roland nickte.

»Aber verdammt, Roland«, flüsterte sie halb erstickt, »warum habt ihr mir das nicht früher gesagt?«

Er sah aus dem Fenster auf die vielbefahrene, regennasse Straße. Er fühlte sich eindeutig unbehaglich und rutschte unruhig auf dem Sitz herum. »Bis heute haben wir überhaupt nichts gewusst. Als Marchal heute in Duponts Heimatort gefahren war, bekam er die ganze Geschichte mehr oder weniger aus heiterem Himmel präsentiert. Er traf dort einen alten Lehrer und sah Fotos aus der Schulzeit. Und suchte nicht zuletzt den echten Pascal Bernachon auf, der tatsächlich meistens im Ausland lebt.«

Sie ließ das Lenkrad los und wischte sich die feuchten Hände an der Hose ab. »Ich habe in seiner Wohnung Dokumente gefunden, die ihn mit dem Verkehrsunfall meines Mannes in Verbindung bringen. Alain war der Anwalt einer der Personen, deren Identität Pierre Dupont gestohlen hatte.« Sie blinzelte ein paarmal und sah dann starr geradeaus. »Das erklärt natürlich Bernachons – oder richtiger Pierre Duponts – großes Interesse ausgerechnet an mir. Ich stellte für ihn ein Risiko dar.«

Sie richtete sich auf und sah Roland resigniert an. »Begreifst du, wovon er lebt? Du hast ja seine Wohnung gesehen. Einen solchen Luxus kann man sich nicht leisten, wenn man nur ab und zu eine Ikone verkauft. Egal, wie alt und kostbar sie ist.«

Roland lächelte müde. »Zugegeben, wenn man da reinkommt, ist man baff. Aber nach Auskunft des Concierge gehört ihm in der Wohnung kein Stück. Er hat sie über eine Agentur gemietet, vollständig möbliert, weil der eigentliche Besitzer einige Jahre im Ausland lebt.«

»Habt ihr irgendwas gefunden?«

»Wir haben einiges beschlagnahmt. Das Madonnenbild ist übrigens weg. Ein Paar Herrenschuhe Größe 43, es könnte interessant werden, wenn wir die mit den Fußspuren auf Martine Chauvins Terrasse vergleichen.«

Orla starrte in den strömenden Regen, ohne etwas wahrzunehmen. »Uns fehlen aber immer noch ein paar Teile«, sagte sie. »Zum Beispiel, warum Petrow fast nackt zwischen den Mülltonnen saß, als wir ihn fanden.« Sie drehte sich um und sah Roland aus dunklen Augen an. »Das, was wir anfangs glaubten, kommt überhaupt nicht hin, oder? Es gab gar kein sexuelles Motiv. Das war pure Rache, oder? Bestrafung und Demütigung.« Genau das, was Dr. Arnal gesagt hatte, dachte sie. »Einer seiner Komplizen hatte versucht, Bernachon – oder Dupont – zu betrügen. Und die Reaktion darauf war ungewöhnlich heftig. Es waren ja immerhin doch nur zwei Bilder aus einer ganzen Reihe, vermute ich. Aber er lässt sich nicht darauf ein, Differenzen und Konflikte hinter verschlossenen Türen zu klären. Oder in handgreiflicher Auseinandersetzung. Er tötet.« Sie schwieg kurz, fuhr dann aber gleich fort. »Alle, die ihm in die Quere kommen, die seine Pläne durchkreuzen, die drohen, ihn zu verraten. Ja, auf Verrat reagiert er mit blindwütigem Zorn. Meinst du nicht auch?«

Roland legte ihr eine Hand auf die Schulter. »Ich weiß es nicht. Du musst heute Abend nicht mehr wissen, als dass dieser Mann immer noch auf freiem Fuß ist. Es ist wichtig, einen kühlen Kopf zu bewahren.« Er sah sie fest an. »Du hast heute Abend einen ordentlichen Schrecken bekommen. Ich meine, du solltest nach Hause gehen.«

Orla lachte zitterig. »Du sagst es. Rat mal, wie clever und brauchbar ich mich fühle.«

Er drückte ihre Schulter. »Ich fahre dich. Einer der Kollegen kommt mit deinem Auto und bleibt vor dem Haus.«

»Ich kann selbst fahren!«, protestierte sie.

»Das finde ich nicht«, sagte er ruhig. »Ich will dich heute sicher hinter verschlossenen Türen wissen. Solange der Mann frei herumläuft, glaube ich, ist es vernünftiger, wenn wir dich jeden Tag holen und bringen. Im Moment ist unser Mann sicher vor allem damit beschäftigt, seine eigene Haut zu retten«, ergänzte er nachdenklich. »Trotzdem weiß man nie. Vielleicht ist der Gedanke an Rache oder der Wunsch, dich zum Schweigen zu bringen, größer als der Wunsch, sich selbst in Sicherheit zu bringen.«

Sie startete ohne ein weiteres Wort den Motor.

»Was machst du?« Er sah sie resigniert an.

»Der Concierge«, sagte sie nur.

»Was ist mit dem?«

»Möglich, dass er jetzt reif ist.« Sie setzte zurück und fuhr wieder in die Rue Edmond Flamand.

53

Der Concierge saß zusammengesunken am Tisch im Wohnzimmer, vor sich eine halbleere Flasche Rotwein.

Die Hand zitterte, als er das Glas abstellte. Er starrte Orla aus blutunterlaufenen Augen an.

»Ich war gerade unterwegs, um so was zu kaufen.« Er hob die Flasche an.

»Wann genau sind Sie gegangen?«

Er legte den Kopf auf die Hände »Es war vier Uhr. Vielleicht fünf.«

»Wann sind Sie diesem Mann zum ersten Mal begegnet? Wir müssen es genau wissen.« Roland hatte ihm ein Foto gezeigt und sich dann ans Fenster zur Straße gestellt.

»Das war vor fast zwei Jahren. Er kam einfach und klingelte. Grüßte kurz. Sagte, er wolle mit mir reden.« Langsam drehte er den Kopf um und sah Orla an. »Er fragte, wie lange ich hier schon gewohnt hätte, wie hoch die Miete sei und solche Sachen. Ich hab's gesagt, wie's ist, und dass ich hier seit fast vierzig Jahren der Concierge bin.« Er griff wieder nach dem Glas. »Der Mann sagte, er hätte die Wohnung gekauft und er überlegte, mir zu kündigen.« Mit zittriger Hand hob er das Glas an den Mund. »Was hätte ich denn dann machen sollen?«, jammerte er. »Ich hab doch nichts. Nur eine winzige Rente. Ich flehte ihn an, mich hier wohnen zu lassen.«

»Und wie hat er darauf reagiert?«

»Zurückhaltend natürlich. ›Unter gewissen Umständen‹, so

drückte er sich aus. Es sei nicht sicher, dass ich die richtige Person sei, sagte er. Ihm käme es auf ›gewisse Eigenschaften‹ an, das sagte er.«

Orla nickte. »Na klar. Und Sie hatten diese Eigenschaften?« Sie sah ihn vor sich. Seinen Blick, der verführen und überzeugen konnte – oder wahnsinnig erschrecken, je nachdem, welche Seite des Janus-Kopfs er einem zuwandte.

»Ich hab gesagt, ich wär für das meiste zu gebrauchen.« Er trank ruhig und kontinuierlich. Die Flasche war fast leer. »Und dann ging es nur darum, ein Auge auf alles zu haben. Da hätte ich ihm am liebsten gesagt, er soll doch die im ersten Stock beauftragen, die sei darin Profi. Aber der ist keiner, mit dem man diskutiert.«

»Und wen sollten Sie im Auge behalten?«

»Alle und alles. Besonders die beiden Ausländer. Wann sie kamen und gingen, ob sie Besuch hatten und so was. Ich durfte ihn nie von meinem Privattelefon aus anrufen oder jemandem seinen Namen sagen. Das waren die Bedingungen.«

»Hat Ihnen der Name etwas gesagt?«

»Pascal Bernachon? Nichts. Aber ich glaub, der hat massenhaft Kohle. Wirkt so.«

»Wissen Sie, woher er das Geld hat?«

»Nee, keine Ahnung. Ich hab so wenig wie möglich gefragt.« Er zuckte die Achseln. »Hier ist er nur einmal gewesen. Dann wollte er immer, dass ich in das Geschäft komme, wo ich einkaufe. Zweimal im Monat, Sonntag nach dem Mittagessen. Wir haben uns nie unterhalten. Ich bekam das Geld und er eine Liste, wo draufstand, wann die Ausländer kamen und gingen, wenn ich sie gesehen hatte.« Er blinzelte und sah Orla und Roland forschend an. Der Wein hatte seine Wirkung getan. Das Jammernde und Jämmerliche war weg.

»Hat er mal was zu Ihnen gesagt über Alice Dupont?«

Sein Kopf sank vornüber, als er nachdachte. »Er hat mir gesagt, ich soll aufpassen, ob die beiden Jungen sie besuchen und ob sie mit ihnen redet.« Er schüttelte langsam den Kopf. »Ich fand das ziemlich komisch, was wollte er von dem alten Schandmaul?«

»Und, hat sie mit den Studenten geredet?«

»Nein, soweit ich weiß nicht. Petrow ging dann doch einmal durch den Haupteingang und das hab ich berichtet, natürlich. Und darauf wurde Bernachon sehr lästig. Er verlangte den Bericht wöchentlich. Dann täglich.« Er beugte sich vor und senkte die Stimme. »Ich hab ja gemerkt, dass er sie alle drei verdächtigt hat. Aber ich weiß nicht, weswegen. Und ihn zu fragen, wär mir nie eingefallen.«

Pierre Dupont hatte gemerkt, was vorging, dachte Orla. Dass sie versuchten, die eine oder andere der Ikonen hinter seinem Rücken abzusetzen. Und dass Alice Dupont irgendwie Kontakt hatte zu den Studenten. Aber hatte sie ihnen die Zimmer vermietet? Oder hat sie ihn irgendwie erpresst? Und war sie deshalb unangemeldet bei ihm in der Wohnung erschienen?

Roland stellte sich wieder an sein Fenster. »Wissen Sie, wer Alice Dupont ist?«

Der Concierge sah Roland verständnislos an. »Wer sie ist?«

»Sie ist seine Mutter.«

Er schüttelte ungläubig den Kopf. »Da irren Sie sich. Sie ist immer allein gewesen. Ich schwöre, dass nie Kinder bei ihr gewohnt haben.«

»Was hat sie in den ersten Jahren gemacht?«

Ausweichend sagte er: »Im Café gearbeitet.«

Orla und Roland wechselten einen Blick. »Nur das?« Roland setzte sich vor ihn.

Der Concierge zögerte. »Nein. Prostitution.« Und dieses eine Mal erzählte er die ganze Geschichte, ohne dass sie immer wieder nachfragen mussten.

»Hat es nie einen Freund oder Geliebten gegeben?«

Wieder zögerte er. »Doch. Einen. Vor ewigen Zeiten. Der kam fast jeden Abend und blieb bis zum nächsten Tag. Sie war total verknallt in ihn.«

»Geheiratet haben sie nicht?«

»Geheiratet?« Er sah sie verächtlich an. »Das war ihr Zuhälter, ganz klar. Hat sie jedenfalls mächtig ausgenutzt. Bei dem spielten keine Gefühle mit. Sie war seine Existenzgrundlage, solange er das Geschäft mit ihr betrieb. Sie hat ihn lange versorgt. Bis er was Besseres gefunden hatte und verschwand.«

»Wann?«

»Keine Ahnung.« Gleichgültig starrte er vor sich hin. »Ich hab nicht gesehen, dass er danach je wieder hier aufgekreuzt ist.« Er dachte kurz nach. »Die ist danach komisch geworden. Hat viel weniger gearbeitet. Entwickelte diese verfluchte Angewohnheit, hinter der Gardine zu sitzen und andere zu bespitzeln.« Er stand auf und holte aus der Küche ein Päckchen Zigaretten. »Stattdessen kamen da oben in ihre Zimmer Mädchen«, fuhr er fort. »Ein Teil der Einnahmen ging natürlich an sie. Sie wissen, was ich meine.« Er atmete den Zigarettenrauch tief ein. »Offene Prostitution. Ihr gehörten die Zimmer. Aber die anderen Mieter hier waren entweder völlig gleichgültig oder zu alt. Die konnten sich um das, was da vorging, nicht kümmern. Das ist noch nicht lange her, dass die Aktivitäten da oben aufhörten. Etwa gleichzeitig zogen die Studenten da ein.«

»Gehören ihr die Zimmer immer noch?«

»Keine Ahnung.« Er drückte die Kippe aus.

»Was wissen Sie von der Nacht, in der Petrow ermordet wurde?«

Er lehnte sich zurück. »Das war einer der heißesten Tage Mitte Juni. An solchen Tagen werden die Zimmer unterm Dach zu reinsten Backöfen. Petrow hat an dem Abend gegen elf geklingelt und wollte das Telefon benutzen. Ich hab's ihm natürlich nicht gegeben. Aber da zog er ein paar Scheine aus der Tasche und da ... Na, er telefonierte und redete, ich glaub, das war russisch. Ich hab ihn gefragt, ob er vielleicht weggehen wollte, und da sagte er, ›ein bisschen später‹. Bernachon war in der Zeit mächtig auf der Hut. Wollte auf der Stelle Bescheid bekommen, wenn sie rausgingen. Wie gesagt, ich dachte mir schon, dass da was war, aber ich wusste nicht, was.«

Er sah Orla wieder aus seinen blutunterlaufenen Augen direkt an. »Ich sah, wie Petrow kurz darauf ging. Er war höchstens eine dreiviertel Stunde weg. In der Nacht ist er ermordet worden.«

Petrow hatte wahrscheinlich dem Antiquitätenhändler Iwanow die Bilder geliefert, dachte Orla. Pierre Dupont hatte ihnen nachspioniert und jede ihrer Bewegungen mit Hilfe des Concierge kontrolliert. Dann hatte er wie eine Spinne dagesessen und gewartet, dass sie ihm schließlich ins Netz gingen.

Der Concierge saß lange schweigend da und stierte vor sich hin. Dann sagte er: »Ich bin nicht ins Bett gegangen. Ich hab hier im Dunkeln gesessen, als Bernachon kam. Ich hatte abgeschlossen und alle Lichter ausgemacht. Es war zwei Uhr. Ich sah ihn auf den Hinterhof gehen. Er blieb höchstens zwanzig Minuten.« Wieder schwieg er. »Nicht viel später kam Dsubin herausgerannt. Wie ein Verrückter. Er verschwand einfach. Da bin ich ins Bett gegangen.«

»Vermutlich haben Sie Bernachon gewarnt, als ich ein paar Tage später hier war und mit Dsubin geredet habe?«

Er nickte kurz. »Ich hab Ihr Auto kommen sehen.«

»Und Sie wussten, dass er Petrow ermordet hatte«, sagte Roland ruhig. »Auch wenn Sie nicht wussten, was dahintersteckte.«

Der Concierge sah mit leerem Blick vor sich in. »Ich versteh nicht, warum er Dsubin umgebracht hat. Der war doch nur ein kleiner Laufbursche. Petrow muss derjenige gewesen sein, der sich nicht an die Anweisungen gehalten hat.« Er starrte weiter vor sich hin, als hätte er vergessen, dass sie immer noch da waren.

»Er hat übrigens diese Wohnung hier nie gekauft«, sagte Roland und stand auf. »Er wusste einfach, dass Sie nach so einer Lüge willig sein würden zu kooperieren.«

Orla hatte die Tür geöffnet. »Sie waren genau das, was er brauchte. Ein gehorsamer und total loyaler Laufbursche.«

Er starrte sie an, Panik im Blick. »Bitte!« Seine Stimme war leise und heiser. »Lassen Sie mich jetzt hier nicht allein!« Mit beiden Händen griff er nach Orlas Hand.

Sie zuckte zusammen und zog ihre Hand zurück. »Sie bleiben hier. Es kommt gleich jemand, der sich um Sie kümmert.«

Als sie nach draußen kamen, goss es immer noch in Strömen. Orla schien es nicht wahrzunehmen, als sie mitten auf der Straße stehen blieb und Roland anstarrte. »Es dreht sich alles um die Ikonen«, sagte sie langsam. »Um Geld und Ikonen.«

Roland wurde ungeduldig. »Ich weiß, Orla. Lass uns ins Trockene gehen.«

Aber sie blieb einfach stehen. »Als ich an dem Tag vor Madame Patins verschlossener Haustür stand, fiel mir ein, dass ich sie etwas hatte fragen wollen. Nur konnte ich mich nicht daran erinnern, was es war.«

Roland starrte sie an, tropfnass und verständnislos und wenig bereit, ausgerechnet dort und in dem Augenblick mit ihr zu diskutieren. Aber sie packte seinen Arm. »Warum stand auf den ganzen Klingelschildern kein einziger Name? Und wie können es die Nachbarn ertragen, dass Madame Patin die ganze Zeit mit ihrem Stock so fest auf den Fußboden pocht?« Sie schubste Roland ins Auto. »Es geht um Ikonen«, wiederholte sie. »Und um Geld. Viel Geld. Und es sollte mich doch sehr wundern, wenn das Ganze nicht auf einer merkwürdigen Mischung aus Fanatismus und Naivität beruht.« Sie gab Gas und brauste los.

54

Die leere Wohnung in der Rue de Duras war kühl. Als sie den Flur betraten, knarrte das dunkle Eichenparkett. Durch Türen, die nur angelehnt waren, konnte sie erkennen, dass vor den Fenstern nicht nur die dunklen Vorhänge zugezogen, sondern auch die Holzläden geschlossen waren. Irina zog die Vorhänge auf und öffnete die Fensterläden. Das Licht flutete in das Zimmer, und sie blieben wie gebannt stehen. Ikonen bedeckten die Wände vom Fußboden bis zur Decke. Sie gingen zur nächsten Tür. »Esszimmer«, murmelte Irina. Auch hier waren alle Wände von Bildern bedeckt. Eine weitere Tür führte in ein großes Schlafzimmer. Auch dort hingen die Bilder dicht an dicht.

»Gefallen sie Ihnen?« Sie drehten sich um. Madame Patin stand in der offenen Tür hinter ihnen und stütze sich mit beiden Händen auf den Spazierstock. Sie war die Treppe von ihrer eigenen Wohnung heruntergekommen, ohne dass Orla oder Roland sie gehört hatten. Das scharfe Licht vom Fenster fiel auf das weiße Haar. Orla meinte, noch nie einen Menschen mit einem so frommen Gesicht gesehen zu haben.

»Wunderbar, nicht wahr?« Sie wandte sich an Orla. »Eigentlich hatte ich wirklich nicht vorgehabt, Sie in dieses hier einzuweihen. Die Sammlung hätte bis nach meinem Tod unbekannt bleiben sollten.«

»Warum sagten Sie, Sie kaufen keine Ikonen?«

»Weil ich keine Ikonen kaufe. Jedenfalls nicht für mich, so wie Sie es gemeint hatten. Ich persönlich sammele nichts.«

Orla sah sie erstaunt an. »Wie erklären Sie dann, dass alle diese Bilder hier hängen?«

»Das war eine Rettungsaktion.« Sie hob den Kopf und schien mit dem energischen Kinn auf Orla zu deuten. »Eine lebenslange.«

Vorsichtig nahm sie auf dem Holzstuhl Platz, den Irina ihr geholt hatte. »Warum sollte ich wohl meine Zeit damit verschwenden, das zu erklären?« Sie senkte den Kopf und lächelte. »Aber es ist in Ordnung. Ich unterhalte mich gern mit Ihnen.«

Roland kam herein und zog Orla zur Seite. »Ich habe mir die Wohnung im Erdgeschoss angesehen«, sagte er. »Genau dasselbe wie hier. Eine leere Wohnung voller Bilder.« Er zögerte.

»Außerdem gibt es noch ein Zimmer mit Arbeitsgerät und Farben. Staffelei und alles.«

»Madame Patin.« Orla ging langsam zu ihr hinüber. »Sie kamen mit fünfunddreißig Jahren hierher. Was haben Sie vorher gemacht?«

»Mein Beruf?« Sie lächelte. »Ich restaurierte alte Ikonen, genau wie diese hier. Eine ausgesprochen zeitaufwendige Arbeit, die viel Fleiß und große Genauigkeit verlangt. Ich arbeitete in einem Kellerraum in einem der Museen der Stadt. Bitterkalt und rau. Nichts zum Aufwärmen.« Es schauderte sie. »So furchtbar viel, was hätte getan werden müssen, und ich hatte nur zwei Hände und ein Leben. Ein unermessliches Glück, dass ich einen Mann bekam, der mir so viel hinterließ, dass ich imstande war, mich dieser Dinge anzunehmen.«

Orla hatte einen hölzernen Schemel gefunden und sich vor die alte Frau gesetzt. »Genau darüber würde ich gern mit Ihnen reden«, sagte sie behutsam. »In welcher Weise nehmen Sie sich dieser Dinge an?«

»Mein Ziel war es, die wirklich wertvollen zu sammeln.« Sie hob die Hand und deutete mit einem krummen Zeigefinger auf die Wände ringsum. »Diese sind vor 1600 entstanden. Alle wichtigen Richtungen sind repräsentiert.« Eifrig sah sie auf. »Soll ich Sie vielleicht herumführen?«

Orla rutschte unruhig auf dem Schemel hin und her. Die Frau schien nicht verstanden zu haben, dass Ermittlungen gegen sie im Gange waren. »So meine ich es nicht ganz, Madame Patin.«

Die Alte sah sie verblüfft an. »Ich bin mir natürlich darüber im Klaren, dass ich nicht damit rechnen kann, noch sehr lange zu leben. Um das weitere Schicksal der Bilder wird man sich kümmern.«

»Wird man sich kümmern?«

»Ein Museum!« Die Augen strahlten. »Erdgeschoss und erste Etage werden in ein Museum umgewandelt. Und für die Öffentlichkeit zugänglich gemacht. Extra dafür sind Gelder bereitgestellt.«

Orla schluckte. »Können Sie mir sagen, wie die Bilder hierhergekommen sind?«

Alexandra Patin wurde nachdenklich. »Wissen Sie, die Zeit nach dem Krieg war schwierig. Es war schwer, ins Land zu kommen und wieder heraus. Viel Misstrauen auf beiden Seiten. Man musste Kontakte haben und Geld. Ich hatte nach einer Weile beides.« Sie sah Orla eindringlich an. »Ich war völlig besessen von dem Gedanken, dass all die schönen Bilder zerstört würden, wenn sich nicht jemand ihrer annahm. Aber einige konnte ich ja retten.«

»Retten?«

Sie nickte. »Ich habe dafür gesorgt, so viele aus dem Land zu bekommen wie nur möglich. Hierher.«

Orla reichte ihr das Foto, das sie in Iwanows Wohnung gefunden hatten. »Kennen Sie diese Personen?«

Alexandra Patin betrachtete das Foto und rief erstaunt: »Aber natürlich! Die Frau, das bin ja ich! Die anderen drei leben nicht mehr.« Sie drehte das Foto herum. »Die Kirchenmafia«, übersetzte sie. »Wurde das bei Iwanow gefunden?«, fragte sie, nachdem sie kurz überlegt hatte. Orla nickte.

Sie gab ihr verächtlich das Bild zurück. »So nannte er uns, habe ich später erfahren. Als nichts mehr zu holen war an Essen und Unterkunft und kein Geld mehr zu leihen war. Als er aufgehört hatte, sich zu verstellen. Wir nannten ihn nur ›das Chamäleon‹.« Sie machte eine kleine Pause, dachte nach. »Wir vier hier auf dem Foto arbeiteten für die Ikonen fantastisch zusammen und hatten ein verlässliches Netzwerk aufgebaut, das uns dabei unterstützte, wichtige Bilder aufzuspüren und hinauszubefördern.«

»Madame Patin, wurden diese Bilder gestohlen?«

Sie sah Orla aus großen Augen an. »Gestohlen? Warum sagen Sie so etwas? Dann klingt das ja wie ein Verbrechen! Sie wurden selbstverständlich gekauft, wenn es Eigentümer gab, die bereit waren, sie zu verkaufen. Aber nein, ich kenne nicht die Details jedes einzelnen Bildes.« Sie klopfte mehrfach fest mit dem Stock auf den Fußboden. »Aber wenn wir schon von Diebstahl reden, da wurden doch seit 1917 ungeheure Diebstähle an der russisch-orthodoxen Kirche begangen, ausgeführt von der Staatsmacht.«

Orla hob abwehrend eine Hand, aber sie ließ sich nicht aufhalten.

»Sie müssen begreifen«, sagte sie eindringlich, »dass dies ein Kampf war gegen Mächte, die die Kirche und alles, was sie besaß, zerstören wollten. Wir kämpften gegen eine Übermacht.«

»Sie bezahlten Menschen, damit sie Bilder stahlen und sie außer Landes schmuggelten?«

»Nein, also hören Sie!« Empört starrte sie Orla an. »Schmuggeln, stehlen ... begreifen Sie nicht, was für eine schwierige und riskante Angelegenheit das gewesen ist?« Sie holte tief und zitternd Luft. »Ein heldenhafter Einsatz von mutigen Menschen, um diese Kleinodien vor der Zerstörung zu retten.«

»Aber nach dem Ende des Kommunismus ...«

»Davon dürfen Sie nicht reden«, unterbrach die alte Frau sie. »Schlimmer denn je! Wenn die Menschen nicht mal mehr zu essen haben, wer kümmert sich denn dann noch um den Bestand und die Erhaltung von Kunstschätzen?« Sie gestikulierte aufgeregt mit ihren kleinen Händen. »Die werden doch bekanntermaßen in jeder Bude an der Straße neben billigem Tinnef verkauft.«

Orla schwieg. Ihr war übel, und sie fühlte sich wie wund hinter den Augen. Ihr Arm war schwer wie Blei, als sie Madame Patin das Foto von Pierre Dupont reichte. »Kennen Sie diesen Mann?« Aus dem Augenwinkel sah sie, dass Roland sich in Ermangelung eines Stuhls vor dem offenen Fenster auf den Fußboden gesetzt hatte. Nur Irina stand noch wie ein unbewegter Wachposten an der Tür. Sie hatte Orla im Laufe des Gesprächs nicht einen Moment aus den Augen gelassen.

Unwillig nahm die Frau das Foto. Orla studierte ihr Gesicht, während sie das Bild betrachtete. Der angespannte Ausdruck verschwand. Die Züge wurden weich.

»Ja, das tue ich.« Sie sah Orla an. »Ein reizender Mann.« Sie gab Orla das Foto zurück. »Ganz unvergleichlich.«

Orla steckte das Foto in die Tasche. »Wenn Sie mir erzählen, wie Sie ihm begegnet sind und welcherart Ihre Zusammenarbeit gewesen ist, werde ich Sie heute nicht weiter mit Fragen belästigen.«

Madame Patin sah sie skeptisch an. »Was wollen Sie von ihm?«

»Wir versuchen, Kontakt mit ihm aufzunehmen, und ich glaube, dass Sie uns vielleicht mit Informationen weiterhelfen können«, antwortete Orla vage.

»Er heißt Olivier Kruglow«, nickte sie. Als sie seinen Namen nannte, zeigte ihre Miene einen treu ergebenen Zug.

»Olivier Kruglow?«

»Ja. Wissen Sie, wie sich zeigte, hat er russische Ahnen.«

»Genau. Wenn Sie bitte mit dem Anfang beginnen würden?«

»Ich lasse nicht mehr viele Menschen zu mir vor, Doktor. Schon gar nicht Fremde. Es gibt so unendlich viele Bettler und Glücksritter.«

»Ja, genau. Aber dieser Mann war das nicht?«

»Nein, er nicht.« Die Antwort kam ohne Zögern. »Er hatte eigentlich nur Erkundigungen einziehen wollen über Verwandte väterlicherseits, die in den Zwanzigern nach Paris emigriert waren. Er hatte in Russland gar keine Kontakte mehr und versuchte nun, seine Wurzeln wieder aufzuspüren.«

»Und warum glaubte er, dass Sie ihm helfen könnten?«

Sie lächelte. »Wie sich zeigte, ist er ein tief religiöser Mann. So war es für ihn ganz selbstverständlich, sich bei der russischen Kirche Rat zu holen und um die Namen der Ältesten in der Gemeinde zu bitten. So fand er zu mir, ich bin eine der Ältesten.«

»Er suchte Sie direkt auf?«

Sie nickte. »Er kam und klingelte eines Morgens vor – tja – zwei Jahren. Nicht wahr, Irina?« Sie wandte den Kopf Irina zu, die langsam und mechanisch nickte. »Irina wies ihn natürlich auf der Stelle ab, wie sie das ja auch tun soll.« Wieder lächelte sie. »Damit schien er gerechnet zu haben. Denn er überließ deshalb Irina ein Briefchen, in dem er sein Vorhaben erklärte. Ich war sehr unsicher, ob ich ihm antworten sollte. Es stand auf der Kippe, aber in dem Brief verwies er auf den Priester, den Sie vorhin auf dem Foto gesehen haben, die Kirchenmafia, Sie wissen schon. Er erzählte, dass dieser Priester seinen Vater getauft hatte.« Ihre Augen verrieten, wie aufgeregt sie war. »Er gab den richtigen Namen der Kirche an, in der der Priester gewirkt hatte, und die Zeit. Ich hatte keinen Zweifel. Solche Informationen konnte er nicht haben, ohne dass die Geschichte stimmte.« Sie nickte vielsagend. »Er wusste auch, dass der Priester nicht mehr lebte und ihm so auch nicht weiterhelfen konnte mit zusätzlichen Informationen.«

Orla hielt die Augen gesenkt und hörte ihr zu. »Weiter.«

»Ich zögerte so lange mit der Antwort, dass nach ein paar Wochen noch ein Brief kam. Aus meinem alten Heimatort! Können Sie sich das vorstellen!« Sie lehnte sich so weit vor, dass Orla Angst hatte, sie könne vom Stuhl fallen. »Er schrieb, er sei auf der Suche nach Verwandten in Russland gewesen. Sprachprobleme gestalteten die Suche schwierig. Er hoffte, ich würde meine Ablehnung überdenken und ihn treffen.«

»Und das taten Sie?«

Sie nickte. »Ich lud ihn zum Vormittagstee ein.« Sie drehte sich zum Fenster um und blinzelte in das scharfe Licht, das durch die halbgeöffneten Fensterläden fiel. »Ich habe es nie bereut. Männer mit Stil, die höflich sind, werden heutzutage immer seltener.« Sie machte eine Pause. »Seither ist er mir von unschätzbarem Nutzen gewesen.«

Sie legte den Stock auf den Fußboden und faltete die mageren Hände auf dem Schoß. »Nun ja, bei der Familie konnte ich ihm ja nicht sehr viel weiterhelfen, einer reichen Adelsfamilie aus Sankt Petersburg. Es hätte nur eine kurze Begegnung sein können. Aber wie sich zeigte, hegten wir beide dieselbe leidenschaftliche Liebe für Religion und religiöse Kunst. Wir waren beide so überrascht vom Engagement des anderen!« Sie strahlte. »Er erzählte mir, dass er daran arbeite, einen internationalen Fonds einzurichten, der sich die Bewahrung der Ikonen zum Ziel setzt und die Finanzierung dieser Projekte. Dort wollte er Teile aus dem Erbe seiner Großeltern platzieren.« Sie seufzte. »Diese Arbeit war natürlich zeitaufwendig und schwierig.«

Orla konnte kaum noch still sitzen. Ihre Knie zitterten, und sie spürte im ganzen Körper eine unangenehme Beklemmung.

»Wir einigten uns darauf, gemeinsam so viele der bedrohten Bilder herauszuholen wie möglich.« Sie wurde eifrig. »Es war seine Idee, zu versuchen, hier in Paris eine Galerie vom selben Standard wie dem der Tretjakow-Galerie in Moskau einzurichten. Er sollte die Rettung organisieren.«

Orla verzichtete darauf, die Wortwahl zu kommentieren. Sie nickte nur. »Und dann?«

»Ich bezahlte ihm eine gewisse Summe für jedes Bild, das er aufspürte. Zwei Drittel davon setzte er in den Fonds ein, der Rest sollte für die Arbeit aufgewendet werden. Freikaufen, die Helfer vor Ort bezahlen, Transport- und Reisekosten und dergleichen.«

»Er verfügte über den Betrag?«

Sie nickte wieder. »Ich wollte das Vermögen meines Mannes nicht antasten. Das geht an die Kirche. Deshalb verkaufte ich vor kurzem das eleganteste Haus aus dem Besitz meines Mannes. Das brachte uns eine große Summe ein.«

»Um das zu finanzieren, was Sie ›die Rettung‹ nennen?« Orla stöhnte innerlich, und sie spürte, wie die Wut in ihr hochkochte. Wie konnte man eine alte Frau so skrupellos ausnutzen?

»Ja. Das Geld wurde auf ein Schweizer Bankkonto eingezahlt.«

»Sein Konto?«

Erschrocken schüttelte sie den Kopf. »Das war nicht sein *Privatkonto*! Das war natürlich das Konto des Fonds. Des Fonds, den er eingerichtet hatte.« Sie sah Orla eindringlich an. »Er ist ein sehr anständiger und idealistischer Mann, müssen Sie wissen. Er wollte für seine Arbeit kein Geld haben. Er hatte ein ansehnliches Familienvermögen geerbt und war finanziell unabhängig.«

»Aber er verfügt über das Konto des Fonds?«

»Absolut. Ich habe zu ihm vollstes Vertrauen. Ich will nichts mit großen Geldbeträgen zu tun zu haben. Dafür habe ich Anwälte.«

»Was sagen die Anwälte dazu?«

»Nichts«, sagte sie kurz. »Ich habe sie in diese ganze Geschichte nicht mit einbezogen oder um Rat gefragt. Daran hatte ich nie Zweifel. Hören Sie«, sie starrte Orla mit glänzenden Augen an, »Leute wie Sie können das vielleicht nicht verstehen, wie? Dass es Dinge im Leben gibt, die so wichtig sind, dass man ohne Entlohnung etwas dafür tut. Solche Menschen gibt es, müssen Sie wissen«, sagte sie bedächtig und wandte kein Auge von Orla. »Aber sie sind sehr selten.«

Sie richtete sich auf, ihre Augen wurden schmal. »Sie glaubten, ich würde von Iwanow kaufen, einem Gauner, der nur aufs Geld aus ist. Niemals! Aber es machte mir Sorgen, dass er im Besitz wertvoller Bilder war und sie veräußern wollte. Ich wollte sie sehen!« Sie packte wieder ihren Stock. »Wir beide saßen und warten auf ihn, Olivier und ich. Natürlich erschien er nicht.«

»Sie warnten Olivier Kruglow, der Antiquitätenhändler hätte angerufen?«

»Ja, natürlich! Augenblicklich. Er fand, wir zwei sollten gemeinsam mit Iwanow sprechen, um herauszufinden, wie er an die Bilder gekommen war.«

Orla stand auf, vor Erschöpfung zitternd. »Wo sind die letzten Bilder, die Olivier Kruglow mit hierhergebracht hat?«

»Kommen Sie, ich zeige sie Ihnen«, sagte die alte Dame und

ging vor Orla in das nächste Zimmer. »Sie müssen hier drinnen sein. Öffne ein Fenster«, sagte sie zu Irina, die nie weiter als zwei Schritte entfernt war.

Orla erkannte es sofort. Das Bild, das Iwanow ›Darstellung im Tempel‹ genannt hatte. »Olivier Kruglow hat Ihnen die Ikonen gebracht?«

»Natürlich. Nur er kommt mit Bildern hierher. Das sind einstweilen die letzten.« Enttäuscht sah sie Orla an. »Sie gefallen Ihnen nicht?«

»Doch. Sehr.« Orla drehte sich um und ging wortlos zurück zu Roland, der im Flur wartete. »Dort hängt eines der beiden Bilder, die bei Iwanow verschwanden, als er umgebracht wurde«, sagte sie tonlos. »Sie bestätigt, dass Pierre Dupont sie hierhergebracht hat. Der Gedanke, dass sie hintergangen und obendrein in ein Verbrechen hineingezogen wurde, scheint sie nicht einmal zu streifen.« Orla stützte sich an der Wand ab und betrachtete Madame Patin, die neben einer der Ikonen stand und behutsam über den Rahmen strich. »Es ist spät. Lass sie für morgen früh Kräfte sammeln. Dann holen wir sie. Aber sorg dafür, dass ein Arzt zur Stelle ist, wenn wir sie mit der Wahrheit konfrontieren.«

»Falls sie die je begreifen wird«, sagte Roland leise.

Sie fuhren schweigend. Der Regen hatte aufgehört. Es war jetzt kühler, die Luft war klar. Die Straßen waren nach dem kräftigen Schauer wie blank gespült.

»Ich begreife es nicht«, sagte Orla. »Alice Dupont ist seine Mutter.« Sie sah Roland aus dunklen Augen an. »Ich glaube, er kam, um sie umzubringen, aber da bin ich aufgetaucht, ehe er so weit gekommen war. Hatte sie ihn zur Adoption freigegeben, oder was war?«

Roland schüttelte den Kopf. »Marchal weiß mehr«, sagte er nur. »Nach seiner ultrakurzen Zusammenfassung am Handy ist Dupont ohne jeden Kontakt zu seiner Mutter aufgewachsen. Die illegalen Geschäfte mit den Ikonen haben sie in irgendeiner Weise zusammengeführt. Vermutlich ist Iwanow eines der Verbindungsglieder, und das Stichwort ist Geld. Alice Dupont hat kaum begriffen, in was für einem gefährlichen Fahrwasser sie sich bewegt hat. Wir werden sehr viel mehr wissen, wenn Marchal zurück ist.« Er stieg aus und öffnete die Tür, als sie angekommen waren. »Geh jetzt hinein«, sagte er ruhig. »Morgen früh um acht Uhr holen wir dich. Geh erst nach unten, wenn wir klingeln.«

Sie ging langsam zur Tür. In der offenen Tür drehte sie sich um. »Weißt du«, sagte sie leise und sah ihn aus dunklen Augen eindringlich an, »eine Weile habe ich tatsächlich überlegt, ob *du* ...« Ihre Stimme versagte, und sie lehnte sich an ihn.

»Ich weiß«, sagte er leise. Er legte vorsichtig die Arme um sie, sein Mund streifte ihr Haar, und er sog ihren Duft ein. »Geh jetzt hinein«, wiederholte er und ließ die Arme sinken.

»Versuch, nicht so viel zu denken. Die ganze Nacht steht draußen ein Polizeiwagen. Ich bringe dich in die Wohnung und sehe nach, ob alles okay ist.«

55

Nachdem sich die Tür hinter Roland geschlossen hatte, sank sie langsam in sich zusammen. Sie schlang die Arme um die Knie. Sie krümmte sich, die Übelkeit kam in Wellen. Seit dem Frühstück hatte sie nichts mehr gegessen.

Es tat gut, so zu sitzen. Zusammengekauert, wie eingeschlossen in ein Vakuum. Nach einer Weile protestierten die Knie. Sie stand mühsam auf und öffnete den Einbauschrank. Nahm ein Paket gesalzene Kekse und riss es auf. Steckte sie sich mechanisch in den Mund, einen nach dem anderen. Stand lange vor dem geöffneten Schrank und studierte die Weinflasche, die dort lag, ein wunderbarer Jahrgangswein, den er ihr geschenkt hatte, von »seinem Gut«. Bisher hatte sie noch keinen Anlass gefunden, so eine gute Flasche zu öffnen. »Aber jetzt habe ich wahrhaftig einen«, murmelte sie und nahm die Flasche. Sie nahm auch ein Glas und einen Korkenzieher mit und ging langsam ins Wohnzimmer. Im Zimmer war es dämmerig, draußen wurde es dunkel.

Sie sank aufs Sofa und griff nach der Fernbedienung. Eine idiotische Komödie dröhnte vom Bildschirm. Sie schaltete aus und schloss die Augen. Legte den Kopf in die Hände. Aus ihrer Kehle drang ein dünner, halberstickter Ton, der sonderbar fremd klang. Sie holte tief Luft, als sei sie allzu lange unter Wasser gewesen, und schrie aus Leibeskräften. Dämme brachen, jahrelange aufgestaute Trauer und Enttäuschung – die Gewalt ihrer Gefühle erschreckte sie. Sie weinte, bis ihre Kehle wund war und die Lungen brannten, bis sie erschöpft auf dem Sofa lag und ihr eigenes Schluchzen wie monotone sich wiederholende Töne in der klaustrophobischen Stille hörte.

Am Ende übermannte sie der Schlaf. Langsam fiel sie in ein großes, dunkles Nichts.

Ein unbestimmbarer Laut riss sie aus der Tiefe. Sie horchte mit weit aufgesperrten Augen, und der kalte Schweiß brach ihr am ganzen Körper aus. Da war wieder dieser Laut. Ein winziges Knacken. Ein Klicken. Langsam richtete sie sich auf.

»David?« Die folgende Stille ließ ihre Finger klamm werden. Dann hörte sie es. Schritte. Ganz langsam. Sie kamen von der Hintertür. Über die Kacheln in der Küche. Als sie im Flur waren, erhob sie den steifen Köper halb vom Sofa. »David, bist du das?«

Die dunkle Gestalt füllte die Tür.

»Du ...« Sie wusste nicht, wie sie ihn nennen sollte. »*Hier?*« Langsam sank sie wieder zurück aufs Sofa. Im Zwerchfell breitete sich ein saugendes Gefühl aus, sie hatte einen widerlich süßlichen Geschmack im Mund.

»Ich fand, wir können uns nicht so verabschieden.« Er

sprach leise. Die dünnen Handschuhe leuchteten weiß. Er steckte zwei Schlüssel in die Tasche. »Findest du nicht auch?« Er setzte sich in den Sessel in der Ecke. »Ich registrierte, dass dein Freund vor einer Weile fuhr. Und vor der Tür sitzt ein Polizist in einem Auto und schläft.«

Er lächelte und strich sich die Haare aus der Stirn. Eine Bewegung, die ihn jungenhaft und sinnlich hatte wirken lassen. Sie starrte ihn wie in Trance an und versuchte zu begreifen, wie dieser Mann solche Gefühle in ihr hatte wecken können.

»Ich war so froh, dass ich direkt hierherfahren konnte, nachdem der ganze Trubel losging. Ich glaube wirklich, hier ist der einzige Ort, an dem ich mich völlig sicher fühlen kann.« Seine Augen wurden schmal. »Wie konntest du übrigens glauben, ich würde dich in *meiner* Wohnung umbringen?« Sein Blick ruhte auf ihrem Gesicht. »Ich bevorzuge deine. Keine Spuren, keine Zeichen von Einbruch.«

Früher oder später wird jemand kommen, dachte sie verzweifelt. Oder jemand begreift etwas. Diese Hoffnung war ja lächerlich. Keiner kam um diese Zeit unangemeldet zu ihr, und niemand wusste das besser als er. *Los, rede! Zieh die Zeit in die Länge!* »Warum hast du dich auf mich eingelassen? Als du erfahren hattest, woran ich arbeite?«

»Unter anderem deshalb«, antwortete er leise. »Außerdem umgebe ich mich so gern mit schönen Gegenständen, wie du weißt. Exklusive und begehrte Objekte. Gemälde, Möbel ... Frauen.« Jetzt hörte sie in seiner Stimme eine Kälte, die sie bisher nie wahrgenommen hatte. »Ich musste so lange im Land bleiben, bis mein ... *Hauptsponsor* ... so viel Geld wie möglich angehäuft hatte, bis ich für immer von hier verschwinden konnte. In der Zwischenzeit entstanden vereinzelte kleine Probleme, bei denen du mich aber ja so unglaublich effektiv mit allen Details versorgt hast.«

Orla schloss die Augen. Sie bemühte sich, den Gedanken daran zu verbannen, wie sehr sie Teil seines Spiels gewesen war. Sie wagte nicht, Alexandra Patin zu erwähnen. Das würde auch deren Leben in Gefahr bringen. »Und Martine?«, fuhr sie fort und registrierte in irgendeinem Teil ihres Bewusstseins, dass der kurze Zeiger der Wanduhr nur eben an der Acht vorbeigekrochen war. Ein Alptraum in Zeitlupe.

»Vor gefährlichen Freunden sollte man sich hüten«, höhnte er. »Besonders vor russisch Sprechenden, die einen Fuß bei allen Weinproduzenten des Landes in der Tür haben. Ich wäre gern die Fliege an der Wand gewesen, wenn du eines Tages bei Martine hereinspaziert wärst und dort den Mann getroffen hättest, von dem zu glaubtest, dass ich es bin.« Das Telefon im Schlafzimmer klingelte durchdringend. Er erstarrte. »Keine Bewegung!«, sagte er und ging zum Schlafzimmer.

Orla sah sich blitzschnell um, nach etwas Ausschau haltend, das sich als Waffe eignete. Aber sie mit ihrem hoffnungslos minimalistischen Einrichtungsstil hatte mit chirurgischer Präzision alles entfernt, das den Eindruck einer fast leeren Wohnung stören konnte. In Panik veranschlagte sie den Abstand bis zur Wohnungstür. Ein gutes Schloss, das zweimal abgeschlossen war. Sicherheitskette. Zwei Treppen bis unten. Jeder Versuch war zwecklos.

Er war schon wieder da. Stellte sich ans Fenster und schaute vorsichtig hinaus. Dann setzte er sich. »Die hätten nie versuchen sollen, ausgerechnet diese Ikone einzukassieren«, sagte er. »Die lächelnde Madonna war die Einzige, die ich wirklich mochte. Die anderen sind so unsäglich traurig. Es zerstört das Erlebnis, wenn die Madonna mit einem leidenden Gesichtsausdruck auf das Kind schaut. Als habe sie eine schwere Last auf dem Schoß.«

Auf einmal klingelte das Handy in ihrer Handtasche. Der Ton gellte schrill durch die Wohnung. Orla rührte sich nicht, sondern sah nur vor sich hin. Er starrte abwechselnd zum Flur und zu ihr. »Bleib sitzen«, sagte er eiskalt. »Sobald du dich bewegst, bist du tot.«

Bei dem Gedanken, dass er mindestens drei Männer und eine Frau getötet hatte, schoss ihr der Mageninhalt bis hoch in den Hals. Mindestens vier Menschen. Und ohne jeden Zweifel würde er auch sie töten. Der durchdringende Ton des Telefons verstummte endlich. Die Stille danach war unerträglich.

»Du bist also Alice Duponts Sohn«, flüsterte sie tonlos. »Sie wissen alles. Du hattest das Auto meines Mannes manipuliert, weil er im Fall Deschamps auch nach dem Freispruch nicht lockerließ. War es so, dass es dich beunruhigte, dass ich den Fall auch wieder neu aufrollen könnte? Deshalb hast du dir einen Weg in die Kreise meines Schwiegervaters erschlichen. Um dir Informationen aus erster Hand über die Familie zu beschaffen. Und um mich zu eliminieren.« Sein eiskaltes Lächeln brachte die Wut in ihr zum Überkochen. »Du bist widerlich! Wessen Namen und Status wirst du stehlen, wenn du genug Geld angehäuft hast, um dir anderswo auf der Welt wieder ein neues Dasein aufzubauen? *Alain Chenu?*« Sie schrie ihm die Worte ins Gesicht.

Seine Bewegungen waren blitzschnell. Mit einer Hand griff er nach dem hauchdünnen Vorhang, und sie hörte, wie der Stoff riss, als er ihn mit einem kurzen Ruck herunterzog. Er schnellte aus dem Sessel hoch und glitt wie ein Schatten auf sie zu. Eine Riesenwelle aus Angst spülte sie auf die Füße. Wie eine Schiffbrüchige den letzten Rettungsring packte sie die Weinflasche und schleuderte sie ihm mit beiden Händen an den Kopf. Glassplitter und Rotweinspritzer flogen durch die Gegend. Sie sah, wie er schwankte.

Atemlos stürzte sie ins Schlafzimmer und riss das Telefon an sich. Er hatte die Leitung gekappt. Ihre Bluse riss, als er sie packte. Sie versuchte quer über das Bett auf die andere Seite zu laufen. Ein eiserner Griff schloss sich um ihre Fessel. Sie kippte vornüber und trat verzweifelt ums sich. Brutal riss er sie hoch. Er zwang ihre Hände auf den Rücken. Sein Atem zischte an ihr Ohr. *»Hab ... dich ... jetzt!«*

Etwas zog sich um ihren Hals zusammen. Tausende von Sternen explodierten vor ihren Augen. In ihrem Kopf rauschte es wie in einer Riesenmuschel. Dann knallte es.

Der Griff um ihren Hals hatte sich gelöst. Sie spürte, wie sie wieder auf den Rücken gerissen wurde. Keuchend öffnete sie die Augen und starrte in Rolands Gesicht.

Sie griff sich an den Hals. »Wo ist er?« Ihre Stimme war bis zur Unkenntlichkeit verzerrt. Sie versuchte gar nicht erst, sich aufzurichten.

»Sie führen ihn gerade ab.«

»Hast du auf ihn geschossen?«

»Nur ein Streifschuss an der Schulter. *So* leicht kommt er nicht davon.«

»Und wie ... um Himmels willen?« Es klang mehr wie ein Seufzer.

»Marchal hat versucht, dich anzurufen. Das hattet ihr abgesprochen, behauptet er. Du hättest garantiert, jetzt zu Hause zu sein. Wir hatten dich ja gerade bis zur Tür gefahren und in die Wohnung gebracht. Trotzdem nahm niemand ab. Wir haben deinen Kücheneingang mit Axt und Brecheisen aufgestemmt.« In seiner Tasche piepste es, und er stand auf. Sie hörte ihn etwas murmeln, als er in den Flur ging.

Orla starrte an die Wand und lauschte dem Stimmengewirr um sich herum. Registrierte die Aktivität, die sich in ihrer Wohnung entfaltete, die plötzlich zu einem Tatort geworden war. Sie war zu erschöpft, um sich einzumischen. Selten nur hatte sie ihre Urteilskraft, ihre Instinkte und Intuition so in Frage gestellt wie in diesem Moment. Sie hatte sich auf der ganzen Linie geirrt. Und sie brauchte Zeit, um sich so weit zu sammeln, dass sie sich allen Fragen und Blicken, die nun folgen würden, aussetzen konnte.

Roland kam wieder herein. Ruhig und gefasst wie immer sah er sie an, offen, direkt. Sie dachte daran, wie sie ihn als ein Leichtgewicht eingeschätzt hatte, und nahm das als weiteren Beweis in der Kette ihrer mangelnden Urteilsfähigkeit.

»Wie sich zeigt, hat er gegenüber auf der anderen Straßenseite ein Zimmer gehabt. Wie lange er das hatte, wissen wir nicht. Zwei Polizeibeamte sind gerade dort. Er hat alles beobachten könnten, was du unternommen hast, wann du gekommen bist und wann gegangen. Und er hatte einen nachgemachten Schlüssel für die Hintertür. Er muss hier aufgesperrt haben, ehe wir gekommen sind, und auf der Hintertreppe auf dich gewartet haben.«

Als sie nicht antwortete, sah er sie an. »Ich zweifle nicht an deiner Urteilskraft«, sagte er leise. »Du machst einen Superjob. Aber wir sind nicht die ganze Zeit im Job. Dann und wann müssen wir den Filter beiseitelegen. Die Gelegenheit nutzen, dass uns ein Komet trifft. Und wenn es passiert, preisen wir uns glücklich, dass unser Gefühlsleben noch immer intakt ist.« Sie schüttelte nur den Kopf, und er nahm vorsichtig ihren Ellbogen. »Komm. Zeig mir deine Küche. Marchal hat so viel davon erzählt.«

Ein merkwürdiger Ton entfuhr ihr, fast wie eine Mischung aus Lachen und Schluchzen. Er setzte sie auf einen Hocker neben der Spüle und öffnete nacheinander die Schranktüren. »Salz!«, rief er, als hätte er ein mürbes Rinderfilet gefunden. »Crème fraîche!« Er holte eine Plastikflasche heraus, so eine von denen, die jahrelang haltbar ist. Seine Begeisterung wollte kein Ende nehmen, als er eine Packung Spaghetti fand. »Ich weiß gar nicht, was Marchal eigentlich redet«, sagte er und setzte Wasser auf. »Sogar Knoblauch!« Er zog einen Zopf von der Wand, der so alt war, dass er staubte. »Ich habe nie daran gezweifelt, Orla«, lächelte er, während er die Knoblauchzehen schälte. »Du hast einfach alles.«

Epilog

Orla stand im Treppenhaus in der Rue de Duras am Fenster und sah zu, wie Roland und eine Polizistin Alexandra Patin zu dem wartenden Auto brachten. Irina folgte ihnen mit gesenktem Kopf. Der Regen fiel wie dicke Tränen auf die vergoldeten Kuppeln der Alexander-Newsky-Kathedrale. Lange stand sie so da und sah ihnen geistesabwesend zu. Sie wusste nicht, wohin sie gehen sollte. Oder ob ihre Beine sie tragen würden.

Hinter ihr räusperte sich jemand. Marchal stand auf dem nächsthöheren Treppenabsatz. »Essen hilft immer.« Seine Worte klangen fast ruppig. »Ich weiß nicht, ob es etwas gibt, das ein gutes Essen nicht kurieren könnte.«

»Herrgott, Hervé!« Fast musste sie lachen.

»Ich finde, solche Ausdrücke solltest du in diesem Hause nicht benutzen.« Energisch fasste er ihren Arm und nahm ihr die Autoschlüssel ab. »Lass mich fahren. Du solltest das hier lesen. Wir fanden es gestern in Alice Duponts Wohnung. Noch ein weiteres Puzzleteilchen.« Er reichte ihr einen Brief. Name und Anschrift waren in zierlicher Handschrift geschrieben. Der Brief war frankiert, aber nie abgeschickt worden. Er war an den Antiquitätenhändler Andrej Iwanow adressiert.

Marchal brachte sie zur Beifahrerseite und öffnete ihr die Tür. »Eigentlich gar nicht so schlecht«, nickte er wohlwollend, nachdem er losgefahren war. Orla lächelte und stellte die Rückenlehne weit zurück. Die Wolkendecke hatte große blaue Risse bekommen.

Marchal folgte ihrem Blick. »Das ist jetzt vorbei«, sagte er. »Heute Abend wird es wieder schön.«

Sie nickte und öffnete den Brief. »Ja, zum Glück. Es ist vorbei.«

Geliebter Andrej!

Nach all diesen Jahren vergeht kein Tag, an dem ich nicht an Dich denke. Keine Woche, in der ich Dir nicht schreibe. Briefe, die ich nie abschicke. Ich dumme, alte Frau! Wie kann ich den Mann vergessen, der Du damals gewesen bist? Damals hast Du mich gebraucht, nicht wahr? Jung, einsam, ohne Heimat. Neu im Land. Du stecktest so voll Optimismus und Lebensmut. Nichts konnte Dich aufhalten! Alles ließ sich überwinden! Nicht einmal das Kind, das ich erwartete, hinderte Dich daran, mich zu lieben.

Auch wenn es nicht Dein Kind war.

Du hast nie gefragt, wessen Kind es war. Und Du stelltest auch keine Fragen, als ich ohne Kind zurückkam. Nicht einmal meinen Beruf hast Du mir zum Vorwurf gemacht. Ich hatte nie geglaubt, jemanden so lieben zu können!

Was ist in der Zwischenzeit mit Dir geschehen? Du kamst immer seltener. Schließlich kamst Du gar nicht mehr. Aber so wenig, wie Du fragtest, gabst Du Erklärungen. Hattest Du eine andere? Liebtest Du mich nicht mehr?

Seither habe ich darauf gewartet, dass Du zurückkommen würdest. Ich dachte, vielleicht an dem Tag, an dem Du für uns beide sorgen könntest. Ich konnte nicht glauben, dass ich Dich nie mehr sehen würde!

Wenig ist in meinem Leben in den zurückliegenden Jahren geschehen. Bis vor kurzem. Vor einer Woche war ich zur Beerdigung meiner Mutter. Sie wurde trotz allem sehr alt. Seit wir beide uns begegneten, bin ich nie mehr in diesem schrecklichen Ort gewesen.

Wir waren nur wenige. Einer davon war ein Mann, den ich nicht kannte. Und weißt Du was? Es war mein Sohn! Ihn, den ich vor mehr als vierzig Jahren verließ. Er hatte sich zweifellos gut entwickelt. Verdiente viel Geld.

Sogar da dachte ich als Erstes an Dich.

Mein Sohn ist mir ein Fremder und bedeutet mir nichts. Aber ich sagte ihm, er solle sich an mich wenden, wenn er glaubte, ich könnte irgendwie nützlich sein. Und da fragte er doch tatsächlich, ob ich Zimmer frei hätte! Er würde gut bezahlen. Ich sagte, er könne die Mansardenzimmer kaufen, und kündigte sofort den beiden Mädchen, die dort wohnten.

Wenn er kommt, um mir das Geld zu bringen, werde ich ihm sagen, was Du mir bedeutest. Vielleicht kann er uns finanziell für eine gemeinsame Zukunft unterstützen?

Geliebter Andrej! Vielleicht gibt es für uns beide endlich ein gemeinsames Leben!

Wenn Du ihn triffst, wirst Du vielleicht denken, er hat die kältesten Augen, die Du je gesehen hast. Aber lass es Dir nicht anmerken! Die Weise, wie er empfangen wurde, konnte keinen Nährboden für Liebe bilden.

Der Mann weiß bis heute nicht, wem er seinen Ursprung verdankt, dass er faktisch im Haus seines Vaters aufgewachsen ist.

Meine Mutter wusste es, und ich glaube, sie hat den Jungen vom ersten Tage an gehasst.

Ich habe nur vergessen wollen und bitte Dich um dasselbe, nachdem Du diesen Brief gelesen hast.

Geliebter, lass nicht noch mehr Jahre vergehen.

Deine Alice

(1.